Lily and The Duke
by Helen Hardt

誘惑の言葉はフェルメール

ヘレン・ハート
岸川由美[訳]

ライムブックス

LILY AND THE DUKE
by Helen Hardt

誘惑の言葉はフェルメール

主要登場人物

リリー・ジェムソン……………伯爵の娘
ダニエル・ファーンズワース……………ライブルック公爵
ローズ・ジェムソン……………リリーの妹
トーマス……………リリーの兄。ジェムソン子爵
クリスピン・ジェムソン……………リリーの父。アシュフォード伯爵
フローラ（レディ・アシュフォード）……………リリーの母
ソフィー……………リリーのいとこ
アレクサンドラ（アリー）……………リリーのいとこ。ソフィーの妹
アイリス……………リリーのおば。ロンガリー伯爵未亡人
モルガナ・ランドン・ファーンズワース……………ダニエルの母。ライブルック公爵未亡人
ルシンダ（ルーシー）・ランドン……………ダニエルのおば
アメリア・グレゴリー……………未亡人
セオドア・ウェントワース……………トーマスの友人
ラドリー……………ウェントワースのおじ
ヴィクター・ポーク……………ダニエルの友人
エマ・スマイス……………銀行家の娘
エヴァン・ゼイヴィア……………ダニエルの友人
キャメロン（キャム）プライス……………領民

1

一八四五年　イングランド、ウィルトシャー、ライブルック公爵邸ローレル・リッジ

　一三歳のレディ・リリー・ジェムソンは、携帯用イーゼルと水彩用パレットを下に置き、豊かな黒い巻き毛をなでつけた。九月であるにもかかわらず気温の高い日で、汗が玉となって顔を伝い落ちる。リリーは古い礼拝堂跡らしき石積みの小さなあずまやの周辺に視線を投げかけた。長い草がスカートの下で足首をくすぐる。白と黄色のヒナギクが緑の野原に陽気な顔をのぞかせ、黄色と深紅色の花が豊かに茂った木々を糖菓のように彩っていた。そばを小川がさらさらと音をたてて流れている。

　リリーはため息をついた。午後の園遊会を抜けだしたことを父と母に気づかれる前に、この美しいあずまやを絵にしたい。

　絵を描くとき専用のエプロンの紐《ひも》を結び、厚手の画用紙をイーゼルに立てかけ、水で濡《ぬ》らした筆で表面をさっと湿らせる。まずは空を明るい青で塗り、続いて小川と背景に広がる緑の草木を描いた。

「とてもすてきだ」

リリーは飛びあがり、水を入れて膝にのせていた小さな缶をひっくり返してしまった。振り返って見あげると、そこには金色の髪と印象的な緑の瞳があり、彼女は息をのんだ。

「すまない」若い男が謝った。「脅かすつもりはなかった」

「いいえ、大丈夫です」リリーは体を震わせ、絵の具のついた指をエプロンにこすりつけた。

男の髪は実りのときを迎えた小麦畑を思わせ、きらきらと輝きを放つ髪の筋が茶色の上着の襟に触れていた。背が高く――リリーの父と兄よりも長身だ――広い肩は引きしまった腰へと続き、ぴったりとした黄褐色のズボンと茶色の乗馬用ブーツで終わっている。首巻き《クラヴァット》は結んでおらず、糊《のり》のきいたリネンのシャツの胸元から黄褐色の胸毛がのぞいていた。力強い顎と豊かな唇、それにギリシア彫刻のような鼻を持つハンサムな顔立ち。見る者をとらえて放さない瞳をマホガニー色のまつげが縁取っている。

リリーは唾をのみこんだ。これまで感じたことのない何かおかしなものが胃の中をかきまわしている。蝶《ちょう》をたくさんのみこんでしまったみたいだ。それとも胃の中で水が揺れる感じだろうか。

「どうしてここに来ているんだい？」男が問いかけた。

「わ、わたし、絵を描こうと思って」

彼は笑みを浮かべ、白い歯をこぼした。

「ぼくの母も絵を描くのが好きだ。しばしばここにいるのを見かけるよ」

リリーは絵の具のついたエプロンの上で汗ばんだ拳を握りしめた。「あなたのお母様？」

「そう、ぼくの母親。この屋敷の女主人。公爵夫人だ」

「まあ」リリーは目を見開き、言葉がつかえないよう気をつけて続けた。「じゃあ、あなたはこの家の侯爵閣下ですか？」

「いや、侯爵はぼくの兄のモーガンだ。ぼくはダニエル・ファーンズワース卿《きょう》」彼はもう一度笑みを浮かべた。「きみの名前も聞かせてもらえるかな？」

「リリーです」彼女はお辞儀をした。

「リリー、その先は？」

「レディ・リリー・ジェムソンです」

「アシュフォード家の令嬢だね？」

「はい、ふたりいる娘のひとりです」

「もうひとりのお嬢さんも、きみみたいに愛らしいのかい？」ダニエル卿がウインクをして尋ねた。

頬がかっと熱くなったのをこの若い紳士に気づかれませんように。リリーは金髪に青い瞳の妹を頭に思い浮かべて答えた。「妹のほうがずっとかわいいと思います」

「それは信じがたいな」彼は咳払《せきばら》いをした。「きみには絵心がある。ぼくは失礼するから先を続けてくれ。できあがったらぜひ見たいな」

「はい」

ダニエル卿はきびすを返して立ち去りかけ、ふと首をめぐらせた。

「リリー、きみはいくつだい?」

「一三歳になります」

「五、六年したら必ずまた会おう」そう言うと、彼は悠然とした足取りで去っていった。

八年後

「こんなに遅くなって、もうお母様とお父様の馬車には追いつけないわ」レディ・ローズ・ジェムソンは自分の馬車の座席に腰をおろした。「何年も前に描いた絵をわざわ捜しださなければならなかった理由が、わたしにはわからない」

「ローレル・リッジのあずまやへ絵を持っていって、もう一度あの風景を描きたいからよ」リリーは深みのある黄緑色のスカートをなでつけた。ライブルック公爵邸の美しさはすばらしい思い出として胸に刻まれている。これからはじまる二週間のハウスパーティーのあいだは、心ゆくまで絵筆を走らせるつもりでいた。「それに、ちゃんと追いつくわ。そうでしょう、お兄様?」

兄のジェムソン子爵ことトーマスがうなずいた。

「父上の年代物の馬車に追いつくぐらいわけない。それどころか、うまくいけばぼくたちのほうが先に到着する」

「よかった」ローズはにっこりした。「これから二週間ローレル・リッジで過ごすと思うと、期待に胸がふくらむわ」

「わたしも楽しみよ」リリーは言った。

ローズがサファイア色の瞳を見開く。「公爵に会うのを楽しみにしているの？」

「そんなはずがないでしょう」リリーは笑い飛ばした。「公爵に興味はないわ。わたしが楽しみにしているのは、公爵家が収集してる美術品よ。収蔵品の中にはフェルメールの絵があると噂《うわさ》されてるの！」

「やれやれ、リリー」トーマスがウインクを送った。「イングランド一の花婿候補がローレル・リッジにいるというのに、おまえのお目当ては絵なのか？」

「お兄様にアマガエル並みの審美眼しかないのは周知の事実よ」リリーは鼻で笑った。「ローレル・リッジには公爵目当ての美女が大挙して押しかけているだろうし、そういう女性たちはきっとフェルメールの名前すら知らないわ。お兄様も公爵のおこぼれにあずかれるわよ。でもわたしはライブルック公爵を見て真夏の雌犬みたいにハアハア舌を垂らすより、もっとほかにしたいことがあるの」

トーマスが笑い声をあげた。「公爵がおまえと鉢合わせすることがないよう神に祈ろう」

「お姉様」ローズがたしなめるような声をあげた。「そんな言葉づかいはどうかと思うわ。お母様がこの場にいなくてよかった」

「忘れたの？　公爵といっても、先代と嫡男が急に亡くなったから爵位が転がりこんできただけでしょう。彼が悪名高い放蕩者であることに変わりはないわ。以前なら、誇り高い父親であれば、あの男の前では自分の娘にまばたきひとつさせなかったでしょうに」リリーは天を仰いだ。「彼が公爵になったとたん、かつての悪行はすべて水に流されるんだもの。あきれてものが言えないわ」

「それはそうだが――」

「彼は喪が明けるまでの一年間、ヨーロッパ大陸を旅していたのよ。きっと各国の娼館《しょうかん》めぐりに励んでいたに違いないわ」

「そんな言葉を使うのはやめてほしいな」

「売春宿ならいいのかしら？　それとも淫売宿？」

「リリー」

「悲しみに暮れる母親をイングランドにひとり置き去りにしたのよ。正真正銘のろくでなしだわ」

「公爵未亡人のまわりには信頼できる人たちがいた」トーマスが指摘する。

「そうでしょうね。公爵未亡人にとっても、自分の妹といるほうが息子といるよりはるかにましだっただろうし」リリーは息を吸いこむと、ドレスをもてあそんだ。「でも、公爵が美しい屋敷を所有していることは認めるわ。わたしは大半の時間を美術品の鑑賞とブドウ園の散策、それに写生と書き物に費やすつもりよ」

「パーティーには参加しないの？」ローズがきいた。

「顔を出すぐらいはするわ。心配しないで。あなたにはソフィーとアリーがいるんだから。いとこ四人で過ごす時間も持ちましょう。わたしが好きなだけひとりでうろついても、お母様の耳に入ることはなさそうだけど」

「その点は本当によかったわね」

「少しもよくないわ。ここで二週間、羽を伸ばしたあとは、ロンドンの社交シーズンというあの野蛮な食肉市場に放りこまれるのよ」

「お姉様」ローズが言った。「お父様とお母様はどうして今年になるまでお姉様の社交界デビューを見合わせたのかしら。一年前に社交界入りしていれば、今頃は幸せに結婚していたかもしれないのに」

「幸せに結婚？」リリーは鼻を鳴らした。「一年遅らせたのは、あなたの社交界デビューに合わせたかったからに決まってるでしょう。あなたなら自分に見合った求婚者を引き寄せるとわかっているから、お母様とお父様はわたしがあなたを手本にして同じことをするのを期待しているのよ」

「お姉様ったら、何をくだらないことを言っているの」

「たしかにくだらないかもしれないわね。わたしはどこかの堅苦しい貴族に一生縛りつけられたいなんて少しも思ってないんだもの。だけど、事実は事実よ」

「でも、お姉様はきれいだわ。わたしよりずっと」

「美しさは結婚とはなんの関係もないわ」リリーはこちらを見つめているトーマスに顔を向

けた。「また過保護な兄の目になっているわよ」

兄のことは心から慕っているが、近頃ではリリーが好む生き方の足枷《あしかせ》になりつつあった。そのうち、おまえにはお目付役《シャペロン》をつけるべきだと言いだしかねない。

兄に趣味でも見つけてあげよう。女性に夢中になってくれればもっといい。ローレル・リッジで兄の興味を誰かに向けさせることができれば兄も忙しくなる。ローズにも相手を見繕ってはどうだろう。当然ながらライブルック公爵は論外だけれど、ハウスパーティーでは立派な紳士に事欠かないはずだ。兄と妹を片付けてしまえば、わたしは好きなだけ絵を描き、文章を書くことができる。

兄にはレディを、妹には紳士を。ふたりに相手をあてがうのは驚くくらい簡単だろう。ハニーブロンドの巻き毛に輝く青い瞳を持つローズほど美しい女性はこの世にいない。そのうえ妹には多額の持参金とアシュフォードの名前がついてくる。兄もすばらしい花婿候補だ。整った彫りの深い顔立ちにつややかな黒髪、子爵の位を有しており、イングランド有数の名家と称される伯爵家の跡継ぎであることは言うまでもない。

リリーはほくそ笑んだ。

「いったい何を企《たくら》んでいるの？」ローズが問いかけた。

「どうしてわたしが何か企んでいると思うの？」

「顔にそう書いてあるからよ。何かよからぬことを考えているでしょう。わたしにはわかるんだから」

「ぼくにもわかる」トーマスが言葉を挟む。「たまにおまえは自分がレディだということを忘れるだろう」

「わたしはレディじゃないわ、お兄様がレディでないのと同じくね」

トーマスがけだるそうに微笑《ほほえ》んだ。「おまえがそんなことを言うのを聞いたら、ぼくの友人たちが嘆く。ウェントワースはおまえのことをよくきいてくるぞ」

「あの髪が薄くて間の抜けた？　お兄様があの人と親しくしているのは、妹のほうに目をつけているからでしょう。お兄様ならもっといい相手もいるのに」

「レディ・レジーナ・ウェントワースよりもっと悪い相手だっている。彼女はなかなか魅力的な女性だ」

「レジーナの頭には脳の代わりにブラッドソーセージが詰まっているのよ。そんな相手といったいどんな会話をするの？」

「話し上手ではないかもしれないが、彼女には彼女なりの魅力がある」

「あきれた。お兄様もほかのイングランド人の男と何も変わらないのね。視線が向かうのはかわいい顔と大きな胸ばかり。お兄様はもっと立派な人だと思っていたわ。小さな頃からお兄様はわたしのあこがれだったのよ。あんな外見だけの女性によく我慢できるものね。そこまで気に入っているなら、去年の社交シーズン中に結婚を申しこまなかったのはなぜ？」

「ぼくはまだ若いんだ、リリー。慌てる必要はない」

「お兄様は二八歳でしょう！　わたしは二一歳になったばかりなのに、お父様はわたしが結婚するのを今か今かと待ち構えているわ」

「そういうしきたりなんだからしかたがない。運命を受け入れたほうがおまえ自身のためだ」

「絶対にお断りよ！　わたしにはもっと大きな望みがあるの。どこかの貴族に嫁がされて子どもを産む道具になるのはごめんだわ」

「子どもを産ませるためだけにおまえを嫁がせるわけがないだろう。ぼくと父上はおまえであれローズであれ、大切にしてくれる相手でなければ花婿候補と見なさない」

「だけど、わたしはその花婿候補に興味がないの。先にしたいことがたくさんあるんだもの」リリーはため息をついた。「そのひとつはフェルメールの作品を見ることよ」

「あいにくだが」トーマスが言った。「ライブルック公爵のコレクションを観賞できるのは、公爵から直接招待された者に限られる」

「公爵に招待してもらえばいいんでしょう。絵に興味があると話せば、きっと理解してもらえるわ」

「あの男のことだ、おまえの興味を利用はしても理解はしない」

リリーはうんざりして目をぐるりとまわし、まぶたを閉じた。前回ローレル・リッジを訪れたときのことが頭に浮かぶ。家を出る直前に、あのとき描いた絵を見つけだしたときは、自分の技術の稚拙さに愕然《がくぜん》とした。ほんの八年前のものなのに。それでもそこには潑剌《はつらつ》とした純粋さがあった。結局、あのあとダニエル卿に絵を見せる機会はなく、短い滞在のあいだに彼の姿をふたたび目にすることもなかった。

おそらく今度の滞在中も目にすることはないだろう。彼は大勢の愛人たちの相手で忙しいはずだ。ハンサムなダニエル・ファーンズワース卿は、今ではライブルック公爵になった。


ダニエルは浴槽から出ると、従者が広げたタオルの中へ進んだ。自分で体をぬぐったあと、腕を伸ばしてシルクのローブに袖を通す。「ありがとう、パトニー」礼を述べてから、髭《ひげ》を剃《そ》るため、革張りの肘掛け椅子に腰をおろした。

従者は湯気の立つ洗面器に浸して絞ったタオルでダニエルの顔を包みこんだ。ダニエルはくつろごうとした。上手に髭を剃ってもらうのは心地よいものだが、今、頭に浮かんでくるのは階下に集まっている客のこと、それに今夜自分がライブルック公爵として人生を踏みださなければならないということばかりだ。

今や自分の所有物となった公爵邸で、二週間にわたって開かれるハウスパーティーの主人役を務めるのは気が重い。母とおばのルーシーがいてくれて本当に助かった。ふたりの見事な女主人ぶりは世に知られており、何事につけ、つつがなく目を配ってくれるだろう。

ダニエルは口元に笑みが浮かびそうになるのを髭剃りの邪魔にならないよう押しとどめた。レディ・アメリア・グレゴリーも来ているはずだ。ダニエルが麗しき未亡人に今夜ベッドをあたためてほしいと頼めば、彼女は身を震わせて喜ぶだろう。アメリアの口を使った奉仕はすばらしい。ダニエルは下腹部がこわばるのを感じた。

パトニーはダニエルの顔に残った石鹸《せっけん》をぬぐい取ると、衣装簞笥《だんす》へ行って着替えを用意した。

「これがよろしいかと存じます」深い暗紅色のヴェルヴェットで仕立てられた上着と、黒のズボンを差しだす。

ダニエルは服を身につけると、小ぶりのグラスに自分でブランデーを注《つ》いだ。

「ほかに用はございますか?」

「いや、パトニー、さがっていい」

従者は頭をさげて退室した。ダニエルはふた口でブランデーを飲み干し、自室を出た。裏手のテラスに集まっている紳士たちに加わるために、広い階段をおりていく。さあ、空騒ぎのはじまりだ。

父と兄は社交の場での歓談に長《た》けていた。自分はといえば、一年前までは薄暗い一角で、その気のある未亡人や屋敷のメイドといつもよろしくやっていた。ダニエルがそれを思い返すと、唇が小さな弧を描いた。あの日々は終わった。今では自分がこのいまいましい集まりの主催者なのだ。ダニエルは顔に笑みを張りつけ、最初の紳士たちの輪に加わった。

メイドに部屋まで案内されたあと、リリーとローズは旅の疲れから眠りに落ちた。ほんの数秒うとうとしただけに感じたが、ドアをノックされてリリーは目を覚ました。慌ててベッドから飛びおり、床に脱ぎ散らかしていたドレスをつかむ。「どなた?」

「わたしたちよ！　中に入れて！」

リリーはドアへ走り寄り、勢いよく開け放った。「アリー、ソフィー！」いとこたちを抱きしめる。

「リリーったら下着姿じゃない」ソフィーがたしなめた。

「ローズと昼寝をしてたの。疲れてしまったし、まだ荷物が部屋に届いていなくて」

「荷物ならドアの横に置いてあるわよ」アレクサンドラが言った。「わたしたちが運んであげる」

「気をつかわないで。わたしが取ってくるから」

「お姉様、下着姿でドアの外へ出てはだめよ」ローズがベッドの上で起きあがった。「ソフィーとアリーに持ってきてもらいましょう」

「なんて重さなの。中身は何？」アレクサンドラは革製の大きな鞄《かばん》を引きずりながら尋ねた。

「絵を描く道具よ」リリーは鞄に手をかけた。「気をつけて」

「まさか滞在中に絵を描くつもりじゃないでしょうね」アレクサンドラが言った。「園遊会に乗馬、豪華な晩餐会《ばんさんかい》、それに舞踏会もあるのよ」

「言っても無駄よ、アリー」ローズは不平をこぼした。「お姉様はそんなものには興味がないんですって」

「あなたたちで楽しんできて。わたしにはわたしの楽しみがあるの。ライブルック公爵領は息をのむほど美しい場所だわ。わたしはここのすべてを画用紙と手帳に記すつもりよ」

「すてきな考えね、リリー」ソフィーが言った。

リリーは愛情に満ちた目で小柄ないとこを見つめた。ソフィーは豊かな金髪と、その気になれば人を虜《とりこ》にできるはしばみ色の大きな瞳を持っている。妹のアレクサンドラは栗《くり》色の髪と金色の瞳、それに陽気な性格の持ち主だ。紳士たちはさっそく今夜からアリーの心を射止めようと列をなすに違いない。

ソフィーとアレクサンドラの母親、ロンガリー伯爵未亡人ことアイリスは、リリーとローズの母親であるレディ・アシュフォードの姉にあたる。スコットランドの伯爵だったおばの夫は暴力をふるううえに散財家で、二年前に死去したときには財産をすっかり食いつぶしていた。それ以後三人はアシュフォード家の庇護《ひご》を受けており、娘たちはリリーとローズとともに社交界デビューする予定になっていた。

「わたしたちの部屋はここの隣よ」アレクサンドラが言った。「お母様の部屋は廊下をまっすぐ行ったところ。クリスピンおじ様とフローラおば様の部屋は？」

「さあ、どこかしら」リリーは言った。「ローズもわたしも旅の疲れが出て、部屋に着くなり眠ってしまったから」

「わたしたちの部屋からうんと遠いといいわね。部屋からこっそり抜けだしてもばれないように」アレクサンドラがウインクする。

「本当にそうだといいわ」リリーは笑い声をあげた。「わたしも滞在中は何度か部屋からこっそり抜けだそうと考えているの」

「そうなの？　お目当ての紳士は誰？」アレクサンドラはベッドに飛びのってローズの隣に座った。「ここへ到着したとき、ハンサムな紳士たちがテラスに集まっているのを見かけたわ」

「お姉様のお目当てはフェルメールよ」ローズが教えた。

「それはどの人なの？」アレクサンドラの目が大きくなる。「お願いだから、背が高くてとび色の髪をしたあのりりしい紳士だなんて言わないで」

「アリー、フェルメールは画家でしょう」ソフィーが言った。「授業中にミス・オハラの話を聞いていなかったの？」

「絵を見に行くために部屋を抜けだすの？」アレクサンドラは大笑いした。「リリーったら、どうかしてるわ」

「女好きの貴族に口説かれるために部屋を抜けだすほうがどうかしているわよ」リリーは鞄を開けて服を広げはじめた。

「それがふつうでしょう」アレクサンドラはサクランボ色の唇をとがらせた。「ひとりかふたり、ううん、三人ぐらいと逢《あ》い引きを楽しみたいわ。うまくいけばライブルック公爵とも機会があるかも！」

「評判どおりなら、公爵は目に映るものならなんでも口説くでしょうね」リリーは言った。

「自分の評判に気をつけてね、アリー」ローズが警告した。「逢い引きしているところを人に見つかったら傷物と見なされて、まともな結婚話は二度と来なくなるわ」

「それなら、見つからないようにすればいいわ」アレクサンドラが金色の瞳をきらめかせる。

「アリー」ローズはなおも言った。「本気じゃないんでしょう?」

「わたし、これまでずっといい子にしてきたわ」アレクサンドラは言った。「どんなふうかしらって想像するのはもう飽き飽き。キスを経験したいの」

「ええ、きっと天にものぼる経験よ」ローズが夢見るような顔で同意した。

「騒ぐほどのものでもないわ」リリーは言った。

「リリー、キスをしたことがあるの!」アレクサンドラが立ちあがった。「どんなだったか、聞かせて!」

「やっぱりそうだったのね!」ローズが言った。「どうして教えてくれなかったの? 相手はウェントワース?」

「ええ、一度だけ。去年のクリスマスに」リリーは教えた。「でも、どうってことなかったわ。彼の唇って湿っぽくてべとべとしてるの。キスがあんなものなら、二度としたくない」

「キスをしたことがあるだけでもうらやましいわ」アレクサンドラが目をつぶる。

「本当にうらやむほどのことじゃないわ。それにウェントワースでよければいつでもどうぞ。彼は兄と同い年で、見た目はそう悪くない。だけど、生え際が後退しているわ。きれいな手をしてるし、体格は立派ね。頭脳明晰《めいせき》とは言えなくても、かなりの資産家よ」

「よさそうな人ね。わたしたちに紹介してもらえない、リリー?」

「喜んで。ウェントワースもここに来ていたらね。でも彼がいなくても、もっといい相手の中から選べるはずよ。あなたみたいに美人で明るい性格ならなおさら」

「お姉様の相手は？」アレクサンドラがきいた。

「ソフィーの花婿候補もきっとたくさんいるわ。ローズの花婿候補もね」

「それにお姉様の花婿候補も」ローズが言った。

「わたしのことならおかまいなく」リリーはもう一度いとこたちを抱きしめた。「あなたたちが一緒で本当にうれしい。四人で目いっぱい楽しみましょう。明日、昼食後にレディのために園遊会が開かれるそうよ。途中で抜けだして、四人で屋敷の中をちょっと探検しない？」

「だけど……」ソフィーが唇をかんだ。

「男性陣は朝から狩りに出かけるのよ」リリーは言った。

「園遊会には紳士がひとりもいないってこと？」アレクサンドラが鼻を鳴らした。「だったら探検のほうがいい」

「そうね」ローズが応じた。「おもしろいかもしれない」

「あなたたち三人が行くなら、わたしも行くわ」ソフィーが言った。


リリーががっかりしたことにウェントワース家はやはりローレル・リッジに来ており、不運なめぐり合わせによって、彼女は晩餐の席でセオドア・ウェントワースの隣に座らされた。それでもウェントワースはそのおじで好色家のラドリー卿よりはまだましだ。リリーの反対隣に座るヴィクター・ポーク卿は、背の高さとつややかなとび色の髪から、アレクサンドラが話していたりりしい紳士だと察せられた。リリーの向かいには兄のトーマスが座り、その両脇にはレジーナ・ウェントワースと、リリーには見覚えのない金髪の華奢《きゃしゃ》な女性が座っていた。

ウェントワースとポークのふたりは、リリーのワイングラスを満たして快活な会話が途切れないよう気を配る一方、ベルーガ・キャヴィアに、野菜のチャウダー、蒸したタラ、リンゴと干しブドウのソースを添えたガチョウのロースト、ニンジンと豆のミルク煮、それにキドニープディングを大いに楽しんだ。

ポークの心配りは快いものだった。彼は魅力にあふれていて、ウェントワースよりもはるかに理知的だ。

「レディ・リリー、舞踏会で一曲踊っていただけますか？」

「ええ、喜んで」

「楽しみにしています。教えてください、アシュフォード伯爵はこれまであなたをどこに隠していたんです？」

「父がわたしを隠していた？」

「前にあなたに会ったことがあれば忘れるはずはない。この数年、お父上と兄上の姿は数々の催しで目にしているのに」

「あいにく父と兄は揃《そろ》って過保護なんです。わたしにとってはこれが初めての社交シーズンになります」

「楽しみにされているんでしょうね？」

リリーはワインをひと口飲み、グラスをテーブルに置いた。「いいえ、ちっとも」

ポークの淡い茶色の瞳が愉快そうに輝く。

「おやおや、好き嫌いがはっきりしている。社交シーズンの何が不満なんです？」

「わたしの意見なんておもしろくもありませんよ」

「そうは思わないな。ぜひ詳しく聞かせてください」ポークが微笑みかけた。

口を閉じておくべきなのはわかっている。だけど……。「はっきり言って、ロンドンの社交シーズンは、薄いヴェールをかぶせただけで、中身は食肉市場でしかありません」

ポークは大笑いした。「社交シーズンをそんなふうに表現する人は初めてだ」

「でも事実でしょう？」リリーは手を振り、危うくワイングラスを倒しかけた。「男性も女性も店先で一番上等の肉はどれかと探すみたいに結婚相手を品定めする。野蛮なしきたりだわ」

「あなたは自分の意見をちゃんとお持ちだ。なんだか新鮮だな」

「忘れないでくださいね。あなたが話すようおっしゃったんですよ」

「たしかにそうだ。あなたの意見には賛成だが、上等の赤身の肉よりも脂の多い肉を求める者もいる」彼の目がきらめいた。「ワインのお代わりはいかがです？」

「もうやめておきます。飲みすぎてしまうわ。わたしの舌がこれ以上なめらかになっては困るでしょう？」

「あなたのように愛らしくて舌のなめらかな女性と」ポークは少しだけいたずらっぽい笑みを浮かべた。「夜を過ごすのは楽しそうだ」

リリーは頰が熱くなった。彼はわたしにベッドで舌を使うようなことをして夜を過ごそうとほのめかしているのだろうか？


リリーはハウスパーティーのはじまりを告げる舞踏会に、胸元が深くくれた淡い緑のドレスを選んだ。女性用の居間へ妹たちを迎えに来たトーマスはリリーのドレスを見て小さく首を振ったが、彼女は気にしなかった。メイドはリリーの黒髪を複雑に編みこんでうなじでまとめ、高い頰骨を囲むように巻き毛を顔の横に垂らしていた。

トーマスがローズを連れてダンスフロアでカドリールを踊るあいだ、リリーはテーブルを探した。彼女が腰をおろす間もなく、ウェントワース卿が近づいてきた。

「ちょうどよかったわ。ぜひ紹介したい人がいるの。一緒にいらして」リリーは彼の腕を取り、折よくやってきた、いとこたちのほうへ進みでた。手早く紹介をすませ、ダンスを踊っていらっしゃいとアレクサンドラをウェントワースの腕の中へ押しこんだ。

トーマスがローズを連れてテーブルに来た。リリーは兄の腕をつかんだ。

「お兄様、一緒に踊って」

「もちろんだ、リリー。ダンスを踊りたがるとは珍しいな」

「踊りたいわけじゃないわ。ウェントワースからダンスを申しこまれたくないの」

トーマスが笑い声をあげた。「なるほど。では、どうぞお手を」腕を差しだし、次のカドリールへと慣れた手つきで導く。

「晩餐のときにお兄様の隣に座っていたきれいな若い女性は誰？」

「金髪の女性のことか？　名前はエマ・スミスとかスマイスとか。よく覚えていないな」

「あそこにいるわ」リリーは目で示した。「ダンスを申しこんだら？」

「別の誰かと踊ったら、どうやっておまえをウェントワースから守る？」トーマスが小さく笑った。

「ウェントワースのことはなんとかするわ。彼がアリーに興味を持つように仕向けたいの」

「自分が嫌いな相手をアリーに押しつけるのか？」

「おかしなことを言わないで。アリーだってウェントワースにはもったいないわよ。だけどアリーが知り合いになりたがってるから、わたしはその橋渡しをするの。といっても、アリーはここにいる独身紳士なら誰とでも知り合いになりたがっているんだけど。誰かいい人はいない？　ついでにソフィーとローズに紹介できそうな人も教えて」

「ヴィクター・ポーク卿をすすめたいところだが、彼は晩餐の席でずいぶんおまえにご執心だったたな」

「ヴィクター卿を紹介したらアリーは喜ぶわ。あとはソフィーとローズね」

「やれやれ、ぼくに縁結び役をさせる気かい？」トーマスはダンスフロアを見まわした。「あそこにいるのはヴァン・アーデン。子爵の息子だ」中背の紳士を身ぶりで示す。とりわけハンサムとは言えないが、淡い金髪がすてきだ。ローズの相手には背丈が少し足りないわ。でもソフィーにはお似合いかもしれない。ふたりを引きあわせてもらえる？」

「かわいい妹の頼みならなんなりと」

「さあ、次はローズにすてきな紳士を見つけないと。ローズはならず者にでもたぶらかされそうで心配だわ」

「リリー、ぼくはこういうのはあまり気が進まない」

「そうでしょうね。お兄様にとっては、妹はいつまでも小さな妹のままなんでしょう。でも妹がつきあうなら、相手はいやらしい好き者よりも、自分が認めた紳士のほうがいいと思わない？」

「一理あるな。ではローズはエヴァン・ゼイヴィア卿と引きあわせよう。なかなか知的で礼節を重んじる男だ」

「どの人かしら？」

トーマスはあたりを見まわした。「さっきまでそこにいたんだが。心配するな、捜しておく。おまえも見ればわかるだろう。金髪の長身、木の幹のようにがっしりとした体格だ。学生時代はボートレースの選手だった」

「ハンサムなの？」

「おまえたち女性が何をもってハンサムと見なすのかぼくにはわかりかねる」

「そうね、たとえばお兄様はハンサムと見なされるわ」

「ぼくと比べたら、やつは足元にも及ばない」トーマスは笑った。「だがローズがゼイヴィアの容姿に文句をつけることはないだろう。さて、ダンスも終わったことだし、ぼくへの指示はそれで全部かな？」妹をふたたびテーブルへ導く。

「ありがとう、お兄様」リリーは椅子に腰かけた。「お兄様と踊るのは雲の上を滑るような心地だったわ。じゃあ、ふたりをヴィクター卿とエヴァン卿に引きあわせたら、お兄様はミス・スマイスにダンスを申しこんでね」

「はいはい、リリー」

紳士たちがやってきてローズとソフィーをダンスフロアへ案内するのを、リリーは笑みを浮かべて見守った。兄はミス・スマイスへ近づき、両親は楽しげに踊っている。それを確認したところで、リリーはそっと立ちあがった。彼女が舞踏室をこっそり抜けだしてフェルメールの絵を捜しに行っても、気づく人はいないだろう。

目立たないよう壁に沿って進み、テラスに出られる両開きのドアへと向かった。まずは外から屋敷の正面にまわり、そこから探索をはじめよう。

テラスに足を踏みだすと、新鮮な空気に迎えられた。四月にしてはあたたかな夜だ。リリーはふだんから屋内よりも屋外が好きだった。薄闇の中では数組の男女が親密そうにささやきあっていた。リリーがテラスを横切って芝生へと階段をおりていっても、誰も気づく様子はない。リリーはひとりでくすくす笑い、屋敷の横側へ小走りでまわった。公爵邸は丘の斜面に沿って建てられていた。リリーは傾斜をのぼりながら、たいまつの明かりから離れて暗がりの中にとどまるよう気をつけた。

笑みを浮かべ、ハミングする。想像していたよりもずっと簡単だった。一時間もせずに妹と兄、それにいとこふたりがきれいに片付いた。リリーは満足し、軽くスキップをしはじめた。声をあげて笑いかけたところで、屈強な二本の腕に抱えこまれ、花の咲く大きな垣根の裏へと引きずっていかれた。悲鳴をあげる間もなく、唇が彼女の唇に覆いかぶさった。

2

リリーは襲ってきた男の肩に手のひらを押しつけたがびくともせず、相手は余計にリリーの体を引き寄せた。その胸板の硬さに、彼女は思わず息をのんだ。わずかに開いた唇から、男が舌を滑りこませてきて円を描き、探索する。リリーは腕の力が抜けて体の脇に垂らした。ブランデーの味が口内に広がる。それともこれはポートワインの味？

リリー、逃げなさい。逃げるのよ！

だが足の裏が地面にくっついてしまったかのようだ。鋭い炎が脚の付け根をなめあげ、鼓動が速まる。恐怖にとらわれて心臓が飛びだしそうなのに、全身がぬくもりに包みこまれて、気がつくとつま先立ちになって相手にもっと近づこうとしていた。

男はリリーの腰にまわしていた腕をゆっくりほどき、両手を下へ滑らせて彼女の両手に重ねた。唇を離さないまま、リリーの腕をやさしく導いて自分の首にまわさせる。リリーは盛りあがった筋肉を覆うなめらかな肌にそっと触れ、指を下へと動かしていった。やわらかな生地が広い肩を包んでいる。ヴェルヴェットだろうか。わからない。どうだっていい。でも、これははっきり言える、彼の引きしまった体ほど神々しいものにこれまで触れたことはない。

わたしは何をしているのだろう？

けれど思考は蒸気となって消え、あとに残ったのは感覚だけだ。ああ、キスに関する自分の意見は誤りだった。このキスは天にものぼってしまいそうだ。リリーがおずおずと舌と舌を触れあわせると、男は小さなうめき声をあげた。リリーは胸の先端が硬くなり、胸を男の胸板に押しあてた。何かに駆りたてられたようにもっと欲しいと願う。彼のうめき声のせい？　それともわたしの舌をなめらかに探る彼の舌のせい？　互いを味わいながら、リリーは身を震わせた。唇をさらに深く重ねようと顔を上に向け、少しのあいだ目を開いた。

　視界の隅で人影が立ち止まり、急いで去るのをとらえた。リリーはわれに返って動揺した。自分はまったく見ず知らずの男とキスをしている。その男の舌が口の中に差しこまれている。相手はどこの誰かもわからないのに。田舎の痴《し》れ者かもしれないのに！

　持てる力をすべて出して男の首にまわしていた腕をおろし、男の肩を押しやり、うしろへさがろうとした。

「待ってくれ！」男はリリーの腕をつかむと、彼女をたいまつの明かりのもとへ引き寄せた。

　リリーはライブルック公爵ことダニエル・ファーンズワースの美しい緑の瞳を見あげていた。ああ、彼はハンサムなままだが、かつての線の細さが残る若者ではない。その美しさは成熟していた。顎の線はうっすらと伸びかけた髭で金色に輝き、不思議な色の瞳は以前よりも深くくぼんで細かな笑いじわに囲まれている。肩まで伸びた金髪は以前と変わらず美しい。あの髪に指で触れたらどんな感じだろう。

何を考えているの！　リリーは唾をのみこみ、言葉がつかえませんようにと願いながら言った。

「か、閣下？」

ダニエルは今までその唇をむさぼっていた黒髪の女性を見おろした。なぜこんな間違いを？　待っていたのはこの女性ではない。しかし、頭の片隅では気づいてもいた。彼女のキスは違っていた。純粋で甘やかだった。

愛らしい黒い巻き毛と、年代物のコニャックを思わせる瞳の色にはどこか見覚えがあるが、思いだせない。彼女は何者だ――かつて経験したことのないやさしい清らかさで口づけに応えたこの乙女は？　もう一度彼女をこの腕の中へ引き寄せたかった。抱きしめてキスをしたかった。もっと彼女が欲しかった。もっとはるかに。

だがそれはかなわぬ欲望だ。彼女にわびて解放してやらなければ。それが礼儀にかなった行いだ。いくらダニエルでも、無垢《むく》な女性には手を出さないと決めている。たいていの場合は。今や彼は公爵であり責任がある。

ズボンの中で脈打つものは責任などどうでもいいと主張していた。「くそっ、なんとでもなれ」ダニエルは声に出して言うと、彼女の体をふたたび引き寄せた。

女性が応じ、ダニエルの心臓は胸から飛びださんばかりに激しく打った。

「それでいい。舌を伸ばしてごらん」彼はささやいた。

甘い、なんと甘いのだろう。深く息をして、女性の芳香を吸いこむ。スパイスで風味付けしたケーキやワインの香り。すばらしい。ダニエルは相手の片手を自分の頭へとゆっくり導き、髪に指を差し入れさせた。彼女の反対の手がダニエルのうなじにまわされ、肩と背中の筋肉を探る。ダニエルは女性の腰に置いていた手を背中の曲線からうなじへと動かし、彼女の体をさらにそらした。唇を女性の口から頬へ滑らせて耳にたどり着き、耳たぶを舌でなぞる。ダニエルの唇の下にある、彼女の象牙色の肌は東洋のシルクの織物のごとくなめらかだった。

「きみの体に触れたい。すべての部分に」

女性が身を震わせ、ダニエルの体にもたれかかった。よかった。彼女も求めてくれている。ダニエルが彼女の頬を唇でたどると、吐息が彼の肌をそっとかすめた。ダニエルは唇を喉へとさげていき、脈打つ箇所を見つけてやさしく頬ずりした。さらに下へと舌を滑らせ、ふたつのふくらみのあいだに潜りこませる。なんてやわらかで豊満な胸だろう。舌に触れる肌はサテンのようになめらかだ。胸の頂はドレスの下に隠れている。チェリーボンボンよりもなお甘いそれを口に含んでみたい。指でつねり、彼女が悲鳴をあげるまでかんでみたい。

ダニエルは下腹部を女性に押しつけてうめき声をあげた。ああ、体と体が触れあう感覚が心地よい。彼女はぼくの男たる部分をすっぽり包む揺りかごだ。ダニエルは彼女のヒップをつかんでさらに引き寄せた。

まだ遠い。ダニエルに体を押しつけられて愛らしい体がこわばる。それでもダニエルは彼女を放さなかった。放せなかった。彼女の唇をそっとかみ、愛撫《あいぶ》し、吸いあげる。呼吸すら忘れたような数秒が過ぎ、女性がダニエルを押しやった。

「正気を失われたんですか？」

「そうだ」ダニエルはささやいた。苦しげに息を吸いこみ、彼女を引き戻す。

女性が顔をそむけた。ダニエルはなめらかな頬に舌を滑らせた。

「放してください！」彼女はダニエルを強く押して抱擁から逃れると、ドレスの裾をたくしあげて屋敷の正面へと走った。

ダニエルはあとを追いかけたかった。彼女をつかまえて寝室へ運びたい。ドレスを脱がせてその体に身を沈め、自分のものにしたい。ズボンの中では下腹部が痛いほど高ぶっていた。ダニエルはヴェルヴェットの上着が石造りの外壁にこすれるのもかまわず地面にずるずるとしゃがみこみ、両手に顔をうずめた。なんてことだ、何者かさえ知らないのに、彼女に対する自分の反応は予想だにしなかったものだ。女性との体験に新しいものがあるとは考えていなかった。

どうやらそれは間違っていたらしい。

屋敷の正面入り口にたどり着くと、リリーは中へ入る前に戸口に寄りかかった。鼓動が乱れ、脚はがくがくと震え、立っているのがやっとだ。気持ちを静めようとしたが、数秒もすると無理だとわかった。頭に浮かぶのは指のあいだを滑る公爵のなめらかな金髪や、喉や胸のあいだに押しあてられたやわらかで官能的な唇、彼女の口を探る舌ばかりだ。彼の愛撫が細胞のひとつひとつからしみこんで脚のあいだに集まり、湿った熱を発している。リリーはその感覚に驚きながらも、さらに欲しくてたまらなかった。もっと彼が欲しい。神様、助けてください。わたしは楽しんでしまいました。

リリーは震えを抑えこんで玄関のドアを開けた。女性用の居間を見つけるまで歩いていく。中へ入ると、腰掛けに座り、自分の姿を鏡に映して見つめた。

公爵の激しいキスを浴びて、唇は濃い赤みを帯び、腫れぼったい。髪型はおおむね無事だが、ほつれ毛がいくつか落ちている。リリーは震える手で髪の乱れを整えた。大変！　胸が赤くなっている。それに乳房がドレスからこぼれ落ちそうだ。胸の谷間を甘くすぐる公爵の舌を思い返し、リリーは体が熱くなった。胴着《ボディス》をできる限り引っ張りあげ、胸をもとどおりにしまう。

ほかの女性が居間に入ってきて、リリーは腰掛けから飛びあがりかけた。

「あら、あなたどうかしたの？」

黒髪の女性は胸元を大きく露出した淡い青のドレスをまとっていた。長身の美女だ。これまでどこかで見かけた覚えはなかった。

「いえ、大丈夫です。ありがとうございます」

「失礼して自己紹介させてもらうわ。わたしはレディ・アメリア・グレゴリー。あなたは？」

「リリー。レディ・リリー・ジェムソンです」

「ああ、知っているわ。アシュフォード卿の令嬢ね。なんてきれいなお嬢さんかしら。会えてうれしいわ」

「こちらこそ」リリーは腰をあげた。まだ少しふらつきながら背を向ける。「それでは失礼します」

「そう急がなくてもいいでしょう」レディ・グレゴリーが手を伸ばし、リリーの腕に触れた。

「なんでしょうか？」リリーは急いで腕を引っこめた。

「こう言ったらあなたの興味を引けるかしら。つい先ほど公爵と抱きあっているのを見かけたと」

リリーは唾をのみこみそうになるのをこらえ、努めて無関心な声を出した。

「特に興味はありません」

「公爵がいきなり抱きしめてきた理由は気になっているんじゃないの？」レディ・グレゴリーは微笑み、小さなあくびをもらした。「あの人、あなたをわたしと勘違いしたのよ。外はずいぶん暗かったし、あなたは身長と髪の色がわたしに似ているから。わたし、あの場所で会いたいと公爵に誘われていたの」

「それで、あなたは応じたんですか？」

「当然でしょう」レディ・グレゴリーは背もたれ付きの長椅子に腰をおろし、ドレスをなでつけた。「うぶな人ね。公爵とわたしは……なんと言えばいいかしら……今夜、旧交をあたためようとしていたの。会うのはあの人が一年前にヨーロッパ大陸へ出発して以来だから」

この女性は何者だろう？　顔に浮かべた笑みはまがいものにしか見えない。リリーは息を吐きだした。「それがわたしとなんの関係があるんでしょうか？」

「ただのおとなしいお嬢さんかと思っていたけれど、思い違いだったようね」レディ・グレゴリーは隣に座るよう長椅子をぽんと叩《たた》いた。「これは事実よ。公爵は間違えたの。あの人はあなたになんの興味もないわ」

リリーは立ったままでいた。「彼はわたしに興味を持ったみたいでした」あのとき、彼はリリーの顔を見てからもう一度引き寄せた。それを思い返して心臓が跳ねる。

「言ったでしょう、あの人はわたしと取り違えたのよ」

リリーは鼻で笑った。

「なんにせよ、どうでもいいことです。わたしは彼には毛ほども興味がありません」

「もちろんそうでしょう」レディ・グレゴリーが毒々しい声であざけった。「あなたは社交界デビューを控えているんでしょう。若い令嬢なら、ライブルック公爵は真っ先に警戒する相手ね。わたしったら愚かな心配をしたものだわ。今の話は忘れて。あなたはわたしが公爵夫人になるのを邪魔することはないわね」

リリーはかすれた笑い声をたてた。「公爵夫人になることに興味はありません。わたしのことを少しでもご存じなら、言葉どおりだとわかるでしょう」

「悪いけど、それは信じがたいわ」

「何を信じるかはあなたの勝手です。公爵のことはどうぞお好きに」リリーは立ち去ろうとしたが、最後に疑問を口にせずにいられなかった。「でもそんなに公爵夫人の座におさまりたいなら、とうの昔に無理やりにでも彼から結婚の約束を取りつけていそうなものなのに。なぜそうしなかったんです？」

レディ・グレゴリーは首を振り、くすくす笑った。「わかってないのね。彼は次男だったのよ。爵位の低い子爵ですらなかった。わたしの亡き夫は伯爵だったのよ。どうしてわたしが身分を落とさなければならないの？」

「なるほどね」リリーはあきれ果てた。「いい？　アマンダ――」

「わたしの名前はアメリアよ。レディ・グレゴリーと呼んで」

「もちろんそう呼ぶわ。あなたがレディなら」

レディ・グレゴリーの顔が赤くなる。「あなた、何様のつもり？」

「何様でもなんでもないただの人よ」リリーはレディ・グレゴリーの顔の前で両手を振った。

「わたしは公爵を狙っていないから。どうぞ自分のものにして。では失礼――」

「ちょっと待ちなさい」レディ・グレゴリーがリリーの前で立ちあがり、行く手をふさいだ。

「わたしは自分の望みどおりにいかないのには我慢がならないの」

「わたしもそうよ。そしてこの部屋を出るのが今のわたしの望みなの」

リリーはレディ・グレゴリーを脇に押しのけ、足早に廊下へ出た。なんて厚かましい女性だろう。リリーが階段へ向かおうとしたところで、レディ・グレゴリーに腕をつかまれた。

「公爵が手に入らなければ、わたしは別の再婚相手を探すかもしれないわよ。たとえばあなたのすてきなお兄さんとか」

「どうしてわたしの兄を？」リリーは嘲笑した。「兄は爵位の低い子爵なのに？」

「本当にわかってないわね。あなたのお兄さんは長男で、イングランドでも屈指の豊かさの伯爵領を受け継ぐことになっている。加えて、男としてもとても魅力を感じるわ」

リリーは怒りがこみあげるのを感じた。「兄に近づかないで」

「覚えておきなさい。わたしは喜んであなたのことをかわいい妹と呼ばせてもらうわ」

リリーは腕を振りほどいて舞踏室へ向かった。あのままあと一秒でもいたら、レディ・グレゴリーの目を爪で引っかきかねなかった。しかもその原因は？　人違いとキス？　少なくとも、公爵との情熱的な抱擁の噂をレディ・グレゴリーに広められる心配はないだろう。万が一にでも父と兄の耳に入れば、ふたりはリリーに対して求婚するよう公爵に強要し、そうなればレディ・グレゴリーの計画はついえるからだ。

リリーは深呼吸をすると、階段をおりてきらびやかな舞踏室へ戻った。両親はダンスフロアにいた。おばのアイリスもだ。ローズはもう一度ゼイヴィアとダンスをし、アレクサンドラとソフィーはウエントワースと一緒にテーブルについている。トーマスはミス・スマイスとともに別のテーブルに座っていた。リリーは家族のほうへゆっくりと足を進めた。

ダニエルはいったん自室へ戻ってから舞踏室に入った。母とおばのいるテーブルに立ち寄って会釈し、小声で遅くなったわびを述べる。そのあと飲み物のテーブルへ進んで、シャンパンのグラスを手に取った。深酒をするたちではないが、ここ数日間はふだんの酒量を超えていた。ヴィクター・ポークがやってくるのに気づき、ダニエルは顔をあげた。

「ライブルック、どこにいたんだ?」

「あちこちだ」ダニエルはシャンパンを飲み干し、次のグラスに手を伸ばした。

「ペースを落とせ。まだ宵の口だ」

ダニエルはヴィクターを無視して室内を見まわした。いた、彼女だ。ジェムソンと魅力的な金髪の女性と一緒に座っている。彼女はうれしげな笑い声をあげて、手ぶりを交えておしゃべりし、楽しく過ごしている。自分とのひと幕をすでに忘れたのだろうか?

「ライブルック、ぼくの声が聞こえているか?」ヴィクターが尋ねる。

「すまない。なんだって?」

「レディ・グレゴリーがかれこれ三〇分ほど躍起になってきみを捜していたという話だ」

「しまった」アメリアのことを忘れていた。今のダニエルは彼女と顔を合わせる気さえなかった。一度のキスでこれほど気分が変わるとは不思議なものだ。「彼女を避けたい。手伝ってくれ」

ヴィクターが首を振った。「ほかのやつに頼むんだな。そもそもあんな女性と関わるのはどうかと思っていたんだ。災いの種だぞ」

「彼女は彼女なりに役に立っていた。だが、それももう終わりだ」自分でも驚いたことにその言葉に偽りはなかった。「ヴィクター、ジェムソンと座っている黒髪の女性が見えるか?」

「見えるとも。あれはジェムソンの妹のレディ・リリーだ」

「ああ、アシュフォードの娘か」ダニエルはあずまやで出会った愛くるしい少女を思いだした。「見覚えがあると思ったわけだ。顔を見るのは何年ぶりかな。あのときの彼女はまだほんの子どもだった」

「レディ・リリーはもう子どもじゃないぞ、ライブルック」

「それは見ればわかる。魅力的だと思わないか？」

「魅力的？」ヴィクターは含み笑いをもらした。「彼女は女神そのものだよ。鋭い舌鋒《ぜっぽう》の持ち主でもある」

「鋭い舌鋒？　なぜそんなことを知っている？」

「晩餐会で隣の席だったからだ。なかなか興味深い会話をしたよ。レディ・リリーは自分の意見を持った女性だ」

「きみに頼みがある。彼女をダンスに誘ってくれ」

「いいとも。もともと誘う予定だった」

「いや、そうじゃない」ダニエルは説明した。「きみはレディ・リリーをダンスに誘う。そこに途中でぼくが割りこむ」

「なぜ自分で誘わないんだ？」

「ぼくが誘っても断られると思う理由があるからだ。だがきみと踊っている途中であれば、彼女もぼくとダンスをするしかない」

「どうしてレディ・リリーがきみを拒む？　きみは公爵だ」

「拒まれるかもしれないというだけだ。それでいいだろう」

「彼女にいったい何をしたんだ？」ヴィクターの耳がわずかに赤くなる。

なんてことだ。ぼくの友人はあの女性に熱をあげているのか？

「何もしていない。ぼくが頼んだとおりにしてくれ。それともウェストンできみの命を救ったあの話を持ちださなければならないのか？」

「いったいいつになったらあれは帳消しになるんだ？　きみはもう一五年以上も何かといえばあの話を出してくる。あれはただのつまらない殴り合いだっただろう」

「筋肉隆々としたボートレースの選手三人を相手取ってだ、ヴィクター。きみは殴り殺されていたところだったんだぞ。大口を叩くのもいいかげんに卒業しろ」

「わかった、わかったよ。ぼくがレディ・リリーにダンスを申しこんで、途中できみと代わる。それでいいんだな」ヴィクターは折れた。「だが言っておくが、もしレディ・リリーがきみよりもぼくを選んだら、ぼくは彼女を懸けてきみと戦うぞ。レディ・リリーにはそれだけの価値がある」

ああ、そうとも。ダニエルは内心でつぶやいた。

ヴィクターがリリーのテーブルに歩み寄った。少しのあいだ腰をおろし、次のワルツがはじまると彼女の手を取る。ダニエルは自分の手袋を直して、ふたりのほうへ足を踏みだした。

ヴィクターはリリーに体を寄せすぎている。嫉妬心がダニエルの腹をナイフのごとく突き刺した。それは新たな感情だった。かつて嫉妬を覚えたことは一度もない。ひとりの女性に去られても、彼女の場所を埋めたがる女性が一〇人はいた。ダニエルはその感情が気に食わなかった。リリーが自分の友に向けた笑顔はそれに輪をかけて気に食わない。

深く息を吸いこみ、ヴィクターの肩を軽く叩く。「代わってもらえるか？」

「もちろん」ヴィクターは自分の役目をきちんと演じ、うやうやしく頭をさげた。

ダニエルはリリーの左手を自分の肩へと導き、彼女を腕に抱きながら、胃がせりあがるのを覚えた。ただの女性を相手に何を緊張している？

「先ほどの無礼なふるまいを謝らせてほしい」

「わたしをどなたかと間違えただけでしょう」リリーが返した。「よくあることです」

「なぜそう思うんだ？」

「そんな気がしただけです。あなたに正式に紹介されたことはありませんし、わたしだとわかっていれば、あんなふるまいをしたはずは――」

「きみだとわかっていたのかもしれない」ダニエルは女性を虜にしてきた微笑みを浮かべた。

「きみを目にして、求めたのかもしれない」

「それもあり得るかもしれませんね。あなたの評判を考えると」

ダニエルは顔をしかめた。「そう言われてもしかたがない。たしかにぼくは別の誰かを待っていた。しかし、間違ってきみを抱きしめてしまったことを後悔しているとは言えない」

ダニエルが華やかなステップへと導くと、リリーは流れるように合わせて彼を感心させた。

り重なった。
優雅な音楽に乗ってひとつの体が動くかのように、ダニエルの腕の中でリリーは彼とぴった

ワルツが終わってもダニエルは彼女を放さなかった。コニャック色の瞳から目をそらすことができない。彼はそっとささやきかけた。「ぼくに何かできることがあれば……どんなことでも……失礼なふるまいの埋め合わせをさせてほしい――」

「次のダンスをぼくと踊っていただけますか？」ヴィクターが横から割りこんできた。

「もちろんだ」ダニエルは友人をにらみつけてしぶしぶ譲った。

ヴィクターがリリーの体を腕に抱いて、ワルツの調べとともに離れてゆく。ダニエルは拳を握りしめた。リリーはヴィクターに微笑みかけている。なんてことだ。

もう一度彼女を横取りするのはさすがにやりすぎだろう。だが、自分を抑えられない。もう一度ヴィクターにダンスを譲らせよう。ダニエルが足を踏みだしたとき、誰かが彼の手を握った。ダニエルが振り返ると、アメリア・グレゴリーが顔を紅潮させて彼を見つめていた。

「ダーリン」彼女はなまめかしい声でささやいた。「さっきは会いに行けなくて本当にごめんなさい。どうしても外へ抜けだせなくて。これから少しふたりきりになれないかしら？」

「それはできない」ダニエルは言った。「会場にいなければならない。主催者なのでね」

「これまで主催者の務めには無関心だったのに」

「今は違う」彼はアメリアの手を振りほどいた。

「どうしたの、ダニエル？　つい一時間前はわたしと屋敷の外で戯れるのを待ちきれずにい

たのに」

「声を低くしろ」ダニエルは命じた。「それにファーストネームで呼ぶのはやめてくれ」

「寝室ではいつも呼んでいるでしょう」アメリアはダニエルの上着へ手を滑りこませ、胸板を探った。

「何をしている。やめろ！」

アメリアが手を引き抜いた。顔をこわばらせているが、唇の力を抜いて笑みの形にする。

「頭痛がするの。部屋へ失礼させてもらうわ。でも、あてがわれた部屋は埃《ほこり》がひどくて。今日の午後は息をするのもつらかったの。あの部屋で眠るなんて耐えられないわ」

「部屋が気に入らなかったなら申し訳ない。明日メイドをやって入念に掃除させよう」

「でも、今夜はどうすればいいの？」アメリアがしらじらしい口調で問いかける。「眠る場所をほかに探さなければならないわね。でも、心配しないで。ベッドは自分で見つけるから。どこかにね」ウインクをし、ゆっくりと背を向けて舞踏室のドアのほうへ歩み去った。

面倒なことになった。これで今度はダニエルが自分のベッド以外に眠る場所を見つけなければならない。彼はヴィクターとリリーに視線を戻した。ふたりはダンスフロアを離れ、ジェムソン卿と金髪の娘と一緒にテーブルを囲んでいる。リリーは明るい笑い声をあげ、またも手ぶりを交えておしゃべりしていた。賛嘆のまなざしを送るヴィクターを彼女が微笑んで見あげると、ダニエルは新たな嫉妬心に貫かれた。くそっ、なんてことだ。

ヴィクターは腰をあげて飲み物のテーブルへ向かい、自分とリリーのためにシャンパンのグラスをふたつ持ってきた。ふたりが座って語らう横で、ジェムソン卿と金髪の娘はダンスのために立ちあがった。ダニエルはテーブルに加わろうと考えた。しかし彼女に何を言えばいい？

ヴィクターは最も古くからの最も近しい友人のひとりだが、今この瞬間は友の貴族的な鼻を近くの壁に叩きつけ、海賊の戦利品のようにリリーをかついで逃げ去りたかった。

神よ、もう一度彼女にキスをしたい。そうすることを思うだけで興奮する。下腹部が張りつめるが、自分が欲しているのは……。

アメリア。今頃彼女は一糸まとわぬ姿で彼のベッドに横たわっているだろう。そうだ、何もリリーを求めずとも、代わりはすでに用意されている。ダニエルはきびすを返し、足早に舞踏室をあとにした。

彼が寝室へ入り、服を脱いで冷たいシーツに体を滑らせると、そこにはアメリアの裸身があった。

「遅かったのね、ダーリン」

ダニエルは返事をしなかった。今夜は社交辞令には興味がない。彼はすばやくアメリアにのしかかった。

「落ち着いて。気がはやってるのね。こうして抱きあうのは久しぶりだもの。だけど、わたしに奉仕させて。わたしの前戯がどれほどすてきか忘れたの？」

「黙ってくれ」ダニエルはアメリアの脚のあいだに手を滑らせると、秘めやかな部分を割り、指を沈めた。

アメリアが息をのむ。「まだ迎え入れる準備ができてないのよ、ダニエル。少し時間をちょうだい。そのほうがお互い楽しめるわ」

「黙ってくれと言っただろう」彼女の声の響きにダニエルはいらだった。

アメリアの脚のあいだから手を引き抜き、寝返りを打って彼女から離れる。ダニエルが聞きたいのはリリーの声だった。体の下に感じたいのはリリーの体だ。女性と一緒にいるときに別の女性のことを思うのはこれがはじめてだった。

脈打つたびに下腹部が熱くうずいて呼吸が苦しい。ダニエルはアメリアが自分の上になるのにもほとんど気づかずにいた。アメリアは舌で指を濡らすと、その指をみずからの秘部に滑らせ、前後に動かした。自分で潤わせて、ダニエルを受け入れる準備する。アメリアは彼のこわばったものを片手で握り、先端で自分の秘部をなぞった。それを繰り返してうっとりとため息をもらし、やがてゆっくりと腰を沈めはじめた。

「やめるんだ、アメリア」ダニエルは彼女の腰をつかんだ。軽々とアメリアを持ちあげて自分の上からおろす。「悪いがこれはぼくの求めていることじゃない」

「どうしたの、ダーリン。気分がすぐれないの？」

「そうじゃない。ただ……」

「いいの。気にしないで。少しのあいだ、こうしていましょう」ダニエルの胸板に頬をすり寄せ、脇のくぼみに頭を横たえる。

ダニエルは体をこわばらせた。「すまない。言いにくいが……」

「どうぞ言って。語らう時間なら朝まであるわ」

「アメリア、たしかにぼくは屋敷の外で会おうときみを誘った。責任はすべてぼくにある」

「逢い引きに遅れてしまってごめんなさい。それを怒ってるの？」

「もちろんそんなことはない。きみにはちゃんとした理由があったんだろう。それで……ぼくの話だが……」

「さっさと言ってよ」アメリアが声を荒らげた。それから急いで言い繕う。「悪かったわ。大声を出すつもりはなかったの。あなたのことがとっても恋しかったものだから」

体の関係はあっても、ふたりのあいだに感情らしい感情は存在したためしがなかった。それでもアメリアを傷つけたくはない。ここにいさせてやればいい。抱いてやることだってできるだろう。そうしたい気持ちはないが。ダニエルはこれまで感じたことのない新たな感情を覚えていた。自分があたかも裏切りを働いているかに感じる。しかし、なぜだ？　自分は若く美しい女性を相手に激しいキスを交わし、ダンスを一度踊った。ただそれだけだ。

「アメリア、こんな話をするのは申し訳ないが、きみとの関係は終わりにしたい」

「なんですって？」アメリアがはっと体を起こした。

「聞こえただろう。寝室から出ていってくれないか。今後、きみを求めることはない」

「ダニエル、わたしが何かしたのなら――」

「いや、違う。きみは何もしていない。非があるのはぼくのほうだ。ぼくの心が変わったんだ。これからはきみとベッドをともにするつもりはない」

「長いつきあいなのに、わたしをあっさり捨てるの？　どうして騒ぎたてる？」

「互いに相手に誠実だったことはないはずだ。そうかもしれないと考えたことはないの？」

「わたしはあなたに誠実だったかもしれないでしょう。そうかもしれないと考えたことはな
「アメリア、ぼくは一年間留守にしていた。それだけの期間、きみが男なしで暮らせないことは知っている」

「よくもそんなふうにわたしを侮辱できるわね？」

　ダニエルはいらだちはじめた。「きみを侮辱する？　いいかい、出会ってこのかた、ぼくたちがこれほど多くの言葉を交わすのはこれが初めてだ。ベッドの中を除けば、ぼくたちはなんの関係も持ったことがない、そしてぼくはそんな関係を続けたいとは思わないんだ」

　アメリアはベッドから出た。寝室をゆっくりと横切って、自分の服がかけてある革張りの肘掛け椅子へ近づき、服を身につけはじめる。「明日の夜になって人恋しくなっても、わたしをあてにしないで。わたしはもうほかの人を見つけているだろうから。わたしが差しだすものを喜んでくれる人を。すでにひとり、目をつけているの。あなたも知ってるんじゃないかしら。ジェムソン卿よ。目がくらむほどすてきな人で、きっとわたしに応えてくれるわ」

　リリーの兄だ。リリーの兄は見るからにあの金髪の女性に関心を抱いていて、彼女のもとから離れずにいた。これはアメリアの虚勢だとダニエルは判断した。アメリアはダニエルを

傷つけようとしてそんなことを言っている。彼女のそんな試みを責められはしない。

「もちろんだ。きっと誰か見つかるだろう。ぼくはきみの幸せだけを祈っている、アメリア。だが明日になったら、きみにはローレル・リッジを去ってもらうのが最善だろう」

「本気じゃないでしょう！　あなたがわたしを招待したのよ、ダニエル！」

たしかに彼女の言うとおりだ。ダニエルがアメリアを招待し、彼女は追い払われるようなふるまいは何もしていない。「今のは考えなしの発言だった。もちろん、きみがここを去る必要はない。どうかくつろいで、残りの滞在を楽しんでくれ」

「それならいいわ」アメリアはドアへ向かった。ドレスの背中はボタンが外れたままだ。

「待ってくれ。ぼくがボタンを留めよう」ダニエルは声をかけた。

「結構よ。自分の部屋へまっすぐ行くから」アメリアは乱暴にドアを閉めた。

ダニエルはベッドに横になって枕に顔をうずめ、両手を握りしめた。こわばったままのものがどくどくと脈打っている。彼を愛撫する白い手、彼の高ぶりを包みこむ赤く濡れた唇を想像する。

「リリー」ダニエルは声に出してうなった。「リリー」

3

翌朝リリーは早くに目覚めた。舞踏会を思い返してひとり笑みを浮かべる。意外だけれど、楽しかった。ヴィクター卿は魅力的な話し相手だったとはいえ、それ以上の関係に発展させたいとは思わない。彼にはどうにかして、アレクサンドラに興味を持ってもらわないと。それに公爵。彼のキスとダンスは、リリーが求める以上に心の中に何度も入りこんできた。リリーは意識的にそのふたつの記憶を追い払った。

髪をとかして一本の長い三つ編みにし、背中に垂らした。淡いオレンジ色のモーニングドレスに着替えて、アンクルブーツに足を滑りこませる。ちょうど男性たちが集合して狩りに出かける時間だ。リリーはもうしばらく待ってから階下へ向かうことにした。昨夜は舞踏会で遅かったから、女性たちの大半はまだベッドの中だろう。リリーはこれから画材を持って、外へ写生に出かけるつもりでいた。水彩絵の具と画用紙の入った革製の鞄を引き寄せる。瓶を取りだして洗面器の水で満たし、蓋を閉めて鞄に戻した。手帳も鞄に入れた。それが終わると、足音を忍ばせて部屋から出た。ローズはまだすやすやと寝息をたてている。

若い使用人に荷物を持ってもらい、あずまやを目指して歩きだした。表の芝地では、午後に開かれる女性だけの園遊会のために、使用人たちが忙しそうにテーブルや椅子を並べている。リリーは一〇分ほどで、八年前に歩いた道を発見した。道の先から、石積みのあずまやが手招きしている。ベンチもそのままだ。ツタに覆われて少し隠れているけれど。

リリーは使用人をさがらせると、ハミングしながらイーゼルを立てて画板をのせ、エプロンを腰に巻いた。水を入れた瓶の蓋を開け、画用紙をさっと湿らせる。もう一度鞄をのぞいて絵の具を探しながら、家から持ってきた絵にちらりと目をやった。自分が描いた風景画を持ちあげて、周囲の景色と見比べる。意外にも景色は八年前からほぼ変化がない。違いは、今の季節は色味に乏しいことだけだ。前回訪れたのは秋のはじめだった。リリーは自分の絵を鞄に戻し、新たな気分で絵に取りかかった。まだハミングしながら空の色をまぜる。刷毛《はけ》で掃いたような白い雲が空のあちこちに流れている。遠くで小鳥がさえずり、リリーは絵筆を止めた。あずまやで聞こえてくる音を手帳に書き留めてから、ふたたび絵に戻る。

ダニエルは数メートルうしろに立っていた。リリーが絵を描いて文章をつづり、また絵を描いては文章をつづるのを笑みを浮かべて眺める。何年も前、初めて彼女を見かけたのはまさにこの場所だった。愛らしい少女で、その黒髪と瞳は大人になれば本物の美しさを花開かせるだろうと予感させた。その予感は外れなかった。リリーは少し頭をさげてさらに色をまぜ、水色に塗られた箇所に鮮やかな緑色を添えた。その筆づかいは慎重で、いとおしむように色を重ねている。彼女はふたたび手帳を取って少しのあいだ書きつづり、またイーゼルに向き直った。細筆に持ち替え、茶色い線をすっと引く。

ダニエルは静かに足を踏みだした。「やあ」

リリーがびくりとして振り返った。八年前ははじかれたように立ちあがって水をこぼしていたと、ダニエルは思い返して微笑んだ。今度はちゃんと座ったままだ。

「おはようございます、閣下。ここで何をなさっているんですか？」

彼がいるのを見てもリリーの声は落ち着き払っている。ダニエルはそのことになぜか腹立たしさを覚えた。

「ここはわが家の敷地だ」

「どうしてほかの方々と狩りに出かけなかったんです？」

「今日の午後は所用がある。それで狩りはやめておくことにした」

「それならどうして庭をさまよっていらっしゃるんですか？　あなたみたいな身分の人は昼前にベッドから出ることはないと思っていました」

ダニエルは含み笑いをもらした。

「ぼくのような身分の者に対して、きみはなかなか興味深い意見を持っているらしい」

「その意見を捨てさせるようなことを、これまであなたは何もしていないでしょう」リリーが手帳に手を伸ばす。

「ぼくがきみの思いこみを変えることはできると思うが。何を書いているんだい？」

「たいしたものじゃありません。ちょっとした風景描写です。絵を描いていると文章が頭に浮かんでくるんです」

「それはおもしろい。写生と執筆、きみが好きなのはどちらかな？」

リリーは地平線に視線を向けた。

「どちらとは言えません。決められないから、同時に両方をするんだと思います」

ダニエルは興味をたたえた目でリリーを見つめた。

「きみのような人に会うのは初めてだ」

陶磁器を思わせるうなじの肌が薄紅に色づいた。

「わたしのことはそれほどご存じないでしょう」

神よ、彼女は美しい。「ぜひ知りたいと思っている」

うなじの薄紅色がさらに鮮やかになる。「それは口説き文句ですよね？　光栄に思うべきでしょうけど、わたしはあなたみたいな評判を持つ紳士と関わるつもりはありません」

面と向かっての侮辱だ。ダニエルに対してこんなことを口にするレディはめったにいない。なんて新鮮なんだろう！　彼はリリーに触れたくて手を伸ばした。リリーの体の魅力はいかなる男をも屈服させるだろうが、ダニエルは何よりも彼女の鋭い舌鋒に惹《ひ》かれていた。リリーにとって礼節は明らかに二の次だ。ダニエルは伸ばした腕を体の横に戻し、彼女の言葉を無視して続けた。

「ゆうべのぼくのふるまいに対してもう一度許しを請いたい」

「お気になさらないで。あなたに抱きつかれた無垢な娘はわたしが最初ではないでしょうから」

「冗談はそろそろやめてくれないか」

「冗談なんて言っていません」

ダニエルは思わずあとずさりした。なんと大胆な女性だ。そしてなんと美しく好奇心をそそるのだろう。「では、なんらかの形で償いをしたいが……」

リリーは手帳を置いて立ちあがり、ダニエルに向き直った。腰に巻いたエプロンで手をぬぐう。コニャック色の目が彼の目をまっすぐ見つめた。ダニエルの肌が熱を帯びる。彼女は口を開いたが、言葉は出てこなかった。

「なんだい？」ダニエルは促した。

リリーは唇をかんだ。「お願いしたいことがひとつあります」

「なんなりと聞こう」

「美術品のコレクションを見せていただきたいんです」リリーは早口で言い、息を吸うごとに声がやわらいだ。「イングランドでも指折りのコレクションという噂で、公爵から直接招待された者にしか公開されないと兄が言っていました。わたしは芸術を愛しています。そしてフェルメールはわたしの愛する画家のひとりなんです。フェルメールの作品を本当にお持ちなんですか？」

ダニエルは微笑んだ。「ああ、持っている」

「図々《ずうずう》しいと思われるでしょうけど、ずっと前からローレル・リッジへの旅行を楽しみにしていました。この目でフェルメールが描いた絵を見られるかもしれないんですもの！　フェルメールが触れたもののそばにいられるなんて。あの、とんでもない話に聞こえるでしょうが、実を言うと自分で絵を見つけるつもりだったんです……」

「屋敷を探ろうとしていたのかい？」ダニエルはリリーの気恥ずかしげなそぶりを楽しんで笑った。

「いいえ、もちろん違います」リリーの顔が赤くなった。バラを思わせる肌の赤みが、喉から豊かな胸のふくらみへとおりていく。「あの、ええ、そうです」

「ひょっとして、ゆうべは屋敷を調べていたのか？　ぼくが……きみをつかまえたときは？」

リリーは地面に視線を落とした。「はい。こっそりテラスへ出て玄関のドアにまわって、屋敷の中を捜すつもりでした。みんなは舞踏会場にいるから、捜しまわるのにはちょうどいいと思って」

「きみは美しい芸術品をいくつか見つけることはできただろう。しかし残念ながら、フェルメールの作品は見つけられなかったはずだ」

リリーが顔をあげる。「どうしてですか？」

「あの絵は特別な場所にしまってあるからだ。きみが決して近づこうとしない場所に」

「どこです？」

「ぼくの寝室だ」ダニエルはこらえきれず、いたずらっぽい笑みを浮かべた。

「まあ」リリーの瞳に失望の色がにじむ。「じゃあ、永遠に見ることはできないんだわ」

「そんなことはない。喜んでお目にかけよう」そうとも、彼女なら喜んで寝室に招き入れる。

「あなたの寝室へ行くなんてできません。きわめて不適切ですもの」リリーはまた唇をかんだ。

あのふっくらとしたやわらかな唇。昨夜ぼくの唇に触れた、サテンのごとくなめらか感触
……くそっ。ダニエルの下腹部がぴくりとした。

「きみはしきたりを気にして自分のしたいことを我慢する女性には見えないが」

「わたしを侮辱する必要があるんですか？」リリーの顔はまたしても赤くなったが、彼女はよどみなく反論した。「そもそも失礼なふるまいをしたのはあなたのほうでしょう」

「もちろんきみの言うとおりだ、それにきみを侮辱するつもりは毛頭ない」ダニエルが彼女の腕に触れると、またも下腹部が反応した。「絵はたまたまぼくの寝室に飾ってあるというだけだ。きみが見たいなら見せよう。ぼくはゆうべの許しがたいふるまいの埋め合わせになんでもすると約束した」

「わたしの一番の願いはフェルメールが描いた絵を見ることです」

「寝室にいるあいだはきみから離れていると誓う」

「そんな約束を信じられるかしら」

「信じても信じなくてもいい。ぼくも約束を守れるかどうか自信がないからね」ダニエルはウインクした。

リリーが美しい目を大きく見開く。「まあ、あきれた」

「一緒に来てくれ」ダニエルは誘った。「屋敷までエスコートしよう。フェルメールの絵を見せるのはぼくにとってても喜びだ。女性が日中に寝室へ入ってくることは長らくなかった。夜なら――」

「そういう話はやめてください」

顔を赤らめたリリーの愛らしさときたら。ダニエルは数秒待った。フェルメールの絵画に寄せるリリーの情熱がしきたりに打ち勝つよう期待する。

「わかりました。ご一緒します」リリーは差しだされたダニエルの腕に自分の腕をまわした。

「画材はここに置いていっても大丈夫かしら」

「誰かに命じてきみの部屋へ運ばせよう」

「やっぱり少し待ってください。いろいろ片付けておきます。手帳を外に置きっぱなしにはしたくないし、この絵はどう見ても未完成です。描きあげてしまいたいけれど……今日はもう無理でしょうね。あとで戻ってきたとしても、光の加減がすっかり変わってしまっているでしょう。いまいましい」

ダニエルはリリーの悪態に微笑んだ。彼女自身は悪態をついたことに気づいていないらしい。

「全部片付けます」リリーが言った。「明日、また同じ時間に来ればいいですから」

「絵を描き終えたいなら、フェルメールの絵を見るのはあとにできる」ダニエルはリリーの腕に軽く指を滑らせた。ああ、彼女に触れるのは心地よい。「正直、きみが絵を描くところを眺めるよりもしたいことは思いつかない」

リリーは自分の腕をすばやく引き離した。

「暇な時間をつぶすなら、もっと有意義なことがあるでしょう」

「そんなことはない」ダニエルはベンチに寄りかかった。彼女は水彩画のパレットに蓋をしている。

「描き終えたいのはやまやまだけれど、どうしてもフェルメールの作品を見たいんです。続きは明日にします」手早く道具を鞄にしまう。リリーが腰を折り、描きかけの絵を紙挟みに滑りこませたとき、別の絵の端がダニエルの目を引いた。

「そっちの絵は？」

「ああ、これですか？　実は以前ここに来たときに、同じ風景を描いたんです。どんなふうに風景が変化したかを見比べようと思って持ってきました。でも、変化したのはわたしの感じ方だったみたい」

「見せてもらってもいいかな？」

「ご覧になりたいならどうぞ。でも、この頃はまだまだ腕が未熟で。それほどいい絵じゃないんです」

「ぼくに判断させてくれ」ダニエルは絵を眺めた。「実にすばらしい絵だ。きみがこれを描いていたのを思いだすよ。ぼくたちが初めて会ったときのことを覚えているかい？」

リリーはふたたび赤面した。「覚えています。わたしは子どもでした」

「きみにはすばらしい才能があると思ったことを覚えている。これを見れば、それはあたっていたのがわかるな」

「あ、ありがとうございます」リリーが言葉をつかえさせた。「でも、今のほうがずっと上達しました。その絵は、その、たしかにきれいですけど――」

「何を言っている。すばらしい絵だよ。いいかな？」ダニエルは描きかけの水彩画を引き抜いて二枚を見比べた。「きみの絵はたしかに上達した。だが、こっちの絵はまだ磨きあげられていない才能の原石だ。無邪気さがありながら、激しさも垣間見える」

「あの……お気に召していただけたのならうれしいです、閣下」

「ああ、この絵が気に入った。もっとたびたびローレル・リッジを訪ねて、同じ風景を描いてごらん。きみの感じ方の変遷を見るのはとても興味深いだろう」

「はい、いつか……いつかまた訪問できれば。両親も次の招待をきっと喜ぶでしょう」リリーがもじもじした。「絵をしまっていいでしょうか。ほかはすべて片付け終わりました。フエルメールが描いた絵を見るのが待ちきれないわ」リリーは絵を両方ともしまった。

「預かろう」ダニエルは彼女の手から一度画材を受け取り、ベンチに置いた。親指を口の中に入れて濡らし、リリーの顎に滑らせる。なんとやわらかであたたかい肌だ。

「何をしているんです？」

「きみの顔に青い絵の具がついていた。とてもかわいらしかったよ」

リリーは頬をバラ色に染めた。

「そんなにかわいらしいなら、どうして拭き取るんですか?」

ダニエルは口の端をわずかにあげた。「口説かれたいのかい?」

「もちろん違います」

「外れか。期待したんだが」ダニエルは画材を持ちあげ、あずまやの外へリリーを導いて屋敷へ向かった。「ふだんは美しい女性を朝から寝室へエスコートすることはない。使用人たちはなんと思うだろうな?」

リリーは咳払いをした。「使用人に口止めしてもらえると助かります」

「もちろんだ。からかっただけだよ。きみがぼくの寝室に入ったことを知る者はいない。約束しよう」


屋敷にたどり着くと、ダニエルはリリーの画材を使用人に渡して彼女の部屋へ運ぶよう伝えた。それからリリーを連れて大食堂と、料理人たちが忙しく昼食会の準備をしている厨房《ちゅうぼう》を通り抜けた。リリーは自分たちがひどく目立っているように感じたが、誰もこちらを気にする様子はない。ダニエルは使用人用の階段を使い、三階にある自室へ案内した。

ふたりは東洋風にしつらえられた広い居間に入った。燃えるような深紅のブロケード織りの大きなソファが一方の壁を彩っている。床を覆う緻密な模様の絨毯《じゅうたん》はふかふかで、リリーが踏むと三センチは靴が沈んだ。革張りの肘掛け椅子が二脚、マホガニー製の読書用テーブルを囲んでいる。壁のひとつには背の高いガラス戸付きの優美な書棚がふたつ並び、中には金箔《きんぱく》で縁取られた革装本が入っていた。壁を飾る東洋の版画は、黒い漆塗りの木枠に美しくおさめられている。リリーはやわらかな繊維に吸いこまれる足を止めて室内を見まわし、居間の雰囲気に浸った。ダニエルがリリーを奥のドアへと促し、彼女は寝室に足を踏み入れた。

四柱式ベッドはチェリーの堅木で作られ、暗紅色のシルクの布が垂れさがっている。窓が優美に張りだしている一角には、暗紅色のブロケードで覆われた寝椅子と長椅子が置かれていた。椅子のあいだに小さなテーブルがあり、その上には濃い色の液体で満たされたクリスタルのボトルがいくつか並んでいる。ブランデーだろうか。ベッドの奥には革張りの豪華な肘掛け椅子があり、その横に見えるドアはおそらく最新式の水道設備が整った洗面所へ続いているのだろう。リリーはなぜだか公爵の浴室をのぞいてみたくなった。リリーはドアにじっと視線を注いでいたらしく、ダニエルが背後から近づいてきてリリーの腰に両手をそっと添え、彼女を左側へゆっくり向き直らせた。

「これが」リリーの耳にささやく。「きみの見たいものだろう」

リリーは息をのんだ。その絵は金箔張りの額縁に入れられ、ベッドから見える位置にかけられていた。描かれているのは鮮やかな緋色《ひいろ》の衣をまとった乙女の姿で、手に十字架を持ち、背後にいる死者の血を器に絞っている。ぞっとする作業をしているのに、その表情は静かで、瞑想《めいそう》にふけっているかのようだ。リリーは絵に近づいて手を伸ばした。

「ご心配なく」ダニエルに告げる。「触りはしませんから。そんなことをするほど愚かではないわ。ただ……ああ、なんてすばらしいの。画家の筆づかいを間近で見たいんです」

「言っていることはわかる。この絵はまるで生きているみたいだ。手をかざすと肌や服の感触が伝わってくるかのようだ」

「ええ、そうなんです！」ダニエルは理解してくれた。リリーが感じていることを理解してくれたのだ。リリーは目を凝らした。「この女性は誰かしら？」

「聖プラクセディスだ。この絵はフェルメールの初期の作品のひとつだ。彼が描いたものかどうかは怪しいとする者もいるが、ぼくは一度も疑ったことがない」

「聖プラクセディス……初期のカトリック教会の聖人ね」

「そうだ。殉教者の遺体を手厚く葬ったことにより聖人の地位に列せられた。見てごらん。遺体の血を器に注ぎながら十字架を握っているだろう。これは殉教者の血がキリストの血とまじりあうことを象徴している」

「ああ、フェルメールは天才だわ」リリーはささやいた。絵から視線を引きはがすことができない。「わたしもこんなふうに絵を描けたらいいのに」

ダニエルはリリーの背中へ近づくと、腰に腕をまわした。リリーはうわの空で彼の手の上に自分の手を重ね、絵画を賞賛しつづけた。

「油絵を試したことは？」ダニエルがきいた。

「ありません。でも、ずっと描いてみたいと思っているんです。父はわたしが芸術に熱中するのを快く思っていなくて。娘には刺繍《ししゅう》でもして、花婿を見つけてほしがっています。水彩画は許してくれたけれど、父から見たら油絵は……男性がすることなんです。わたしには一度も許してくれたことがありません」リリーはダニエルの胸に寄りかかった。硬い筋肉のぬくもりが伝わってくる。ダニエルの吐息が頰をくすぐった。彼の腕に抱かれていると……ほっとする。

「それは残念だ」ダニエルが言った。「きみが油絵で何を描くか見てみたい」

「わたしも同じ気持ちです」

公爵はリリーにうしろを向かせ、彼女の顔を見つめた。「ダニエル」彼がそっとささやく。

「なんですって？」

「名前で呼んでほしい。ファーストネームで」

「そんな、できません。礼儀に反して――」

ダニエルの口がリリーの口を覆い、彼女の唇の上をゆっくり滑って開かせようとした。ダニエルがリリーの下唇をそっとかみ、舌でじらす。やさしく舌を這《は》わされ、リリーはため息をもらした。わたしはまたキスをしている。彼の寝室で。逃げるべきなのに脚が動かない。動きたくない……。

ダニエルがリリーの頰に唇を滑らせ、蝶の羽がひらひらと触れるような軽いキスを降らせた。彼女の耳へ唇を移し、耳たぶを歯のあいだにそっと挟む。

「ぼくの名前を呼んでくれ」ダニエルがささやく。「きみのルビー色の唇から、ぼくの名前が上質のボルドーのようにこぼれ落ちるさまを見たい。ぼくの名前をささやくきみの声が、シルクのごとくぼくの喉を愛撫するのを感じたい。きみにキスをするぼくの口の中へ、きみがすすり泣くような声でぼくの名前を告げるのを聞きたい。お願いだ、リリー。ぼくの名前を呼んでくれ」

リリーは身を震わせた。ダニエルのかすれた声のせいで膝ががくがくする。悪名高い放蕩者の中に詩人の心が隠れていることがあり得るの？　それともこれは単なる誘惑の手管？　彼の唇が喉から顔へと滑っているときに、心臓が激しく乱れ打っているときに、そんなことを思い悩む気にはなれない。

「ダニエル」リリーは小さくうめいた。「ああ、ダニエル」

公爵がうなる。「それでいい。さあ、キスしてくれ」

リリーは分別に背を向け、情熱のまま素直に応じた。自分の口で彼の口を探しあてて、あたたかな口の中へおそるおそる舌をさまよわせる。ダニエルはリリーの舌を受け入れて自分の舌と触れあわせた。甘くすすったあとは、彼女が自分で探索できるよう自由にする。リリーはダニエルの厚い唇を舌でなぞった。唇を吸ってそっとかみ、喉の奥から小さなうめき声をもらす。リリーの唇に触れる唇は引きしまっているのにやわらかく、蜂蜜の味がした。甘くてとろけそうだ。ダニエルの唇がリリーの頬から喉へと向かい、彼女は自分の血が沸騰するかに感じた。

「ああ、うっとりする香りだ」ダニエルがリリーのなめらかな肌にキスを浴びせた。「ゆうべからこうすることしか考えられなかった。食べることも、眠ることもできなかった。ただもう一度きみに会いたかった」

ダニエルはリリーの喉に唇を押しあてて歯先でやさしくかむ一方で、リリーのヒップを指で探り、その指を彼女の胸元へあげていった。リリーの胸に両手をそっと滑らせる。胸の先端が硬くなり、リリーは息をのんだ。ダニエルのキスはドレスのネックラインをたどってから、唇へふたたび戻った。リリーは息を切らしてもっと近づこうとした。ダニエルの高ぶりが体にあたり、熱いものがたちまち彼女の脚のあいだを貫く。

「リリー」ダニエルがささやいた。「お願いだ、リリー」リリーをベッドへ促す。

いけない！　これは思春期の少年がキスを奪うのとは違う。彼はライブルック公爵、女たらしのとんでもない放蕩者だ。心臓が早鐘を打つ。なぜここまで許してしまったの？　リリーはダニエルを押しのけた。彼に吸われていた唇が大きな音をたてて離れる。

「できません」リリーはあとずさりして両手をうしろへまわした。テーブルか椅子か、なんでもいいから支えになるものを手探りする。

「怖がらせるつもりはなかった」ダニエルがゆっくりと近づいてくる。

「閣下、わたしがここへ来たのは絵を見るためです。こんな……こんな過ちへ導くようなことをわたしが何かしたのなら謝ります。わたしは――」

「これは過ちじゃない。何ひとつ過ちではない。お願いだから逃げないでくれ」

「わたしは……」リリーは先を続けられなかった。

ダニエルはそばにたたずみ、あの不思議な色の瞳でリリーを見つめている。リリーの手はまるで独自の意志を持つかのように震えながら彼の蜂蜜色の巻き毛へとあがっていき、そこをなでつけた。なんてきれいな髪をしているのだろう。磨かれた黄金と同じ色に琥珀《こはく》色と茶色が明るさを添え、こめかみのそばに銀色の筋が少しだけ流れている。指に触れる感触は生糸のようだ。

リリーははっと手を引っこめた。「ごめんなさい」

「謝らなくていい」公爵が彼女の手を取った。「触れていいんだ。きみに触れてほしい」

リリーは手を引き抜いた。「いいえ、できません。わたし……もう失礼させていただきます。フェルメールの作品を見せていただいてありがとうございました、閣下。このことは決して忘れません。最も貴重な体験のひとつになりました」ドアへと体を向ける。

ダニエルがリリーの腕に触れた。「行かないでくれ」かすれた低い声で懇願する。「昼食を一緒にとろう。ここへ食事を運ばせるよ」

「まだ昼食の時間じゃありません」リリーは目を閉じて深く息を吸った。公爵の体温が背中に感じられる。「お願いですから行かせてください」

「きみは出ていきたいのかい？」

「わたしは……」

肩に両手を置かれてリリーは震えた。ダニエルが欲しい。そう思う自分を止められない。この美しくて危険な男性の何かがリリーに訴えかけていた。こんなことが起こり得るなんて。初めて知る感情と欲望に体と魂がのみこまれる。もっとキスが欲しい。彼の手でこの肌に触れてほしい……わたしの素肌に。

リリーはダニエルに向き直った。「どうしてわたしを求めるのかわからないわ」声が割れませんようにと祈りつつ告げる。「あなたにとっては死ぬほど退屈な相手でしょう」

公爵の緑の瞳がきらめいた。「きみに退屈なところなどひとつもない」

「わたしが言いたいのは……あなたみたいに経験豊かな男性にとって……経験のない女は……」

ダニエルが含み笑いをもらす。

「いやな人。わたしが言いたいことはわかっているんでしょう！」

「リリー、きみが欲しいんだ。これほど女性を求めたことはない」ダニエルはリリーを強く抱きしめて息を吸いこんだ。「ああ、いい香りがする。これはなんの香りだ？　こんなのは今までかいだことがない」

「これは……ただのクローヴのオイルです」リリーは抱擁から逃れた。「薬種商から手に入れたものです。フランス製の高価な香水には我慢がならなくて。自分がおしろい用のパフになった気がするんです。だからクローヴのオイルを肌に少しだけつけて……」

ダニエルがまた含み笑いをもらし、目のまわりに笑いじわを浮かべた。

「何がそんなにおかしいんですか？」

「なんでもないよ。悪かった。あまりにきみが……きみはぼくが知っている女性の誰とも違う」

「違っていなければ困るわ」リリーは腹立たしくなって足を踏み鳴らした。「あなたの知り合いの女性はほとんどが娼婦でしょうから」

「これは一本取られたな。ぼくもそろそろ相手にする女性についてちゃんと考えなければ」

「わたしを……その手始めにしたいんですか？」

「ああ、ぜひそうさせてほしい」

「言っておきますけど」リリーは脈拍が速くなった。「わ、わたしは同じ年頃の女性たちの大半とは違うんです。みんなとは別のことを求めています。結婚する気はまったくありません。社交界にデビューするのは水疱にかかるのと同じくらい気に入らないんです。わたしにとって、男性はなんの役にも立たないんですもの」

ダニエルの赤みがかった唇に笑みが浮かぶ。「ぼくは求婚しているわけじゃない」

リリーは肌がほてった。

「もちろん違います。あなたが求婚しているとほのめかしたわけじゃありません」

「男がなんの役にも立たないというのは……」ダニエルがウインクした。「同性のほうが好みということかい？」

リリーが赤面するものと公爵が期待しているのは明らかだ。リリーは古代ギリシアの女性詩人サッポーなどに関して書かれている噂を知っていたし、男女の中には恋愛対象として同性を好む人がいることも知っていた。経験はなくても、うぶではない。リリーはかすれた笑い声をたてた。「いいえ、わたしには女性はなおさら役に立たないと断言します。わたしの兄やあなたの足元に身を投げだして気を引こうとするおつむの弱い女性たちには我慢がならないんですもの」

ダニエルが笑った。「なるほど。社交シーズンも結婚も望んでいないなら、きみは何を望んでいるんだ、リリー?」

リリーは目をつぶって息を吸った。「絵を描くことと、書き物をすることと、旅行です。ヴェネツィアをゴンドラでめぐって、パリで食事をして、ルーヴル美術館で丸一週間過ごしたい。ブルゴーニュでブドウ園を散策したい。ウィーンでモーツァルトを聴いて、スイスのアルプス山脈にのぼりたい。東洋でシルクの織物を買い求め、地中海で泳ぎたい。フェルメールが手がけた全作品をこの目で見てみたい」

リリーが目を開けると、ダニエルは彼女を見て微笑んでいた。

「わたしったら、こんなことをあなたに説明しなくてもいいのに」

ダニエルがリリーに近づき、彼女の顔を両手で包みこんだ。「きみはぼくに何ひとつ説明する必要はない」彼女の口に軽くキスをして、頬を親指でなでた。「そのままのきみでいてほしい」もう一度キスをする。「きみは美しい」

「ありがとうございます」リリーは口ごもりながら言った。頭の中はとりとめのない考えでいっぱいだった。ダニエルと一緒にいたい。でも、それは不適切だ。彼の手でわたしの体に触れてほしい。そんなことになったらわたしは破滅する。自分の貞操がかかっているのだ。だけど、貞操を守る必要があるだろうか? わたしは結婚する気がないのに。けれども人生が差しだすものはなんでも経験したいとも考えている。公爵に抱かれるのも経験のひとつでは？　わたしはダニエルに心惹かれているし、彼にはおそらく男性一〇人分の知識と経験があるに違いない。そんなダニエル以上に、体の悦《よろこ》びを教えてもらうのに適した男性はいない。でも、きっと痛い思いをする。それにこれが露見すれば、わたしは社交界からのけ者にされるかもしれない。娘のせいで両親に恥をかかせることはしたくない。

リリーは足元に視線を落とした。「怖いんです」

「リリー、ぼくを見て」公爵が彼女の顎を持ちあげた。「怖がることは何もないと誓う」

「でも……痛い思いをするでしょう」

「そうかもしれない。だが、きみのためにできる限り努力するよ。きみがいやな思いをすることはない」

「だ、誰にも知られたくないんです」

「もちろんだ。このことは誰にも知られない。約束する」

「それから……その、あなたの子どもを身ごもるのはいやです」

リリーは露骨な言葉を後悔したが、ダニエルにひるむ様子はなかった。

「心配しなくていい。ぼくが気をつけよう」

「どうやって？」

「まかせてくれればいい。方法はいくつかあって――」

「知らないほうがよさそうだわ」リリーはさえぎった。「あなたにまかせます。信じられないわ。自分がこんなことに応じるなんて」

ダニエルがリリーを腕の中へそっと引っ張った。「きみを大切に扱おう。ぼくがきみの世話をする。ぼくたちのどちらも知らなかった悦びをきみに与えたい。ぼくにキスをしてくれ」リリーの唇を自分の唇へ導く。

ダニエルの中へ溶けこみながら、リリーは彼が両手でドレスの背中のボタンを探って外し、肩からドレスを脱がせて床に落としたのをぼんやりと意識した。ダニエルはリリーを自分のほうへやさしく向き直らせると、コルセットの紐をほどき、長靴下と下ばき《ドロワーズ》を慎重な手つきで脱がせた。たちまちリリーはシュミーズ姿で彼の前に立っていた。薄い生地越しに体の曲線があらわになる。

「本当にきれいだ」ダニエルがささやいた。

彼はもう一度リリーにうしろを向かせると、腕をゆっくりあげさせ、シュミーズを持ちあげて頭から脱がせた。リリーの腕に悠然と指を滑らせたあと、ふたたび彼女の脇に指を戻す。それから背中の曲線をなぞりあげ、なぞりおろした。リリーは体を震わせた。公爵はリボンをほどいて、彼女の長い三つ編みをそっとほぐした。豊かな巻き毛が肩で波打ってこぼれ落ちる。ダニエルはふたたびリリーを自分のほうへ向き直らせた。

「きみが欲しくてたまらない」魅力的な瞳が彼女の体を隅々まで見つめる。ダニエルはリリーを抱きあげてベッドへ運び、暗紅色のシルクの上にそっとおろした。

彼は自分の着ているものを脱いで、ベッドの横の床に服の山を作った。筋肉の割れた引きしまった腹部、黄褐色の巻き毛にうっすらと覆われた胸板。腕は筋肉質でたくましく、肩は、ああ、なんてすてきなんだろう。リリーは小麦色のなめらかなぬくもりに手と舌を這わせてみたくなった。

公爵が近づいてきて、リリーは大きく目を見開いた。彼の情熱の証《あかし》はこわばっていて……とんでもなく大きい。リリーは自分の体に手をまわして震えた。

ダニエルは笑みを浮かべ、ウインクしてささやいた。「ちゃんときみの中におさまるよ」

次の瞬間にはダニエルの口がふたたびリリーの唇に重なっていた。ダニエルはリリーの口の中に舌を差し入れて、小さくうめいた。蜂蜜のごとく甘い味わいが、まだわずかに残っていたリリーの抵抗心を溶かしてゆく。彼の口の熱さとなめらかさをもっと味わいたい。リリーはダニエルの舌を吸い、すべての部分を味わおうとした。彼はリリーの頬に沿って唇を動かしていった。耳から喉へとおりていき、唇をすり寄せてそっと歯を立て、それからほんの少し強くかむ。胸にたどり着くと、大きな両手で包みこみ、少しのあいだじっと見つめた。

「きれいだ」かすれた声で言う。

やわらかなふくらみのあいだに顔をうずめ、頂を親指で探る。ダニエルはリリーの胸をゆっくりとキスで覆い、バラ色の先端へ近づいた。それからそっと舌を這わせて、つぼみのように硬くなるまで先端のまわりに舌で円を描く。ああ、なんて心地よいのだろう……。そのとき公爵が濡れた肌に息を吹きかけた。快感が脚のあいだを走る。

「お願い」自分が懇願する声が聞こえた。「お願い」

ダニエルが胸の先端を口に含み、舌を這わせて軽く吸いあげた。リリーはびくりとし、彼の引きしまった体の下で背中をそらした。ダニエルのやわらかな髪をつかんで引き寄せる。彼は反対側の胸へとキスでたどっていった。先端を吸い、歯のあいだに挟む。

「ダニエル、お願い！」

「慌てないで」ダニエルがささやいた。唇を彼女の腹部から三角形を描くつややかな黒い巻き毛へ向かわせ、彼女の秘めやかな場所を指でそっと割る。「きみのみずみずしいキスと同じくらい、豊かな胸と同じくらい、ここも甘いんだろうか？」

「どういう意味？」

「穢《けが》れを知らない天使」ダニエルが小声で言った。「こういう意味だ」

脚を開かれて膝を立てさせられ、リリーは息をのんだ。

「濡れている。ぼくを求めてしっとり濡れている」

「ぬ、濡れている？」

「きみの秘部が濡れているんだ。正常なことだよ」ダニエルがリリーの脚のあいだで微笑んだ。「ぼくがきみを求めているのと同じくらい、きみもぼくを求めている証拠だ」

そう言うと、リリーの秘めやかな場所に……口づけた。リリーはこういった行為を耳にしたことはあったが、レディに対してする行為では……まさに恥ずべき行いだ。だがどれほど努力しても、彼にやめさせる気にはなれなかった。ダニエルが舌先をリリーの体の入り口に這わせる。吐息がリリーの体に炎を吹きこんだ。

「とても甘い」ダニエルは言った。「鮮やかなピンク色をしてきれいだ。きみが欲しい。これほど何かを求めたことはない」

ダニエルの舌がリリーの頭が真っ白になる場所を探りあて、彼女は背中をのけぞらせた。熱い肌の上で彼の舌が飛び跳ねる。リリーは身を震わせ、切ない声をあげた。もっと、もっと欲しい。

「お願い」

自分が何を乞うているのかはわからない。けれどもダニエルは理解してくれたらしい。指が一本差し入れられてリリーを満たし、ゆっくりと引き抜かれ、ふたたび入ってきた。最初は違和感を覚えたが、ほどなく満たされるのに慣れて、リリーは身をよじった。彼の指が躍ると、炎がさざ波となって肌を焼いた。リリーはダニエルの頭を抱えこむように体を丸め、彼のなめらかな髪をつかんで顔を引き寄せた。歓喜の波が最高潮に達し、波頭が崩れてのみこまれる。リリーは彼の名前を叫び、快感に身をゆだねた。ダニエルは舌と指を使って、波に打たれるリリーを愛撫しつづけた。悦びの波が引くと、彼は愛撫をやめて体を上にずらし、リリーの口にゆっくりと深いキスをした。ダニエルの舌は芳醇《ほうじゅん》な味に変わっていた。これは自分の味だとリリーはぼんやり思った。彼のキスに溶けてなくなりそうだ。自分自身の味に酔い、興奮をかきたてられた。

「ああ、ダニエル」リリーはささやいた。「こんな悦びがあるなんて知らなかった」

ダニエルが彼女の頰を唇でなでる。「きみの味が好きだ。きみの香りが好きだ。きみに触れられるのが、きみのキスが好きだ」耳たぶを甘くかむ。「ぼくを迎え入れてくれ、リリー。

やさしくする。きみが快感を得られるようにすると誓う」

彼の高ぶったものがリリーの腿を押す。リリーはダニエルとひとつになりたいという欲求に屈した。「いいわ」彼女はささやいた。「わたしを奪って」

ダニエルがリリーの手を自分の高ぶりへと導いた。リリーはそれを握ると脚を広げ、彼を求めている場所へと引き寄せた。

「濡れているところに触れさせるんだ」ダニエルがうめき声をあげた。「そう、そうだ。じゅうぶん潤わせてくれ」歯を食いしばる。「これからきみの中に入る。やめてほしいときはそう言うんだ。きみを傷つけたくない」

「やめてほしくなんかないわ」リリーは痛みを覚悟して歯を食いしばった。

ダニエルがゆっくりと腰を沈め、リリーは彼の肩を握りしめた。硬い筋肉の感触が心地よい。ダニエルはリリーの中へ押し入り、ふたりは完全に結ばれた。少し痛いが、恐れていたほどではない。ダニエルの肩と歓喜のうめき声のほうが、リリーが感じているわずかな違和感よりもっと大切なことに思えた。リリーは腰をそらし、さらに深く迎え入れた。

「大丈夫かい？」

「と、とても大きくて、とてもきついわ」息とともにかすれた苦しげな言葉を吐く。

「やめてほしいかい？」

まさか。「い、いいえ。やめないで」

「よかった」ダニエルがリリーにのしかかり、彼女の肺はつぶれかけた。

「い、息ができないわ、ダニエル」

「すまない。悪かった」ダニエルが体をずらした。「これでいいかな?」

「え、ええ」リリーは小声で言った。「何をするのか教えて」

「ただぼくにキスをしてくれ」

ダニエルは彼女の口を自分の口でふさぎ、動きはじめた。腰を引いてはまた突きだす。リリーのヒップがその動きに合わせてはずんだ。

「なんて甘美で、なんてきつく締まっているんだ」

甘く貫かれるたびに敏感な箇所が刺激されて、焼けつくようだった痛みは徐々に快感に変わった。リリーの全身は激しく脈打ち、やがて悦びの波にもう一度のみこまれた。リリーがすすり泣きの声をもらしてのぼりつめる中、ダニエルは荒々しく腰を打ちつけた。熱いものが爆発したかのように彼女の上で全身を震わせる。

「リリー、リリー……」

4

ダニエルが体をゆっくり横に向け、リリーを腕に抱いて彼女の脚を自分の腰の上にのせた。ふたりの体はまだ結ばれている。

「すばらしかった」ダニエルは小声で言った。

リリーはぎこちない笑い声をもらした。「男性も役に立つのね」彼の髪に指を差し入れる。

ダニエルが小さく笑い、彼女の鼻にキスをした。「おやすみ、いとしい人」

リリーが目を覚ますと、窓から昼の光が寝室に差しこんでいた。後悔を感じるべきなのだろうか？　恥ずかしさを感じるべき？　不思議なことに、感じるのは安堵《あんど》だけだ。

ベッドの上で起きあがり、かたわらに横たわる男性に視線を向けて目の保養をする。ダニエルは仰向けになり、片方の腕を目の上にのせていた。ああ、彼は美しい。リリーはおずおずと手を伸ばし、筋肉のついた胸板を覆う黄褐色の巻き毛に指を滑らせた。リリーが乳首に触れると、それは彼女の指の下で硬くなった。リリーは羽根でかすめるように手を下へ動かしていき、へそのまわりを一周して、その下の暗い金色をした巻き毛に指を絡めた。男性たる部分は力なく垂れさがり、高ぶっていたときとはずいぶん違って見える。リリーはおそるおそる触れてみて、恥ずかしさに手を引っこめた。ダニエルの美しい寝顔を見ようと視線を戻すと、緑の目は開いていて、熱いまなざしを彼女に注いでいた。

「続けてくれ」

「ごめんなさい」ほてりがリリーの肌に広がる。

彼は小さく笑った。「謝る必要は何もない。言っただろう、きみに触れてほしい」

リリーは窓のほうへ視線を向けた。「もうお昼近くでしょう。昼食会が一時にはじまるわ。妹と母が待っているの。行かないと」

ダニエルがリリーの手を取って指を絡めた。「まだ一時間ある。ぼくと一緒にいてくれ。そうだ、昼食会には出なければいい。ぼくと昼食をとろう。ここで」

「そんなことはできないわ。それに……体を洗いたいの」

彼は笑みを浮かべてリリーの親指をなでた。「ぼくが洗おう」

「ダニエル」

「きみの世話をすると言っただろう。出血しているかもしれない。ぼくに洗わせてくれ」

「ああ、神様……」体を洗ってもらうなんて親密すぎる行為に思える。けれどもふたりはすでに、これ以上ないほど親密な行為を分かちあったのだ。

「それはイエスということかな？」

「そうだと思うわ。わたし、いったい何をはじめてしまったの？」

「ぼくとしてはやめるつもりがまったくないことだ」ダニエルは眉を動かした。「そのあと、ここで昼食にしよう」

リリーの心臓が跳ねた。「昼食会はどうなるの？」

「きみの母上と妹さんは、きみがいないと心配するだろうか？」

リリーは肩をすくめた。「写生に没頭して時間を忘れたと思われるだけに違いない。これまでにも何度もあったことだ。「心配しないと思うわ。でも昼食を一緒にとったあとは、本当に行かないと。妹やいとこたちと約束をしているの。園遊会を抜けだして、みんなで……」

「みんなで？」

「楽しみましょうって……」リリーは目をそらした。

「何をして？」

「まだわからないわ。きっと何か見つかるでしょう」

「ああ、きっと見つかる」ダニエルはリリーの指先にキスをして立ちあがると、浴室へ続くドアへゆっくり近づいた。「そこにいてくれ」乱れたキルトの上掛けの上に座っているリリーの体の曲線を視線でなぞっていく。「今のきみの姿を心に書き留めておこう。唇は熟したサクランボの色で、キスの余韻でまだ腫れぼったい。胸はこれまで見たことがないほど愛らしく、ふっくらと丸みを帯びている。その先端に赤く色づく小粒の果実は、ぼくが舌で触れると硬くなる」

「ダニエル……」

「それから髪。きみの髪が大好きだ。やわらかな黒髪は、ところどころブランデー色のかすかな光沢を放っている。そして脚。すらりと長くて形がよく、ぼくの体に巻きついてくる。脚のあいだには、このうえなく刺激的なかわいらしい――」

「ああ、神様」リリーは視線をさげた。胸元は真っ赤に染まっている。想像するに、彼女の顔も負けず劣らず赤くなっているのだろう。

ダニエルがにやりとした。

「フェルメールでさえ、今のきみの美しさを堪能することはできないな」

リリーはベッドの上で身をよじった。脚のあいだの感じやすい場所が熱い。

「そんなふうに言うものじゃないわ」

「しいっ、黙って。ぼくは湯を入れてくる。用意ができたら声をかけよう」ダニエルは裸のまま浴室へ歩み去った。

浴槽に勢いよく湯が流れこむ音が聞こえた。ここにいると幸せだ。リリーはベッドの上でゆったりとくつろいだ。この部屋から二度と出ることがなくても、わたしは満ち足りた気持ちでいられるだろう。そんな自分の考えにリリーは驚いた。芸術に執筆、旅行に対する情熱を思い返して、今の考えを頭から急いで消し去る。ダニエルのような男性に愛着を抱いてはならない。彼は悪名高い女好きで、たったひとりの女に満足することは決してない。だけど今日一日だけ、ダニエルに世話を焼いてもらおう。ふたりは親密で美しい何かを分かちあった。そして自分はそれを少しも悔やんでいない。

「こっちへ来てもいいぞ」ダニエルが声をかけた。

リリーは浴室のドアへと裸足《はだし》で駆け寄り、そこで息をのんだ。金色の斑紋が入った大理石が広い室内を囲み、中央では磁器製の浴槽をライオンの足が支えている。驚いたことに、ダニエルは先に湯に入ってくつろいでいた。

「わたしをお風呂に入れるんじゃなかったの？」

「もちろんそうだ。この浴槽は大きいから、ゆうにふたり入れる。きみと一緒に入浴する楽しみをぼくから取りあげはしないだろう？」

「今日は何もかもあなたが満足するままにしているわ。そうでしょう？」リリーはこらえきれずに微笑んだ。

「こっちへおいで」

リリーは浴槽に体を沈めた。湯はあたたかく、彼の胸に背中からもたれかかると、体が癒やされた。

ダニエルが彼女の脚のあいだに触れる。「痛むかい？」

「それほどは。少しひりひりするだけ。あたたかなお湯が気持ちいいわ」

ダニエルは香りのついた石鹸とやわらかな布を手に取った。湯で布を濡らして石鹸をこすりつけ、リリーの脚のあいだへ持っていく。

「血を洗おう。痛い思いをさせて本当にすまない」

「あなたのせいではないわ」リリーはぎこちなく笑った。「あなたのせいではあるわね。でもいいの」

「安心した」ダニエルは布を絞って浴槽の縁にかけた。石鹸をもう一度手にしてリリーの体に滑らせ、泡で愛撫する。

リリーは深く息を吸いこんだ。「すてき」

目を開いて浴室の中を眺める。金の蛇口はライオンの頭の形をしていた。洗面器がのっている台もなめらかな白い大理石製だ。その先にある小さなドアの奥はたぶん化粧室だろう。

「きれいな浴室ね。それに最新式だわ。もうどれぐらい使っているの？」

「実はすべて新しい」ダニエルは教えた。「父が亡くなったあと、母は主寝室にある浴室をすべて最新の水道設備に改装させた。ヨーロッパ大陸から戻ったぼくは見て驚いたよ」

「贅沢《ぜいたく》至極ね」リリーは目をつぶった。あたたかな湯に浸《つ》かるふたりの体から立ちのぼる自然な香りを吸いこむ。「こんなにお風呂を楽しんだことがあったかしら」

「それは最新式の水道設備のおかげかい？　それとも一緒にいる相手のおかげ？」ダニエルが彼女の胸に指を滑らせ、先端を軽くつまんだ。

リリーは息をのんだ。

「あなたと一緒でなければ、わたしが主寝室の浴室を使うことはなかったわ」

リリーが顔をダニエルのほうへ傾けると、唇を繊細な口づけでとらえられた。リリーは慎重に体を反転させてダニエルと向かいあい、脚を開いて彼の上になった。

「そうやって座られると、またきみが欲しくなってしまう」

リリーはダニエルの言葉を無視して彼の瞳を見つめた。「あなたはわたしがこれまで見た中で最も不思議な目をしている。エメラルドの色に近いけれど、完全に同じじゃない。わずかに青みがかっていて、でも濃い青緑色《ティールブルー》や明るい青緑色《ターコイズブルー》と呼ぶには青みが足りない。この色を表現できる言葉が見つからないのが本当にもどかしいわ。まるで下地の色に……紫が使われているみたい。そんなことがあるとしたらだけど。ええ、やっぱり紫よ。それに濃紺。神様がエメラルドにアメジストのかけらを加えて、そのあと底のほうにだけサファイアをまぜたかのよう」彼のまつげにそっと親指を滑らせた。「とてもきれい」ダニエルを引き寄せ、唇でこめかみに触れる。「もしわたしが油絵の具を使うことがあったら、最初に作る色はあなたの瞳の色にするわ」

ダニエルは彼女を見つめていた。ダニエルが何か言いかけたが、リリーは彼の髪に指を通して続けた。

「それにあなたの髪。とても豊かだわ。色は、空の高いところを流れる雲から差しこむ午後の日差しを思わせる。日に焼けた金色の筋が明るい色味を加えているわ。それに琥珀色と栗色、少しだけ銀色も入っている」

「銀色の髪は白髪だよ、リリー」

リリーは髪を指に巻きつけてなめらかさを楽しんだ。「やわらかなスエードのような手触り。髪が波打って肩に触れているさまが好きよ」リリーは微笑んで少しのあいだ沈黙し、やがて切りだした。「あなたの髪を洗わせて」

「なんだって?」

「聞こえなかった? あなたの髪を洗わせてと言ったの」

ダニエルは笑みを浮かべて首を振った。

「断言するよ。きみはぼくにそんなことを求めた初めての女性だ」

「わたしはほかの女性たちのようになりたいなんて一度も思ったことはないわ」リリーは目をしばたたいた。「さあ、髪を洗わせてくれるの? くれないの?」

「きみの願いを退けることはできそうにないよ、いとしい人」

「うれしい」リリーは浴槽の横にある台から水差しを手に取った。「目をつぶって」

ダニエルは言われたとおりにし、リリーは彼の頭に湯を注ぎかけて髪をじゅうぶん濡らした。乾いたタオルを取り、ダニエルの目元をそっと押さえる。

「もう目を開けていいわ」彼女は石鹸を両手に持って、手のひらで泡立てた。「痛くしないから安心して」ダニエルの頭に石鹸をつけた。濡れた巻き毛を指のあいだに滑らせ、髪をやさしく洗う。彼の胸板を覆う濡れた毛に胸がこすれて、先端が硬くとがった。

ダニエルが目をつぶってうなった。「すばらしい手つきだ、リリー」

「前にもそう言われたわ」リリーは微笑んだ。

ダニエルははっと体を動かした。「前にも言われた?」

「美術の講師によ。おかしな想像をしないで!」リリーは最後にもう一度ダニエルの髪に指をくぐらせた。「さあ、これできれいに洗えたわ。あなたの髪の手触りが好きよ、ダニエル」もう一度水差しを取る。「目をつぶって。髪をすすぐわ」あたたかな湯をかけ、石鹸をすべて洗い流す。それから彼の目元をタオルでそっとぬぐった。「これで終わり。さっぱりしたでしょう」

ダニエルはいたずらっぽい目でリリーを見つめている。リリーは視線をさげた。長い黒髪の先が濡れて、胸のふくらみに張りついている。

「きみの番だ」ダニエルが水差しを取り、あたたかな湯をいっぱいに入れた。

「ダニエル、だめよ！」リリーは叫ぶと、慌てて彼から体を引き離そうとした。「わたしの髪は長くて多いの。時間までに乾かないわ！」

「もう遅い」ダニエルはリリーの頭から湯をかけた。目元をぬぐってやり、髪に石鹸をつける。「なんて長い髪だ」ひと房ずつ手に取り、髪の先まで石鹸を滑らせていく。「今日はきみに教えてもらったよ、リリー。髪を洗うのがこれほど官能的な体験だとは知らなかった」

「あなたはすべての行為に官能性を見いだすんでしょうね、閣下」リリーは笑い声をあげた。

ダニエルはわずかに彼女を押しやった。

「二度と閣下とは呼ばないでくれ。少なくともふたりだけのときは」

「ふざけただけよ」

ダニエルは石鹸の泡をリリーの髪からやさしくぬぐって湯に浮かべた。「きみにぼくの名前を呼ばれるのが好きだ、リリー。ずっと聞いていたくなる。次は頭をうしろに倒して。湯に浸して髪をすすごう」

リリーの体をうしろへ倒し、頭を浴槽に浮かべる。彼女の背中を片手で支え、もう片方の手で髪についた石鹸をすいだ。湯に泡が浮かび、ダニエルはリリーを自分のほうへ引き寄せた。

「キスをしてくれ」ダニエルは言った。

リリーはダニエルの胸に体を滑らせた。口が彼の口を探りあてる。脚を開いてダニエルの上になると硬いものがあたり、リリーはそれを自分の体に触れあわせた。どんなに激しく、どんなに深くキスをしても、急にもの足りなくなる。リリーはダニエルの口の奥まで舌をさまよわせ、隠れている場所すべてを探索した。そうしながら脚のあいだの脈打っている部分を彼の高ぶりに押しあて、腰を揺らす。リリーになぶられ、なでられ、ダニエルがくぐもった声をあげた。リリーが絶頂に達しかけたとき、ドアにノックの音がした。リリーは飛びあがってキスを中断し、体を震わせて見あげた。

「昼食だろう」ダニエルが落胆もあらわな声で言った。口をリリーの頰に押しあてる。「この埋め合わせはする。きみはここにいてくれ。ぼくが呼ぶまで出てきてはだめだ」浴槽から出てタオルで体を拭き、壁のフックからローブをつかむと、浴室の外に出てドアを閉めた。

リリーは急いで浴槽から出て微笑んだ。部屋のドアを開けたダニエルは、燃えたぎる下腹部をどうするのだろう？　きっと使用人たちはいつもどおりにふるまうに違いない。おそらくダニエルにとってこれはいつものことなのだから。リリーは乾いたタオルを体に巻きつけ、もう一枚見つけて濡れた髪から水分を拭き取りはじめた。午後、ローズやみんなと会うまでに乾かすのはとても無理だ。濡れたまま三つ編みにして、誰にも気づかれないよう祈ろう。

　ダニエルが浴室のドアを開け、彼が着ているものとよく似たヴェルヴェットのローブをリリーに手渡した。「タオルをまとった姿は魅力的だが、こっちのほうがくつろげるだろう」

「櫛《くし》を貸してもらえないかしら」リリーはタオルを体から滑り落としてローブをまとった。「髪をこのまま乾かしたら、絡まってしまうわ」

　ダニエルはそばの棚から櫛を取った。「ぼくがしよう」

「あなたの手をわずらわせる必要は——」

「ぼくがしたいんだ。きみの髪は美しい、リリー」

「わたしの髪は濡れているの、ダニエル。痛っ！」

「悪かった。長い髪をくしけずるのには慣れていない」

「だからこそわたしにまかせるべきなの」リリーは彼の手から櫛を取った。「すぐに終わるわ」手早く髪をすいて櫛を棚に戻す。「さあ、行きましょう」

　昼食は窓辺のテーブルに用意されていた。リリーは腰をおろして窓の外に目をやり、遠くの芝生の上に華々しくしつらえられた昼食会の会場を眺めた。

「まあ、母と妹の姿が見えるわ」

「女性たちが勢揃いしている。もう一時近い。昼食とそのあとの園遊会のために集まっているんだ」

「噂話やたわいもないおしゃべりに花を咲かせているんでしょうね」

ダニエルは食事を盛りつけた皿をリリーに渡した。「空腹だといいが」

「実はお腹《なか》がぺこぺこなの。おいしそうね」ウズラの卵をフォークで刺して口に入れる。

「よく晴れた午後になりそうね。四月は大好きよ。今年みたいにあたたかな四月はなおさら」

「きみは乗馬はするのかい？」ダニエルが問いかけた。「今は乗馬にうってつけの気候だ」

「動物は好きよ。それに前々から馬にはもっと乗りたいと思っているわ。でも、横鞍《よこぐら》には我慢できないの。ひどい座り心地なのよ。実は昔から考えていたんだけど、男性の体の作りについてより詳しくなった今は、やっぱり男性こそ横鞍に座って、女性は馬にまたがるべきだと思うわ」

ダニエルの笑い声が祭日の鐘のごとく響き渡る。「リリー、こんなに楽しいのはいつ以来だろう。寝室の外で女性相手にこうも楽しむことができるとは知らなかった」

「ここは寝室よ」

「ぼくが言わんとすることはわかるだろう。正直、今日ほど女性とともにいて楽しかったことはない」

「お世辞はやめて、ダニエル。そんなことを言われると本気にしてしまうわ」

「ぼくは本気だ」

リリーは彼に微笑みかけた。おそらくダニエルはいつもの殺し文句のひとつをささやいているのだろう。だけど、それでも胸が高鳴る。ローズとアレクサンドラが異性に対して興味津々な理由がわかりはじめてきた。リリーは咳払いをした。「乗馬に話を戻しましょう。わたしの妹のローズはすばらしい乗り手よ。妹は横鞍でも気にしないわ。わたしは兄の馬と鞍を借りて、またがって乗ることがたまにあるの。もちろん、兄の許可を得てよ。もし両親に知られたら、わたしは幽閉されかねないわ」

「一緒に乗馬をしに行こう」

「シャペロンをつけないと」

「トーマスかきみの妹さんを同伴すればいい」

「未婚で二〇歳の妹では、シャペロンとしてとうていふさわしくないわ」そう言ったあと、リリーは声をあげて笑った。

「何がそんなにおかしいんだい？」

「妹がシャペロンにふさわしいかどうかなんて話をしているわたし自身は、ローブをまとっただけの姿で公爵と寝室で昼食をとってるのよ。滑稽でしょう？」

「ぼくはそうは思わない。乗馬をしに行くかい？」

「横鞍に乗らなければだめ？」

「きみの好きにすればいい」

「やさしいのね。でも横鞍に乗るよう言ったら、わたしに断られるとわかっていたんでしょう」リリーはもう一度笑った。

「リリー、ぼくはきみが何をしようとかまわない。ぼくと一緒にする限りは」

ダニエルが軽口を叩いているのははっきりしていたが、リリーは頼み事を持ちかけてみることにした。「だったら、美術品のコレクションの残りを見せてもらえないかしら？　あなたから直接許しを得る必要があるんでしょう」

「もちろん、いつでも好きなときに」

重いヴェルヴェットの下で肌が熱くなる。男性と一緒にいることがこれほど楽しいなんて。こんな気楽なやりとりは初めてだ。不思議だが、ダニエルといることに気まずさはまったく感じない。互いに相手のことをほとんど知らないというのに。ダニエルという男性は完璧に近い。その過去以外は。けれども、わたしたちには今日があるだけだ。そう思って受け入れよう。受け入れるしかない。

リリーはもう一度窓の外に目をやった。女性たちは芝生に置かれた錬鉄製の白いテーブルを囲んで昼食をとっている。リリーはレディ・アメリア・グレゴリーの姿を見つけて眉をひそめた。あの女性を兄に近づかせないようにしなければ。

「ダニエル」リリーは甘い声で呼びかけた。

「なんだい？」

「晩餐会の席順は誰が決めるの？」

「母とおばのルーシーだと思うが。どうしてだい？」

「あなたにひとつお願いしたいことがあるんだけど」

「なんでもどうぞ」

「今夜の晩餐会で、ある人が特定の人の隣に座るようにしたいの。できるかしら？」

「おそらくは。なぜそんなことを？　きみが隣に座りたい相手がいるのか？」

「いいえ、わたしではないわ。妹がエヴァン・ゼイヴィア卿の隣になるようにできないかと思って。ゆうべの舞踏会で、妹はエヴァン卿をずいぶん気に入っていたし、彼のほうも妹に関心を示していたわ。それに兄のトーマスはミス・エマ・スマイスに魅了されたみたい」

「ゆうべ、彼と一緒にいた金髪の女性かな？」

「ええ。知り合いなの？」

「名前は知っている。ぼくが取り引きしている銀行家の令嬢だ」

「わたしは昨日の夜、彼女を紹介してもらったわ。知的で魅力的な人よ。正直に言って、これまで兄の女性の趣味はそうよくなかったの。美しさと知性を備えた若い女性をほかに知っている？　兄のもう片方の隣に座らせたいわ」

ダニエルは笑い、何も言わずに首を振った。

「そう。じゃあ、わたしが考えておくわ」リリーは言った。「レジーナ・ウェントワースは兄の隣には座らせたくないわね。彼女はもう何カ月も兄を祭壇まで引きずっていこうとしているし、はっきり言って頭が空っぽなんだもの。それにあの強欲なレディ・アマンダ・グレゴリーも兄から遠ざけないと。彼女はもうひとつ爵位を手に入れるためならなんだってするわ。わたしのいとこのアレクサンドラに関しては、ウェントワース卿が彼女に関心を寄せているけど、彼にアリーはもったいないわね。わたしもできたらウェントワース卿とは距離を置きたいわ。去年はしつこく交際を求められたの。こっちは少しも興味がないのに」意地悪な考えがひらめいた。「そうだわ、ウェントワースはアマンダ・グレゴリーの隣に座らせましょう」

「彼女の名前はアメリア・グレゴリーだ、リリー」

「あんな女性の名前なんてどうでもいいわ、ダニエル。とにかく彼女を兄から遠ざけたいの。彼女の隣にはウェントワースを座らせて、反対隣には女好きのお年寄りを誰か見つけましょう。それと、アリーはヴィクター卿の隣に座らせられないかしら」

ダニエルはゆっくりと言った。「ヴィクターはきみを気に入ったようだ、リリー。ゆうべ、きみはずっと一緒だっただろう」

「とてもやさしい人だし、彼といるのはたしかに楽しかったけれど、知ってのとおり、わたしは花婿探しはしていないの。ヴィクター卿ならアリーとも馬が合うと思うわ。アリーは彼にとても魅力を感じているし」

「つまり、きみはヴィクターにまったく関心がないのか？」

「これっぽっちも」

「それを聞いて安心したよ」ダニエルが微笑んだ。

「心配する必要はないわ。ねえ、今、言ったとおりに全部お願いできるかしら、ダニエル？」

ダニエルは首を振って笑い声をあげた。

「何がそんなにおかしいの？」

「きみはかわいい。自分でわかっているかい？」

「話をそらさないで。席順の変更をお願いできるの？　できないの？」

「リリー、本気で考えているのかい？　きみが今、言ったことをぼくがすべて覚えていると？」

「もちろんよ。何か難しいことでも？」

「あとできみの部屋へ座席表を持っていかせて、きみの許可を得るほうがいいんじゃないか？」

「ちゃかさないで。わたしはささやかなお願いをしているだけよ」

「ささやかかな？」ダニエルは含み笑いをもらした。「ぼくがなんとかしよう」

「ありがとう」リリーは身を乗りだし、ダニエルの頬を唇でそっとかすめた。「すばらしい昼食だったわ。でも、本当にもう行かないと」立ちあがって、床の上に脱ぎ捨てられた服のところへ歩いていき、背中を向けた。「コルセットとドレスを身につけるのを手伝ってくれる？」

「脱がせるのを手伝うほうがいい」

「もう脱いでいるでしょう」

「だったら、脱いだままでいてくれ。ベッドへ戻っておいで」

「今日の午後は用事があると言っていなかった？」

「ああ。だが、きみとここにいるほうがいい。浴室で邪魔が入った埋め合わせをすると約束しただろう」ダニエルがリリーの肩からローブを滑らせて床に落とし、腕を愛撫した。

「あ……」リリーはため息をついた。「だめ、行かないと。部屋へ戻ってアフタヌーンドレスに着替えるわ。大変、髪はどうすればいいの？」

「おろしておくんだね。午後の日差しにあたれば乾くし、髪をおろしたきみは魅力的だ」ダニエルは親指でリリーの胸の先端をそっとなでた。

「やめて、気が散ってしまう」リリーは名残惜しそうにダニエルの手を押しやった。「それに髪をおろすなんてできない。わたしは二一歳よ。一二歳じゃないわ」言葉を切って、彼の整った顔立ちを見つめる。「あなたは何歳なの、ダニエル？」

「三二歳だ。なのにきみのそばにいると一九歳に戻ったかに感じる」

「それは褒め言葉？」

「ああ、そうだ」

「だったらありがとうと言っておくわ」リリーはふたたび背中を向けた。「今度こそ手伝って。もう行かないと」

ダニエルは立ちあがり、大股でリリーに近づいた。「きみがどうしてもというなら」

リリーの着替えが終わると、ダニエルは彼女を振り向かせてそっとキスをした。それから自分も服を着た。

「部屋まで送ろう。誰にも見つからないようにする」

「助かるわ」

ダニエルがリリーを引き寄せた。「今夜、きみの部屋を訪れてもいいかな？」ささやき声がリリーの喉をくすぐる。

リリーは膝の力が抜け、体を小さく震わせた。「だめよ、部屋には妹もいるの」

「それならきみがぼくの部屋へ来てくれ」

「ダニエル……わたし……」

「お願いだ」

「でも、いったいどうやって?」

「どうするかは考える。ぼくがきみを迎えに行くか、誰かを迎えにやろう」

「だめ。誰にも知られたくないわ」

「ここには信頼できる使用人がいる。ぼくにまかせてほしい」

ダニエルはリリーの唇にキスをしてそっと口を開かせ、舌に自分の舌を絡めた。リリーは彼に手を伸ばした。まだ湿った髪の毛をなでつけ、筋肉質の肩を探る。リリーの喉へ口を移したダニエルが甘いキスを降らせるあいだ、彼女は清潔で新鮮な男性の香りを吸いこみ、彼の引きしまった体に自分の体を強く押しつけた。胸の先端が張りつめて、脚のあいだが熱くうずく。まだダニエルが欲しい。だけどもう終わりにしなければ。

「この情事を引き延ばす必要はないわ、ダニエル。今夜はあなたのもとへは行けない」

「リリー、お願いだ」

「あなたとベッドをともにする経験はもうしたことだし、あなただって……きっとほかに約束があるでしょう」

「きみが本気ならしかたがない、リリー。でも、ぼくにはきみの気持ちを変える権利がある」

「いいえ、あなたにその権利はないわ」リリーはそう言い残すと、すばやく廊下へ歩みでた。

5

リリーは淡いベージュ色に緑と白の細かな水玉模様が入ったアフタヌーンドレスに着替えた。心配していたよりも髪の乾きは速く、メイドがリリーの髪を編みこんでヘアピンで留め、美しい髪型を作るあいだ、彼女は椅子に腰かけていた。できあがりに満足すると、メイドをさがらせて階下に行き、芝生へ向かった。女性たちはデザートのプラムタルトのババロア添えを食べ終えるところだった。リリーは母が妹とおば、そしていとこたちと座っているのを捜しだした。

腰をかがめて母の頰にキスをし、謝った。

「遅れてしまって本当にごめんなさい、お母様」

「今までどこにいたの、リリー？」レディ・アシュフォードが尋ねる。

「わたしのことはわかっているでしょう。朝から写生に出かけて、時間が経《た》つのを忘れてしまったの。本当に悪かったわ」

「お腹がすいているのではないの？」おばのアイリスが問いかけた。

「いいえ、全然。朝たくさん食べたものだから。夕食までもうひと口も入らないわ」

「せめてデザートは？」ローズがすすめる。「このプラムタルト、とてもおいしいのよ」

「ありがとう。でも、結構よ。本当におかまいなく」リリーはローズの隣の空いていた席に腰をおろした。「今朝はみんな、何をしていたの？」

「わたしは応接室にあるピアノを少し弾かせてもらったわ」ローズが言った。「ベートーヴェンの新しい曲を練習しているの。公爵未亡人が好きなだけピアノを使うようおっしゃってくださったのよ。わたしが弾いているあいだ、ソフィーとアリーは読書をしていたわ」

「すてきな朝だったみたいね」リリーは言った。「お母様は何をされていたの？」

「お姉様とふたりで、公爵未亡人とミス・ランドンにお目にかかってきたの。知っているかしら？　公爵未亡人の妹にあたるミス・ランドンは子どもの頃、お姉様の親友だったのよ」

「知らなかったわ。おば様、なぜ教えてくれなかったの？」

「そうね、なぜかしら。夫が生きているあいだは考えることがほかにありすぎたんでしょうね。またルーシーと話せて楽しかったわ」

「なぜあの方は結婚なさらなかったのかしら？」リリーはきいた。

「ルーシーはアイルランド人の船乗りと激しい恋に落ちたのよ。結婚の約束までしていたのに、相手は海で亡くなったの。ルーシーのお父様は最初から反対していたから、ノーランの死を喜び、それを隠しもしなかった。ひと月後、姉のモルガナが公爵家へ嫁ぎ、哀れなルーシーは忘れられてしまったわ」

「気の毒に」アレクサンドラが言った。「ほかに結婚したいと思える相手には二度とめぐりあわなかったのかしら？」

「ええ、二度と」アイリスが答えた。「両親の干渉から逃れられるよう、公爵未亡人は自分の屋敷にルーシーの居場所を作ってあげたの。以来、ルーシーはここで暮らし、わたしたちはしだいに交流が途絶えてしまったわ」

「旧交をあたためることができて本当によかったわね」ローズが言った。「おば様はミス・ランドンとどうやって知りあったの？」

「彼女とは年が同じなのよ。ランドン家はわが家の近所に街屋敷を所有していたわ」

「公爵未亡人はおいくつになるの？」ソフィーが質問した。

「五四歳よ」

リリーは頭の中ですばやく計算した。つまり公爵未亡人は二二歳でダニエルを産んでいる。

アイリスが言った。「お互いの家族がロンドンにいるときは、いつも一緒にいたわ。モルガナは一七歳のとき、とある伯爵とおつきあいをしていて、わたくしたちは三人でふたりのあとを尾行し、こっそりのぞき見したものだった」おばは笑い声をあげた。「本当に、ルーシーは尾行がとても上手だったのよ。わたくしたちは一五歳、あなたたちのお母様はまだ一一歳だった。ああ、なんて楽しかったんでしょう！」

「とある伯爵？」リリーは声をあげた。「公爵じゃなくて？」

「実を言うと、その伯爵には心に決めた人がほかにいたのよ。彼はモルガナとの話は白紙に戻して、それから何年も結婚しなかった。モルガナが公爵と結婚したのは彼女が二〇歳のときだったわ。ふたりはその一週間前に初めて顔を合わせたばかりだった。公爵はモルガナのお父様に結婚を申しこみ、モルガナとは会いもしないうちに婚約してしまったの」

「公爵はなぜ彼女を選んだのかしら」ローズが言った。「どんな相手でも望みのままだったんでしょう」

「モルガナは……異国風の美しさを持っているの」おばが続けた。「深みのある金髪に、鮮やかなエメラルド色の瞳。今では髪の色も明るくなったけれど、あの年齢にしては美しいまま ね。公爵は彼女なら理知的で容姿のすぐれた息子を産むと考えたのではないかしら。そしてもちろんそうなった」

「とても興味をそそられる話ね」リリーは言った。「公爵未亡人が最初におつきあいしていた伯爵はどうなったの？」

アイリスがにんまりする。「あなたのお母様と結婚したわ」

リリーは目を丸くした。「わたしをかついでいるんでしょう。ねえ、お母様！」

レディ・アシュフォードは微笑んだ。「あなたたちのお父様がモルガナと交際していたとき、わたくしはまだほんの子どもだったわ。それから五年ほどしてわたくしが一六歳になって、お父様と交際するようになったの。その頃にはモルガナは結婚して二年になり、すでに跡継ぎの息子を産んで、次の子どもを身ごもっていたわ」

ダニエルだ。リリーは内心で微笑み、公爵未亡人の胎内で眠る美しい男の子を想像した。髪は母親のものよりも複雑な色味が美しく、その瞳は誰にも似ていない。

「夢見るような顔をしているわよ、お姉様」ローズが言った。「何を考えていたの？」

「何も」リリーはそっけなく言った。

「とてもロマンティックな話ね」ソフィーが言った。

「この話のどこがそんなにロマンティックなの？　公爵は結婚を強要したんでしょう」リリーは憤った。

「それが、モルガナはやがて公爵を愛するようになったのよ」アイリスが言った。「ふたりの結婚は幸せなものだったわ。だから去年、公爵と長子のモーガンが亡くなったとき、彼女は打ちのめされたの。ルーシーがそばにいて、モルガナの世話をしてくれて幸いだった。公爵は……つまり新しい公爵はなんの助けにもならなかったから」

「滞在先の主人を悪く言うものではないわ」レディ・アシュフォードがたしなめた。

「ええ、そうね、フローラ。これ以上は言わないわ」

リリーはダニエルをかばいたいという強烈な思いと闘った。奇妙な感情を抑えこんで、ローズに向かってうなずいた。

「お母様」それを合図にローズが言った。「話の途中でごめんなさい。でもわたしたち……わたしたち四人で、屋敷の中を少し散策しようと思っているの」

「かまわないわ」レディ・アシュフォードが言った。「お姉様が反対でなければ」アイリスに向かってうなずきかける。

「ああ、若かりし日々に戻ることができたら」おばがため息をついた。「いってらっしゃい。

だけど面倒事には近づかないように」

「特にあなたはね」レディ・アシュフォードは長女に釘《くぎ》を刺した。

「お母様、それはどういう意味？」リリーは問い返した。

「どういう意味か、あなたはよくわかっているでしょう。さあ、楽しんでいらっしゃい」

四人はくすくす笑いながら席を離れた。

「お兄様はゆうべ、きれいな金髪の人と踊っていたわね」ローズが言った。

「昨日の夜、わたしはエマとお兄様と一緒に話す機会があったわ」リリーは返した。「あのふたりのこれからが楽しみよ」

「つまり、あの人は完璧な女性なのね」ローズが言った。「お兄様に関わる女性にはいつも手厳しいお姉様がそう言うんだから。ところで」みなを振り返った。「これから何をするの？お姉様は朝の写生の最中にどこかすばらしい場所を見つけた？」

午前中に見つけたすばらしい場所――ダニエルの寝室――を思い返し、リリーは頬がゆるみそうになるのをこらえた。「わたしはほとんど同じ場所で過ごしたし、どこがいいか探すというより絵を描くのが目的だったから。ちょっと探検しましょう。公爵の屋敷はとてつもなく美しいもの。わたし、アシュフォードの屋敷よりも気に入ったと断言するわ。ねえ、あなたたちはゆうべの舞踏会を楽しんだ？興味を引かれる男性はいた？」

「あなたのウェントワース卿と二度踊ったわ」アレクサンドラが言った。

「彼はわたしのウェントワース卿じゃないわよ。どうぞあなたのものにして」

「ウェントワースが欲しいのかどうか自分でもよくわからない」アレクサンドラが声を低くしてささやいた。「彼、テラスでキスをしてきたの」

「なんですって！」ローズが声をあげた。「まさか」

「本当よ。男性とキスすることに関してはリリーの言うとおりだった。ウェントワースの唇ってべとべとしていて、しかも彼ったらわたしの口に舌を入れようとしたのよ」

ローズとソフィーが息をのむ。

「わたしが話したのはウェントワースのキスについてだけでしょう、アリー」リリーは言った。「彼のキスがあんなだからって、それで紳士全員を判断することはできないわ」内心で微笑んだ。本当にそのとおりだ！

「どうしてウェントワースとふたりでテラスへ出たの？」ソフィーがきく。

「好奇心からよ。二度とあんなことはしないわ」

「でも、ちょっとうらやましい。すてきなキスではなかったにしても」ローズはそう言ってからつけ加えた。「それで思いだしたわ。エヴァン卿から明日、乗馬に誘われているの。シャペロンとしてお姉様に同行してもらえないかしら」

「わたしが？」

「ええ、わたしより年上だもの」

「年上といっても、一一カ月しか変わらないわ。それにわたしは未婚よ」

「お姉様ったら、いつからしきたりを気にするようになったの？　敷地内で馬に乗るだけよ。

きっとまわりには人が大勢いるわ」

「そうね、一緒に行くわ」リリーは言った。「じゃあ、エヴァン卿のことは気に入ったのね？」

「ええ、楽しい時間を過ごしたわ」

「彼と何かあった？」アレクサンドラが尋ねる。

「アリー、いいかげんになさい」ソフィーがたしなめた。「あなたの頭の中にはそれしかないの？」

「だけど、どうなの？　何かあったの？」アレクサンドラは引きさがらなかった。

「何もないわ。ファーストネームで呼んでほしいと言われただけ。エヴァンってすてきな響きの名前でしょう？」

「ええ、わたしもそう思う」ソフィーが相槌《あいづち》を打った。「あら、見て。あそこに小さな湖がある」

「おしゃべりに夢中で景色が目に入っていなかったわ」リリーは言った。「でも、湖を探検するのも楽しそう。裸足で入れるかしら」

「泳げるかもしれないわよ！」アレクサンドラが言う。

「アリーったら」リリーは笑い声をあげた。「たしかに泳ぐのは楽しいだろうけど、まだ四月よ。いくらよく晴れた午後でも、水はまだ冷たいわ。泳いだりしたら凍え死んでしまうわよ」

「確かめるだけならかまわないでしょう？」アレクサンドラは湖のほうへ走りだした。「湖まで競走よ。最下位の人は罰として、ウェントワースとキスをすること！」

「大変、みんな急いで！」リリーは笑いながら言った。「彼のキスは最悪よ。わたしが言うんだから信じて」

リリーたちが湖にたどり着いたときには、アレクサンドラは靴と長靴下を脱ぎ捨ててスカートをたくしあげ、水際へ向かっていた。アレクサンドラは片足を水に入れた。

「信じられない。この水、あたたかいわ」

小さな湖に見えたそれは実際には大きな人工池で、灰色の岩場から流れ落ちる水が引き入れられていた。水面からは湯気が渦を巻いて立ちのぼっている。リリーは急いで靴と長靴下を脱ぎ、足を浸した。「本当、あたたかいわ。なぜなの？」

「バースのものと同じ源泉から流れてきているんじゃないかしら」ローズが言った。「バースの温泉はここから近いでしょう」

「エヴァン卿があなたをあがめるのも当然ね」リリーは言った。「あなたは本当に賢いわ。きっとそのとおりよ」

「あたたかいとなれば、泳がない手はないわね」アレクサンドラはリリーに背中を向けた。「お願い、ボタンを外して」

「こんなところで泳ぐなんて無分別もはなはだしいわ」ソフィーは慌てた。

「アリー、ソフィーの言うとおりよ」ローズが言った。「通りかかった人に見られるかもしれない」

「くだらないことを言わないで」リリーは反論した。「男性はみんな狩りに出かけて、あと数時間は戻らないわ。それに女性たちは園遊会の真っ最中でしょう。ここまで一時間近く歩いてきたけど、途中でほかに何人見かけた？」

「ひとりも。だけど……」ソフィーが心配そうに身じろぎする。

「はい、いいわよ」リリーはアレクサンドラのコルセットをゆるめると、今度は自分が背中を向けた。「わたしのもお願い」

「お姉様、タオルを持ってきていないでしょう」ローズは姉を思いとどまらせようとした。

「そうよ」ソフィーが加勢する。「それに下着が濡れてしまうわ。泳ぐのはやめて――」

アレクサンドラはにっこりして眉をあげた。「だったら裸で泳げばいいわよね」

ソフィーが頬を手で押さえた。「いったいどこからそんな考えが出てくるの、アリー？」

「小説からよ、お姉様。『ザ・ルビー』と呼ばれるすばらしい本」

『ザ・ルビー』なら聞いたことがある。リリーはアレクサンドラにコルセットをゆるめてもらいながら考えた。官能的な小説を掲載している、いわゆる地下出版物だ。それにしても、そんなものをなぜアレクサンドラは読んだことがあるのだろう？

「『ザ・ルビー』って何？」問いかけたものの、ソフィーは首を振った。「やっぱりいいわ。知りたくもないもの」

アレクサンドラが声をあげて笑う。「お姉様は知らないほうがいいわね。とにかく、ここならほかに人はいないわ。服をいっさい着なければ、泳いだあと、服を着る前に日にあたって体を乾かせばいいでしょう」

「せめて下着はつけるべきよ」ローズは譲らなかった。

「あなたはそうして。シュミーズとドロワーズをびしょ濡れにして、それで気がすむなら」アレクサンドラは言った。「でも、わたしは裸で泳ぐわよ」

「わたしも！」リリーはドレスを放り、コルセットとドロワーズを体から滑らせた。

「お姉様、せめてシュミーズは脱がないで」ローズが止める。

「心配しすぎよ、ローズ。ここから見える限り誰もいないわ」

リリーは薄い生地を頭から脱ぐと、水辺に駆け寄った。アレクサンドラはすでに池に入って、手で水をばしゃばしゃとはね散らしている。あたたかな波が官能的な抱擁のようにリリーの裸身の上を流れた。心はその朝ダニエルとともに入った浴槽へとさまよっていったが、リリーはその考えを追い払った。アレクサンドラのほうへ水の中を進むと、そこは一・五メートルほど水深があり、乳房が水面に浮かんだ。リリーはいとこに水をかけた。

アレクサンドラはにんまりした。

「若い男性が今ここに不意に現れたらすてきじゃない？」

「そんなことになったら、わたしたちは大恥をかくわ、アリー」リリーは思わずくすくす笑った。

「いいえ、きっとおもしろいことになるわよ」アレクサンドラが言う。「男性のほうが慌てふためくわ。わたしたちふたりが水の妖精さながらに笑い声をあげて水をかけあう光景を目撃するのよ。馬から落ちてしまうんじゃないかしら！」

リリーは服を脱ぎ捨てた場所を振り返った。

「アリー、今のは冗談じゃなかったの？　あそこに馬が見えるわ」

「大変」ソフィーは身ぶりを交えてふたりに指示した。「水の中にいて。もし彼が近づいてきて見られそうになったら、水中に頭を沈めるのよ」ローズを引っ張り、自分たちは立ち並ぶ大木のうしろへ身を隠す。

「たぶん使用人が馬で通りかかっただけだわ」リリーは言った。

「きっとそうね」アレクサンドラがうなずいた。「彼が立ち去るまで、わたしたちの大切な体は水の中に隠しておくのよ」

「ああ、神様」リリーは唾をのみこんだ。

そよ風に揺れる美しい髪は、その日の午前中にリリーが洗ってなでつけたものだった。堂々たる黒い牡馬《ぼば》の上にはダニエルの姿があった。彼は茶色の乗馬服をまとい、シャツの胸元をはだけていた。四月のあたたかな風に髪をなびかせている。

「どうしたの、リリー？」アレクサンドラがリリーの腕をつついた。「知ってる人？」

「ええ、あいにくだけど。あれは公爵よ」

「わたし、気を失いそう」

リリーは倒れかけたいとこの体を支えた。ダニエルなら一糸まとわぬ姿の水遊びも秘密にしてくれるだろうが、彼との仲を明かさずにアレクサンドラにそのことを伝えるすべを思いつかない。

「わたしたちのほうは見ていないわ。公爵がどこかへ行くまで、岩場の陰に移動しましょう」

ダニエルはどんどん近づいてきて、服の山へと馬を導いた。彼は池のほうを見渡した。アレクサンドラは背中を向けていたが、リリーはダニエルと目が合い、気まずい思いで短く笑った。ダニエルは背中をそらして大きく笑うと、馬の首をめぐらせて去っていった。その姿が見えなくなったところで、リリーはいとこをつついた。

「もうこっちを向いても大丈夫よ。彼はいなくなったわ」

「姿を見られたんでしょう」アレクサンドラが言った。「公爵の笑い声が聞こえたもの」

「誰かはわからなかったはずよ。背中を向けていたんだから。心配することはないわ」

「あなたには気づいたかもしれないわよ、リリー。だってゆうべ、あなたとダンスをしていたじゃない」

リリーは肌が熱くなったが、それは湯気を立てる温泉のせいではなかった。「ダンスの最中、公爵はわたしの背中を見ていたわけじゃないわ。なのにどうしてわたしだとわかるの？」

リリーとアレクサンドラが池から出ると、ローズとソフィーが戻ってきた。

「今のは公爵よ！」ソフィーが声をあげる。

「ええ、そうだったわね」リリーは言った。「わたしたちが誰かはわからなかったと思うわ」

「彼ってほれぼれするようなハンサムよね」アレクサンドラが熱っぽく語る。

リリーは視線をそらした。

「そうね、魅力的な人だわ。でも、公爵の評判は知っているでしょう」

「あんな見目麗しい男性とダンスを踊れるなら、噂なんて聞き流すわ」アレクサンドラは夢見る顔つきで言った。「彼、どうだったの？」

リリーは飛びあがった。「どういう意味？」

「もちろんダンスの腕前よ。おかしな人ね。どういう意味だと思ったの？」

リリーの心臓が激しく打った。

「公爵は……ステップがとても上手だったわ。お兄様よりもさらにうまいわね」

「どうして彼と踊ることになったの？」ソフィーがきく。

「それが、ヴィクター卿と踊っているところに割りこんできたの。公爵が礼儀正しかったのは間違いないわ」

「何を言っているの。礼儀正しい人なら割りこんだりしないわ」アレクサンドラが言った。

「公爵はあなたと踊りたかったのよ。それは明らかね」

「一度踊っただけよ。騒ぐほどのことではないわ」

「たしかにそうね」ソフィーが言った。「だけど、彼には目をつけておきましょう。ひょっとすると、結婚相手を探しているのかもしれないわ。なんといっても、今では公爵なんだもの。跡継ぎの息子が必要よ」

「彼の跡継ぎを産むのはわたしじゃないわ」リリーは腕と体から水滴を払った。あたたかな温泉から出ると風が冷たく、体が震える。それとも震えているのはほかの理由でだろうか? ああ、神様。わたしは何に足を踏み入れてしまったのでしょう?

厩舎《きゅうしゃ》へ戻ってからもダニエルは含み笑いをもらしていた。リリーなら温水の池を見つけるであろうことになぜ思い至らなかったのだろう。彼女の姿を目にして、思わず理性が吹き飛びそうになった。愛らしい体は水の中にあって見えなかったものの、想像せずにはいられなかった。あの場に女性がもうひとりいなければ、自分は服を脱ぎ捨てて水に飛びこんでいただろう。そして互いにすっかり満たされて疲れ果てるまで、リリーと愛を交わしていた。

リリーはなんと驚くべき女性だろう。彼女は美しい。そう、それはたしかだが、美しい女性にこれまで事欠いたことはない。いや、自分を魅了するのはリリーの美しさではない。

これほど気持ちが高揚するのはいつ以来だろうか。ダニエルはハミングしながら馬から鞍を外し、ブラシをかけてやった。馬が鼻を鳴らしたので、馬房の横に置いているかごからリンゴを取って差しだす。「ほら、リンゴだ、ミッドナイト」

「ごきげんよう、ダニエル」

ダニエルが振り返ると、アメリア・グレゴリーが鼻をつまんで立っていた。

「なんてひどいにおい。誰も掃除をしないのかしら?」

「ここは馬房だ、アメリア。馬糞《ばふん》のにおいがいやなら、ここへは来ないことだ」

「今日の昼食会では、あなたの姿が見えなくて寂しかったわ」

「男は今日の昼食会には参加していない。なぜぼくが来ると思うんだ？」

アメリアはそれには答えず、逆に質問した。「どうして狩りに行かなかったの？」

「午後は急いで対処すべき要件があった」

「うまくいった？」

「ああ、とてもうまくいった」ダニエルはミッドナイトの脇腹に馬櫛を滑らせた。「アメリア、悪いが馬の世話があるんだ」

「世話なら使用人がいるでしょう」

「ミッドナイトの世話は自分でしたい」

「あなたが世話をしているあいだ、話をしてもいいかしら？」

ダニエルは咳払いをした。

「できれば遠慮してほしい。きみとはこれ以上、話すべきことはない」

「それがあるのよ、ダーリン。すばらしい知らせがあるの」アメリアがダニエルに近づいた。

「あなたを許すことにしたわ」

「ぼくを許す？　なんの話だ？」

「ゆうべ、わたしを部屋から放りだしたことよ。何かいらいらすることがあったんでしょう。わたしが気をきかせるべきだったわ。思えば、すべて自分が悪かったの。わたしは今もあなたと一緒にいたいし、あなたがその気ならわたしのもとへ戻ってきてほしいと思っているわ。

それを伝えておきたくて」

まいった。予想外の展開だ。

「すまない、アメリア。ぼくの心は変わらない。きみとの関係はもう求めていない」

「ふたりで多くの悦びを分かちあったあとで、どうしてそんなふうに言えるの？　わたしたちのあいだには絆《きずな》があると思っていたのに」

「絆？」

「もちろん、わたしは常にあなたに誠実だったわけではないわ。だけど、あなただってわたしに誠実だったとはとても言えないでしょう。それでもふたりはいつの日か結ばれると、お互い認識していたんじゃないかしら？」

「ぼくにはそんな認識はかけらもなかった。絆を求めたことはないし、きみもそうだったはずだ。少なくともきみの態度からぼくはそう信じていた。ふたりの関係は純粋に肉体的なものだ。楽しみはしたが、もはやそれを追い求めるつもりはない」

アメリアが手を伸ばしてダニエルの頰をなでた。

「そんな言葉はひとつも信じないわよ、ダニエル。わたしとあなたは結ばれる運命なの」

彼女の指先が触れた箇所に火花が散ることはなかった。触れられても、何ひとつ感じない。

「すまないが、きみの思い違いだ」

アメリアが顔を寄せてきた。彼女の口がダニエルの口からほんの数センチのところに迫り、吐息が彼の唇にかかる。

「わかっているんでしょう。あんな快楽を与えることができるのはわたしだけよ」

ダニエルは彼女の手首をつかんだ。「アメリア、こんなことはやめるんだ」

「ねえ、あなたのためならなんでもするわ。ベッドの中でまだ試していない行為があるなら、そんなことがあるとは思えないけれど、あなたのためにやってあげる。さあ、言って」

「これは寝室でのこととはなんの関係もない」

「お願い、ダニエル、これで終わりだなんて言わないで。わたしはあなたに悦びを与えられるわ。忘れたの？」甘くかすれた声になる。「あなたがうなり声をあげて息を切らすまで、速く激しく攻めたててあげる。あなたがのぼりつめるまで口で――」

ダニエルは自分の頬からアメリアの手をすばやく引きはがした。

「アメリア、もう終わったんだ」

アメリアの顔が怒りにゆがむ。「あなたはろくでなしよ、ダニエル」

「ぼくはそれよりひどい言葉を浴びせられたことがある、きみより上品な女性からね」

アメリアは憤然と厩舎をあとにした。ダニエルにわからせてやると胸の内で叫ぶ。ええ、なんらかの方法で。彼は自分のものだ。このいまいましいハウスパーティーが終わるまでに、ダニエルにもそれをわからせてみせる。

6

濡れた髪と少し湿った服を見られないよう、リリーはローズとともに使用人が使う階段をこっそりあがり、部屋に戻った。

ローズがあくびをする。「眠くてたまらない。ゆうべは舞踏会で遅くまで起きていたし、今日の午後は探検で大変な目に遭ったせいね。二、三時間、昼寝をするわ。お姉様はあんな朝早くからよくベッドを出られたわね」

「わたしが芸術へ注ぐ愛はとどまるところを知らないのよ」

ローズはもう一度あくびをし、ベッドの上で体を伸ばした。「わたしの睡眠への愛はとどまるところを知らないわ」まぶたを閉じる。

リリーは自分のベッドに横たわった。今この瞬間ほど満ち足りた気分を覚えたことはあっただろうか。人生はあまりに短いのだから、楽しめるだけ楽しまなくては。今夜はダニエルのもとへ行かないと決めたけれど、考え直すべきだろうか。ダニエルがわたしを求めているのははっきりしているし、わたしもダニエルを求めている。ふたりに未来はない。でももとより、わたしは彼との未来は求めていない。〝カルペ・ディエム〟ラテン語の家庭教師はよくそう言っていた。〝今日という日を楽しめ〟〝かけがえのない今夜という瞬間もだ〟と考えて、リリーはくすくす笑った。

そっとノックする音が聞こえ、彼女はドアへ向かった。リリーがドアを開けると、メイドが革張りの大きな紙挟みを持って立っていた。「しいっ」リリーは唇に人差し指をあてた。「妹が眠っているの」

「公爵閣下よりこれをお渡しするよう言いつかりました。おすみになりましたら、部屋の外へお出しください」

「公爵から？　いったい何かしら」メイドが急いで立ち去り、リリーはひとりつぶやいた。

ベッドに腰かけて紙挟みを開けてみた。中には晩餐会の座席表が挟まっている。長方形の小さな羊皮紙にひとりひとりの名前が羽根ペンで書きこまれ、それがフェルト生地の台紙に接着剤なしでくっついていた。うまいやり方だとリリーは思った。これなら簡単に席順が変えられる。だけど、どうしてダニエルはこれをよこしたのだろう。晩餐会に出席する客全員の座席をいじるつもりはないのに。それに公爵未亡人はなんと言うだろうか？　テーブルは四つあり、それぞれに五〇人の名前が並んでいた。

リリーはまごつきながらも今の座席をじっくり眺めた。改善の余地はたくさんある。ローズはウェントワースの隣になっていた。これはやり直し。リリーは小さな席札を移動させた。ダニエルがこれをリリーのところへ持っていかせたのだ。彼は自分にまかせるよう言っていたのに。もしかするとリリーが求めた変更を本当に全部は覚えていなかったのかもしれない。

あのときは少し早口になってしまった。

まずは真っ先に手をつけたいところからはじめよう。アメリア・グレゴリーを兄から引き離さなくては。リリーはアメリアの席を一番端のテーブルに移した。アメリアの片側にはウエントワースを、反対側にはラドリー卿を座らせる。ラドリー卿はウェントワースのおじで独身だが、頭は禿《は》げあがっていて腹部が突きでており、やたらと唾を飛ばす癖がある。娼館の常連という噂で、相手にいやがられようが隙あらば手を出そうとする。アメリア・グレゴリーには完璧な晩餐の友だ。

リリーは次のテーブルに取りかかり、ローズをエヴァン卿の隣に移動させた。反対隣にトーマスを座らせ、さらにその隣にエマを座らせる。これで兄もローズも互いの相手に集中できる。次のテーブルでは、アレクサンドラをヴィクター・ポーク卿の隣に、ソフィーをヴァン・アーデンの隣に動かした。

できた、これでいい。リリーは紙挟みを閉じ、ふたたび急いで開けた。自分の席の確認を忘れるところだった。リリーはアレクサンドラと同じテーブルで、両脇を固める男性たちの名前にはどちらも見覚えがなかった。公爵未亡人が決めたのなら大丈夫だろうと、リリーは自分の席はそのままにした。

ダニエルのテーブルにちらりと目をやると、リリーの両親とおばのアイリスの名があった。

リリーは革張りの紙挟みを閉じ、音をたてないようドアを開けて、外の壁に紙挟みを立てかけた。ローズの小さな寝息が聞こえ、リリーはまぶたが重くなった。ベッドに横になって目をつぶる。ダニエルの姿が浮かび、リリーは笑みを浮かべて眠りに落ちた。

ローズとリリーは晩餐会に間に合うよう起きだし、顔を洗って身支度をした。ローズが選んだのは象牙色のドレスで、肌の白さと頬の明るさを際立たせている。リリーはやわらかなサテン地の濃い赤紫色のドレスにした。大きく開いたネックラインが豊かな胸に視線を引き寄せる。

「お姉様ったら、どうしてそんなにドレスの胸元を開けるの？　理解できないわ」ローズが言った。

「わたしにはこれが似合うからよ。それに華やかでしょう。あなたって社会規範を忠実に守るよう言ってばかりね」

「肌を大胆にさらすのではなく、想像の余地をもう少し持たせてもいいと思うんだけど」

「どのドレスもお母様の承諾を得ているのよ、ローズ。ほかに何が必要？」

「お母様はお姉様に花婿をつかまえさせたがっているの。お母様も若い頃は胸を見せびらかしていたんじゃないかしら」

リリーはくすくす笑った。「そうね。お母様に夢中になるあまり、お父様が今の公爵未亡人をふっていたなんて驚きだわ」

「おば様の話を聞いたでしょう」ローズが言った。「お父様がお母様とつきあうようになったのは何年も経ってからよ」

「でも、まだ少女だったお母様に何かを感じたのかもしれない。あり得る話でしょう」

「そうだとしたら」ローズはため息をついた。「ロマンティックななれそめね……わたしもいつの日かお父様か公爵みたいな人とめぐりあいたいわ」

「公爵？」

「もちろん先代の公爵よ」ローズは言った。「エヴァン卿はすてきだけど、次男なの。爵位を継承することはないわ」

「つまらないことを気にするのね、ローズ。男性は爵位がすべてではないわよ」

「もちろんわかっているわ。そろそろ階下《した》へ行きましょう」

「ええ」リリーは小さな手提げ袋《レティキュール》をつかむと、ローズに続いて部屋をあとにした。

ふたりは階下に行き、応接室で両親と合流した。トーマスもそこにいて、顔を輝かせてエマと話をしている。兄はリリーが入ってきたところで顔をあげ、妹の胸元を見るや心持ち顔をしかめた。リリーは目をぐるりとまわし、兄のほうへ近づいた。

「お兄様、狩りはどうだったの？」

「すこぶる楽しかったよ。だがおまえたちも負けず劣らず楽しい一日だったようだな。今ちょうどミス・スマイスからその話を聞いていたところだ」トーマスがウインクした。

「エマから？」

「先ほどレディ・アレクサンドラにばったりお会いしたの」エマは微笑んだ。「心配しないで。話の一番いいところは省いておいたわ」

「話の一番いいところ？」トーマスがエマを振り返って問いかける。

リリーは声をあげて笑った。「悪いわね、お兄様。その話は女性だけにしか聞かせられないの。晩餐の席へ行きましょうか？」

「それではぼくがふたりをエスコートしよう」トーマスが言った。「両手に花で、会場にいる男全員の羨望の的になるな」

トーマスは自分の隣にエマの席を見つけ、彼女のために椅子を引いた。

「すぐに戻るよ。妹を座席まで送ってくる」

「わたしの席は隣のテーブルだと思うわ、お兄様」リリーは身ぶりで示した。「アリーの向かいよ」

トーマスはリリーを座席へ案内した。アレクサンドラとヴィクター卿にふたりで短く挨拶する。

「おまえの名前は見あたらないな、リリー。きっと別のテーブルだ」

「そんなはずはないわ」リリーは言った。「いったいどういうこと？」

「ほかを捜してみよう」トーマスは促した。「ぼくと同じテーブルじゃないのか？」

リリーの名前はそこにもなく、ふたりは一番端のテーブルへ向かった。アメリア・グレゴリーと同じテーブルになるなんて、信じられない事態だ。けれどもありがたいことに、そこにもリリーの名前は見あたらなかった。

「わけがわからないわ、お兄様」リリーはつかの間、不安に駆られた。自分の席札を表に貼り直すのを忘れたのだろうか。それともメイドが部屋の外から紙挟みを回収したときに落ちてしまったのか。

「残るテーブルはひとつだ」トーマスが言った。

「だけどあとは公爵のテーブルよ。そこのはずは……」

トーマスは妹の腕を取って導いた。ふたりの両親はすでに着座している。おばのアイリスとライブルック公爵未亡人モルガナ、公爵未亡人の妹のミス・ランドン、ほかにも数名が席についていた。そのとき部屋へ入ってきたダニエルにリリーは目を奪われた。公爵として正装した姿は堂々たるものだ。ヴェルヴェットの深紅の上着、黒のシルクのクラヴァット、そして脚の引きしまった筋肉を強調する黒いズボン。美しい髪はなでつけられて、うしろでひとつに結ばれている。リリーは心臓がひっくり返った。

ダニエルがリリーとトーマスに近づいてきた。

「やあ、ジェムソン、きみの美しい妹さんを席へエスコートしてもかまわないかな」

浮かべた笑みは偽物だったが、トーマスはうなずいた。「もちろんです」

ダニエルがリリーを見おろして微笑んだ。「服を着ているきみを見るのは今日は初めてだ」ささやき声で言う。

リリーの肌がかっと燃えあがった。「写生をしているときは服を着てたでしょう」ダニエルにささやき返す。「何をしたの？　わたしは別のテーブルだったはずよ」

「ぼくが座席をすべてきみまかせにすると本気で思っていたのか？」ダニエルが笑う。「きみはぼくの隣だ」長テーブルの上座へリリーを導いた。

「みんなに変に思われるわ。こんなのはとても……」リリーは適切な言葉を探した。「異例よ」

「誰も気づかないし、気にもしないだろう。きみとぼくとで手直しした座席表は母とおばのルーシーの承認を得ている。きみはアシュフォード伯爵令嬢だ。ぼくと同じテーブルに座るのは至極礼儀にかなっている」

「だけど……」

ダニエルはリリーの椅子を引いた。リリーは腰をおろす前に室内を見まわした。彼の言うとおりだ。誰もこちらを見ていない。一番端のテーブルに座っているひとりの女性を除いては。レディ・アメリア・グレゴリーはリリーをにらみつけていた。リリーはアメリアのほうへ短く微笑んでから、ダニエルの右側の席に腰をおろした。リリーの右側にはマディソン伯爵、その妻、そしてリリーの両親と続いている。マディソンは妻を溺愛していることで知られており、おそらくリリーには注意を払わないだろう。ダニエルの左側には高齢で耳の遠いボロウ伯爵未亡人、さらにその隣にはその親しい友人のポメロイ子爵が座っていた。妻に先立たれているこの子爵はボロウ伯爵未亡人より一〇歳若く、夫人をエスコートする代わりに贅沢をさせてもらっている。これではまるで、ダニエルがリリーひとりの相手に専念できるよう席順を決めたみたいだ。

シャンパンとフォアグラのパテの前菜に続いて、ビーフコンソメスープが供された。澄んだスープは軽い口あたりながら深い味わいだ。リリーが静かにスープを口へ運んでいると、マディソン伯爵が彼女越しにダニエルに話しかけた。

「今日の狩りには公爵の姿がなくて寂しかったですぞ」

「参加できなくて申し訳ない」ダニエルが謝る。「所用があったもので」

「仕事ですかな?」

「ええ。午後の早い時間には片付いたので、馬で出かけてきました。すばらしく楽しい散策でしたよ。珍しい野生生物に遭遇しました」

リリーはスープにむせ、ナプキンに手を伸ばした。

「大丈夫ですか?」マディソンが問いかける。

「ええ、ありがとうございます」リリーはナプキンを口にあてて言った。クラレットのグラスを手に取ってひと口飲み、ダニエルを横目でちらりと見る。彼は美しい瞳を輝かせ、豊かな唇にいたずらっぽい笑みを浮かべた。マディソンはすでに自分の妻に注意を戻している。

リリーは我慢できずに問いかけた。「どんな野生生物に遭遇したのかしら?」

「この地域ではめったに見ることのない、珍しくも魅力的な生き物です」ダニエルが言った。

「鉛筆とスケッチブックを持ちあわせていたらその場で馬を止め、あの美しさを絵に表したでしょう」

リリーは椅子から飛びあがりそうになった。「ダニ……閣下は絵を描かれるんですか?」

「ええ。あなたは?」

「わたしも写生をします。水彩のほうが好きですけど」

「では芸術に興味があるんですね？」

「熱烈に愛しています」

「では、ここローレル・リッジに収集されている美術品をぜひご覧いただきたい。すばらしいコレクションですよ。晩餐のあとにいかがですか？」

リリーは破顔した。「もちろんお願いします」

「それでは葉巻とポートワインのあとで迎えに行きましょう」

リリーは次の料理――蒸しサーモンのなめらかなディルソース添え――を食べはじめ、テーブルを見渡した。ダニエルは正しかった。誰もふたりの会話を気にもしていない。ダニエルは会話を途切れさせず、ロンドン、それにハンプシャーにあるアシュフォード伯爵領での生活についてリリーに尋ねた。やがて話題は去年のクリスマスに及び、ウェントワースに唇を盗まれた話になった。

「本当にひどいキスだったのよ」リリーは言った。「あのあとはもう誰ともキスをしたくないと思ったわ」

「その考えは変わったかい？」ダニエルが低い声できく。

リリーは微笑んでうなずいた。「あなたの家族のことを聞かせて」

「父と兄が亡くなったのは知っているね」

「ええ。お気の毒に。あなたとお母様はつらい思いをされたでしょうね。あなたはお父様やお兄様と仲がよかったの？」

「いや、特には。母とは仲がいいが。父は跡継ぎである兄のモーガンを常に自分のそばに置いていた。兄は地所の管理や貴族院での仕事についてすべて教えこまれていたから、立派な公爵になっていただろう。ところが今やその爵位はぼくに押しつけられた。ぼくはそんな覚悟も準備もできていない」

リリーはダニエルの端整な横顔を見つめた。額には不安そうなしわが刻まれている。なぜか、これまでそれに気づかなかった。これほど堂々とした男性が、自分のことを語るときはなぜこんなに自信なさげな声になるのだろう。

「あなたは自分の役割を心得ているように見えるわ」リリーは言った。

「公爵家お抱えの銀行家と株式仲買人は、少なくとも自分たちの仕事を心得ている。だからその点は心強い。それにぼくの母はとても聡明《そうめい》で、地所のことに長年携わってきた。母からは多くを学ばせてもらっている。そういえば、きみは母に似ているよ」

「わたしが？」

「ああ。母も若い頃はしきたりにそむいてきた。女性は地所の運営に口を出すものではないとされてきたが、父は母の意見を尊重して頻繁に助言を求めた」

「前々からすてきな方だと思っていたわ」リリーはにっこりした。「これは知ってる？　あなたのお母様の妹さんと、わたしのおばのアイリスは子どもの頃、親友同士だったのよ」

「いや、初耳だ」

「わたしも今日の午後に聞いたばかりなの。歳月とともにつきあいが途絶えてしまったみたい」リリーは声を潜めた。「もうひとつ教えましょうか？」

「なんだい？　聞かせてくれ」ダニエルはささやいた。

「わたしの父は、あなたのお母様とおつきあいしていたことがあるの」

ダニエルがからかうように微笑んだ。「本当に？」

「知っていたのね？」

「ああ」

「考えてみて。もしふたりが結ばれていたら、あなたもわたしも存在しなかったわ」リリーは言った。

「きみのいない世界は想像したくない」ダニエルはテーブルの下でリリーの腿を強く握った。

「ぼくからもひとつ教えようか？」

「何かしら？」

ダニエルが声を低くし、リリーの耳にかろうじて言葉が届いた。

「ぼくは一日じゅうきみのことを考えていた」

体を流れる血がとろりとした蜂蜜に変わり、鼓動が乱れる。リリーは胸元から顔まで熱くなった。

「そのドレスを着たきみは輝くばかりだ。だが、ぼくは知っている。ドレスを脱いだきみはさらに美しいと」

下着の薄い生地が濡れ、リリーは膝をきつく合わせた。「そんな話をするのはやめて」

「どうしてだ？　誰もぼくたちの話を気に留めてはいない」

「だって、そんな話をされたら、わたし……」

ダニエルはにやりとした。「それが狙いだ」


晩餐後、リリーは女性たちとともにテラスへ移り、コーヒーとデザートを楽しんだ。一方、男性たちは葉巻とポートワインが待つ裏手のテラスにさがった。リリーはみなに取り囲まれた。

「どうやって公爵の隣の席に座ったの？」アレクサンドラが尋ねる。

「わたしにもよくわからないの」少なくともそれは本当だ。

「彼、楽しそうに見えたわ」ソフィーが言った。「ずっとあなたとおしゃべりしていたでしょう。わたしにはそう見えたわ」

「それはわたしと話すしかなかったからよ。レディ・ボロウは耳が遠いし、マディソン卿は自分の妻に見とれてばかりだったから」

「そんなのは関係ないわよ」アレクサンドラが言った。「肝心なのはあなたが公爵の隣に座ったってこと。好感の持てる人だった？」

「とても感じがよかったわ。それに魅力的だった。彼が女性にもてるのを考えれば当然だけれど」

「そして言うまでもなく、目をみはるほどハンサムだわ」アレクサンドラがつけ加える。

「そうね」リリーはうなずいた。「アリー、あなたはヴィクター卿とどうだったの？」

「ヴィクター卿はいい人よ。でも本当のことを言うと、反対隣に座っていたミスター・ランドンのほうが好みね。彼は公爵のいとこなの」

「そうなの？」

「正確には、またいとこね。ミスター・ランドンのお父様が公爵未亡人のいとこなの。彼はここアメリカで複数の事業を展開しているわ。かなりの資産家みたい」

「アリー、財産に目をくらませないで」ソフィーが警告する。「もっと大切なことがあるでしょう」

「いつまでもクリスピンおじ様とフローラおば様の世話になっているわけにはいかないでしょう」アレクサンドラは言った。「それにわたし、貧乏はごめんだわ」

「誰だってそうよ」ソフィーは応じた。「でも愛のようにお金より大事なものがあるわ。お父様みたいな暴君と愛のない結婚をすることになっても本当にいいと言える？」

「もちろんお断りよ。それにもしこの四人の中の誰かが愛する男性と結ばれる幸運に恵まれたら、わたしは真っ先にうれし涙を流して万歳と叫ぶわ。でもとりあえずはお金があればよしとするし、ミスター・ランドンみたいにハンサムな人ならなおさらよ」

「そう。あなたなりの基準があるのならいいけれど」ソフィーが冷ややかな口調で言った。

四人がおしゃべりして笑っているところに、メイドがやってきた。「お嬢様」リリーに声をかける。

「何かしら？」

「図書室へお連れするよう言いつかってまいりました」

「いったいなんのために？」

「公爵閣下がお目にかかりたいそうです」

「ああ」みんなにはなんと説明しよう。「屋敷の美術品のコレクションを見せてもらうんだったわ。忘れるところだった。失礼させてもらうわね」

三人とも目を丸くしてリリーを見ている。

「一緒に来たい人はいる？　ローレル・リッジはすばらしい美術品を所蔵しているという話よ」

アレクサンドラが顔を輝かせた。「いいえ、リリー。わたしたちはここであなたを待っているわ。戻ってきたら話を聞かせてね」

「シャペロンを務める人がいるのよね、リリー」ソフィーが言った。

「公爵がすべて手配しているはずよ」リリーは立ちあがった。「それじゃあ、みんなも楽しんで」

リリーはメイドのあとを追って屋内へ戻り、そこで相手をさがらせた。玄関広間を静かに通り抜け、広い大食堂の前で足を止めて、使用人たちが晩餐の後片付けをしているのをちらりとのぞく。廊下をまっすぐ進んで図書室を探したが、小さなテーブルの上に鏡がかかっているのを見つけて立ち止まった。自分の姿をすばやく確かめてから、唇をかみ、頬をつねり、ほつれた髪を耳にかける。

「こんばんは、いとしい人」

リリーは驚いて声をあげ、飛びあがりかけた。「どこから現れたの？」

ダニエルは微笑んだ。「おいで」

「ちょっと待って。シャペロンはいないの？」

「きみがぼくと一緒にいることを誰か知っているのかい？」

「妹といとこたちが知っているわ」

「ああ、きみと一緒に裸で池に入っていたのはそのうちのひとりだな？」ダニエルが瞳をきらめかせる。

「いとこのアレクサンドラよ」

彼は目くばせした。「彼女たちならぼくたちの秘密を守ってくれると思うが」

ダニエルは廊下のさらに奥へリリーを導き、ふたりは書物と美術品でいっぱいの大きな部屋へたどり着いた。室内は二階まで吹き抜けになっており、点灯されたシャンデリアが、無数の棚に並ぶ書物にやわらかな光を投げかけている。リリーは革と羊皮紙のうっとりとするにおいを胸に吸いこんだ。芸術と同じくらい本を愛する彼女にとって、この部屋は宝の山そのものだ。

「なんてすばらしいの」リリーは美しい装丁が施された本の列へ走り寄った。歴史書に法律書、詩集にギリシア神話集、小説、事典、それに宗教の専門書。並んだ本に指を滑らせ、その手触りとぬくもりを楽しむ。「もし時間があったら、ここにある本を片っ端から読むわ」

「今夜は美術品を見に来たんだと思っていたが」ダニエルが言った。

「ええ、そうよ。だけど一度にこんなにたくさんの本は見たことがないわ。ここに比べたら、わが家の図書室はミニチュアね」

「ここにいるあいだはどれでも好きな本を自由に借りてくれ」

「そうするわ。明日の午前中はまず絵を完成させて、そのあとは好きな本を一冊持って木陰で過ごすの。天国でしょう?」

ダニエルは笑った。「そうだな。だが、午後はぼくと一緒に乗馬をしに行こう」

「ええ、喜んで」そう言ってから、リリーは思いだした。「ローズがエヴァン卿から乗馬に誘われたんだったわ。わたしもシャペロンとして同行するよう頼まれているの。ごめんなさい、忘れていたわ」

「それなら問題ない」ダニエルは言った。「みんなで行こう」

「どうかしら」リリーは唇をかんだ。「それではあなたがわたしとつきあっているように見えるわ」

「事実そうだろう」ダニエルの視線がリリーの視線をとらえる。

リリーは声をあげて笑った。「おかしなことを言うのね、ダニエル。本気でつきあうつもりなら、あなたはわたしをベッドへ誘わなかったし、わたしも応じなかったわ」

ダニエルが視線をそらす。「そうだな。そもそもぼくはこれまで真剣に女性と交際した経験がない。どうするのかさえよくわからない」

「心配はいらないわ。あなたはとても魅力的だもの。あなたに交際を求められたら、どんな女性も胸をときめかせるわよ」

「たとえきみでも？」ダニエルがけだるげな笑みをリリーに向けた。

リリーは肌が熱くなり、赤みがゆっくりと広がっていった。「わたしは……あなたはもちろん魅力的よ。それにわたしたちは相性がいい。でも指摘するまでもなく、あなたは名高い放蕩者だわ。そしてあなたも知ってのとおり、わたしは結婚を前提としたつきあいは求めていない」

「なるほど、きみの言うとおりだ」ダニエルはぶっきらぼうに言った。「しかし明日、きみの妹さんたちと乗馬へ出かけても差し支えはないだろう。午前中にぼくからエヴァンに話しておこう」

「じゃあ、お願いするわ。まあ、ダニエル！」図書室の奥の壁にかかっている肖像画がリリーの目に飛びこんできた。彼女は絵に駆け寄り、近くから眺めた。絵にはふたりの少年が描かれており、どちらもせいぜい四、五歳にしか見えない。ふたり揃って愛くるしく、ひとりは淡い栗色の髪に茶色の瞳、もうひとりは金髪に緑の瞳だ。「この男の子はあなたね？」

「ああ。一八二五年の兄とぼくだ。遊びたくてたまらないのに、この絵を描いてもらうためにじっと座らされたのを覚えているよ」

リリーは心の中で絵に触れて、その筆づかいを感じ取った。「すばらしい技巧ね。美しい絵だけど、この画家はあなたの瞳の色を正確にとらえていないわ。〝M・L・F〟とサインが入っているわね。これは誰？」

「モルガナ・ランドン・ファーンズワース。ぼくの母だ」

「本当に？ すばらしい絵の才能がおありなのね。あなたの瞳の色は本物とは違うけれど」

「この色で合っているように思えるが」ダニエルは言った。

「全然違うわ。あなたのお母様はすばらしい才能をお持ちだけれど、あなたの瞳を緑で塗ってしまっている」

「ぼくの目は緑だ」

「ええ。でも、あなたの瞳は独特よ。よくある庭の緑とは違うわ。深みがあって、表情豊かで、森の色合いに青と紫がまじっている。いつか父に油絵を描くのを許されたら、あなたの瞳の色を絵の具で忠実に表してみたいわ」リリーはため息をついた。「あなたは本当に愛らしい子どもだったのね。手を伸ばせばこのふっくらとした頰をつまめそう！」

「頰でもどこでも、ぼくの体を好きにつまんでくれ、リリー」ダニエルは誘惑に満ちた笑みを浮かべると、彼女の背後から腕をまわした。

「ダニエル！ 誰が入ってくるかわからないわ」

「誰が入ってこようとかまわない」彼はリリーの髪に顔を寄せた。

「不埒《ふらち》な人ね！ さあ、腕をほどいて、ほかの美術品をわたしに見せて」

「いいだろう」ダニエルは美しいオーク材のテーブルへリリーを連れていき、赤褐色の華やかな花瓶を示した。「これは中国の明《みん》王朝時代の花瓶で、一五〇〇年頃の作品だ」

「きれい。明の花瓶について耳にしたことがあるわ。とても貴重なものでしょう？　こんなふうにテーブルに置いていて、割ったりしないかしら？」

「これは模造品だ。本物は屋敷の金庫にしまわれている。父もきみと同じ心配を抱いたんだ。特に兄とぼくが幼い頃はね。いつかきみに本物を見せよう」

「楽しみにしているわ」

リリーはダニエルに案内されて、年配の男性を描いた肖像画の前に行った。

「これが誰だかわかるかい？」

「ええ、わかると思うわ。ジョージ・ワシントンでしょう。植民地の初代大統領の」

「合衆国だよ。前世紀に独立しただろう。覚えているかい？」

リリーはばかにしないでとダニエルの腕を軽く叩いた。「これは誰の作品？」

「ギルバート・ステュアートというアメリカ人の画家だ。これは父が今世紀初頭にアメリカへ行ったときに手に入れたものだ。英国貴族の多くは父がこの絵を自分の屋敷に飾っていることを非難したが、父はアメリカ人の勇気と不屈の精神を常々賞賛していた。誇りと忍耐力がいかに大切かをアメリカ人は示したと語ってね。それを忘れないよう、父はこの絵を飾ったんだ」

「お父様は賢明な方だったのね」

「ああ。いくつかのことに関しては。ぼくも父の賢明さの一部を受け継いでいるといいが。おいで、これはきみの気に入ると思う」ふたりはライブルック公爵夫妻の全身が描かれた肖像画の前で足を止めた。「両親が結婚してすぐに描かれたものだ。実はこのとき母は兄を身ごもっていたが、この絵にはその兆候は描写されていない」

ダニエルの父、第六代ライブルック公爵チャールズ・ファーンズワースは息子とよく似た体つきで、広い肩に引きしまった腰、力強く上背のある体格だ。髪は淡い栗色、瞳はシナモン色。ダニエルと同じく繊細な顔の線とたくましい顎。ライブルック公爵未亡人モルガナは、おばが描写したとおり、異国風の美しさをたたえ、髪はダニエルと同じ金色、瞳は透き通ったエメラルド色をしていた。

「あなたの恵まれた容貌はご両親譲りね、ダニエル」リリーは言った。「おふたり揃って美男美女だわ」

「ああ、ぼくは両親から何ひとつ与えられなかったとは言えないな」

ダニエルのおどけた口調に当惑しながらも、リリーは何も言わずにあとに続き、突きあたりの壁へ向かった。書棚のあいだにガラスの取っ手がついたドアがある。ダニエルはポケットから鍵を取りだし、鍵穴に差しこんでまわした。

「ついておいで」

リリーは心臓が止まりかけた。奥にはさらに部屋があり、美術品のみが飾られた陳列室になっていた。宝物でいっぱいの室内を巨大なシャンデリアが照らしだしている。壁には絵画がかけられ、床には彫刻が並び、チェリー材のテーブルには花瓶や小ぶりの像が置かれていた。「ああ、ダニエル！」リリーは彼の腕を握りしめた。「信じられない光景だわ！」

「興奮しすぎないでくれ。絵の半分は母の作品だ。母は美術界では無名だよ」

「芸術に有名も無名も関係ないわ。美と感情がすべてよ」リリーはすべての作品を抱きしめるかのようにその場でくるりとまわった。

ダニエルは時間をかけて部屋を案内し、個々の美術品を見せて、その来歴と公爵家のコレクションに加わったいきさつを説明した。リリーはヴァン・ダイクとレンブラントの絵を褒めちぎり、中でも公爵未亡人の手によるレオナルド・ダ・ヴィンチの《モナ・リザ》の模写に感嘆した。

「母が誰かの作品を模写したのはこの一枚きりだ。母は《モナ・リザ》の虜になってパリにひと月滞在し、毎日ルーヴル美術館へ通って絵を眺めた。毎朝一時間ほど絵を鑑賞しては、部屋へ戻って絵を描いた。ぼくは本物を見たことがあるが、母の模写は驚くほど正確だ」

「すばらしいわ。わたしもいつの日か必ずルーヴル美術館へ行くつもりよ。どんな感動が待っているかは想像もできない」

「では、明日行こう」ダニエルは笑った。

「いいわね。荷造りしないと」リリーは彼を短く抱きしめた。「今夜は忘れられない夜になったわ。コレクションを見せてくれて本当にありがとう」

「見せたい作品がまだいくつかあるが、屋敷の別々の場所に散らばっている。別の機会に取っておくかい？」

リリーは手をあげてダニエルの顎の曲線をなぞった。うっすらと生えた髭が手のひらをこする。「自分がこんなことを口にするとは思っていなかったけど、今夜はもうこれ以上美術品は見たくないわ」

「きみがしたいことはなんだい？」ダニエルがリリーの手を取ってきいた。

自分がしたいことはよくわかっている。そしてその先にある結末なんてもうどうでもいい。

「ベッドへ行きたいわ」リリーは言った。「あなたと」

7

ダニエルの寝室に入ると、リリーは安堵のため息をもらした。暖炉には火が入っていて繊細な輝きを部屋に投げかけ、聖プラクセディスの愛らしい顔をまばゆいばかりに輝かせている。窓辺のテーブルには果物とチョコレートの大皿が用意され、栓を抜かれた赤ワインのボトルの横にグラスがふたつ並んでいた。二本のろうそくの明かりがささやかなごちそうを照らしだす。

「まあ、すてき」リリーはそう言うと、ダニエルに向き直った。「まるでわたしが来るのを予想していたみたいね」

「準備を怠らない主義というだけだ」

「わたしに断られたら、代わりの人を見つけていたんでしょう？」

ダニエルはリリーへと近づき、その顔を両手で包んだ。「今夜ぼくが求めているのはきみだけだ、リリー。もしきみに断られていたら、ぼくはろうそくを吹き消してベッドに入っていた」彼女をテーブルへ導く。「おいで、一緒に座ろう。きみを満たしてあげるよ」

リリーは胸が高鳴った。官能的なダニエルの言葉に、めまいがするほど欲望をかきたてられる。きっとこれも彼の口説き文句のひとつだという考えを、リリーは頭から追いだした。今このときを楽しみたい。リリーが昼食のときに座った長椅子に腰かけようとするのを、ダニエルが引き止めた。

「ぼくは一緒に座ろうと言ったんだ」ダニエルが腰をおろし、リリーを自分の腿の上へ引き寄せる。彼はワインのボトルを取ってふたつのグラスに注いだ。「これは一八三一年もののシャトー・ベイシュヴェルだ。きみの好みに合うと思う」

「わたし、ワインについてはよく知らなくて」

「ぼくが教えよう」ダニエルがグラスを掲げた。「これをかいで」

「なんですって？」

「きみの小さなかわいい鼻をグラスの中に入れて、香りをかいでごらん」

リリーは言われたとおりにした。

「どんな香りがした？」

「よくわからないわ」

「いぶしたようなにおいか、花の香りか、それとも果物に似ているか。今のはたとえのひとつだ。ほら、もう一度試してみて」

「ダニエル、わたし、自分が本物の間抜けになったように思えるんだけど」そう言いながら、リリーはもう一度かいでみた。「わからないわ。ワインの香りがする」

ダニエルは小さく笑った。

「もちろんワインの香りがするだろう、リリー。その香りはきみに何を連想させる?」

リリーは今一度、香りを吸いこんだ。「木の実を連想させるわ」

「グラスの中でワインをまわしてごらん」ダニエルは自分もやってみせた。「これでさらにもう少し香りが解き放たれる。もう一度、香りをかいで」

「木の実の香りのままよ。少しだけ……木の香りがするかしら。それに、これはシナモン?」グラスをまわしてふたたびかいでみる。「いいえ、そんなはずはないわ」

「なんだい?」

「この香りは……」リリーがさらにグラスの中に鼻を突き入れたので、鼻先がワインに触れた。「コーヒーよ、ダニエル。かすかにコーヒーの香りがするわ」

ダニエルが彼女の鼻を濡らす赤いワインのしずくにキスをした。「ぼくが見込んだとおり、きみはすぐれた嗅覚を持っているよ、リリー。画家として、文筆家として、きみは視覚、聴覚、触覚を研ぎ澄ましてきた。だから嗅覚もすぐれていても不思議はない」グラスの中でワインをまわし、目を閉じて芳香を長く吸いこむ。「きみの言うとおりだ。たしかにコーヒーを思わせる香りがする。だが表面的にはシナモンと木の実の香りが強い。初めてにしては上出来だ」

「次はどうするの? ただ香りをかぐだけ? それとも飲ませてもらえるの?」

「飲むのはまだ先だ」ダニエルは言った。「次はワインを味わう」

「何が違うの?」

ダニエルがグラスを差しだして微笑んだ。

「ひと口含んでごらん、だが、のみこまないで。しばらく舌の上にのせておくんだ」

リリーは従った。

「次は舌の上で転がす。ワインが口の中を余すところなく覆うようにね。そしてゆっくり飲んで。ワインの持つ味わいは複雑だから、口内の各部が知覚する味も異なってくる。さあ、感想は？」

「なんて言うか……よくわからないわ。あたたかくて、口の奥が少しピリッとする。だけど舌では果実の味がして、ブドウと黒イチゴ、それにスグリの実を重ねたみたい」

「よくできたね」

「あなたは味わわないの？」リリーはグラスを持ちあげた。

「もちろん味わう」

ダニエルはリリーからグラスを受け取るとテーブルに置いた。そしてリリーの唇に自分の唇を触れあわせ、舌で彼女の唇を開かせた。舌をなめらかに動かし、リリーの口の隅々まで探る。ダニエルが頭をあげたとき、リリーは苦しげに息を切らしていた。

「たしかに黒イチゴとシナモンの味わいだ。だが、何よりぼくの一番好きな味がした。きみの味だ」

「あなたは言葉の魔術師ね、ダニエル」胸が高鳴り、リリーは夢見心地で言った。「女性たちが熱をあげるのも無理はないわ。あなたは口説き文句の達人だもの」

「今のは口説き文句ではない」

「さらにうまい口説き文句ね」リリーは目を閉じてそっと息をついた。

ダニエルはリリーの美しい顔を見つめた。なんと長いまつげだろう、目をつぶると頰に触れるほどだ。彼女は本当に美しい。どうすればリリーを納得させられる？ ぼくは感じたとおりを言葉にしているのだと。使い古した口説き文句を並べているのではないのだと。ダニエルはリリーの複雑さと知性に魅了された。彼自身、自分が持つことができるとは知らなかった感情をリリーに呼び覚まされた。ダニエルはリリーの頰にそっと触れた。

「目を開けて。別のものをきみに味わってほしい」テーブルの上のチョコレートに手を伸ばした。「チョコレートボンボンを食べたことはあるかい？」

「何年か前に開催されたロンドン万国博覧会のお土産に、父が買ってきてくれたわ。ほっぺたが落ちそうだった」

「それならこれも気に入るだろう。ベルギーのダークチョコレートトリュフだ」ダニエルはひと粒つまみあげ、リリーの口の前に掲げた。「少しだけかじって」

「おいしい。こんな味は初めてよ」

「次はワインを飲むんだ」ダニエルはリリーの唇へグラスをあてて傾けた。

リリーが満足げな声をあげる。「ああ、まさに天上の味だわ」

ダニエルはリリーとふたたび唇を重ね、舌で口の中をかきまわした。深みのあるチョコレートの甘さと、果実を思わせるワインの風味をとらえる。「なるほど、天上の味だ」

リリーはダニエルに寄りかかり、耳元でささやいた。

「あなたはちゃんと食べたり飲んだりしないの？　すべてわたしの口から味わうだけ？」

「一緒に食べるつもりだったが、このほうが気に入った」ダニエルはもう一度、今度は欲情をあおるようにキスをした。リリーのヒップの下で下腹部がこわばり、彼はドレスの背中の留め具をゆっくりと外した。

リリーが小さく笑った。しかしダニエルの腿の上で背筋を伸ばしている。「急がないで。この天上のお菓子を知った今、わたしがひと口だけで満足すると思う？」さらにトリュフに手を伸ばした。

「きみも発見するだろう。人生に喜びをもたらしてくれる体験は人を欲深くすることを」ダニエルはドレスをリリーの肩から引きおろした。トリュフをひとつつまみ、コルセットの上に盛りあがる胸の谷間に塗りつける。そしてリリーのあたたかな体についたチョコレートをなめ取った。舌に触れる彼女の肌はシルクのごとくなめらかだ。

リリーがグラスをダニエルの口へ運んで微笑んだ。ダニエルは彼女と視線を絡めたまま、ワインをゆっくりと口に流しこんだ。

「リリー、きみはぼくが知る中で最も驚くべき女性だ」

「ありがとう」リリーはグラスをおろした。「ダニエル、あなたは……」トリュフを取り、彼の唇をチョコレートで覆ってからキスでぬぐう。「わたしが知るただひとりの男性よ」くすくす笑いだした。「男女の間柄という意味ではね。あなたといるとみだらなふるまいをしてしまう」

「そうとばかりは言えないと思うが」ダニエルはリリーの髪からヘアピンを抜いた。黒髪が肩へと流れ落ちる。「今日の午後、きみが裸で泳いでいたことに、ぼくは何も関係していない」彼はむきだしになったリリーの肩をいとおしげになでた。ああ、なんてやわらかな肌だ。「教えてくれ。あれは誰の考えだったんだ?」

「実を言うと、アリーの考えよ。もっとも、わたしも反対しなかったけれど。言ったでしょう、何か楽しいことを見つけるって」

ダニエルは大きな笑い声をあげた。「そしてぼくはきっと見つかると言った。きみの言う楽しいことに裸で泳ぐことが含まれるとわかっていたら、きみから目を離さなかったんだが。きみならあの池を必ず発見すると気づくべきだった」

「ローズは、バースの温泉と同じ源泉から流れてきているんじゃないかと考えていたわ」リリーはワインを取ってもうひと口飲んだ。

「そのとおりだ。ゆっくりくつろげて、とても心地よい湯だ。きみはすでにわかっているだろうが」

「わたしたちはお湯の中でくつろいだんじゃないわ。遊んだの。そのあとはあなたから隠れた。あなたが現れて、みんな真っ青になったのよ。あなたがわたしたちのことを言いふらすわけはないとわたしはわかっていたけど、それをみんなに教えるわけにはいかないでしょう」

「きみひとりだったら、ぼくは三秒で服を脱いで池に入っていた」リリーのヒップの下で、ダニエルの体がうずいた。ああ、彼女とベッドをともにしたい。今すぐ。リリーがダニエルのためにグラスを掲げ、彼はさらにひと口ワインを飲んだ。

リリーは頭をうしろに倒してくすくす笑った。「そんなことをしたら大変よ」

「だが、楽しかったはずだ、違うかい？」

「ええ、そうね」

リリーは顔を寄せてダニエルの頰に唇を押しあてた。ただの無邪気なキスが、彼の下腹部を直撃する。

「ひとりでなかったのが残念に思えてくるわね。だけど、アリーと楽しい時間を持てたわ」リリーがトリュフに手を伸ばして小さくかじる。「今日みたいにお客の大半が忙しくしている日でないと、もう一度池に行くことはできないわね」

「きみが好きなときに行くといい」ダニエルは言った。「ただし条件がひとつある」

「どんな条件？」リリーは彼にワインをもうひと口飲ませた。

「ぼくを一緒に連れていくこと」ダニエルは微笑み、彼女の胸をつまんだ。

「いいわよ」リリーは大皿からブドウの房を取ると、ダニエルの口にひと粒入れた。「前にローレル・リッジを訪れたのは九月だったわ。わたしはブドウ園を歩いていて、かわいいブドウの房をどうしても無視できなかった。粒がそれは小さかったの。ひとつ摘んで食べてみたら、中は種だらけだった。でもこのブドウはおいしい」自分の口の中へもひと粒放りこむ。

「ここのブドウ園で育てているのはワイン用のブドウだ、リリー。食べるためのものではない」

「まあ、そうなの。あんなにたくさんの種をどうやって取るの？」

「実はぼくも知らないな。専用の機械があるんだろう」

「ここではワインを造っていないの？」

「ああ。収穫したブドウはほかのブドウ園に売っている」

「あなたはワインに深い興味を持っているようだし、ブドウ園も所有してる。なのにワイン造りに挑戦しないのはどうして？」

「ワイン造りに関してはまったくの素人だ」

「あなたの頭には脳みそが入っているんでしょう、ダニエル。学べばいいわ」リリーが彼にもうひとつブドウを食べさせる。

ダニエルはリリーの手からブドウの房を奪い取った。「ぼくがきみを満たすと言っただろう」彼女の唇のあいだにひと粒押し入れたあと、グラスを持ちあげて飲ませる。

「話をはぐらかしたわね」

「まだのみこまないで」

「美食の前で野暮な話はなしだ」ダニエルはイチゴをつまんで掲げ、リリーにかじらせた。「どうだい？」

「うーん、おいしい。あなたも食べてみて」

「きみがそう言うなら」ダニエルはリリーの口元へ顔を寄せた。

「そうじゃなくて――」

ダニエルは唇を軽く触れあわせて舌をなめらかに動かし、リリーの口からイチゴとチョコレートを味わった。「すばらしい味わいだ。次はワインを飲んで」彼女の唇にグラスをあてがう。

「これって癖になりそう」リリーがささやいてダニエルの髪に触れた。「あなたの膝に座って、チョコレートと果物とワインを口へ運んでもらう。クレオパトラの気分ね。人生でこれ以上の快楽があるかしら」

「もちろんある」ダニエルは彼女の首筋に唇を滑らせた。

「すてき」リリーはうっとりとした様子で言った。「でも、それはすでに一度経験してしまったわ。そしてあれ以上の快楽を得るのは無理ね」

「ぼくの無垢な天使」ダニエルは言った。欲望に全身が脈打つ。「経験を重ねるほど、快楽は増すものだ」

彼を見つめるリリーの瞳に炎がともる。「証明して」

ダニエルは彼女と一緒に立ちあがった。情熱的なキスを交わしながらリリーの服を脱がせ、残りのヘアピンを抜き、ベッドに横たわらせる。自分も服を脱ぎ捨ててベッドにあがると、リリーを腕に抱きしめて、最初はゆっくりと、やがて激しくキスをした。

「今夜はきみを隅々まで味わいたい、リリー」彼女の耳の縁に沿って舌を這わせ、耳たぶをそっとかんだ。

「あっ、そうされるとぞくっとする」リリーが言う。

ダニエルは彼女のまぶたへと唇を移し、そっと覆った。リリーのまぶたが震え、彼女はダニエルの名前をあえぐようにささやいた。

ダニエルはリリーの鼻、頰、反対側の耳、喉と、それぞれの場所を唇で探索し、初めて女性を味わうかのようにむさぼった。自身のこわばったものが脈打つ。ダニエルはリリーの腕と手を愛撫して口づけ、肘の内側に舌を這わせ、濡れた肌に息を吹きかけて、彼女が身を震わせるさまに興奮した。

「いとしい人、きみは息をのむほど美しい。世界で最高の芸術家たちも、これほど完璧な作品を作りあげることはできないだろう」リリーの指のひとつひとつにキスをし、口の中へ吸いこみ、舌でいとおしむ。

そしてリリーの胸へ移った。やさしく胸をもみ、唇でかすめ、じらすように胸の頂を避ける。リリーがたまらずに声をあげた。

「ダニエル、お願い」

彼はリリーの胸の頂の下に口をつけ、肌を吸った。「なんだい？」

「わたし……わたし……」

「これを求めているのか？」胸の先端を口でそっと引っ張る。

「そう、ああ、そうよ。お願い、ダニエル」

ああ、リリーに名前を呼ばれるとぞくぞくする。ダニエルはやさしく胸の頂を吸ってから、次は強く吸った。リリーが彼の髪に指を差しこみ、頭を自分の胸へ引き寄せる。ダニエルの下腹部は猛々《たけだけ》しく高ぶっていたが、彼は自分を抑えた。リリーに集中したい。ダニエルは小さな音をたてて胸の頂から唇を離した。

「これが好きかい、リリー？　先端を唇で挟まれるのが？　こうされると気持ちがいい？」

リリーはため息をもらした。「ええ、とても。すばらしい心地よ」

ダニエルはもう片方の胸の頂に注意を移すと、硬い粒になるまでなぶり、くすぐった。それから舌を指と交代させる。両方の胸の先端を指でそっとつまみながら、舌は上半身を下へと向かい、リリーの腹部に小さな円をいくつも描いてへそのまわりをぐるりとなぞった。黒い巻き毛にたどり着いたところで動きを止める。

「ああ、ダニエル」リリーが息をのんだ。「お願い」

「慌てないで」ダニエルはしっとりと濡れた場所を唇でついばんだ。美酒のごとく刺激的な味が舌に広がる。このままリリーを食べてしまおうか。いや、彼女を探検したい。あらゆる部分を味わいたい。ダニエルはなまめかしい腿に舌を這わせてふくらはぎへと移り、足の裏にたどり着いた。足の指ひとつひとつに口づけたあと、リリーをやさしく動かしてうつぶせにさせる。今度は足からはじめて、彼女の体を上のほうへと探索した。膝の裏側で止まり、舌をものうげに動かして、リリーを身もだえさせる。ダニエルが濡れた肌に息をそっと吹きかけると、リリーは大きく背中をそらした。彼女が手を握りしめ、シルク地の上掛けをつかんでダニエルの名を切なげに呼ぶ。ダニエルは高ぶったものが爆発しそうになった。

さらに上へ移動し、彼女の腿の裏を、ヒップの丸いふくらみを甘くかむ。ダニエルはそこで止まり、ヒップの谷間に舌を差し入れて、じっくりとなめあげた。

「もう待てない、ダニエル、お願いよ」

「まだだ」背中の曲線へ舌を滑らせてうなじへあがり、顔をすり寄せて肌をそっと吸う。ダニエルの下腹部はリリーの腿に押しつけられていた。「きみが求めるものはなんだ?」かすれた声で静かに尋ねる。

「あなたよ。わたしの中に入って。お願い、ダニエル」

「まだだ、リリー。その前にきみを味わいたい」彼女の背中にキスをして甘くかみながら下へ向かう。やさしく脚を動かして膝を曲げさせ、ヒップを突きださせた。慎重に指でなで、秘めやかなひだを開かせる。リリーはすっかり潤っていた。「これほどきれいで愛らしい秘部を見るのは初めてだ」舌を中へするりと滑りこませ、愛の行為を舌で模倣しながら、ふっくらとした芯を指で巧みに探る。ダニエルは、甘くて刺激的な彼女の蜜に魅了された。

「お願い、ダニエル、お願いよ」顔を枕に押しつけているせいで、リリーの声はくぐもっていた。

ダニエルはリリーをじらし、達しそうになるまでいざなってやめ、悠然と舌を這わせた。バラのつぼみを思わせる後方のすぼまった穴に、舌で触れてみる。

リリーはびくりとしたが逃げなかった。ああ、なんとすばらしい。

指で彼女を刺激しながら、すぼまった穴をやさしくゆっくりとなめあげた。いつかここに身をうずめることがあるだろうか？　この禁じられた天国に？　ダニエルは不意に、次の呼吸よりもそれ——リリーのあらゆる部分を満たすこと——を欲した。高ぶったものがうずき、みずからを解き放ちそうになる。

「ダニエル、ああ」

これ以上じらすことはできない。リリーに絶頂を与え、濡れたぬくもりの中へ身を沈めよう。ダニエルは快感の芯へ口を移してきつく吸い、ぬくもりの中へ指を二本差し入れた。リリーは身をよじり、震え、泣き声をあげた。彼女がダニエルの指を締めつける。ダニエルの下腹部がなおいっそう高ぶった。

「ダニエル、やめて。もうこれ以上は無理よ」そう言いながら、リリーは彼の指の動きに合わせて動いている。

彼女を乱れさせる自分の力にダニエルは酔いしれた。体を移動させ、リリーの背中に、うなじに、髪に唇で触れる。これ以上は待てない。

高ぶるものをうしろからリリーの脚のあいだに突き入れた。ああ、彼女は完璧だ。こんなにもきつく、こんなにも美しい。ダニエルはリズムをつかみ、さらに激しくさらに速く突き進んだ。「硬いだろう、リリー。きみのせいでこんなにも硬くなっている」

リリーの脚のあいだに手を伸ばし、芯を探りあてて刺激しながら動く。彼女はすぐに絶頂に達し、ダニエルも続いてみずからを解き放った。彼の体は息絶えるかと思うほど激しく痙《けい》攣《れん》した。

「リリー、リリー」与えられるものをすべてリリーに与えるまで、ダニエルは何度も突きあげた。

　リリーの肩に唇をそっと押しあて、体を横に倒して彼女の体とともにくずおれる。リリーはダニエルに背中をすり寄せた。ふたりはしばらくのあいだそうして横たわっていた。

「ダニエル」リリーがささやいた。「わたし、行かないと」

「だめだ」リリーに置き去りにされるのは言葉にできないほど耐えがたい。「一緒にいてくれ」

「できないわ」

「お願いだ。ぼくの腕の中で眠ってくれ。きみと一緒に目覚めて、愛を交わしたい。ひと晩じゅうぼくのかたわらにきみを感じていたい。ここにいてくれ」

「ああ、ダニエル」リリーはため息をつき、体を反転させて彼と向きあった。

「おやすみ。明日はルーヴル美術館へ行くんだろう、体をやすませなければ」

　ダニエルの胸板の上で、リリーの唇がやわらかな笑みを描いた。ほどなくリリーは安らかな眠りにつき、ダニエルの心臓に重なっている彼女の心臓が穏やかに打った。

　ダニエルはリリーのなめらかな髪をなでた。甘い寝息が彼の胸毛を揺らす。こんな短時間で、どうして彼女がこれほど大切な存在になったのだろう？　ダニエルはリリーの頭をサテンの枕へそっと移動させ、頬に慎み深くキスをした。黒いまつげに縁取られたまぶたがぴくりと動く。ダニエルは彼女が目を覚まさないようそろそろと体を起こしてテーブルへ行き、もう一杯ワインを注いだ。足音を忍ばせてナイトテーブルへ向かい、ろうそくをともす。やわらかな光がリリーの愛らしい寝顔を照らしだした。ダニエルは浅い引き出しからスケッチブックと芯のやわらかい鉛筆を取りだした。ベッドに腰かけ、目の前の可憐《かれん》な美女の姿をスケッチブックに描きはじめた。


唇をダニエルの唇にかすめられて、リリーは目を覚ました。彼はローブ姿でベッドの端に座っている。「リリー」ダニエルがそっと声をかけた。「おはよう。朝食を運ばせたよ」

リリーは跳ね起きた。「朝食？　大変、何時なの？」

「八時だ」ダニエルがリリーのローブを差しだした。「これを着て、一緒に朝食にしよう」

「八時って言った？　それなら心配ないわね。ローズは一〇時前にはめったに起きないから」リリーはローブを受け取り、浴室へ向かった。「すぐに戻るわ」

彼女が急いで用を足して戻ってくると、ダニエルは窓辺の小さなテーブルの前に座っていた。彼は立ちあがってリリーを椅子へ導き、自分も座って紅茶をカップに注いだ。

「何か入れるかい？」

「そのままでいいわ」リリーはカップを持ちあげ、湯気を立てている紅茶の豊かな香りを吸いこんだ。

「趣味が合うな、リリー。ぼくも紅茶に砂糖やミルクを入れるのは我慢できない」ダニエルは皿にスモークサーモンとスコーン、レモンカード、それに新鮮な果物をのせてリリーに渡した。

「ありがとう。お腹がぺこぺこよ」

「それはそうだろう」ダニエルがにやりとした。「ゆうべはかなり体力を使ったからな」

リリーは恥じらいの笑みを浮かべた。

「わかっているでしょう。こんなことは続けられないわ」

「なぜだい？」

「あなたは取り返しのつかないほどわたしを堕落させてしまったのよ、ダニエル」

「だったら堕落の道を突き進めばいい」ダニエルがいたずらっぽい笑みを浮かべる。「ここまで来たら、きみの貞操に与える影響は変わらない」

「そういう問題ではないわ」

「ではどういう問題なんだい、リリー？」

「それは……」リリーはため息をついた。ダニエルとともに過ごす時間が増えるほど、来週末ここを離れるのがますますつらくなる。別れのあと、わたしは彼を思い、誰と何をしているのかと考えてしまうのだろう。ダニエルはすぐにわたしの代わりを見つけ、ふたりが分ちあったものをすべて忘れるのだ。ダニエルがどんな男性かは当初から知っていた。なのにわたしはみずから彼のもとへ行った。わたしは束縛はしない。後悔もしない。結婚したいとも思っていない。とりわけ不誠実な男性とは。この関係をはじめたのは経験のためだ。そしてわたしは想像していたことの一〇倍もの経験をした。

「なんだい？　話してごらん」ダニエルがリリーの腕をなでた。

彼の指先を感じ、リリーの体に火がついた。

「その、わからないわ。いいことには思えないの。それだけよ」

「ぼくはとてもすばらしいことだと思っているが」

「そういう意味じゃないの。なんだかとても……」

ダニエルがリリーの手にキスをした。「ぼくからはそう簡単には逃れられないよ、リリー。ハウスパーティーが終わるまで、ぼくはきみをひとり占めにする。先のことはそれからだ」

先のこと？　それはどういう意味だろう。人目を忍んで逢瀬《おうせ》を続ける？　それともわたしが彼の愛人になる？　どちらも絶対に受け入れられない。「ダニエル――」

「それに今日は、一緒に乗馬をしに行く約束だ」

「それは覚えているわ。わたしも行きたい。でも――」

「〝でも〟はなしだ、リリー。きみはすでに行くと言ったんだから」

リリーはダニエルの瞳をのぞきこんだ。彼と言いあう気力がなかった。ダニエルと一緒にいたい。彼と別れるのは……とはいえ、今そのことを考える必要はない。

「ええ、行くわ」

「もちろんきみは行く。さあ、いい子だから朝食にしよう。こんなつまらない話はもうおしまいだ。お茶のお代わりを注ごう」

「そろそろ自分の部屋へ戻らないと」リリーは言った。

「そうだな。朝食のあと、部屋まで送ろう。きみは着替えて写生に行くといい。ぼくは独身紳士用の別館でエヴァンを見つけて、午後の乗馬の話をしてくる」

「わかったわ、ダニエル」ふたりは静かに朝食の残りを口へ運んだが、居心地の悪さは感じなかった。ダニエルと一緒にいるのはあまりに自然で、それが大きな問題だった。リリーは窓の外を眺めてため息をつき、ローレル・リッジを去ることを頭から追い払った。皿に残ったスコーンのかけらを食べ終え、彼にきく。「今夜も晩餐の席ではあなたの隣なの？」

「ぼくが求める話し相手はきみをおいてほかにいない。いやかい？」

「いいえ、うれしいわ」

「よかった」ダニエルは微笑んだ。「準備をしようか。着替えを手伝おう」彼女を立ちあがらせて抱きしめる。「ああ、リリー」彼のささやき声はかろうじて聞こえるほどだった。「きみが去ったあと、ぼくはどうすればいい？」

「いつもどおりにすればいいわ」リリーの声音は皮肉めいていた。「すぐに代わりが見つかるでしょう」

「そんなことを言うんじゃない」ダニエルの唇がリリーの唇に覆いかぶさる。

彼は乱暴にキスをして舌を突き入れ、怒りにも似た激しさでリリーの口を奪った。リリーの腕に手を食いこませて口を喉へとさげていき、キスをし、かみ、肩をつかみ、彼女の体からローブを一気にはぎ取る。

「ダニエル」

「きみが欲しい、リリー。今すぐ」ダニエルがうめいた。「ぼくに腕をまわせ」

リリーは言われたとおりにした。ダニエルはリリーを手荒く抱えあげ、子どものように軽々と抱くと中に押し入った。

「キスだ」ダニエルが命じる。

リリーはダニエルに貫かれて小さく悲鳴をあげた。彼の口がリリーの口にぶつかり、彼女を奪って求める。ダニエルは何度も入ってきた。リリーは体をわななかせて苦しげな声をあげ、容赦なく攻めたててくる彼にしがみついた。

「きみの代わりはいない、リリー」ダニエルが動きながらうめいた。「きみもわかっているだろう。わかっていると言ってくれ」

「わかっているわ、ダニエル」リリーは身を震わせて快感の波に打たれ、熱い彼の体を強く抱きしめた。ダニエルは荒々しかった。乱暴でさえある。けれど彼が欲しかった。リリーは貫かれる悦びを痛いほど求めていた。胸に汗の玉が浮き、大波が崩れるように歓喜の深みへ落ちてゆく。彼女はダニエルの喉に口を押しあてて叫んだ。唇が濡れた塩辛い肌の上を滑る。

ダニエルは最後に激しく突きあげた。体を震わせて、リリーの奥深くへ身をうずめる。

「ああ、リリー、きついよ」彼はベッドへ向かい、その上にリリーをおろして燃え尽きた。

短いときが流れて呼吸が正常になると、ダニエルは唐突な衝動に駆られた。リリーの前に膝をつき、あれほど乱暴に抱いてしまった許しを請いたい。ダニエルは徐々に冷静さを取り戻したが、驚いたことにリリーは彼の背中をやさしくさすり、気持ちをなだめる言葉をささやきかけている。ダニエルはリリーが自分の前から無我夢中で逃げだしていないことに深く感謝した。「よかった」

「何がよかったの？」リリーがそっと尋ねる。

「きみがぼくのことを怒っていなくて」ダニエルはまばたきをして涙を押しとどめた。

「ええ、ダニエル、怒っていないわ。怒るべきなんだろうけど、でも……」リリーが鋭く息を吸いこんだ。「否定してもしかたがないわね、そうでしょう？　わたしも楽しんだの」彼を落ち着かせるように肌に円を描きつづける。

「きみを傷つけなかったかい？」

「わたしなら平気よ」

「もしきみを傷つけていたら、ぼくは自分を許せない……」ダニエルの声がうわずった。

「心配しないで。大丈夫だと約束するわ」

ダニエルはリリーの体から離れた。リリーの美しい腕には彼の手の跡が赤くついている。どうしてこんなけだものじみたふるまいをしたんだ？　涙がひと粒、ダニエルの頰をこぼれた。

リリーはそれを指でぬぐい、体を起こしてダニエルにキスをした。

「どういうことか教えて。何があなたの心を苦しめているの？」

自分でもわからないのに説明できるはずもない。ダニエルは混乱していた。気持ちを集中させることができない。自分はこんな男だったのだろうか。頭にあるのはリリーのことばかりだ。彼女は燎原《りょうげん》の火のごとく、ダニエルのすべてをのみこんでいく。ダニエルは立ちあがったが、脚は体重を支えるのがやっとだった。

「浴槽に湯を張ってくる。用意ができたら声をかけるよ」

浴室でダニエルは蛇口を開け、流れる水の下に両手を置いて、水の重みを肌に滑らせて罪の意識を洗い流そうとした。くそっ、水だけでは罪悪感は消えない。彼は浴槽を湯で満たし、リリーを呼んだ。

慎重に彼女を抱きあげ、浴槽に浸からせる。

「あなたは入らないの?」

ダニエルは首を振り、華奢な子どもを扱うかのように、気をつけてリリーの体を洗いはじめた。

リリーが両手を差しだした。「来て、ダニエル。お願い」

「あんなことをしたあとで、ぼくを求めてくれるのか?」

「ええ、一緒に入りましょう。もう大丈夫だから」

神に見捨てられた人生で、これほどのやさしさに値することをぼくはしただろうか? ダニエルはリリーとともに浴槽に入った。リリーのうしろに座り、自分の胸へと彼女の背中を引き寄せる。なめらかな肌を愛撫し、このすばらしい女性との体の触れ合いを楽しんだ。どうやったのかはわからないが、リリーは鉄で覆われた彼の心に入りこんでしまった。彼女をそこから出ていかせることができるのか？

「ぼくにこんなことをしてもらう資格はない」ダニエルは静かに言った。

「それはわたしもよ」リリーの声は思いやりに満ちていた。「でも、楽しめるときに楽しんでもいいんじゃないかしら」彼女はダニエルに向き直ってあたたかなキスをし、無条件のやさしさを与えた。

ダニエルはこれほど心が満たされたことはなかった。

8

　ダニエルとリリーはゆっくり服を身につけた。ふたりのあいだの張りつめた空気がしだいにふつうの状態に戻っていく。ふたりは人目に気をつけ、リリーの部屋がある二階へおりた。廊下に人影はなく、ダニエルは彼女を引き寄せて口づけた。

リリーはキスを返して小さく息をのんだ。ダニエルは謎だ。この朝、彼の鎧《よろい》に小さな割れ目を発見したが、それをどうすればいいかわからない。リリーは唇を離した。

「本当にもう戻らないと」

「わかっている」ダニエルはリリーをドアへ導いた。「今日の午後にまた会おう」彼女のこめかみにキスをする。

　突然リリーの部屋のドアが開き、ふたりの前にローズが立っていた。着ているのはネグリジェで、波打つ金髪が肩をふわりと包んでいる。「お姉様、いったいどこに行って……」ローズの視線が姉のうしろに立つダニエルへ向けられた。「閣下、これはどういうことですか？お姉様は誰かに見られる前に隠れて！」姉の腕をつかんで部屋の中へ引っ張りこみ、音をたてないようにドアを閉める。「説明してちょうだい」

リリーは自分のベッドに腰をおろした。「心配をかけたのならごめんなさい」

「ええ、心配したわ。ゆうべはお姉様がテラスに戻ってこないから、お父様とお母様に言い訳しなければならなかったのよ」

「どう言い訳をしたの？」

「お姉様は体調がすぐれなくて、先にベッドへ戻ったことにしたわ……月のもののせいだって」

リリーはくすくす笑った。「うまい言い訳ね」

「ええ、そうでしょう。そのあとお父様とお兄様はひと晩じゅう、お姉様のことには触れなかった。お母様のほうは、わたしがときどき様子を見に行くふりをしてごまかしたのよ」

「ありがとう、ローズ。迷惑をかけて悪かったわ」

「ええ、これでわたしにひとつ借りができたわよ。今すぐそれを返して。白状しなさい。お姉様はいったい何をしているのよ？」

ローズの語気の荒さにリリーは驚いた。妹は決してこんな話し方はしないのに。

「ありのままの真実を話して」ローズが問いつめる。

「どこからはじめればいいかわからないわ」

「最初からよ」ローズは姉の隣に腰かけた。「ハウスパーティーが終わるまでわたしに協力してほしいのなら、真実を明かす義務があるわ」

「そうね、あなたの言うとおりだわ」リリーはようやく誰かに打ち明けられるのがうれしく、包み隠さずに話して聞かせた。屋敷の外でキスをされたところからはじめて、つい今しがた自室へ戻ってきたところで終わったが、ふたりの愛の営みに関しては詳しく触れずにおいた。あれはダニエルとわたしのあいだの出来事だ。妹と分かちあいたくはない。

「ああ、お姉様、うっとりするような話だと認めるわ」ローズはささやいて目を閉じ、すぐに見開いた。「でも、これで傷がついてしまった。身の破滅よ。これからどうするの?」

「わたしたちは慎重に行動しているわ、ローズ。誰も気づかないわよ。それに知ってのとおり、どのみちわたしは花婿探しにはまるで興味がないんだもの」

「おあいにく様、それほど慎重にふるまっているとは思えないわ」ローズが言った。「ゆうべ晩餐の席で、公爵がお姉様に熱い視線を注いでいたのは誰の目にも明らかだった。それにさっきなんて公爵は何を考えていたの? すっかり明るくなっているのに、堂々とお姉様を部屋まで送るなんて」つかの間沈黙し、眉間にしわを寄せた。「まるで誰かに見つかるのを期待しているみたい」

「おかしなことを言わないで、ローズ。彼はわたしと同じくらい慎重よ。お父様に見つかったら、わたしと結婚させられるかもしれないんだから。それは公爵が最も望んでいないことだわ」

「本当にそうかしら?」

「そうに決まっているでしょう。わたしは彼がどんな男性かを忘れるほど愚かではないわ」

「お姉様のほうは? 公爵のことが好きなの?」

リリーは頬が熱くなった。「え……ええ、好きだと思うわ」声が震え、なんとか落ち着かせる。「この気持ちは抑えられない。だけど、それで公爵が変わるわけではないわ。彼が根っからの放蕩者なのは百も承知よ。でも一緒にいると楽しいし、公爵もわたしといるのを楽しんでいるみたい。お互いにいくつか共通の趣味があるわ。わたしは今を楽しんでいるの。それだけよ」

ローズが悲しげなまなざしになる。「お姉様が傷つくところは見たくないわ」

「わたしなら大丈夫。自分が何をしているのかはわかってるわ、信じて。すぐに結婚するつもりはないんだし」リリーは立ちあがって背中を向けた。「ボタンを外してもらえる？　モーニングドレスに着替えて、昨日の写生の続きを描きに行きたいわ。あなたの午前中の予定は？」

「ベートーヴェンを少し練習するつもりよ。午後、エヴァン卿と馬で出かけるのに同行してくれる？」

「ええ、喜んで行くわ。実はダニエルからも乗馬に誘われて、彼はみんなで一緒に行こうと言っているの。完璧な解決策でしょう？　それぞれがお互いのシャペロンよ」

「ダニエル？　公爵もお姉様をファーストネームで呼んでいるの？」

「そうよ。ファーストネームで呼ぶように言われたの。断る理由はないでしょう」

「それに公爵はお姉様を乗馬へ連れていくのね」

「ええ、言ったでしょう。昨日誘われたのよ」

「ねえ、お姉様、公爵はお姉様が考えているよりもずっと真剣なんじゃないかしら」
「そんなはずはないわ」リリーは言った。「あなたもわたしもダニエルの評判は知っているでしょう」
「評判が正しいかどうかはこれからわかるわ」ローズは話を切りあげた。

リリーは完成した絵に満足し、写生を終えた。画材を部屋へ戻しておこうと屋敷へ向かう。そのあとは図書室で本を探して一冊選び、午前中の残りの時間はゆっくり読書をしよう。部屋へ入ると、ベッドの足元に置かれた大きな茶色い木箱と真っ白なカンヴァス数枚に目を引かれた。ライブルックの紋章入りの羊皮紙にリリーの名前が優雅な筆記体で記されている。リリーは震える手で封書を開き、男性的な文字に感嘆しながら目を通した。

リリーへ
ここにあるものでできみが作りあげるものを見るのが待ちきれない。フェルメールをうならせてくれ。
D

リリーは木箱の隣に膝をついた。釘は外されていて、容易に蓋を外すことができた。彼女は息をのんだ。箱は油絵の具に絵筆にそのほかの画材、パレット、そして数種類の画用液の瓶でいっぱいだ。箱の底には油絵の教本が一冊ある。リリーは本を取りだして開いた。もう図書室へ行く必要はない。午前中の残りの時間はこれを読もう。

「ああ、ダニエル」リリーはささやいた。「あなたはなんてすばらしいの」

目をつぶってため息をつく。これほど心のこもった贈り物に対して、感謝の気持ちをどう表せばいいのだろう?

リリーは完成したばかりの水彩画を革製の鞄から取りだした。美しい絵になったと思う。〝L〟とだけサインし、あとは日付を入れてあった。それがリリーのお決まりのサインで、どの絵にもそうしている。彼女は八年前の絵を取りだした。〝L〟の文字は子どもっぽくくるりとカールしている。絵の技術はダニエルが言ったとおり、まだ磨きあげられていない。それでもダニエルはこの絵を気に入ってくれたようだし、リリーもこれを彼に持っていてほしかった。二枚ともダニエルにあげよう。ダニエルはこれを見てふたりが過ごした時間を思いだしてくれるかもしれない。そしてわたしも自分の心をローレル・リッジに少しだけ残していくのだと思えば、去るときの慰めになる。

だけど……わたしからダニエルに絵を贈るのは不適切だろうか? それを言うなら、そもそも彼から贈り物を受け取ることは?

リリーは声をあげて笑った。もちろん不適切に決まっている。でも、わたしはダニエルと関係を持った。それは言うまでもなく不適切なことだ。油絵が手招きしているのだから、わたしは受け取るしかないし、この二枚の絵はぜひともダニエルに持っていてほしい。

リリーは手帳を取ってページを一枚破り取り、羽根ペンをインクに浸して短い手紙をしたためた。

ダニエルへ
贈り物に心から感謝します。こんなにすてきなものをもらうのは初めてです。この二枚の絵を受け取ってください。わたしたちがともに過ごした時間の記念として。あなたのことは決して忘れません。

リリー

感傷的すぎるだろうか？　リリーは手紙を書き直した。

ダニエルへ
油絵の具はとても気に入りました。本当にありがとう。あなたへの贈り物としてわたしの絵を受け取ってください。

リリー

いいえ、これも違う。リリーはもう一枚手帳からページを破り、ふたたび羽根ペンを走らせた。

ダニエルへ
すてきな贈り物に感謝します。取りかかるのが待ちきれません。

リリー

このほうがいい。簡潔で要点を押さえていて、深読みする余地がない。水彩画のことには触れずに手紙を添えるだけにしよう。そうすれば彼女の贈り物が何を意味するかはダニエルが自分で決められる。リリーは誰にも見られないようにして彼の部屋まで絵を持っていき、ドアにもたせかけた。そのあとはこっそり一階へとおり、美しい四月の空のもとへ歩みでた。気に入った木を見つけると、腰をおろして新しい本を開いた。

ダニエルはオークの大木の下で本を読みふけるリリーを見つけた。

「ごきげんよう」彼は微笑んで声をかけた。

リリーが体をこわばらせた。「もう、驚いたわ。こっそり忍び寄るのはやめて。あなたったらいつもわたしをびっくりさせるんだから」

ダニエルは笑い声をあげた。「そんなに本に没頭していたら、竜巻が来ても気づいたかどうかわからないな。何を読んでいるんだい？」

リリーは本を持ちあげた。「あなたがくれた油絵の本よ。とても気に入ったわ、ダニエル。

あなたからの贈り物にどう感謝すればいいかわからない」

彼女が手を差し伸べたので、ダニエルは隣に腰をおろした。リリーはあたりを見まわしてから、ダニエルの唇に熱く濡れたキスをし、彼の肌を燃えたたせた。

「この本にはわたしの知りたいことが詰まっているのよ。本当にわくわくするわ」

ダニエルはリリーを見つめた。彼女の明るい茶色の瞳を輝かせる純粋な喜びを守るためなら、全財産を投げ捨ててもいい。そんな思いが一瞬胸をよぎった。

「喜んでくれてうれしいよ、リリー」

「心から喜んでいるわ。わたしが欲しかったものばかりなんだもの」

「乗馬をしに行く用意はできているかい？」ダニエルはリリーの手に指を絡めた。

「もう？　まだ昼食前でしょう。今、何時？」

「午後二時だ」

「まあ、昼食をとるのを忘れていたわ。悪い癖なの。読書や書き物や写生に夢中になりすぎると、たまにほかのことをすっかり忘れてしまうのよ。何度食事を食べ損ねたかしら」

「ベッドできみの重みに押しつぶされる心配はなさそうだ」ダニエルはリリーにウインクした。「行こう。厨房へ連れていくよ。料理人にサンドイッチを作らせよう」

「その時間がある？」

「ああ、エヴァンときみの妹さんとは二時半に厩舎で会うことになっている。さあ、おいで」ダニエルはリリーを立たせると、しばし抱きしめた。

リリーを厨房へ案内して軽食をとらせたあと、彼女が乗馬服に着替えるのを玄関広間で待った。

「時間がかかってごめんなさい」リリーが階段を駆けおりてきた。「さすがにこれじゃあ遅刻ね」

「待ってくれているだろう」

リリーは差しだされた腕を取り、ふたりで厩舎へと歩いた。遠くにローズがエヴァン卿と立っている。ローズは黒い子犬を抱いており、足元でほかにも数匹がじゃれあっていた。

「お姉様！」ローズが大声で呼びかける。「見て！　わたしたちが見つけたのよ」

リリーがダニエルの腕から離れて妹のほうへ駆けだした。茶色い小さな子犬が彼女に走り寄り、抱きあげてほしそうにクンクン鳴いた。リリーはかがんで子犬を拾いあげ、頬ずりした。「ローズ、この子たちはどこから来たの？」

「わたしたちが来たときにはここにいたわ。母犬はどこかしら？」

ダニエルは彼らのもとへたどり着き、リリーのうれしげな顔に自分も喜びを覚えた。「厩舎の裏だろう。子犬を産んで育てるあいだはいつもそこにいる。犬舎に戻ろうとしないんだ。子犬たちは乳離れする日も近いから、好きなように遊ばせている」

リリーは茶色い子犬を抱いたまま、そのきょうだいを見おろした。「ほかはどれも黒か黄色なのに、この子だけ茶色ね。ミルクチョコレートの色、いいえ、ブランデーの色だわ。ねえ、ローズ、お父様が好きで飲んでいるブランデーと同じ色でしょう」

「その子犬はきょうだいの中で一番小さいんだ、リリー」ダニエルは言った。「それにその子犬だけが茶色だ」

「犬種は何？」

「ニューファンドランド島から連れてきたセントジョンズドッグだ。父が何年も前に繁殖に着手した。この子犬たちも秀でた猟犬になるだろうが、きみが持っている子犬は残念ながら体が小さすぎる」

「小さすぎるなんてことはないわ。この子は完璧よ」リリーは子犬に鼻をなめられて笑い声をあげた。子犬をおろし、きょうだいのもとへ戻るようお尻を押してやる。茶色い子犬はリリーのそばに戻ってきて、小さな前足をあげて悲しそうな声を出した。リリーはもう一度抱きあげてやった。「困った子ね」くすくす笑う。「地面におろせないわ。こんなにかわいいんだもの！」子犬の頭にキスをした。

「ライブルック」エヴァンが苦笑した。ローズは黄色い子犬の一匹を持ちあげている。「ぼくたちはふられたようだ。このふたりはよだれを垂らした四本脚の小さな動物のほうがぼくたちよりも好みらしい」

「せめて四本脚の大きな動物には興味を持ってもらえないだろうか？」ダニエルは言った。

「よだれを垂らすかどうかは保証できないが、鼻は鳴らす」

リリーとローズが笑い声をあげた。「ええ、ここには馬に乗りに来たんですもの。ねえ、お姉様？」ローズが言った。「エヴァン卿はご自分の馬の中からわたしに牝馬《ひんば》を選んでくださったの。とてもきれいな馬よ。お姉様はどの馬に乗るの？」

「わからないわ。でも横鞍には座らなくていいという約束なの」リリーはダニエルに向かってにっこりした。

「ぼくの姉妹も横鞍に座るのを嫌うんだ」エヴァンが言った。「ひどく座り心地が悪いと言って」

「わたしも同感よ。でもローズが馬に乗るのを見てちょうだい。わたしの妹は生まれついての乗り手だわ」リリーは言った。

「本当に？」エヴァンがローズに顔を向けた。「ますます馬に乗るのが楽しみになった。ではライオンハートとベアトリスの準備ができているかどうか見に行こう」腕をローズに差しだす。

「喜んで。それじゃあ、またあとでね、お姉様、閣下」

リリーがダニエルに向き直った。

「わたしは妹ほど乗馬が得意ではないの。おとなしい馬をどれか選んでくれる？」

ダニエルは笑った。「ミッドナイトはどうかな？」

「あなたの牡馬？　とんでもないわ」

「一緒に乗ればいい。ぼくの両親が作らせたふたり乗り用の鞍がある。母はきみと同じで乗馬に自信がなかったが、動物は好きだったから父と一緒に乗っていた。その鞍を使おう」

「それは横鞍なの？　それともふつうの鞍？」

「当然ながら、ぼくが乗る部分はふつうの鞍だ。きみが乗る部分はあいにく横鞍になる。だが母は快適だと言っていたよ。馬の操縦に気を使わなくていいからね。それは父にまかせていた」

「わたしたちがふたりで乗るのは不適切じゃないかしら。状況が状況でしょう？」

「それはどういう状況かな？　ぼくたちにはシャペロンがいる。問題ないだろう」

「エヴァン卿はあなたとわたしがつきあっていると思いこんでるわ、ダニエル」

「事実そうだ。違うかい？」ダニエルはリリーに微笑んだ。他人の目を気にするふりをする彼女のなんとかわいらしいことだろう。だが、ぼくには本心は隠せない。

「その、それはそうだけど」

「エヴァンはきみの妹さんとつきあっているのか？」

「まさか。友達として外出するだけよ。もしつきあっているなら、ローズはわたしに話すわ。エヴァン卿はわたしの父に妹との交際を申しこんではいないでしょう」

ダニエルは革製の大きな鞍を持ちあげた。

「今日の午後、あのふたりがすることと、ぼくたちがすることとの違いはなんだい？」

「そうね、あのふたりは別々の馬に乗るわ」

「それは、きみの妹さんは乗馬が好きだからだ。もちろんきみもひとりで馬に乗ってもいいが、あまり自信がなさそうに見える」

「自信がないわけじゃないわ。ただ人前で馬にまたがるのはどうかと思って。乗るときはいつもひとりなの。ドレスが膝の上までまくれあがってしまうし――」

「そういうことなら、きみにも馬を与えてひとりで乗ってもらうかな。午後じゅう、きみの脚を眺めて過ごすのも悪くない」

「ダニエル……」

「悩む必要はない。何も世紀の決断ではないんだ。ぼくは馬に乗るのが好きだ、そしてきみとその楽しみを分かちあいたい。それにはきみがぼくと一緒にミッドナイトに乗るのが最も手間がかからないと思うが」

「いいわ、あなたが適切だと思うなら」

「まったくもって適切だ。それにきみのそばにいられるというお楽しみまでついてくる」ダニエルはすばやくキスを奪った。「恋しかったよ」

「ずっと一緒にいたでしょう」

「わかっている」もう一度キスを奪う。「ここでエヴァンと妹さんを待っていてくれ。客用の厩舎から来るはずだ。ぼくはミッドナイトに鞍をつけてくる」

速歩《はやあし》で走るミッドナイトの上で、リリーはダニエルの胸に寄りかかって厩舎をあとにした。そのうしろでローズとエヴァンは横に並び、馬を走らせた。ダニエルは片手で手綱を持ち、反対の腕をリリーの腰にまわしている。リリーは彼の胸板にすり寄った。あたたかくて最高の気分だ。ダニエルの言ったとおり、このほうがずっと快適だ。あまりに快適で、ダニエルのたくましい胸に永遠に抱かれていたくなる。ああ、どうすればいいのだろう。

「リリー、この先に障害物がある」ダニエルが彼女のうなじにささやきかけた。「注意するよう妹さんに言おうか？」

「いいえ、妹は眠っていたって飛び越えるわ。見ていて。あなたも驚くわよ」

ミッドナイトは高さ六〇センチほどの障害を軽々と飛び、リリーの体はほとんど揺れなかった。ダニエルは馬首をめぐらせて脇へ移動すると、ローズ、それに続いてエヴァンが見事にジャンプを決めるのを眺めた。

「実にすばらしい手綱さばきだ」ダニエルはローズに向かって言った。

「ありがとうございます。姉のように芸術的な才能には恵まれていない代わりです」

「妹の言うことを真に受けてはだめよ」リリーは言った。「ローズは線一本まっすぐに引けなくても、ピアノを弾かせれば天使の音色を奏でるわ。音楽は別の種類の芸術でしょう、ローズ。わたしは昔からピアノを練習するだけの忍耐力がないわ」

「ぜひいつか演奏を聴かせてほしいな」エヴァンが言った。

「午前中は応接室でずっと弾いていました。音楽室のグランドピアノを使わせていただけるかどうか、公爵未亡人にお尋ねしようと思っているところなんです。それはすばらしいピアノなんですよ」

「好きなときに弾いてかまわない」ダニエルが言った。「そうだ、いつかわれわれ三人のために弾いてもらえないか？」

「そんな、とても無理です。用意している曲がありません」

「ベートーヴェンの練習をしているんじゃなかった？」リリーはきいた。

「ええ、練習をしているのよ、お姉様。まだ聴かせられるようなものではないわ」

「妹の言うことは信じないで。ローズは得意な曲がたくさんあるわ」

「それでは今夜、晩餐のあとではどうだろう？　一時ぐらいに音楽室で」ダニエルは言った。

「わたし、どうしましょう……」ローズは口ごもった。

「妹は喜んでお引き受けするわ」リリーは笑って言った。「さあ、今度は公爵のこの美しい屋敷をもっとよく見せてもらいましょう。それにお願いだから速度をあげて、ダニエル。わたしは磁器製の置物じゃないのよ。馬で駆けまわりたいわ！」

「きみがそう望むなら」ダニエルは言った。

彼はミッドナイトを全速力で駆けさせ、リリーは馬で走る純粋な高揚感に笑い声をあげた。

小道の外れに凝った錬鉄製の門があり、ダニエルはそこまで来ると馬の足をゆるめた。

「門の奥には何があるの？」リリーがきいた。

「庭園だ。見るかい？」

「ええ、ぜひ。この時期には何か咲いているの？」

「見れば驚く」ダニエルがあとのふたりを振り返った。「リリーが庭園をのぞきたがっている。きみたちも来るかい？」

「もちろんです」ローズがエヴァンに顔を向けた。「あなたがよければ」

「ぼくはかまわないよ」エヴァンが言った。「馬をつなげる柱はあるかい？」

「ああ、すぐそこに」ダニエルが身ぶりで示す。四人は馬から降り、馬を柱につないだ。ダニエルが門を開いた。リリーとローズは中へ足を踏み入れると息をのんだ。中は迷路になっており、生い茂った生け垣が入り組んだ形をなしている。そばには白いベンチが置かれ、狭い通路が数本、迷路の中心へ向かって延びていた。

「想像していたよりずっと大きいわ」リリーは言った。「謎めいた迷宮みたい。いったい誰が考えたの？」

「祖母だ」ダニエルが言った。「祖母は妖精や小人といったものが集まってくる安らぎの場を思い描いた。風変わりな人ではあったが、偉大な公爵未亡人だ」

「わたし、絶対ここに画材を持ってくるわ」リリーは言った。

「少し散歩はどうかな？」エヴァンがローズに腕を差しだした。

「喜んで」

リリーがふたりについていきかけるのを、ダニエルが止めた。「ふたりきりにさせよう」

「いいえ」リリーは言った。「わたしはシャペロンよ。妹は純粋なの」

「きみも数日前まではそうだった」

「わたしは妹みたいに純粋だったことはないわ。本を読むせいでね」

ダニエルは小さく笑った。

「少しはふたりきりの時間を与えよう。互いに好意を抱いているらしい」

「そうするのが一番だとあなたが考えるのなら」リリーは言った。ローズとエヴァンの姿が見えなくなると、顔を上に向けて唇を突きだし、ダニエルの唇を求める。

「いけない子だ、リリー。そんなことをされると、きみのドレスを破ってこの場で抱きたくなる」

「自分を抑えることね」リリーは笑い、もう一度キスをした。

ダニエルは彼女から顔をそらした。「今すぐきみが欲しくてたまらない。キスをされつづけたら、自分を抑えられなくなりそうだ。ぼくがどんなことをしかねないかはわかっているだろう」

「わかっているわ。そしてあなたがしかねないことに、わたしは心を奪われている」リリーはダニエルの喉に唇を押しあて、塩っぽい肌の香りを吸いこんだ。

ダニエルがリリーの肩をつかんで押しやった。その目は翳《かげ》り、落ちくぼんでいる。

「ダニエル？」

「こっちへ来て一緒に座ろう、リリー。話がしたい」小さなベンチのひとつへ彼女を連れていく。

「どうしたの？」

「知っていてもらいたいんだ。ぼくはきみを……大切に思っている。今朝起きたことは本当にすまなかった」

「そんなことを気にしていたの？」リリーはダニエルの頬に触れた。「謝る必要はないわ。わたしは怒っていないんだもの」

「ぼくはきみを乱暴に扱った」

「ダニエル、わたしはあなたが欲しかったの」リリーは当惑しながら続けた。「わたしが悲鳴をあげた？　あなたから逃げようとした？　わたしは自分からあなたに抱かれたのよ。いつもそうだったように」

「きみだけは絶対に傷つけたくない」

ダニエルはつらそうに顔をゆがめている。リリーは彼の頭を胸に抱き寄せ、幼子のように慰めてあげたかった。

「きみに誓う。二度とあんなことは起きない。なぜきみはさせるがままにした？」

リリーはダニエルのまなざしをまっすぐとらえた。「あなたが……わたしを必要としているように見えたから。あなたの感情は激しく揺れていた。あなたの力になりたかったの」

ダニエルが視線をそらす。「きみに……ぼくならきみの代わりをすぐ見つけると言われて……くそっ、ぼくはどうしてしまったんだ」

リリーはダニエルの髪をなでた。「自分の中に感情を封じこめているのはよくないわ。健全じゃない。この一年であなたの身辺は大きく変わった。お父様とお兄様を亡くした悲しみを、これまで一度でも胸から吐きだしたことがある？」

「その話はしたくない」ダニエルはそっけなく言った。

「そう。わかったわ」リリーは彼の頬に手を伸ばし、自分のほうを向かせた。「もし気が変わったら話して。どんな話でもいいわ。本気で言っているのよ」

ダニエルはリリーの体を包みこむと、彼女の頭を胸に引き寄せ、頭のてっぺんにキスをした。

リリーは彼のぬくもりに頬をすり寄せた。

「何もかも大丈夫よ、ダニエル。約束するわ。何もかも大丈夫」

9

馬番がズボンを引きあげるそばで、レディ・アメリア・グレゴリーはスカートの裾をおろして整えた。立派な一物を持つこの男の名前は知らないし、知ろうとも思わなかった。

「ここにいなさい。わたしのあとをついてこないでよ」

「よかったら――」

「しゃべりかけないで。わたしはおしゃべりをするためにここへ来たわけじゃないんだから」

「けど――」

「ここへ来た用事はすんだわ。あなたはまああってところね。じゃあ、ここにいて。外へ出るのは最低でも一五分は経ってからよ」

「裏口から出ますんで」馬番は背中を向けて去っていった。

「勝手にしなさい」アメリアは厩舎の戸口へ急ぎ、外をのぞいた。馬が三頭こちらへやってくる。「なんて間が悪いの」

そのうち二頭は客用の厩舎がある左へ向かい、残り一頭は彼女がいる本厩舎へ近づいてくる。ミッドナイトだ。公爵とあの小娘、リリー・ジェムソンが乗っている。アメリアは沸々と怒りをたぎらせた。何が〝彼には毛ほども興味がありません〟だ。自分だって公爵夫人の座につきたくてうずうずしているくせに。

アメリアはすばやく中へ引っこみ、厩舎の裏口を目指しかけたが、戸口までは距離がありすぎた。茶色に白の模様が入った牝馬がいる馬房に潜りこみ、板の隙間からのぞき見た。

「きみも入っておいで、リリー」ダニエルが呼びかける。「ぼくがミッドナイトの世話をするあいだ、中で話し相手になってくれ」

「馬の世話なら馬番がいるでしょう？」

「ああ、だが自分でしたいんだ」

「その気持ちはわかるわ。とても美しい馬だもの、ダニエル」

ダニエル？ 彼をダニエルと呼んでいるのだろうか？ あのあばずれめ。

「今日は本当にありがとう」リリーが言った。「こんなに楽しい乗馬は初めてよ」

「ぼくもだ」

「わたしも馬の世話を手伝っていい？」

「もちろん」ダニエルはブラシを渡した。「それでたてがみをすいてやってくれ。ぼくは蹄《ひづめ》をきれいにする」

「わたし、動物って大好きだわ」リリーはミッドナイトのたてがみにブラシをかけた。「一番好きなのは犬だけど、馬は僅差で二位ね。美しさと風格を備えている。わたしももっと乗馬がうまければよかったのに」

「きみに必要なのはもう少し慣れることだけだ」そう言ってから、ダニエルは笑い声をあげた。「ぼくの意見を聞かせようか？」

「ええ、何かしら？」

「きみは絵を描くことと文章を書くことにばかり時間を費やしていて、乗馬をきちんと学ぶ機会を自分に与えなかったんだ」

「妹が教えてくれようとしたけれど、わたしは馬に乗るのが下手すぎるの」

「そんなことはない。今日はうまくやっていたじゃないか」

「それはあなたがミッドナイトの手綱を握っていたからよ。わたしがひとりで乗っていたらきっと……」リリーが言葉を切った。「わたしの言うことを信じていないわね？」

「ああ、頭からね」ダニエルは含み笑いをもらして首を振った。「きみがすばらしい素質を持っているのは今日、目にしたし、馬好きなのは見てのとおりだ。ぼくが教えたら、きみはまたたく間にローズと同じくらい馬を乗りこなすだろう」

「本当に教えてくれるの？」

ダニエルはミッドナイトのうしろ足の掃除を終えた。リリーのほうへ大股で歩み寄り、彼女の手からブラシを受け取る。「いとしい人、ぼくはきみのためならなんでもする。まだそれがわからないのかい？」別のブラシをつかんでリリーに渡した。「次は全身のブラッシングだ。きみにはこっち側を頼もう。ぼくは反対側にブラシをかける。ほら、こうするんだ」

アメリアは不意に怒りに駆られた。公爵はリリーを〝いとしい人〟と呼んだ。公爵夫人の座には〝毛ほども興味がない〟あのつまらない小娘のことを。間違いない、あの娘はアメリアがローレル・リッジに到着するよりずっと前から狩りをはじめていたのだ。世間体に傷をつけてやるとアメリアは考えた。だが、それは無理な話だ。ふたりがしたことといえば一緒に乗馬をしに行っただけで、しかもシャペロンがついていた。ああ、悔しい。こちらで何かでっちあげてはどうだろう、何かとんでもないスキャンダルを。けれどもそんなことをすれば、あの小娘の父親である伯爵がダニエルに娘をめとらせるのは確実だし、そうなったらアメリアが公爵夫人の座におさまる機会は失われる。だいいち、何も嘘《うそ》に頼らなくても、もっと楽しいことがあるじゃない？　あの小娘にはとびきり男前でしかも独身の兄がいる。トーマス・ジェムソンを誘惑してやると脅したのだから、それを実行しない手はない。

アメリアはひとりにやりとした。そして満足したのもつかの間、牝馬が落とした大きな馬糞が彼女の靴の上にのっかった。

午睡から目覚めたリリーとローズは、晩餐会の着替えにかろうじて間に合った。ふたりの姿は大食堂へ入って席へ向かう最後の客たちの中にあった。エヴァン卿は立ちあがってふたりに腕を差しだし、リリーを座席まで案内した。

ダニエルがリリーの腕を取った。「ありがとう、彼女を連れてきてくれて、エヴァン。申し訳ない、リリー。きみが入ってくるのを見落としてしまった」

「気にしないで」リリーは室内に視線をめぐらせた。なんてこと！　どういうわけかトーマスの隣の席、エマがいるはずの席に、レディ・アメリア・グレゴリーがちゃっかり座っている。リリーは一番端のテーブルに目を向けた。哀れなエマはウェントワースとそのおじに挟まれて座っていた。

「リリー」ダニエルが話しかけた。「きみに感謝したい――」

「どういうことなの？」リリーは切迫した声でささやいた。

「なんの話だい？」

「あの腹黒いアメリア・グレゴリーが兄の隣に座っているのよ。そして気の毒なエマは、ウェントワースと、好色で唾を飛ばす彼のおじのあいだに座らされているわ。なぜ席順を変更したの？」

「ぼくじゃない。おばのルーシーには、ゆうべのままにするよう伝えておいた」

「どうにかしないと、ダニエル。あの人がわたしの兄に色目を使うのを放ってはおけないわ」

「リリー」ダニエルが穏やかに言った。「今すぐできることは何もない。アメリ……いや、レディ・グレゴリーのことはよく知っているが、客が勢揃いする中で座席を替えさせようとすれば、彼女は大騒ぎするだろう。それでは晩餐会が台なしになる。明日、ぼくが対処しよう。二度とこんなことは起きない。約束するよ」

「わたしのためならなんでもすると言ってくれたわよね！　エマを見て！　腕を動かすこと

さえできないでいるわ、ラドリーがあんまり……丸々としているから。エマはパンを唾でびしょびしょにされて、テーブルの下で腿をつままれるわよ。それにアメリアは……ああ、彼女が義理の姉になると思うと耐えられない！」

「リリー」ダニエルはささやいた。「声を低くしてくれ。これはただの晩餐だ。ジェムソンはレディ・グレゴリーをきみの義理の姉にするほど無分別ではない」

「あなたにはアメリア・グレゴリーから離れているだけの分別がなかった。なのにどうして兄にはその分別があると思うの？　兄も所詮は男よ。頭じゃなくて体の別の場所で考えて――」

「ぼくには彼女から離れているだけの分別がなかったとはどういう意味だ？」

アメリアと話をしたことをダニエルには言いたくない。リリーは噂話に罪をなすりつけた。「ダニエル、あなたたちの関係は誰でも知っているわ」首をめぐらせてちらりと見る。「エマは早くもラドリーの手から逃げようとしているわね。彼はあらゆる手段で胸をつかもうとしてくるわよ。わたしももう何年もそうされているの」

「リリー、レディ・グレゴリーはぼくにとってなんの意味も……ラドリーに何か、何をされたって？」

「なんですって？　ああ、ラドリーのことね。ええ、彼の手をかわすのはいつも大変よ。最初はうまくよけられなかったわ。わたしはまだ一四歳だったから――」

「一四歳？」ダニエルは声を低くして歯を食いしばった。「下劣な男め。ぼくが殴りつけてやる。ああ、この屋敷から蹴りだしてやるぞ」

「まあ、彼のことなら放っておいて結構よ」今はラドリーと彼のしつこい手のことなどどうでもいい。「席順のほうをどうにかして。お願いよ」

「リリー、無理だ。ぼくの母は決して許さないだろう。晩餐の邪魔をすれば、母にひどい恥をかかせてしまう。席順なんて些細《ささい》なことで――」

「些細なことじゃないわ！」

「きみにとってはそうだろう。だが母にとっては違う。この埋め合わせは必ずする」

「ダニエル、これはこの世で起こり得る最悪の事態なのよ！」リリーは切羽詰まった口調でささやいた。

ダニエルはテーブルの下でリリーの腿を愛撫した。「落ち着いて。席順のせいできみに不快な思いをさせてすまない。だが、少し大げさに反応しすぎじゃないか？　きみの兄上とエマは互いに好意を寄せている。それは不運な席順のせいで変わるものではない。晩餐後、エマと話をしてごらん。もしラドリーが何か不適切なふるまいをしたとエマが言うなら、彼には荷造りをして出ていってもらう。ぼくが約束する」

「大げさですって？　よくもそんな……」テーブルの下で腿をなでられて心地よさが広がる。リリーの高ぶった気持ちが静まりはじめた。「そうね、あとでエマから話を聞くわ。明日の朝にはラドリーの姿はここから消えているわね。アメリア・グレゴリーに関しては、彼女が兄に触りでもしたら――」

「ジェムソンは自分の面倒は自分で見られるよ、リリー。彼はなんであれ、妹の干渉を快く思わないだろう。違うかい？」

「そうでしょうけど、かまうものですか。アメリア・グレゴリーが兄をものにするようなことにでもなったら、わたしは地獄の炎に飛びこむわ」リリーは何度か深呼吸を繰り返し、こわばっていた脚から少し力を抜いた。

「これで大丈夫かい？」ダニエルが尋ねる。

「ええ、いいわ。わたしのワインはどこ？」

「ぼくが注ごう」ダニエルがリリーのグラスを満たして渡した。「まだむくれているね、リリー。頭に血がのぼって全身の肌がバラ色に染まっている。そんなきみを見ているとぼくは……」

リリーはふくれっ面を保とうとしたが、笑わずにいられなかった。「それはあとで。それにこの埋め合わせはしてもらうわよ」ワインをひと口飲む。

ダニエルが顔を輝かせた。「待ちきれないな」

隣に座るのがエマではなく、トーマスは落胆した。あのほっそりした金髪の女性を今ではとても好ましく感じていたし、妹が知的な女性を見つけるように自分に忠告したのは正しかったと思いはじめていた。銀行家の娘であるエマは金融の世界に造詣が深く、土地の問題に関する彼の話に熱心に耳を傾け、ときおり自分の意見さえ聞かせてくれた。

今の座席がより奇妙に思えるのは、テーブルのほかの席は、実際すべてのテーブルの席順は昨夜からまったく変わっておらず、トーマスの目下の話し相手であるレディ・アメリア・グレゴリーと、エマだけが例外のようだからだ。トーマスがレディ・グレゴリーについて知っているのは、旧姓はアメリア・スコット、庶民の出で、二五歳年上のグレゴリー伯爵ことフレデリックの二番目の妻であったが、結婚した最初の年に夫を亡くしたことぐらいだ。夫の突然の死は長いあいだ憶測の対象となったものの、何も証明されなかった。

以後レディ・グレゴリーは何人もの身分の高い男と浮き名を流しており、それにはライブルック公爵になる前のダニエル・ファーンズワース卿も含まれていた。レディ・グレゴリーは愛想がよく、見た目は並外れてよかった。女性にやさしすぎるトーマスは彼女のワイングラスを満たし、ほかにも世話を焼いた。内心では相手がエマならと思いながら。

レディ・グレゴリーが話しかけてきた。「いろいろと気づかっていただいて、ありがとうございます。こんなに気を配ってもらうのはいつ以来かしら」

「どういたしまして」

「初日の舞踏会では妹さんのレディ・リリーにお目にかかりましたわ。もちろんわたしはあなたのご両親と面識があったんですよ。フレデリックがよく申しておりました。アシュフォードは領地の運営に関してたぐいまれな才能を持っていると。アシュフォードがイングランドで最も影響力のある伯爵領であるのは公然の事実ですわね。あなたのご家族についてもっと聞かせていただきたいわ。たとえば、あなたのお母様はどちらのご出身ですの？」

「母はロンドンの出身です。ホワイト男爵の娘でした」

「まあ、そうでしたの。公爵とはどういったご縁でお知り合いに？」

「それはぼくも詳しくは知りません。尋ねたことがないので」

「きっとロマンティックななれそめですわね」

「そうかもしれませんね。ぼくの両親は互いに対して常に深い愛情を抱いていますから」

「まあ、すてき。では恋愛結婚でしたの？」

「はじめからそうだったのかはわかりません。今はたしかにそうです」トーマスはだんだんと会話に退屈してきて、ワインを飲むと、反対隣に座っているローズとエヴァンのほうへ顔を向けた。

「いやだわ、大変」レディ・グレゴリーが悲鳴をあげた。「おろしたてのディナードレスが台なしだわ！」

トーマスが視線を戻すと、レディ・グレゴリーはドレスの胸元に赤ワインをこぼしていた。

「お手伝いいたしましょうか？」彼女の反対側に座る紳士が声をかけた。

「まあ、いいえ。ご迷惑をかけられませんわ」レディ・グレゴリーはトーマスに向き直った。「わたしは退席しなければなりません。こんなことをお願いするのは心苦しいですけれど、部屋までエスコートしてくださいません？」

トーマスはため息をついた。ここで断ることなどできるはずもない。「もちろんです」立ちあがって腕を差しだし、彼女とともにきらびやかな大食堂から歩みでた。ローズはエヴァンとのおしゃべりに夢中になっていたが、リリーとエマはトーマスがレディ・グレゴリーと部屋を出るのを目撃した。リリーもエマもどちらもうれしそうな顔はしなかった。

晩餐のあと、リリーはローズとアレクサンドラ、ソフィーとともにテラスに出て座った。

「誰かエマを見なかった？」

「彼女ならお兄様と散歩に行っているわよ」ローズが教えた。「エマのお母様がシャペロンとしてついているわ」

「戻ってきたら、エマに話があるの」リリーは言った。

「なんの話？」ソフィーがきく。

「晩餐中、あのいやらしいラドリーに何かされなかったかどうか聞きださないと。かわいそうに、食事中、彼とウェントワースのあいだに挟まれていたのよ」

「おお、いやだ！」アレクサンドラが悲鳴をあげた。「晩餐の席ではさすがのウェントワースもエマの口に舌を突き入れることはできなかっただろうけれど。でも彼女の耳になら、誰にも気づかれず舌が届いたかもしれない」

「やめて、アリー」ソフィーが言った。「いったいどこからそんな気味の悪い考えが出てくるの？」

「何も気味の悪いことじゃないわ。わたしが読んでいる小説では、ヒーローが――」

ソフィーは耳を両手でふさいだ。

「聞きたくないわ！　舌が耳の中に入ってくるなんて……気持ち悪い」

リリーは微笑んだ。わたしなら気持ち悪いとは表現しない。舌で耳をなぞられるのは快感だ。「ウェントワースと彼の舌は、エマにとってはたいした問題じゃないわ。本物の好色漢は彼のおじのほうよ。ローズとわたしはもう何年もラドリーから逃げまわっているんだから」

「あいにく姉の言うとおりなの」ローズが言った。「ラドリーはうまく女性の体を触る方法を知り尽くしているみたい」

ソフィーが手で口を覆った。「なんて恐ろしい！」

「本当に」リリーは言った。「エマと話をしないと。もしラドリーが何か不適切なふるまいをしていたら、屋敷から出ていくよう公爵が彼に申し渡してくれるわ。公爵がわたしにそう言ったの」

「ずいぶん彼と親しくなったのね、リリー」アレクサンドラがにんまりした。「何かが進行中なのかしら」

「何もないわよ。晩餐で公爵の隣に二度座ったから、少し親しくなったの。彼はとてもすてきな人よ」

「目がくらむほどすてきな人でしょう」アレクサンドラが言う。「悪名高い女たらしというのが玉に瑕《きず》よね。でもあれほどのハンサムだもの。それにお金持ち。だから悪い評判には目をつぶってもいいわ。リリー、ゆうべの美術品鑑賞はどうだったの？　結局、あなたは戻ってこなかったわね」

「ローズから聞かなかった？　あのあと気分がすぐれなくて」

「ええ、もちろんローズからはそう聞いたわ。それに彼女は何度かあなたの様子を確かめに行くことまででした」アレクサンドラがウインクした。「なかなかうまい作戦を思いついたわね」

「いったいなんの話をしているの、アリー？」ローズがとぼける。

「白状しなさい。公爵家のコレクションを見たあと、部屋でやすんでいたなんて、わたしたちが本気で信じるわけがないでしょう」

「どうぞ好きに解釈して」リリーは言った。「でも、まさにそのとおりだった……」エマとその母親がテラスに戻ってくるのに目を留める。「エマ！」リリーは手を振った。「どうぞここへ来て加わって」

エマがやってきて腰をおろす。「こんばんは。ご機嫌いかが？」

「みんなで楽しんでいるわ」リリーは言った。「兄との散歩はどうだった？」

「とても楽しかったわ。お兄様は別館へ戻られたの。今夜はポーカーか何かの勝負があるそうよ」

「賭け事をしているの？　あきれた」ソフィーが言う。

「たぶん仲間内の遊びよ、ソフィー」ローズが言った。「兄は賭け事をたしなむの。それをいうならわたしたちの父もね」

「エマ」リリーは切りだした。「今夜の晩餐では、話し相手に恵まれなくて気の毒だったわね。ラドリー卿の隣になるとわかっていれば、あなたに忠告しておいたのに」

「なんの忠告かしら？」

「彼についてよ。何か不適切なことをされなかった？」

「わたしの腿に必要以上に手があたる気はしたけれど、それはラドリー卿の体の大きさのせいでしょう。かなり大柄だから」

「かなり大柄どころじゃないわ」リリーは言った。「それに断言するけれど、彼の手が腿にあたったのは偶然じゃないわよ」

「ずいぶん唾を飛ばすのも気になったわ」

リリーは笑い声をあげた。

「そうそう、いやよね。ねえ、ラドリーに何か不愉快になることはされなかった？」

「リリーが頼めば、公爵がラドリーを屋敷から蹴りだしてくれるわよ」アレクサンドラが言った。

「まあ、何もそんなことをしなくても」エマが言った。「わたしなら本当に平気よ。どうして公爵があなたのためにそんなことをするの、リリー？」

「聞いてないの？」アレクサンドラは人差し指と中指をくっつけて立ててみせた。「リリーと公爵はこういう仲なのよ」

「アリー、それはあなたの憶測でしょう」リリーは言った。

「そうは思わないわ」アレクサンドラは反論しかけてはっとした。「大変、今、何時?」

「ジェムソン卿と別れたときは一〇時近かったわ」エマが言った。「どうしたの?」

「約束をしているからよ」アレクサンドラはそう言ってから、声を低くした。「ミスター・ランドンと裏のテラスで会うことになっているの」

「アリー!」ソフィーが叫んだ。「シャペロンを連れずに?」

「もちろんシャペロンを連れずによ」アレクサンドラは言った。「そうでなければ何が楽しいの?」

「説得しても無駄ね」ソフィーが首を振った。「だけど良識を働かせて。ミスター・ランドンの好きにさせてはだめよ」

「まあ、そんなことは夢にも思わないわ」アレクサンドラがウインクした。「わたしのほうが好きにさせてもらうつもりだもの。またあとで会いましょうね。みんなはまだしばらくここにいるの?」

「わたしはもう少ししたら失礼するわ」ローズが言った。「一一時に音楽室でエヴァン卿のためにグランドピアノを弾くことになっているの。お姉様がシャペロンよ。よく考えたら、もう行ったほうがいいわ、お姉様。少し指慣らししたいの。音楽室のピアノを弾くのは初めてだから、感触をつかんでおかないと。あなたたちも一緒にどう?」ソフィーとエマにうなずきかける。

「お誘いありがとう」ソフィーが言った。「でも、わたしはここに残るわ。こんなにすてきな夜だもの」

「わたしもここでソフィーとおしゃべりしていようかしら」エマも言った。「楽しんできて」

「ええ」リリーはそう言うと、ローズとアレクサンドラと腕を組んだ。「明日の夜はまた正式な舞踏会が開かれるでしょう。わくわくするわね」

「わたしも楽しみ」アレクサンドラが言った。「初日の舞踏会ではすばらしい時間を過ごしたわ。ウェントワースと彼のいやらしい舌は別として」

「アリー……」ソフィーがたしなめる。

「お姉様も彼にキスをされたら同じことを言うわよ。それでは楽しい夜を」アレクサンドラはリリーから腕をほどき、いそいそと立ち去った。

リリーとローズはおやすみの挨拶をして屋内に入り、図書室の前を通って音楽室へ向かった。すでにシャンデリアがともされ、部屋の中央に置かれたグランドピアノにきらめく光を投げかけている。広い部屋の壁のひとつは書棚で占められていて、中にはあらゆる種類の楽譜がおさめられていた。部屋の一角には金箔を施されたハープが、別の一角にはギターとマンドリンがいくつか置かれている。壁はさらに数々の絵で埋め尽くされており、リリーは室内をゆっくり歩きながら、ひとつひとつをしげしげと眺めた。あとでダニエルに絵の解説をしてもらうことと心に書き留めて、深緑のなめらかな生地で覆われた豪華なソファに腰をおろした。

「一曲目はモーツァルトのソナタがいいわ。わたしのお気に入りの」リリーは言った。

ローズはクッション付きのピアノ用長椅子に座ってため息をもらし、いとおしむように象牙の鍵盤に指を走らせた。「これほど美しい楽器を見るのは初めてよ」

「わたしたちの家にあるものと変わらないように見えるわ」リリーは言った。

ローズはあきれた顔をした。「お姉様、このピアノのほうが少なくとも六〇センチは横に長いわ。それに塗装もはるかに上質よ。音を聞いてみましょう」ローズは数小節弾いてみた。

「違いがわからない？」

「特には」

「お姉様の耳は飾りものね。音色がずっと伸びやかでしょう」ローズはモーツァルトを弾きだした。「まるでピアノが自分から最高潮へと盛りあげていくみたい。どうすればいいかを的確に知っているのよ」

「あなたがでしょう。ピアノがではないわ」

ローズは頬を赤らめた。

「わたしの才能を買いかぶりすぎよ。わたし、恥をかくはめにならないといいけれど」

「あなたの演奏は美しいわ。自分でもわかっているでしょう。ダニエルとエヴァン卿が来たら、モーツァルトから演奏して。その次はバッハ。それからヘンデルの《水上の音楽》ね。あれは華やかな曲だわ。スカルラッティのかわいらしいソナタも忘れないで。イングランド人の作曲家も演奏すべきかしら。パーセルなんてどう？《妖精の女王》の曲はすてきだわ」

「お姉様ったら、これは数人だけの非公式な集まりでしょう。正式な演奏会ではないわ」

リリーは妹の反論を無視した。「部屋へ戻って楽譜を取ってきましょうか？」

「いいえ、楽譜なら頭に入っているわ。ベートーヴェンが仕上がっていればよかったんだけど」

「弾いてみて。仕上がっているかどうか、わたしが判断してあげる」

「そうね、男性たちもまだ来ていないことだし」ローズは弾きはじめた。鍵盤の上で指が躍り、音楽がピアノから舞いあがる。

「これがまだ仕上がっていないベートーヴェンよ」リリーは、ローズが弾いているあいだに入ってきたダニエルとエヴァンに言った。「わたしはすばらしいと思うわ、ローズ」

「そんなことはないわ、お姉様」ローズは真っ赤になった。「まだ協奏曲の半分も弾いていないのに」

「美しい演奏だった」エヴァンが言った。「どの協奏曲だろう？」

「ベートーヴェンの《ピアノ協奏曲第五番変ホ長調》です」ローズは答えた。「一八一一年に完成した曲です。まだ練習をはじめたばかりで、姉以外の人に聞かせるつもりはなかったのに」

「何を言っているんだ。すばらしかったよ」エヴァンが言った。

「次はモーツァルトを弾いて、ローズ」リリーはダニエルとエヴァンに向き直った。「わたしの大好きな作曲家なの。父が妹とわたしを《フィガロの結婚》を見るために歌劇場へ連れていってくれたときからずっと。ローズ、わたしたちは何歳だったかしら、一〇歳と一一歳？」

「わたしはまだ九歳だったから、お姉様は一〇歳ね」ローズは言った。「すばらしい舞台だったわ」笑い声をあげる。「お兄様は一七歳で、わたしはお兄様に、お姉様はお父様にエスコートしてもらったのよね。大人のまねをして本当に楽しかった」ローズが顔を輝かせた。

「いいわ、お姉様のためにモーツァルトを弾くわね」ふたたび鍵盤の上で両手が躍り、甘美なソナタの調べが軽やかに流れだした。

やがてエヴァンはローズへ近づき、ピアノ用長椅子に彼女と肩を並べて座った。ダニエルはリリーの手を取り、手のひらを上に向けて口づけた。リリーは微笑んだ。音楽を、彼のやさしさを楽しみながら。ローズは一時間以上演奏し、スカルラッティのソナタで締めくくった。

「たしかにすばらしい演奏だった」ダニエルは言った。「これほどコンサートを楽しんだことはない」

「褒めすぎです、閣下」ローズが言った。「でも、ありがとうございます。それに音楽室を使わせていただいて感謝しています。こんなに立派な楽器を弾くことができて光栄でした」

「このピアノがここまで感動的な音色を奏でたのは久しぶりだ。ローレル・リッジに滞在中はいつでも好きなときに音楽室を使ってくれ」

「ありがとうございます」

「ぼくも公爵の意見に賛成せざるを得ないよ、ローズ」エヴァンが言った。「きみの演奏は感動的だ……単なる才能や技術以上のものだ。きみの音楽には言葉では言い表しがたい、情緒的な要素がある。作曲家自身でさえ自分の作品をあれ以上、より情感をこめて弾くことがはたしてできただろうか」

「今のはわたしがこれまでいただいた中で最高の褒め言葉です」ローズは頭をさげた。「ありがとうございます」

「かなり遅くなったね。部屋まで送ろう」エヴァンは腰をあげ、ローズに手を貸して立ちあがらせた。

「ええ、お願いします。姉がついてきてくれるでしょう」

「実は」リリーは声をあげた。「壁に飾られているすてきな絵をいくつかダニエルに解説してもらおうと思っているの。少し待ってもらえるかしら？」

「わたし、すっかり疲れてしまったわ」ローズは言った。「ふたりだけで先に行っても問題はないわよね。部屋はすぐそこだもの。行きましょう」ローズはエヴァンの腕を取り、彼に導かれて音楽室をあとにした。

「ようやくふたりきりだな」ダニエルはリリーの唇に軽くキスをした。「きみの妹さんはすばらしい才能を持っている」

「そう言ったでしょう。昔から、妹は自分を二流の音楽家としか見ていないの。謙虚すぎてうんざりするほどよ。だけどローズは非凡だとわたしは思うわ」

「賛成だ。だがぼくに言わせると、きみのほうがさらに非凡だ」ダニエルはリリーを抱えこんでキスをし、舌で彼女の唇を開かせた。

「ダニエル、絵を……」

「絵の解説は明日にしないか？」ダニエルが静かに問いかけ、あたたかく濡れたキスでリリーの喉を愛撫する。

「ええ、いいわ。でも、ダニエル、わたしはもうあなたの部屋へは行けない……わたしは……ああもう、考えるのはやめるわ」

ダニエルはリリーを音楽室から連れだすと、廊下を進んで使用人用の階段をあがり、自室へと導いた。


独身紳士に割りあてられた別館の外では、アメリアが暗がりの中に立っていた。ジェムソンはやせっぽちの金髪娘との散歩から戻ってきたが、その後は別館に入ったきり出てこない。まだ宵の口なのに、いったいどういうこと？　男心を鷲《わし》づかみにするアメリアの腕が鈍ったのだろうか？　晩餐の最中に部屋まで送らせたものの、ジェムソンは彼女のそれとない誘いにもまったく反応しなかった。上等なドレスを無駄に汚しただけに終わった。アメリアはこれまで目をつけた男を逃したことはなかったものの、つい数日前には公爵からすげなく追い払われた。ジェムソンはもっと上手に誘惑しなければ。

初戦は敗北を喫したかもしれないが、最後には必ず勝ってみせる。

10

ダニエルの寝室には、窓際のテーブルにちょっとしたごちそうが用意されていた。「とてもいいにおい。これは何かしら？」リリーは深く息を吸いこんで尋ねた。

「すぐに教えるよ。でも、その前に……」

肩にダニエルの手が置かれ、ベッドの正面の壁のほうを向かされる。聖プラクセディスの絵があったはずの場所に、黒の木の額に入れられたリリーの水彩画が二枚、飾られていた。

「まあ！」

「すばらしい絵をありがとう、リリー」ダニエルが彼女の頭のてっぺんにキスをした。「ぼくへの贈り物だと勝手に判断させてもらった。もう手放すつもりはない」

「ええ、もちろんあなたに贈るつもりで置いたのよ。でも、ダニエル、フェルメールの作品はどこにやってしまったの？」

「外した」

「だめよ！　わたしとフェルメールの絵を交換するなんて」

「ぼくの寝室だから、ぼくの好きにする。これでいつでもきみを思いだせるな」

リリーは横を向き、ダニエルの頬にキスをした。

「やさしいのね。どうやってこんなに早く額を用意できたの？」

「地所に木工職人がいてね。乗馬から戻ったあと、絵を見つけてすぐにここへ呼んだんだ。夕方までに額を作れるかどうか確認したら、できると請けあってくれた。そして完成したのがこの額だ」

「でも、フェルメールの絵が……」

「フェルメールの絵なら心配はいらないよ、リリー。どこかほかの場所に飾るつもりだ」

「どこに？」

「まだ決めていない」ダニエルが瞳を輝かせる。「決めたら最初に教えるよ。約束する」リリーの頬に手をやり、親指で唇をそっとなぞった。「本当は晩餐のときに絵をありがとうと伝えたかったんだ。だが、きみが席のことで熱くなっているのを見て忘れてしまった。すまない」

「いいのよ、そんなこと。こんなふうにしてくれただけで、お礼にはじゅうぶんすぎるほどだもの。ただ、話に出たからきくけど、あの席はどうしてあんなことになってしまったの？」

「わからない。さっきも言ったとおり、おばには昨日と同じ席にしてくれと頼んだんだが」

「きっとアメリア・グレゴリーの差し金ね」リリーは怒りがつのり、脈が急に速くなった。「兄の隣に座るために席札をエマのものと取り替えたんだわ。いったいいつそんなことをしたのかしら？」

「わからないな。だが、今はいったんその話は置いておかないか、リリー？　こんなことは二度と起こらないと誓う。レディ・グレゴリーの話をするのは気が進まないんだ。それに――」

「エマと話したの」リリーはダニエルをさえぎった。「ラドリーが必要以上に腿に触れてきたそうよ」

「明日、ラドリーには出ていってもらおう」

「いいえ、その必要はないわ。エマは平気だと言っていたし、彼を追いだしてほしいとも思っていないみたいだから。でも、やっぱりラドリーは好色よ」

「そういうことなら」ダニエルがまたしてもリリーの肩に手を置く。「ラドリーがきみの三メートル以内に近寄ってきたら、ぼくに教えてくれ」

「わたしは心配いらないわ。ラドリーのあしらい方なら心得ているから大丈夫よ。たくさん練習してきて、追い払うのはむしろ得意なの」

「ぼくは本気だ。そうなったときには知りたい」

「わかったわ。でもその言い方だと、まるで保護者がもうひとり増えたみたい。父と兄だっているのに」

「きみの父上もトーマスもその役割を果たしていないじゃないか。ラドリーに触れられたとき、きみはまだ一四歳だったんだろう？」

「だけどそのことは父と兄にも、ローズにも話していないのよ。人に話すようなことじゃないもの」

「ぼくには話したじゃないか」

「そうね」なぜ話してしまったのか、自分でもよくわからない。リリーはそわそわとスカートの生地をいじった。「その……エマが置かれた状況をわかってもらいたかったからよ。彼女は無垢な女性だもの」

「きみだってそうだったんだし、一四歳となればなおさらだ」

リリーはダニエルに向かって微笑み、彼の完璧な金色の髪に指を走らせた。「たしかにわたしだってラドリーの首を絞めてやりたいと思っているわ。でも、本当に大丈夫なの。誓って言うけれど、触られたといってもたいしたことはなかったのよ。これまでわたしの素肌に触れたのはあなただけ。それに間違って暴力沙汰にでもなったら困るわ。あなたのきれいな体にあざができたところなんて、たとえそれがどれだけ小さなものでも見たくないもの」

「あざだらけになるのは向こうだ。それこそ誓ってもいい」

「そうね、それは間違いないわ」リリーはダニエルのヴェルヴェットの上着を脱がせて床に落とし、たくましい腕に触れた。「でも、あなたの怖いところも見たくないの」

「そんなところはきみには絶対に見せないよ、リリー。だが、やつは別だ。ぼくが公爵でいるあいだは二度とローレル・リッジには招待しない」

「もういいの」リリーはダニエルの首に巻かれたクラヴァットをほどき、シャツのボタンを上からいくつか外した。続けて背伸びして、あらわになった彼の喉にキスをする。「ラドリーのことは忘れて。何も問題ないわ。それより、テーブルから漂ってくるすてきなにおいの正体を教えてくれる?」

ダニエルがリリーをテーブルへといざない、椅子に腰を落ち着けると彼女を腿の上に座らせた。テーブルの上には鍋がふたつ並んでいて、どちらも下に置かれたろうそくの火であためられている。角切りにしたパンと果物をそれぞれのせた皿と赤ワインのグラスがふたつ、一緒に置かれていた。

「フォンデュという料理だ。食べたことはあるかい?」

「いいえ。でも、聞いたことはあるわ。スイスの料理よね?」

「そうだ」ダニエルが近いほうの鍋を指さす。「こちらにはグリュイエールチーズと辛口の白ワイン、それにチェリーブランデーをほんの少しまぜたものが入っている。パンをフォンデュフォークで刺して、溶けたチーズに絡めて食べるんだ。やってごらん」

リリーはパンをフォークで刺してチーズに浸けた。だが、少しかきまわしてからフォークをあげると、パンはなくなっていた。「落としてしまったわ」

「かわいそうに」ダニエルが楽しそうに言う。「パンを落とした人は罰を受けなければならない決まりなんだ。同じテーブルについている人にキスをする」

「そんなことを言っても、このテーブルにはあなたしかいないじゃない」リリーは小さく笑った。

「では、ぼくにキスをしなければならない」ダニエルが瞳を輝かせる。「気が進まないけれどね」

「死にはしないわよ」リリーは身をかがめ、彼の唇に軽くキスをした。

「それじゃあ、罰にならないよ」ダニエルがリリーにキスを返し、唇を開かせて舌で口の中を存分に味わった。「さあ、これで思い知っただろう。もう一度やってごらん」

　リリーは改めてフォンデュフォークでパンを刺し、さっきよりも慎重にチーズの中を泳がせた。

「熱いから、少し息を吹きかけて冷ますといい」ダニエルが忠告する。

　言われたとおりにしてからパンを口に入れたとたん、やわらかく溶けたチーズと白ワインのほのかに辛い果実の味が舌の上ではじけた。「なんてこと。とてつもなくおいしいわ」もうひとつパンをフォークで刺し、チーズを絡める。「これはあなたのよ」パンに息を吹きかけて冷まし、ダニエルの口に入れた。「おいしい？」

「最高だ」ダニエルは答え、ワイングラスを手にした。「飲んでごらん。昨日と同じ赤ワインだ」

　ワインをひと口飲むと、リリーの口に残るチーズの濃厚な味と、ワインに含まれたベリーの風味がまじりあった。「まあ、これもおいしいわね」

　ダニエルもワインを口にする。「同感だ。ほとんどの料理の専門家はこういったチーズの料理には白ワインが合うと言うが、ぼくは赤を合わせるほうが好きなんだ。赤は何とでも合うというのがぼくの持論でね」

「慣例に従わないなんて、大胆な人ね」リリーはいたずらっぽく微笑み、パンをもうひとつチーズに浸けた。「ローレル・リッジを去るまでに、一〇キロぐらい体重が増えてしまいそう」

リリーがローレル・リッジを去る。そう思っただけで、ダニエルの心は大きく揺れ動いた。彼女がパンを口に入れる前にフォークをひったくり、頬に手をやってむさぼるように激しく口づける。チーズとワインの味ももちろんだが、それよりもこのところ覚えたリリー自身の独特な味が伝わってきた。夢中にさせられる魅惑的な味だ。激しいキスを終えて唇を離したとき、ふたりの呼吸はすっかり荒くなっていた。

「もう食べないの？」リリーがかすれた声できく。

「ああ、もう食べなくていい」ダニエルは彼女の体を抱いて立ちあがり、またしても唇をむさぼった。「今すぐベッドに連れていく」

「でも、まだ果物を食べていないわ。それにもうひとつの鍋だって――」

貪欲なキスでリリーの口を封じ、ドレスの背中を開いていく。そのあいだ、ダニエルの心臓は音が聞こえそうなほど激しく打っていた。

「もう、本当に強引な人ね……」ダニエルがキスを頬から耳、さらに首へと移していくと、リリーがやわらかな吐息をもらしながら言った。

「これからきみと朝まで体を重ねる」彼はかすれた声で宣言した。「今夜は一睡もさせない

「眠れなくてもかまわないわ」リリーが低い声で答える。「ベッドに連れていって、ダニエル」

彼女の体をベッドに横たえたダニエルは、急いで服を脱ぎ捨てた。ズボンから解き放たれた高ぶりを、リリーが熱を帯びた目で見つめる。

「何かいいものでも見えたかい？」

リリーの顔が赤く染まり、なめらかな全身の肌も紅潮していった。なんと美しい女性なのだろう。

「早く来て、ダニエル。今すぐあなたが欲しいの」

「きみが望むならそうしよう」ダニエルはリリーの隣に横になり、ゆっくりと手をおろしていって彼女の秘部を愛撫した。「もうこんなに潤っている。ああ、ぼくはきみの体に夢中だよ」

やさしく身を沈め、彼女の求めるリズムを探る。そのあいだもリリーは腰を浮かせ、奥へとダニエルをいざなった。ふたりの体がひとつになるさまは完璧だ。

「もっと強くよ、ダニエル。もっと速く！」

ダニエルは膝をついて上体を起こし、リリーの腰を持ちあげて激しく動いた。「強く突かれるのが好きなのか、リリー？ 奥深くでぼくを感じたいんだろう？」腰の動きに合わせ、親指で彼女の体の最も敏感な部分を刺激する。

「ダニエル！」リリーは彼の名を呼びながら絶頂に達し、身を震わせた。

彼女の悦びがまるで自分の悦びのようにダニエルの全身へと伝わり、魂の隅々まで広がっていく。ダニエルは最後のひと突きとともに、限界まで高まったみずからの欲望をはじけさせた。「リリー！」強烈な快感に全身をわななかせる彼の心に、すさまじいまでの感情の波が押し寄せてくる。ダニエルは肩で息をしながらリリーの上に突っ伏した。みずからの体重がリリーに過剰にかからないよう気を配りつつ、彼女の名前をささやきつづける。「リリー、リリー」

やさしく背中をなでるリリーの手を感じながら呼吸が整うのを待ち、ようやく息がつける状態に戻ったところで、リリーの隣に寝転がった。力を使い果たしたダニエルの下腹部がリリーの体から離れる。

「ダニエル、すばらしかったわ。でも、まだ終わりじゃないんでしょう？　朝までって言っていたわよね？」

「言ったとも。ただ、少しだけ時間をくれ」ダニエルは深く息をつき、腕を額の上にのせた。

「わかったわ」リリーが身を起こしてベッドから離れ、果物の皿を手に戻ってきた。ブドウをひと粒手に取り、ダニエルの口にあてがう。「ちゃんと食べておかないと。わたしが思い描いているとおりにしてくれるつもりなら、とてつもない体力が必要になるわよ」

「まったく」ダニエルはブドウを口に入れ、咀嚼《そしやく》して答えた。「きみはぼくをどうにかしてしまう。わかっているのか？」

「褒め言葉だと受け取っておくわ」

「今まで誰にも言ったことのない最高の褒め言葉だよ」ダニエルはにっこりして体を起こし、リリーにイチゴを食べさせた。

リリーがまたベッドを離れ、今度はワインのグラスを手に戻ってくる。その姿を見たダニエルは改めて彼女の美しさに感心し、ふさわしい花を用意しておくべきだったと少しばかり後悔した。ふさわしい花とはもちろん、百合《リリー》しか考えられない。

「きみの名前の由来は？」ダニエルは尋ねた。

リリーが小さなうめき声をあげ、それから答えた。「いやな話をさせるのね。母の名前がラテン語で花を意味するフローラなの。それにおばの名前がアイリスでやっぱり花の名前でしょう？　だから母は娘には花の名前をつけようとずっと前から決めていて、わたしたちをリリーとローズと名づけたの。危うく一族に恐ろしい伝統ができるところだったけれど、ありがたいことにおばが自分の娘たちの名前をつけるときに無視してくれたわ」

「では、きみは娘に花の名前をつける気はないんだな？　ベゴニアとか、クリーピングチャーリーとか」

「クリーピングチャーリーは花じゃなくて雑草よ。おかしな人」リリーが楽しげに笑う。

「でも、そうね。わたしはもっと古風な名前のほうが好きかしら」

「たとえば？」

「わからないけれど、キャロラインとかヒラリーとか。あなたのお母様のモルガナというのもすてきだと思うわ。アーサー王の父親違いの姉で魔法使いのモルガン・ル・フェイに由来する名前でしょうね。公爵未亡人の美しさはどこか異国風なところがあって、たしかに魔法使いを連想させられるわ。ぴったりな名前よ」

「きみの名前もぴったりだ」

「そうかしら？　どうしてそう思うの？」

「カラーリリーは美の象徴だし、黄色の百合《イエローリリー》は陽気さの象徴だ。どちらもきみがあり余るほど持っている資質じゃないか」ダニエルは微笑み、ウインクをしてから続けた。「もちろん、白百合《ホワイトリリー》も忘れてはいけない」

「それは何を象徴しているの？」

ダニエルはリリーの体を抱き、豊かな胸に手をやった。「純潔だよ」耳元にささやきかけ、そのまま舌を耳に差し入れた。

リリーが拳でダニエルの腕を小突く。「意地悪な人ね！　自分の名前を裏切った気分だわ」そう言うと、彼を押し倒して仰向けにし、上になった。「でも、それはそれで楽しいかもしれない」彼女は腰を揺らしてダニエルの下腹部をもてあそび、すぐ脇にどいた。またベッドから離れるようだ。

「どこに行くんだ？」

「すぐ戻るわ」その言葉どおりに戻ってきたとき、リリーはまだ試していないほうの鍋の中身を少しばかり移した皿を手にしていた。「これはチョコレートかしら？」

「正解だ。ベルギーのトリュフを溶かして、生クリームを加えてある。なかなか頽廃《たいはい》的な食べ方だよ」

「そうなの？」リリーがやわらかく溶けたチョコレートを指ですくい取り、なまめかしくなめてみせる。

誘うような仕草に、ダニエルの下腹部が反応した。

「たしかに頽廃的ね。あなたも食べてみたほうがいいわ、ダニエル」

そう言われてダニエルも身を起こし、同様にチョコレートを指ですくおうとした。だが、リリーがそれを妨げ、彼の体を押しのけた。

「別のやり方があるわ」彼女はもう一度チョコレートを指ですくい取り、今度はすでに硬くなっている豊かな胸の頂に塗っていった。

ダニエルの下腹部がさらに反応する。「ああ、神よ」彼は唇をリリーの胸に寄せていき、とがった先端についた甘美な味のチョコレートをなめて吸い取った。

リリーがダニエルの髪に指を走らせる。「とてもいいわ。チョコレートのあたたかさも、あなたの舌も気持ちがいい。吸って、そうよ、もっと吸って。もっと、もっと、もっとよ」

欲望が今にも爆発しそうだ。ダニエルはさらにチョコレートをリリーの胸に塗りつけ、もう一度口でむさぼった。ピンク色の先端をかみ、吸い、舌を走らせる。溶けたチョコレートとなめらかな肌から、甘さと燃えるような熱狂を合わせた味が伝わってきた。

「ああ、ダニエル、熱くてたまらないわ」

ダニエルは顔をあげ、情熱の炎が燃え盛るコニャックと同じ色の瞳を見つめた。

「どこが熱いんだ？」

「そんなの、とても口にできない」リリーが顔を真っ赤にして答えた。

「どう言えばいい？　秘所？　下腹部？　それとも、秘められた部分《ボワット・オ・レットル》？」

「どれも……」言いかけたリリーがいきなり頭を引いて問い返す。「ボワット・オ・レットル？」

ダニエルは笑みを浮かべた。「フランス語だよ。郵便受けという意味だ」

「意味は知っているわよ。フランス語なら勉強したもの。ただ、いったいなんだって郵便受けだなんて呼ぶのかしら？」

「知らない。呼び方なんてどうでもいい。とにかくきみのここは最高だ」リリーの秘部を手でなぞる。「とてもすばらしい味がして、とてもきれいな赤い色で、この世で最も美しい」

「もっとおいしくできるわよ」リリーがまたしてもチョコレートを指ですくい、今度は脚の付け根になでつけた。

「なんてことだ」たいした女性だ。彼のリリーは生意気で礼儀知らずで、同時に愛情深くてかわいらしい。ダニエルは彼女の脚の付け根に顔を寄せていった。「これからきみを食べ尽くす。それだけで生きていけそうだよ」舌でリリーの潤った秘部を愛撫し、味と香りに夢中になっているうちに、自身の高ぶりもいっそう増していった。

リリーがうめき声をあげて全身をわななかせる。唇と頬で絶頂の震えを感じ取ったダニエルがさらに愛撫を加えようとすると、リリーはその前に彼の顔を引き寄せて情熱的なキスをした。

「こんなふうに感じるなんて、思ってもいなかったわ」

「わかるよ。ぼくも同じ気持ちだ」ダニエルはかすれた声で答えた。

ふたりは改めて唇を重ね、舌を深く絡めた。ゆっくりと時間をかけ、口を使って存分に互いの味を堪能する。

リリーが唇を離し、荒い息をもらしながら言った。「あなたにしてほしいことがあるの」

「きみの望みならなんでもしよう」

「どうやって男の人を愛撫するのか教えて」

「なんだって？」

「どうしたらあなたが悦ぶのかを知りたいの。あなたはわたしを愛撫して悦びを与えてくれるわ。わたしも同じようにしてあげたい」

「悦びというなら、きみはこれまでぼくが知らなかったほど大きな悦びをすでに与えてくれている」

リリーがダニエルの腕を軽く叩く。

「わたしは本気よ。男の人の悦ばせ方を知りたいの。あなたに教えてほしい」

「きみに教わる必要があるとは思えないな」ダニエルはリリーの目を見て笑みを浮かべた。

「だが、ちょっとした秘訣《ひけつ》をひとつ教えよう」

「ぼくがきみにしてくれればいい」

「教えて」リリーがダニエルに顔を寄せる。

「ぼくがきみにしたのと同じことを、そのままぼくにしてくれればいい」

「でも、どうやって……」リリーが目を大きく見開いた。「ああ……」

彼女が不安を感じているのを察し、ダニエルは言った。「いいかい、リリー。ぼくはきみが気の進まないことをしてほしいとは露ほども思っていない」

「だめよ。わたしはあなたに悦んでもらいたいの。もしあなたが……それを望むなら、わたしはしてあげたいわ」微笑んでいるリリーの瞳は決意と欲望に満ちている。ダニエルは破裂しそうなほど胸が高鳴った。「でもその前に、あなたのすてきな体にキスをさせて」

「信じられないな」彼はうなるように言った。

リリーがダニエルの顔に頬ずりし、顎に沿って軽いキスを浴びせていった。それから首にも唇を触れさせ、喉に舌を走らせる。さらに彼の両腕を頭の上に持ってきて脇の下を指でなぞり、肩と腕に口づけて舌で筋肉の感触を確かめていった。リリーの触れたところがまるで火花が散ったかに感じられる。このままでは死んでしまうかもしれない。そんな考えがダニエルの頭をよぎった。

「たくましい腕をしているのね、ダニエル」リリーが彼の腕の筋肉に指を走らせながら言う。

「この腕に抱かれているととても安心できるの」

「ぼくといる限り、きみは安全だ」考える間もなく、本心からの言葉が口をついて出た。

さらにリリーがダニエルの胸へと指を移していき、先端をもてあそぶ。「これはどうしたの？」右胸にある一五センチほどの傷跡に触れながらきいた。

「学校でフェンシングをしていたときにできた傷だ。力を誇示しようとして、自分よりも腕が上の相手にやられた」

「かわいそうに」リリーが頭の位置をさげて傷跡に舌を這わせた。続けて胸全体にキスを浴びせ、舌で肌を探りながら愛撫を移していき、へそに舌を差し入れる。

「きみに手で触れられるのも、唇で触れられるのもたまらない」

リリーが欲望をたぎらせたダニエルの下腹部の先端に軽くキスをすると、彼の意思とは関係なく下腹部が反応した。

リリーの顔にいたずらっぽい笑みが浮かぶ。「またあとでね」彼女は顔をあげてそう言い、そのまま両手をダニエルの脚に走らせて筋肉の感触を確かめ、腿と膝、ふくらはぎと足にも唇で触れていった。足にキスをしたあとはふたたび上へと戻っていき、今度は腿の内側に舌を走らせる。

ダニエルは身を震わせながらどうにか言葉を発した。

「ああ、リリー。少年の頃に戻ってしまったような気がするよ」

「それはいいことなのかしら？」

「ああ、とてもいいことだ」

リリーの顔が下腹部に近づいていき、ダニエルは目を閉じた。リリーがふたたび先端にキスをし、今度はそこから付け根に向かって舌を這わせていく。

「どうすればいいか教えて、ダニエル。痛い思いをさせたくないの」

「大丈夫だ」ダニエルはうめくように答えた。「痛くない。きみがしたいようにしてくれ」

リリーの舌が付け根に到達し、また先端へと戻っていく。先端までたどり着いた唇がその部分を包みこみ、やさしく吸った。

ダニエルはかつてない強烈な快感に息をのんだ。こうした行為がこんなにも正しいと思えたことがこれまであっただろうか？ リリーがおそるおそる高ぶりを深く口に含み、それから頭の位置をあげていった。いったん口から離して舌を上から下へ、下から上へと走らせ、改めて口に含んでやさしく、それでいて余すところなく吸いあげる。さっきよりも深く、限界まで口の奥深くに含まれた瞬間、ダニエルの全身を快感が貫き、体が震えだした。絶頂がすぐそこまで来ている。欲望が限界までふくれあがり、その証が脈動しはじめた。

「リリー」ダニエルは息も絶え絶えだった。「リリー！」

身を震わせて快感を爆発させるあいだ、リリーはダニエルの欲望の証を口に含んだまま、目を見開いて彼の顔を凝視していた。

リリーが口を離すと同時に、解き放ったしずくが下腹部を伝って流れていく。彼女はそれに触れ、指をこすりあわせて感触を確かめた。

ダニエルは恥ずかしさがつのり、思わず目を閉じた。「すまない」いったいどうしてしまったのだろう？ こんなふうに絶頂を迎えたのは初めてだ。これまで相手にしてきた娼婦たちのほとんどはこうしたやり方を許容しなかった。かつて逢瀬を楽しんだ女性の中にはそうしてもいいと思っている者もいたのかもしれないが、ダニエル自身が体の関係を結んでいるだけの相手に対してするには親密すぎる行為だと考えていた。「どうしてこんなことになってしまったのか自分でもわからない……あまりにも快感が強すぎてつい……」

「いいのよ。わたしなら気にしないわ」リリーが咳払いをして続ける。「だって、それなりにうまくできたということだもの」

「それなり？　とんでもない。こっちに来てくれ」

リリーが体勢を変え、ダニエルの胸の上に横たわる。

「この方法なら子どもができる心配をしないですむわね」

子ども。

そのひと言で、ダニエルは危うく心臓が止まりそうになった。そういえば子どもはできないようにすると、最初にリリーに約束している。避妊具を使うなり、リリーの中でみずからを解き放つのを避けるなり、なんらかの対処をするべきだったのに、これまで何もしてこなかった。何も、一度もしていない。つまり、すでにリリーはダニエルの子どもを身ごもっているかもしれないということだ。リリーの魅惑的な体が自分の子を宿して変化していくことを思うと心が大きな喜びで満たされた。だがそれよりも、罪悪感と後悔で胃が締めつけられる感覚のほうがはるかに勝っている。これまで自分のことしか考えてこなかったダニエルのような男にとって、それは新しい感情だった。リリーの信頼を完全に裏切ったのだ。

「ぼくはなんてことをしたんだ」思わず言葉が口をついて出た。

「どうしたの?」

 欲望に目がくらみ、リリーがたったひとつだけ求めたことをないがしろにしてしまった。いったい彼女にどう説明すればいいのだろう？　真実を話せば嫌われてしまうかもしれない。

ダニエルは途方に暮れた。

「その……なんでもない。今度はぼくがきみを悦ばせたいと思っただけだ」

「いいのよ。そんなことを気にしなくても」

ダニエルはキスで唇をふさいでリリーを黙らせ、仰向けに寝かせた。胸と腹部にキスを繰り返し、膝をあげさせて脚の中心に顔をうずめる。舌と指を使ってリリーの味と香りと感触をむさぼるうち、やがて彼女は全身を震わせてあえぎ声とともに絶頂に達した。なおも舌での愛撫を続け、もう一度、さらにもう一度と絶頂へ導く。自分の名がリリーの唇から発せられるたびにダニエルの情熱は際限なく高まり、彼はひたすら愛撫を続けた。あまりの快感に限界を迎えたリリーからやめるよう懇願されても、なおも自分を止められなかった。リリーが悦びに満ちた苦しげな悲鳴をあげるまで、ダニエルは何度も繰り返し彼女を快楽の頂点へと導きつづけた。

ようやくリリーを解放したあと、恍惚の表情を浮かべた彼女の美しい顔を見て、口に残る彼女の味をかみしめるうちに、ダニエルの心にある決意が芽生えた。

リリーを手放すなんてできない。

リリーを手放したくない。

自分よりも彼女のことを深く理解できる男など絶対にいない。リリーの肉体も精神も、心も魂もすべて自分のものだ。彼女を永遠に、自分とともに、このローレル・リッジにとどめておくためならなんでもしてみせる。

リリーの上になり、またしても彼女とひとつになる。ダニエルは、自分が唯一知っている方法でリリーをみずからのものにしようと試みた。

11

リリーは部屋のドアを慌ただしく叩く音に驚いて目を覚ました。今朝早くダニエルに送ってもらって自室に戻ったあと、横になってすぐ眠りに落ちたのだ。ローズは深い眠りについていて、リリーが戻ってきたときも起きなかった。そのローズが起きだしてドアへ向かう。ドアの外に立っていたのは、はたきを手にしたメイドだった。

「どうしたの?」ローズが尋ねる。

「お邪魔して申し訳ありません、お嬢様。ご両親が自室でお嬢様とレディ・リリーを待っていらっしゃいます。すぐお越しになるようにとのことです」

ローズはあくびをした。「用件は何かしら? それより今、何時なの?」

「九時半です。ご用件はうかがっておりません。お嬢様とお姉様をすぐに連れてくるようにとだけ承りました。別の者がお兄様も呼びに行っております」

「いったい何事なの?」リリーもベッドから起きだし、ローズの隣に並んだ。

「お母様とお父様が部屋で待っているそうよ。用向きはわからないわ」ローズが答える。

「あらそう」リリーは気のない返事をした。「でも、わたしは疲れているの。ベッドに戻るわ」

「ですが、お嬢様」メイドが懇願する。「すぐにお連れするよう命じられています！」

「どうして？　お父様とお母様の身に何かあったの？」ローズが改めてきいた。

「いいえ、ご両親はお元気です。ですが、急ぎ重要な話があるとのことでした」

「行ったほうがよさそうね、お姉様」ローズがリリーに顔を向けて言う。「よほど大切な話じゃなかったら、こんな早い時間にわざわざ人をよこしたりしないわ」

「あなたが行ってきて。話を聞いて、本当に大事な用だったら起こしに戻ってきてくれればいいわ」

「お姉様ったら……」

「まったくもう。わかったわよ」リリーはメイドに向き直った。「先にお風呂に入るわ。誰か人を呼んでもらえないかしら？」

「申し訳ありませんが、時間がないのです」メイドが答える。「すぐに洗面器に湯を入れてきますので、それでご辛抱ください」そう言い残し、走り去った。

「お風呂の時間もないですって？」リリーは目をぐるりとまわし、観念して髪をとかしはじめた。メイドが持ってきた湯で顔を洗い、ローズと手を貸しあって一番上等なモーニングドレスを身につける。互いの髪を編んでピンで留め、納得のいく出来になったのを確認すると、リリーとローズは揃って廊下の端にある両親の部屋へと向かった。

アシュフォード伯爵はいつも字を読むときに使っている眼鏡を鼻の上にかけ、マホガニー製の机の向こう側に腰をおろしていた。机の上にはたくさんの書類が置かれている。机の隣に置かれた椅子には、黄色のモーニングドレス姿が美しいレディ・アシュフォードが落ち着いた様子で座っていた。その隣には灰色のモーニングコートを着こんだトーマスが立っていて、クロワッサンをかじりながら紅茶を飲んでいる。

伯爵が顔をあげた。「リリー、ローズ、座りなさい。朝食はまだだね？」

「まだです、お父様」姉妹は口を揃えて答えた。

「娘たちに朝食を頼む」伯爵がメイドに命じた。

リリーとローズとトーマスがソファに座るあいだに、メイドが部屋の隅にあるビュッフェテーブルから姉妹の朝食を皿に取り分ける。手渡された皿にのったパンと果物を見ただけで、リリーは胃がむかむかした。少しもお腹はすいていない。

「お父様」リリーは口を開いた。「いったい何が――」

「少し待ちなさい、リリー」伯爵が手にした紙に目を通しながら、娘の言葉をさえぎる。

メイドがリリーとローズの分の紅茶を持ってきた。リリーはしかたなくクロワッサンをかじったが、おがくずみたいな味がするのですぐに食べるのをやめた。それにしても、いったい何が起きているのだろう？　黙って座ったまま、父の話を待つ。

伯爵が咳払いをし、ようやく口を開いた。

「今朝、来客があった。とても重要な人物だ」

「誰だったの、お父様？」ローズがきいた。

「それが……」伯爵がまたしても咳払いをし、言葉を続けた。「その人物はわが伯爵家の娘との結婚を申し入れてきたのだ」

エヴァン卿ときたら、意外と行動が早いわわ。リリーは内心でつぶやき、ローズに顔を向けた。「おめでとう、ローズ！」

「びっくりだわ。わたし――」

「待て待て。申しこまれたのはローズではないんだ、リリー」伯爵が娘たちを制した。「おまえと結婚したいそうだ」

リリーは目を見開き、飛びあがるようにしてソファから立ちあがった。

「わたしと？　誰が？」

伯爵がまたもや咳払いをし、眼鏡の位置を直す。「ライブルック公爵だ」

ダニエル？　ダ、ダ、ダニエルが？　「公爵が？」リリーは息が詰まり、ソファの肘掛けをつかもうとした。いったいどういうことだろう？

「今朝、公爵がわたしのところへ来たんだ。正式な申し出を受けた。どうやらおまえの印象は相当よかったらしい」

「たしかにそう見えましたね」トーマスが口を挟む。

「お兄様は黙ってて」リリーは言った。「お父様、ごめんなさい。でも、わたしは結婚なんてしたくないわ」

「おまえの意思は関係ないんだ、リリー」伯爵が答える。「もう申し出を受けた」

ばいいのよ」

「冗談じゃないわ」リリーはソファに荒々しく腰をおろした。「それならお父様が結婚すれ

「リリー！」レディ・アシュフォードが娘をたしなめる。

「いいんだ、フローラ」伯爵は妻に言い、リリーに向き直った。「リリー、おまえはこれから迎える社交シーズンをどう考えているか、隠そうともしてこなかったな。この結婚をのめば、おまえは自分で言うところの〝店先の豚肉みたいに陳列される〟こともなくなるんだ。それにおまえほど聡明な娘に、今さらライブルック家とアシュフォード家が姻戚関係を結ぶ利益を説明するまでもあるまい」

「姻戚関係ですって？」リリーは顔を真っ赤にした。「もしお金の問題だというなら、いっそわたしを競売にかけて、一番高い値をつけた人に売り飛ばせばいいじゃない」

「リリー、なんてことを言うの」レディ・アシュフォードが割って入った。「わたくしたちにはライブルック家の財産なんて必要ないし、それは先方だって同じよ」

「そのとおりだ」伯爵が妻のあとを続ける。「公爵はすでにおまえの持参金は受け取らないと言ってきた」

「だったら、この結婚にいったいどんな意味があるというの？　なぜわたしが結婚を強要されなければならないのよ？」

「世の中には金より大事なことがあるんだ、リリー。両家が結ばれれば……政治的な利益を手にできる」

「じゃあ、お父様は政治のためにわたしをよその家にやるというのね？　すてきな話だわ」

「リリー」レディ・アシュフォードが穏やかな慈愛に満ちた声で語りかけた。「お父様もわたくしも、いつだってあなたの幸せを第一に考えているのよ。公爵からの申し出は願ってもないものだわ。力のある、とてもやさしい方ですもの。こんなにいい話はほかにないわよ」

「いい話かどうかを決めるのはわたしよ。そうでしょう？」

「いや、違う」伯爵がよどみなく答える。「ライブルックとわたしはもう婚約の合意を結んだ」

「なんですって？」リリーは叫んだ。

「大声を出すな」伯爵がたしなめる。「伯爵家の内情をこの屋敷内の噂の種にするつもりはない」

「婚約を勝手に決めるなんて」怒りのあまり、リリーの脈はどんどん速くなっていった。「こんなのは野蛮よ。ローズ、お兄様、あなたたちも何か言って」

ローズもトーマスも黙ったままだ。

「ふたりとも、助けてくれて感謝するわ」リリーはあざけるように言い、ふたたび父に目を向けた。「お父様、合意を取り消して。わたしは誰とも結婚する気はないの」

「わたしの言うとおりにしなさい」伯爵が告げた。「ライブルックは善良な男だ」

「彼は放蕩者よ」リリーは腕組みし、なおも反論した。

「善良な男だ」伯爵が繰り返す。「それに、おまえに対しても本物の好意を抱いているらしい」

「リリー」レディ・アシュフォードも娘の説得にかかった。「公爵夫人になるのよ。それに、次期公爵の母親にも」

「ええ。すぐに孕《はら》まされるでしょうね。公爵がわたしの背中を踏みつけて子どもをお腹から押しだすのも時間の問題だわ」

「リリー、そんな言い方はやめなさい！」

「好きに言わせてやろう、フローラ」伯爵が妻を制する。「リリーもじきにあきらめて受け入れる」

「受け入れるもんですか。お父様も公爵もわたしの人生にとって何が一番いいかわかっているつもりみたいだけど、とんだお門違いよ！　わたしにはしたいことがあるの。絵を描くのはどうなるのよ？　文章を書くのは？　旅だってしたいのに！　嫌いよ！　みんな大嫌い！」リリーは拳が白くなるほど両手を強く握りしめた。

「何を愚かなことを」伯爵はあくまで冷静だった。「今まで絵を描いたり書き物をしたりするのに夢中になることを許してきたのは、おまえが楽しそうに打ちこんでいたからだ。だがおまえだって、自分の娘がひとり身の芸術家になるのをこのわたしが認めないことくらい、わかっていただろう？　おまえには結婚して血筋をつなぐという、アシュフォードの名に対する義務がある」

「それはお兄様の義務よ。わたしは関係ないわ！」

「おい、この件にぼくを巻きこまないでくれ」トーマスが困った顔で言った。

「わたしは……もう、なんなのよ！」拳を開くと、リリーの左の手のひらを赤い血が流れ落ちた。あまりにも強く力を入れていたせいで、爪がなめらかな肌に食いこんで傷つけていた。

「おまえが公爵に与えられるものだってたくさんある」伯爵がさらに言った。「おまえは聡明で有能で美しい。そのうえアシュフォード家の娘だ。だが、もしこれ以上わがままを言うなら――」

「リリー」レディ・アシュフォードが夫をさえぎった。「わたくしは晩餐の席で一緒だった公爵とあなたを見ていたのよ。うまく言えないけれど……とても打ち解けている様子だったじゃないの。どちらもよく笑っていたし。あなたも公爵に好意を持っている印象を受けたわ」

「晩餐で楽しく同席できたからというだけでは、一生、鎖でつながれる理由にはとても足りないわ」リリーは暗い心で答えた。

「あなたがこの婚約に前向きになりさえすれば、みんなが幸せになれると思うの」

「わたし以外はね！」リリーは大声をあげた。「こんなのは我慢がならないわ！」

「受け入れなさい」伯爵がきっぱりと告げた。「おまえに選択の余地はない」

「お父様、お願いよ！　だって、こんなの……ああもう！」リリーは血が沸騰しそうなほど激怒していた。もはや純潔の身ではないから誰とも結婚できないと言ってしまおうかとも思ったが、悔しいことに言ったところで意味はない。何しろ彼女の純潔を奪ったのは、結婚を申しこんできた当人なのだから。

「おまえには夫が必要だ」伯爵が続ける。「それなのにおまえときたら、自分では探す気がないとはっきり宣言している。正直なところ、今回の申し出は神の恵みみたいなものだ。相手は裕福で名のある家の尊敬される貴族だ。いい血筋の妻を必要としていて、おまえを選んでくれた」

「牝馬としては申し分ないというわけね」リリーは突き放すように言った。「公爵も図々しいにもほどがあるわ」

「代われるものなら喜んで代わりたいと思う女性はいくらでもいるわ。それほどいい話なのよ。あなたにだってわかるでしょう？」レディ・アシュフォードが尋ねる。

リリーは怒りを爆発させ、靴を両方とも脱いで放り投げた。そのうちのひとつが伯爵の耳をかすめる。「こっちこそ喜んで代わるわよ！　公爵が大勢抱えている愛人や娼婦のひとりになるつもりはないわ！」

「ここまでのようだな」とうとう伯爵がリリーに向かって足を踏みだした。

レディ・アシュフォードが手で夫を制し、リリーを座らせて手を握った。「リリー、公爵は愛人になれと言っているのではないわ。どうしてしまったの？　妻になってくれとあなたに頼んでいるのよ？」

「どうせ向こうは愛人を山ほど抱えつづけるに違いないわ」リリーは目に涙を浮かべた。

「それに、公爵はわたしに頼んできたわけじゃない。お父様と一緒になってわたしに命令しただけよ」

「結婚の手順としてはそれがふつうよ」レディ・アシュフォードが親指でリリーの手のひらをやさしくなでる。「あなたも知っているはずでしょう？」

「ふつうがどうかなんてどうでもいいのよ、お母様」リリーは泣きながら訴えた。「結婚なんてしたくないの。今も、これからもずっと」

「もう合意したんだ」伯爵は有無を言わさぬ口調で告げ、そのまま足音も荒く部屋から出ていった。

レディ・アシュフォードはまだリリーの手を握りしめている。「あなたもじきにこの申し出を受け入れる気になるわ。公爵とふたりで充実して安定した生活を送るの。欲しいものはなんだって彼が手に入れてくれる」

「欲しいものならもうすべて持っているわ」

「ローズ、トーマス」レディ・アシュフォードがふたりに向き直って命じた。「リリーを部屋に連れていって。少しやすませてあげましょう」

「本当に助かったわ」両親の部屋から自室へ戻る途中、リリーは兄と妹に皮肉を言った。「あなたたちがいなかったら、とても乗りきれなかったでしょうね」

「ごめんなさい」ローズが応じる。「何を言ったらいいかわからなかったのよ。でも、お姉様だって公爵が好きなんでしょう？」

「ライブルックは善良な男だ、リリー」トーマスが言った。「女性を追いかけまわしていたときでさえ、ずっと善良だった。ただ、父親と兄が亡くなってから……変わってしまったんだ」

「どうしてお兄様にわかるの？　公爵は一年間、ずっとヨーロッパ大陸にいたのよ？」

「若い男の貴族のあいだで話題になったんだ。誤解しないでくれ。ぼくだって父上はまずおまえに相談すべきだったと思っている。自分に同じことをされたら、とても穏やかな心境ではいられないからな」

「でも、お兄様の身にこんなことは起こらないわ。そうでしょう？」リリーは反論した。「だって男性だもの。好きな相手を選んで結婚できるわ」

「そう言うなよ、リリー。しきたりを作ったのはぼくじゃない」

「ふたりとも、地獄でもどこでも行けばいいわ。わたしはすませなければならない用事があるの」

「どこへ行くの？」ローズがきいた。

「公爵に会ってくるわ。止めようとしても無駄よ」

「なんてこと」ローズがため息をついた。

「まったくだ」トーマスが同意する。「哀れなライブルックは、自分が大変な目に遭うとは夢にも思っていないだろうな」

リリーがノックもせずに部屋へ飛びこんできたとき、ダニエルはローブ姿で革張りの椅子に座り、全身の力を抜いていた。顔の半分は石鹸の泡に覆われており、かたわらにはかみそりを手にしたパトニーが立っている。

「お嬢様」パトニーが突然の来訪者に向かって言った。「こんなところを――」

「気にしなくていいわ」リリーがとげとげしく言い放ち、従者の言葉をさえぎる。「おめでたい知らせをまだ聞いていないの？　わたしは公爵の婚約者になったらしいわよ」

「閣下？」

「いいんだ、パトニー」ダニエルは答えた。「少し外してくれ」

「それはわたしが預かるわ」リリーがパトニーの手にあったかみそりをひったくる。「髭を剃るのも妻の役目だもの。そうよね？」パトニーが答えずに部屋を出ると、彼女は今度はダニエルに向かって言った。「もっともあなたは、刃物を持ったわたしに近づいてほしいとは思わないだろうけれど」

むろん、ダニエルはリリーが彼を傷つけるとは思っていなかった。だが、リリーにかみそりを振りまわしてほしくもない。どうやらすっかり頭に血がのぼっているようだし、うっかり自分自身を傷つけたりしては大変だ。ダニエルは顔に残る石鹸の泡をタオルでぬぐい、椅子から立ちあがった。「リリー、それを渡してくれ」

「お断りよ」

「いいから」ダニエルはリリーの手を取り、かみそりの柄を握る指を一本ずつ開かせていった。「大人らしく、きちんと話しあおう」

「なぜ大人らしく話をしなければならないの？　わたしは大人として扱われてもいないのに。ほかの人がわたしの人生を決めているのよ。わたしが自分で決めるべきことをね」

「リリー」

「どういうことなの、ダニエル。わたしたちは同意していたはずよ」

「同意？」

「わたしが結婚をどう考えているか、あなただって知っているでしょう？」

「きみが考えを変えてくれることを期待したんだ」

「考えを変えるですって？　正気で言っているの？　無理やり結婚に追いこめば、考えを変えられると思ったわけ？　あなたはわたしという人間をこれっぽっちも理解していないのね」

ダニエルはため息をついた。理解しているに決まっている。理解しているからこそ、拒否されるのが怖いのだ。これほどまでに怖くなければ、もちろんまずリリーに話し、ここに残ってくれと頼んでいただろう。確実にリリーを手元に置いておくためには、彼女の父親と婚約の合意を結ぶしか方法がなかった。「先にきみと話すべきだったかもしれないな」

「かもしれない？　かもしれないですって？」リリーが両手を振りまわしながら言う。「結婚はしないわよ、ダニエル。あなたのごたいそうな血筋を残すためだけの便宜的な結婚なんて、そんなものを無理強いされるのは絶対にごめんだわ！」

「たしかに跡継ぎは必要だし、きみの血筋が申し分ないのも事実だ」

「ええ、わたしは公爵家の許容範囲におさまる程度の血筋の女よ。そうよね？」憤慨して立ちあがったリリーは顔を真っ赤にして拳を握りしめている。

間違いなく、地上で最も美しい女性だ。

「あなたの口ぶりだと、馬や犬に子どもを産ませるのとたいして変わらないように聞こえるわ。だったら、なぜローズに目をつけなかったの？　あの子なら金色の髪の子どもをたくさん産んでくれるでしょうに。わたしだと、半分は黒髪になってしまうかもしれないわよ」

どれだけ怒っていようとやはり美しい。そして、このうえなく頑固だ。ダニエルは、なんとしてもリリーを手に入れなければならないという思いを強くした。

「跡継ぎの髪が何色だろうと、ぼくは気にしない」

「どうしてわたしなんかと結婚したがるの？　なぜわたしみたいな女を妻にしたいの？　わたしと結婚したって、ろくな未来は待っていないわよ。あなただってわかってるでしょう？」

ダニエルはリリーの手を取ろうとした。

リリーが手を引っこめて拒絶する。「触らないで」

「わかった」ここはリリーに時間を与えたほうがよさそうだ。それにダニエルは彼女との結婚を望む理由をどう説明すればいいのかわからなかったし、そもそも彼自身がその理由を把握しきれずにいた。わかっているのはとにかくリリーを手放せない、絶対に手放したくないと自分が思っていることだけだ。リリーがいないと自分がどんな男になってしまうのか、それを考えただけで恐ろしい。彼女がダニエル・ファーンズワースという人間を根底から変えてしまった。かつて人生に望んでいたことがどうでもよくなってしまい、その一方でより貪欲になり、何よりもリリーを強烈に欲している。

「わたしの質問に答えてくれないの？」

「リリー、ぼくは公爵だ。責任というものがある」

「その気のない女性に結婚を無理強いすることも、その責任に含まれているのかしら？」

「もちろん違う」

「だったら、婚約を取り消してくれるわね？」

「いや、ぼくが言う責任というのは……」ダニエルは髪をかきあげ、言葉を探した。「さっきも言ったとおりだ。跡継ぎを作らなければならない」

「でも、どうしてわたしなの、ダニエル？　なぜわたしでなければならないの？」

「それは……きみを尊敬しているからだ」

「感動的なお言葉ね」

ダニエルは顔をしかめた。リリーにまったく好意を持たれていない可能性はあるだろうか？　それはないだろう。ふたりの睦《むつ》み合いはこれまで経験したことがないほどすばらしいものだったし、それ以外でも多くの時間をともに過ごした。リリーもダニエルに対してなんらかの感情を抱いているはずだ。それを突き止めようと決心したダニエルは、咳払いをして尋ねた。「リリー、教えてくれ。きみはどうしてぼくに身をまかせた？」

「今はそんな話をしていないわ。無関係な話でごまかさないで」

「結婚と関係があるかもしれないし、ないかもしれない。とにかく知りたいんだ。なぜぼくに身をまかせた？　きみはまだ男を知らなかったし、ぼくが何者でどんな男か承知していた。ぼくに純潔を汚されるかもしれないことだってわかっていたはずだろう？」

「お願いだから、わたしの名誉を守るために結婚するなんて見当違いなことは言わないで」

「そんなことを言うつもりはない。ぼくに身をまかせた理由を知りたいだけだ」

「学習と経験のためよ」リリーが答えた。「それだけ」

「学習と経験？」ダニエルは寝ているとき、腹に煉瓦《れんが》が落ちてきたかのような衝撃に襲われた。自分はリリーにとってそれだけの存在でしかなかったというのか？　「そういうわけなら、きみが期待どおりの成果をあげられたことを願うよ」

「じゅうぶんだったわ。でも、結婚する理由にはならない」

「わかった、リリー。それなら別の理由がある」ダニエルは傷つけられた分、やり返さずにいられなかった。「きみは子どもを身ごもっているかもしれない」

リリーの美しい目が大きく見開かれた。「なんですって？」

「聞こえたはずだ」

「でも、あなたがちゃんと手を打つ約束だったじゃない」リリーの明るい茶色の瞳に衝撃と……恐怖が広がっていく。

「手は打たなかった。忘れていたんだ」

「忘れていたですって？」

「ああ、そのときは重要だと思えなかったんだ。きみだって気にしているようには見えなかった。少なくともきみは何も言わなかったぞ」

「そんな！」リリーは怒りに拳を握りしめ、昨晩ふたりでフォンデュを食べた窓際のテーブルに近づいていくと、そこに置かれたほとんど空のワインボトルをつかんで投げた。ボトルが彼女の水彩画のすぐ近くの壁にあたって砕け、緑のガラスの破片が敷物の上に飛び散る。ボトルの中に残っていた赤い液体が壁紙を伝って落ちていった。「無知で悪かったわね！子どもを身ごもるのを避ける方法なんて知らないわよ。あなたが知っていると言うから信じたのに！」リリーの目から涙があふれでる。「頭にぶつけてやればよかった！」

彼女を引き寄せて抱きしめ、キスをして安心させてやりたい。ダニエルにとって、リリーの涙を見るのは身を引き裂かれるほどつらかった。

「したかったことが全部できなくなってしまうわ」リリーが泣きじゃくりながら言う。「あなたのお母様みたいにルーヴル美術館に行って、《モナ・リザ》を模写することもできない。山にものぼれないし、東洋にも行けない。それに……ああ、こんなのは耐えられない！」頭に手をやり、きれいにまとめられた髪を引っ張って乱した。

「全部できる」ダニエルはためらいながらリリーに近づいていった。「きみの行きたいところはどこであろうと連れていく。約束するよ」

「いいえ、無理よ。子どもがいたらとても無理だわ」

「永遠に子どもと一緒にいるわけじゃない」

「それもどうでもいい。やっぱり結婚なんてしたくないもの。今このときから、あなたはわたしやわたしの子どもに対してなんの責任も取らなくていいわ」

「いいや、ぼくたちの子どもだ、リリー」

ほんの一瞬、リリーの態度がやわらいだように見え、ダニエルは急いで近づいた。腕をまわしてリリーの体を抱き寄せ、彼女の頭を自分の肩にのせさせる。わずかなあいだではあったが、リリーが体から力を抜いて片方の手でダニエルの髪に、もう一方の手で腕に触れた。ダニエルは無言のままやさしく彼女を抱き、背中をなでて髪にキスをした。しばらくすると、リリーがダニエルから身を離した。

「結婚はしないわ。あなただってわたしに強要はできない」

「きみの父上とはもう合意を結んだ」

「ええ、わたしを家に住まわせて愛人にする合意を結んだのよね。そうはいかないわ。わたしはたくさんいるあなたの愛人たちのひとりになんてならない。絶対によ！　あなたは本当にひどい人だわ」

他人から悪く言われたことなら数えきれないほどある。だが、ここまで言葉が深く心に突き刺さったのはこれがはじめてだ。ダニエルはリリーに近づいて腕を伸ばした。怒りに紅潮した肌と、昨日ふたりで飲んだワインと同じ色の唇を見ているだけで、彼女が欲しくてたまらなくなる。まるで決して治癒することのない病だ。ダニエルの全身がリリーという麻薬を切望している。リリーを抱いて悲鳴をあげるまで愛撫し、彼を欲するように仕向けたい。

だが、リリーはあとずさりしてダニエルの抱擁を拒絶した。「お断りよ。あなたと無理やり結婚させられたら、あなたを拒むことはできないでしょうね。でもそのときまでは、指一本たりとも触れさせないわ」

ローブの下では下腹部が欲望をたぎらせ、リリーにしかもたらせない至高の絶頂を渇望している。ダニエルは拳を壁に叩きつけ、壁紙を破ってその下の板をへこませた。拳から血が出たが、怒りのせいで痛みはまったく感じない。「いいかげんにしてくれ、リリー。これまでいったいどれだけの女性がぼくとの結婚を望んで近づいてきたか、きみにわかるか？ぼくはこれまで誰にも与えなかったものを、きみに与えようと言っているんだぞ？」

「あなたを陥れることしか頭にないくだらない愛人たちと一緒にしないで。わたしはそういう女性たちとは違うのよ。昔からずっと違っていたわ。絶対にあなたとは結婚しない！」

「いや、結婚するとも」何があろうと、絶対にリリーを自分のものにしてみせる。「結婚特別許可を取って、このハウスパーティーが終わる週末にきみと結婚するつもりだ。婚約は今夜の舞踏会で発表する。発表のあと、舞踏会で最初に踊るのはぼくたちだ。そのつもりでふさわしいドレスを身につけてくれ。では、ぼくは着替えなければならないので失礼する。外せない仕事もあるのでね」

ダニエルはリリーをドアの外へと連れていき、彼女の面前でドアを閉めた。

リリーは拳を握りしめたまま、自室に向かって足音も荒く歩いていった。ふさわしいドレス？　よく言えたものだ！　要するに、愛人の山に加わるのにふさわしいドレスということだ。それなら見せつけてやろう。進む方向を変え、執事のクローフォードと話すために階段をおりていく。

「バースから裁縫師を呼んでもらっていいかしら？」リリーは執事を見つけるなり言った。

「急いで。今夜の舞踏会で着るドレスを用意しなければならないの」

「今夜ですか？　それは不可能だと思われますが――」

「可能にするのよ、クローフォード。裁縫師をここに呼んで、舞踏会までにドレスを完成させるの。お金はいくらかかってもかまわないわ。請求書は公爵にまわして」

「なんですって？」

「聞こえたでしょう？　お金は公爵が払うわ。わたしを信じなさい。眉ひとつ動かさずに払ってくれるわよ。わたしは自分の部屋にいるから、裁縫師が到着したら通して」

リリーは一段飛ばしで階段を駆けのぼり、自室に戻った。ありがたいことにローズはいなかった。怒りで気が高ぶった状態のまま歯を食いしばり、鼻息も荒く室内を歩きまわる。自分の意見を人に押しつけるなんて、ダニエルは何を考えているのだろう。最初に会ったとき、すぐに彼と距離を置いておけばよかった。フェルメールの作品を見にダニエルの寝室になど行かなければ、こんな目に遭わずにすんだのに。

だがフェルメールが描いた絵をじっくりと鑑賞し、その時間をリリーと同じくらい――いつでも見られるように寝室に飾るほど――フェルメールの作品を愛しているダニエルと分かちあったひとときは、まさに夢のようだった。それは彼と結ばれたときも同じだ。あれほどの情熱とやさしさがふたりの人間のあいだに存在し得るとは、想像したことすらなかった。

もちろん比較する男性経験がほかにあるわけではないので、そのあたりの判断は難しい。あるいは睦み合いというのは、誰にとってもそういうものなのかもしれない。

それにしても、どうして今なおダニエルを求めてしまうのだろう？　彼の手や舌が体に触れるところや、ひとつになったときの感覚を思い起こすと、心臓が激しく打って胸の先端がとがってしまう。先ほどダニエルを傷つけるために彼を拒絶したが、それはつまり、みずからの一番の望みを自分で拒絶したのと同じことだ。

ベッドに横たわって腹部を指でなぞり、ここにダニエルの子どもがいるのだろうかと考える。ダニエルを信じたのは愚かだったし、彼がしたこと――あるいはしなかったこと――は絶対に許せない。だがそうはいっても、信じるという選択をしたのは結局のところリリー自身だ。こうした男と女の関係に乗りだす前に、もっと知識を蓄え、きちんと準備をしておくべきだった。

ただ、ダニエルの子を身ごもるという想像は、彼に言ったほど不快なものではなかった。たしかに今は子どもが欲しいとは思わない。母になるより先にしたいことがたくさんあるからだ。だがダニエルと彼女自身の特徴を少しずつ受け継いだ子どもが生まれれば、ふたりをいつでもつなぐ存在になってくれるだろう。リリーは腹部をさすりながら顔にかすかに笑みを浮かべた。ほんの少しのあいだ、なめらかな金色の髪と緑の輝きを放つ瞳を持つ男の子が膝の上ではしゃぎ、無垢な笑みと愛情を向けてくる光景を頭に思い描く。

そう、母を愛する子どもの顔を。

愛。

ダニエルは彼女を愛しているわけではない。身ごもらせたかもしれないことに筋違いの責任感を覚え、結婚しようとしているだけだ。ダニエルにしてみれば、リリーは跡継ぎを産む条件を満たした、許容範囲におさまる相手という程度の存在でしかないのだろう。

それでももしダニエルがふたりのあいだの子どもを愛せるのであれば、いずれはリリーのことも愛してくれるようになるかもしれない。いつか愛人も娼婦も必要としなくなる日が来る可能性だってある。

その一方で、リリーは自分がダニエルを愛しているかどうかも自問した。たしかに自分が望む以上にダニエルのことを深く気にかけているし、肉体的にも彼を求めている。身をまかせたのは学習と経験のためだとダニエルには言ったが、それは嘘だし、自分に対しても同じような嘘をずっとついてきた自覚もあった。ダニエルとベッドをともにすることで、創作活動のための貴重な経験が得られると自分に言い聞かせてきた。だが実際はずっと単純な話で、彼が欲しいと感じただけにすぎない。そのあとも会いつづけたのも、単にもっと一緒にいたかったからだ。ダニエルと一緒にいるのは楽しい。ダニエルと話をするのも、ともに何かするのも、そして睦みあうのも大好きで、だから彼から離れられなかった。それだけの話だ。

それは愛と呼んでいいものなのだろうか？　三日間ほど一緒に過ごしただけなのに？

それにたとえそこに愛があったとしても、ダニエルと結婚したくない気持ちは変わらない。評判を聞いた限りでは、彼がひとりの女性に忠誠を尽くすとはとうてい思えないからだ。どうしても誰かと結婚しなければならないなら、せめて自分に誠実であるよう夫に求める権利くらいは彼女にもあるはずだ。

リリーはベッドから起きだし、まっさらなカンヴァスをイーゼルにのせて油絵の道具を準備した。パレットを手にして絵の具のチューブをいくつか選び、小さなナイフを使ってまぜていく。まず明るい緑に青を加えると、すてきなターコイズブルーになった。きれいな色ではあるが、どこかぴんとこない。次は青からはじめて紫と緑を加え、少しだけ黒も入れてみた。きれいな色だ。さらに少量の紫と濃い青をまぜあわせる。すばらしい。絵筆を取り、本で読んださまざまな技巧の中のいくつかを試しながら、作った色をカンヴァスに塗ってみた。いかにも豊潤な色で、光沢もある。それでもどこか違うという感じがぬぐえない。もう一度最初から……ちょっと待って！　リリーはみずからを制した。無意識のうちにダニエルの瞳の色を再現しようと試みている自分に気づいたからだ。

どうしてダニエルを思う心を制御できないのだろう？　彼に対する欲望もまったく抑えがきかず、体にくすぶりつづけている。

黒のチューブを取ってカンヴァスに直接絞りだし、最初に塗った緑に近い色を塗りつぶす。リリーはそのままベッドに倒れこみ、涙がこぼれ落ちそうになるのを必死でこらえた。

12

リリーは昼食を自室へと運ばせたが、朝の記憶が頭に焼きついて離れず、ろくに手をつけなかった。

リリーがしばらくそのまま悶々《もんもん》としていると、ローズが部屋に戻ってきて声をかけた。

「公爵のところではなかったの？」

「どうしてそんなふうに思うのよ？」

「どうしてって、公爵に会いに行くとお兄様とわたしに言ったのはお姉様じゃないの。昼食にも顔を出さなかったから、てっきりまだ……」

リリーは鼻で笑った。

「どうせ公爵のベッドに飛びこんだとでも思っていたんでしょう？　違う？」

「お姉様を怒らせるつもりできいたわけじゃ……」

「怒ってなんかいないわ、ローズ。ここ何日か自分がしてきたことを考えたら、そう思われてもしかたがないもの」リリーはいったん言葉を切り、ため息をついてから続けた。「ああもう、どうしてわたしを止めてくれなかったのよ？」

「お姉様……」

「いいわ、答えなくていい。止められるわけがないわよね。誰にも止められなかったはずよ。まったく、わたしにもう少し分別があれば、こんなことにはならなかったのに！」

「お姉様、何か話したいことがあるなら――」

ローズの言葉はドアをノックする音にさえぎられた。リリーが立ちあがってドアを開けると、ふたりの使用人が廊下に立っていた。どちらも手に箱を抱えている。

「公爵からです」使用人のひとりが言った。「どちらに置けばよろしいでしょうか？」

「どこだか知らないけど、もともとあったところに戻しておいて」リリーは答えた。「わたしはいらないわ」

「申し訳ございませんが、お届けするよう指示を受けております。そちらの化粧室の脇に置かせていただきます」ふたりの使用人は箱を丁寧に積みあげた。「ほかに何か用はございませんか？」

「あるわ」リリーは腰に手をあてた。「それをこの部屋から運びだして」

「申し訳ございません」使用人が微笑んで答え、もうひとりとともに部屋を出ていく。

使用人たちが出ていくと、リリーは積みあげられた箱に目をやった。

「開けないの？」ローズがきく。

「開けるもんですか。贈り物で釣ろうとしても、そうはいかないわ」

「開けましょうよ。中が気になってしかたないんでしょう？　わたしだって気になるわ」

「ここから動かないから」リリーはベッドに倒れこんだ。

「わたしは……」

「ひとつだけでも開けてみない？」


「そんなに開けたいの？　好きにすればいいわ。わたしはここから動かないから」リリーはベッドに倒れこんだ。

ローズがくすくす笑った。「じゃあひとつだけ」晩餐に出てくる皿くらいの大きさの箱を手に取って茶色の包み紙を破ると、中身は革製のケースだった。蓋を開け、思わず息をのむ。

「お姉様、見て！」姉のもとに駆け寄ってケースの中身を見せる。ヴェルヴェットの布を張ったケースの内側には、金にダイヤモンドとルビーをはめこんだ首飾りと、揃いの耳飾りがおさめられていた。「とても美しいわ。きっととんでもなく高いわよ！」

「公爵は一ポンドも出していないわよ、ローズ。ライブルック家にもとからあったものに違いないわ」リリーはやれやれと言わんばかりに首を振ってみせたが、実のところ、宝石の美しさに感嘆せずにはいられなかった。

「きっとお姉様によく似合うわ」ローズがうっとりした顔で言う。「お姉様の髪と肌の色にぴったり。わたしはルビーがまったく似合わないの。金髪で肌もピンク色だから、どうしても色が喧嘩《けんか》してしまうのよ。でも、お姉様には完璧だわ」言い終わるや、吐息をもらした。

「まああたしかに……きれいね」

「きれい？　最高に美しいわよ。ねえ、もうひとつ開けてもいい？」

「好きにして」

ローズがもうひとつ小さな箱を開けると、今度は真珠のチョーカーと揃いの耳飾りが入っていた。「これもすてき！」またしても姉のもとに駆け寄ってくる。癪《しゃく》に障ることに、ダニエルの趣味は申し分ないと言うよりほかない。「もういいわ」リリーはローズに言った。「全部開けるわよ。まずはそこの帽子の箱から。わたしは帽子が嫌いなの。やっぱりあの人はわたしのことを何もわかっていないんだわ」

ローズが箱を手に取って持ちあげる。「帽子じゃないみたい。箱の中で何か鳴いているわよ」蓋を開けると同時に叫び声をあげ、中から昨日出会った茶色の子犬を抱きあげた。「なんてかわいいの！ 見て、革の首輪にプレートがついているわ。〝ブランデー〟ですって。公爵は、お姉様がお父様のブランデーと色が似ていると言ったのを覚えていたのね！」

かたくなになっていたリリーの心がほどけはじめる。「こっちに連れてきて」リリーがやわらかな毛をなでてやると、ブランデーが彼女の胸に鼻先をこすりつけてきた。「本当だわ。とてもかわいい子ね」

「次を開けるわよ」ローズがいそいそと小さな包みを開く。出てきたのは深みのある赤の革で装丁した本だった。「ミスター・ディケンズの『オリヴァー・ツイスト』よ」表紙を開いて目を丸くする。「サインがしてある！」

「見せて」本を受け取ったリリーはなめらかな革に指を走らせ、独特のにおいを吸いこんだ。ディケンズのサインははっきりとした筆跡で記されていて、一八三九年の日付が入っている。

「やりすぎよ。こんなもの、とても受け取れないわ」

「公爵はお姉様の夫になるのよ。受け取っていいに決まっているじゃない。次はこの大きな木箱を開けるわね」ローズは木箱の蓋を取り、中からワインのボトルを取りだした。「シャトー・ベイシュヴェルの一八三一年ものですって。きっとフランス産に違いないわ」

「ええ、産地はボルドーよ。とてもおいしかったわ」リリーの目がかすんでいく。「ダニエル……公爵と一緒に飲んだワインなの。わたしたち……ああ、ローズ、わたしはどうしたらいいの？」

「ひとケース揃っているわ。一二本入っている」

「そんなに？」

「お姉様にとって、何か意味があるワインなの？」

「ええ、残念ながらそうよ」リリーはブランデーのやわらかな鼻先にキスをした。

「感激のあまり泣きだしたりしないでよ。結婚したくないんでしょう？　忘れたの？」ローズがにっこりする。「次を開けるわね」今度の木箱にはスケッチ用の紙や木炭、パステル、水彩絵の具、前にもらったものよりさらにたくさんの色の油絵の具、そして絵画の本と新品の手帳が入っていた。「これで心が躍らないなんて言わないわよね、お姉様？」

リリーは答えなかった。ダニエルはいったいどうやって、たった三日で彼女のことをここまで深く理解したのだろう？　これまでのところ、心を打たれる贈り物ばかりだ。すべての品――宝石でさえも――がリリーのためだけに選び抜いたことが伝わってくる。

ローズが続けて缶を手に取った。「これはたぶんお菓子ね」蓋を開け、うれしそうにリリーのところに持ってくる。「正解よ。ボンボンだわ」

「トリュフよ。ベルギーのチョコレート菓子ね。ああもう、あの人はなぜこんなことをするのかしら？」

「ええ、本当にひどい人ね。お姉様にとって意味のあるものばかりよこして、幸せな気分にさせようとするなんて最低だわ！」ローズが声をあげて笑った。「お姉様、これでも恋に落ちないというなら、わたしが代わりに落ちるわよ！　チョコレートの話を聞かせて」

「さっきのワインを飲みながら食べたの」リリーは目を閉じた。「それからキスをして、味を分かちあったわ。ああ、神様、わたしったらなんてことを」

「お姉様は恋に落ちただけよ」

「違うわ」

「いいえ、違わない。はっきりしているわ。どうして認められないの？」

「ダニエルがわたしを愛していないからよ、ローズ。あの人は見当違いの理由でわたしと結婚しようとしている。わたしの純潔を汚した責任を取ろうとしているだけだわ」

「そんなのはわからないじゃない」

「わかるわよ」そう、わかるのだ。だがローズは姉が身ごもっているかもしれないなどとは微塵《みじん》も思っていないし、リリーにしてもこの段階で妹にそこまで明かすつもりになれなかった。「その話はもういいわ。それより、トリュフを食べてみて。大げさでなく、罪なほどおいしいわよ」

ローズがチョコレートを少しかじる。「こんなにおいしいものを口に入れたのは、初めてかもしれないわ。エヴァンの舌にだけはかなわないけれど」くすくす笑った。

妹の冗談を聞いて、リリーもようやく笑みを浮かべることができた。「あなたがそんなことを言うなんて驚きだわ。ねえ、ワインを開けましょう。チョコレートととても相性がいいのよ」

「お姉様、まだ昼の三時よ」

「だから？　わたしは結婚するのよ。乾杯してくれないの？」

「しかたがないわね」ローズが態度をやわらげた。「今日だけよ。少しだけはめを外しましょう」

リリーが使用人にボトルの栓を抜いてもらおうとドアを開けると、ちょうどメイドがノックをしようとしていたところだった。「裁縫師が到着いたしました」

「忘れていたわ。空いてる部屋にお通しして。準備ができたら呼びに来てちょうだい」

「かしこまりました」

「残念だけれど、祝杯をあげるのは少し延期よ」リリーはローズに声をかけた。「舞踏会のためのドレスを用意しなければならないの」

「すてきじゃない！」

「あなたもドレスを新調したら？　一緒に行きましょうよ」

「無理よ」

「無理じゃないわ。わたしはじきに公爵夫人になるのよ」

「いいえ、お姉様、わたしはここで待つわ。戻ったらワインとチョコレートで乾杯しましょう。それより、贈り物がまだひとつ残っているわよ」

リリーは茶色の紙に包まれた大きな贈り物を見つめた。

「わたしが止める前に開けてしまって」

ローズがゆっくりと茶色の紙をはがしていくのを見ていたリリーは驚きに息をのみ、片方の手を頬にあてた。ブランデーを抱いている腕に思わず力が入り、子犬が苦しげな鳴き声をあげる。

「お姉様、これってまさか……」

リリーはうなずいた。

「フェルメール？　なんてこと」ローズが絵を見つめてささやく。「信じられない。すばらしいわ」

「こんなのは受け取れない。やりすぎよ。全部返さないと」リリーの腕に抱かれたブランデーがくうんと鳴いた。「いいえ、ひとつだけ受け取るわ」なめらかな子犬の頭をなでながら言う。「ブランデーだけはね。ダニエルが猟犬には小さすぎると言っていたから、わたしが面倒を見てあげないと、どういう扱いをされるかわからないもの」ほかの贈り物にも視線を走らせて続けた。「画材も受け取るわ。でも、それでおしまいよ。チョコレートはだめになってしまったらもったいないから別として……」ダイヤモンドとルビーの首飾りと、ディケンズの本に指で触れていく。「あとは……いいえ、だめよ。やっぱりブランデーだけにするわ」

　ローズがにんまりした。

「どうやらお姉様自身より公爵のほうが、お姉様のことをよくわかっているみたいね」

　ふたたびドアをノックする音がした。裁縫師の準備ができたのだろう。「一時間くらいで戻るわ」リリーはローズに言った。「ブランデーを見ていてもらえる?」

「もちろん、喜んで。ほかの子犬たちのところに連れていくわ。でも、一時間で戻ってね。そうしたらワインとチョコレートで乾杯よ」

　リリーは部屋を出て、メイドの先導で裁縫師の作業のためにあてがわれた部屋へ向かった。

「ごきげんよう」リリーは自分を待っていたふくよかな赤毛の女性に挨拶した。

「ご機嫌麗しく、お嬢様」裁縫師がわざとらしいフランス訛《なま》りで挨拶を返す。「マダム・ルルーと申します。今夜の舞踏会のためのドレスをご所望だとか」

「ええ、急な仕事で本当に申し訳ないと思っているわ。その代わり、あなたの望む金額をわたしの婚約者がお支払いするわね。今夜、わたしたちの婚約が発表されるの」

「それはおめでとうございます、お嬢様。ところで、お相手はどなたですか?」

　リリーは咳払いをして答えた。「ライブルック公爵よ」

「公爵? すばらしい《スプレンディド》! なんて幸運なお方でしょう。あと二〇歳若ければ、わたくしが結婚したいくらいですわ。なるほど、特別なドレスがご入り用になるのもわかります」

「そうなの。こう……派手で人目を引くドレスがいいわ。人が大勢いる中でも、とても目立つような」

「あなたの美貌でしたらそれだけでじゅうぶん目立ちますわ。色《クラー》はいかがなさいますか？」

「明るいほうがいいわね。できるだけ鮮やかな色がいいわ」

「この季節にでございますか？　いいえ《ノン》、あまりおすすめはできませんね」

「わたしがそうしたいんだから、それでいいの。赤かオレンジ色はどうかしら？」

「オレンジはお嬢様の肌の色に合いませんわ。ですが、赤はいいかもしれません」マダム・ルルーは持参した何着ものドレスの中から、赤の光沢のある生地のドレスを選びだした。

「これならきっとすてきですわ《マニフィーク》」リリーにうしろを向かせ、着ているドレスを脱がせはじめた。

リリーは新しいドレスに袖を通し、マダム・ルルーに背中を留めてもらおうと体の向きを変えた。スカラップカットのネックラインと高い位置にあるウエストラインが特徴の美しいドレスだ。細身だが女性らしいリリーの体形にとてもよく似合っていて、ダイヤモンドとルビーの装飾品との相性も完璧だろうと想像せずにいられない。だが残念ながら、今の彼女の思惑にはそぐわないドレスだった。

「とてもすてきだと思うわ。でも、なんというか……もう少し肌を見せてもいい気がするの」

「ああ、なるほど。少しばかり刺激《プティ・スカンダル》が強いものをご希望なのですね？」マダム・ルルーがウインクする。「そうした依頼をされる上流階級の女性は、お嬢様がはじめてというわけではありませんよ。少々お待ちください」鮮やかな赤のヴェルヴェット地で作られたドレスを手に取った。

そのドレスはぴったりとした作りになっていて、リリーの体の曲線を余すところなくあらわにした。ネックラインはV字を描いており、ボディスと彼女自身の胸と腰の形があいまって、前身頃が大きな赤いハートのように見える。短いパフスリーブは、真珠をあしらった小さな留め金でボディスにつないであるだけだ。

「もう少しネックラインを深くできないかしら?」リリーは尋ねた。

「もちろんできますとも《ビアン・シュール》。でもお嬢様は豊かな胸をしていらっしゃいますから、あまりおすすめはできませんね」

「やってちょうだい。それから、袖は肩が出るようにして」ネックラインのすぐ上を指し示す。「ここから上はむきだしになるようにしてほしいの」

「そんな!《モン・デュー》　わたくしとしてはとても――」

「言うとおりにしてもらうわ。それから腰をもう少し絞って、腰当て《バッスル》のひだを増やして。このドレスに合うダンスシューズも必要ね。一〇時までに全部用意できるかしら?　舞踏会は一一時からなの」

「ええ、ええ、《ウィ・ウィ》すぐにはじめますわ。ただ、最後の衣装合わせにもう一度お越しいただかなければなりませんわね。八時ではいかがでしょう?」

「晩餐が八時からなの」

「わかりました《ダコール》。では、七時半にいたしましょう。どんなに急いでも、それ以上早くするのは厳しいですね」

「それでいいわ。何か必要なものはあるかしら？」

「じきにお腹がすいてくる気がします」

「とりあえずお茶の用意をさせるわ。夕食もあとで運ばせるわね」

「ご親切に感謝します」

リリーはうなずき、急いで部屋を出た。ダニエルが彼女を大勢いる愛人に加えるつもりなら、こちらはいかにもそう見える格好をしてやるまでだ。リリーが改めて決意を固めて自室に戻ると、ローズはまだ戻っていなかった。ほかにすることもないので、リリーはダニエルからの贈り物の『オリヴァー・ツイスト』を手にして読みはじめた。やがて彼女は孤児の少年の物語に引きこまれていった。


「戻ったわよ。お姉様、起きて」ローズの声がする。

リリーが目を開けると、舌を出して息をするブランデーの愛くるしい顔があった。「戻ってきたのね、おちびさん！」彼女は思わず言った。

妹といとこたちが眠ってしまったリリーのまわりに立ち、陽気な笑みを浮かべている。

「アリー、ソフィー、ここで何をしているの？」

「ローズと一緒に来たのよ」アレクサンドラが答える。「お祝いをするって聞いたから、参加させてもらおうと思って。いったいなんのお祝いなの？」

「何も聞いていないの？」

「まだ話していないのよ、お姉様」ローズが割って入った。「今朝、お姉様と別れたあと、お兄様と一緒にお母様と話したの。今夜までは内密にしておくようにと言われたわ」

「話してもかまわないわよ。わたしの人生だし、ふたりには知っておいてもらいたいもの」

リリーはいとこたちに顔を向けた。「実は婚約したの」

「なんですって！」ソフィーが仰天して息をのんだ。

「誰と？」アレクサンドラが興味津々できく。

「ライブルック公爵よ」

「嘘でしょう？」アレクサンドラが叫ぶ。「いったいどうしてそんな話になったの？」

「わたしが知りたいくらいよ」リリーは皮肉をこめた口調で答えた。「公爵とお父様が何もかも決めてしまったの。わたしには何が起きたのか、さっぱりわからないわ」

「いきさつなんてどうだっていいじゃない」アレクサンドラがなおも叫んだ。「イングランドで最も魅力的な男性をつかまえたのよ、リリー」

「ええ、たしかに彼は魅力的よ」リリーは認めた。「でも、あなたはひとつ大切なことを忘れているわ。いい？　わたしは結婚したくないの」

「リリー、とてつもなく名誉なことよ」ソフィーが言った。

「名誉ですって？　頭がどうかしてしまったの？　愛人の列に加わることのどこに名誉があるのよ？　いちおうは正式な妻になるんだから、いくらかの慰めはあるかもしれないけれど、だからといって彼があちこちにいる愛人たちとあれをするのを——」

「お姉様！」ローズがたまらずに姉をたしなめる。

「何よ、本当のことじゃない！」

「本当のことかどうか、お姉様にはわからないでしょう？　公爵だって、お姉様に誠実でありつづけるかもしれないわよ」

「あの人が〝誠実〟という言葉の意味を知っているわけがないわ」

「ねえ、リリー」ソフィーが尋ねる。「そんなに婚約が気に入らないのなら、いったい何をお祝いするつもりなの？」

「新しい友達ができたお祝いよ」リリーはブランデーを抱きしめた。「この子、とてもかわいいと思わない？」

「ええ、本当にかわいいわ。どこから来たの？」

「公爵からの贈り物よ」ローズが姉に代わって答えた。「ほかのとてもすてきな贈り物と一緒にね」ダイヤモンドとルビーの首飾りがおさめられている革のケースを手に取る。「ふたりともこれを見て」

「すばらしいわ」ケースの中を見たアレクサンドラが金色の目を見開いて感嘆した。

「これだけじゃないわ。公爵はフェルメールが描いた絵までお姉様に贈ったのよ。あれを見て」ローズが絵を指した。「いったいどのくらいの価値があるのか、わたしには想像もつかないわ」

「それで思いだしたわ」リリーは立ちあがった。「絵を化粧室に移しておかないと。ブランデーがかんだりしたら大変だもの」絵画を手に取って持ちあげる。「でも、ずっと見ていられないと思うと寂しいわ。フェルメールは本当に最高よ」

「あなたはこの世で一番幸運な女性ね、リリー」アレクサンドラが真珠のチョーカーと耳飾りを指でなぞる。「これも美しいわ。それにその画材の山。公爵は本当にあなたのことをよくわかっているみたいね」

「あの人はわたしのことなんて何ひとつわかっていないわ、アリー。わかっていたら、結婚を強要しようだなんて思わないはずだもの。これじゃあ先代の公爵とまったく同じじゃない。そうでしょう?」

「そうとも言えないわ。結婚が決まったとき、公爵未亡人は先代の公爵の顔も知らなかったそうよ。あなたは前もって相手と知りあえたし、うまくやっていけそうなこともわかったじゃない。しかもその相手ときたらハンサムで裕福で、しかも公爵なのよ」

「そんなのは些細なことよ、アリー」ソフィーが妹を諭すように言い、リリーに向き直った。「リリー、公爵はあなたにやさしくしてくれる?」

「どうかしら。結婚を強要するのはやさしさからはほど遠いわよね」

「公爵はやさしい人よ」ローズが横から主張した。「お姉様といるときに何度かご一緒したけれど、とても知的ではっきりとものを言う人だったわ。それにとても感じがいいの」

「裏切り者」リリーは小声で言った。

「お姉様だって公爵に……好意を持っているんでしょう？　認めなさいよ」

「ああもう、わかったわよ。たしかにわたしはダニエルに好意を持っているわ。これで満足？」

「ええ、それはもう。これで気がねなくお祝いできるわね」

ローズが木箱からワインのボトルを出し、栓を抜くために使用人を呼んだ。使用人に預けたボトルは、ほどなく四つのグラスとともに戻ってきた。

「リリーに乾杯」ローズがワインを注いだグラスを掲げる。

四人は音をたててグラスを合わせた。ワインとトリュフによる祝祭のはじまりだ。最初の一杯を飲み終えたあたりで、リリーもようやく陽気な気分になりはじめた。じきに一本目のボトルが空になり、うら若き女性たちはふたたび使用人を呼んでボトルをもう一本開けさせた。

「教えて、アリー」リリーはきいた。「ゆうべのミスター・ランドンとの逢い引きはどうだったの？」

アレクサンドラが笑う。「とてもすてきだったわよ。しばらく話をして、それから彼がわたしの体に腕をまわしてきたの。〝あなたにキスをする栄誉を認めていただけますか〟ってきかれたわ」

「そんなことをきいてきたの？　紳士的ね」ソフィーが言った。「でもわたしなら、そもそもシャペロンもなしで暗いテラスに女性を連れだす男は認めないわ」

「わたしは認めるわよ。だからいいの」アレクサンドラが応じる。「それにあの人はとてつもないお金持ちだもの。スコットランドとアメリカに土地があって、貿易会社だって所有しているのよ」

「そんなことはどうだっていいでしょう」ローズが言った。「それより、キスはどうだったの？」

「ウェントワースよりはずっとよかったわ」

「当然ね」リリーは同意した。「ウェントワースなんかより、ブランデーのほうがよほど上手なキスをするわよ。そうよね、おちびさん？」

子犬がリリーの顔をなめまわす。

「またふたりで会うつもりなの？」ローズがアレクサンドラに尋ねた。

「ええ、明日は馬車で出かけるの。今日は仕事でバースに行っているけれど、晩餐までには戻ってくるつもりだそうよ。次はあなたの番ね、ローズ。何か話すことはないの？」

「昨日、乗馬のあと……」ローズの顔が恥じらいに赤く染まる。「エヴァン卿とキスをしたわ。すてきだった」

「やるじゃない！」アレクサンドラが飛びあがらんばかりの勢いで喜びを表した。「彼も公爵に負けないくらいハンサムよね。その公爵はどうなの、リリー？　もうキスはされた？」

ダニエルの魅惑的なキスの記憶が頭いっぱいによみがえり、リリーは全身がたちまちほてった。「いいえ」ローズを見てかすかに首を振り、言葉を続けた。「でも経験は豊富みたいだから、きっとそれなりに違いないわ」

「それは間違いないわね」アレクサンドラが同意する。「もっとも、わたしだったらたぶんキスがどうだろうと気にしないわ。あんなハンサムな顔を一生眺めていられるなら、それだけでじゅうぶん幸せよ」

リリーはあきれて天を仰ぎ、二本目のボトルに残ったワインを自分のグラスに注いで空にした。「もう一本、ワインを開けましょうよ」

「飲みすぎよ」ローズの舌はすでにうまくまわっていなかった。「少し頭がくらくらするわ」

「わたしは公爵と結婚するのよ。そのわたしがもう一本、開けると言ってるの」

「チョコレートがあと少ししかないわ」言い終えるや、ソフィーの口からしゃっくりが飛びだした。

「全部食べてしまいましょう。ワインとの相性が抜群だもの。やっぱりもう一本、ワインを開けないと」リリーは宣言し、抑えきれずにくすくす笑った。

「リリーに賛成」アレクサンドラが呼び鈴の紐を引いて使用人を呼ぶ。

もう一本のボトルの栓が開き、四人がさらにワインを飲みながら子どもの頃の話で盛りあがっていると、ドアをノックする音が聞こえた。

「裁縫師の女性がお呼びです、お嬢様」メイドがリリーに言った。

「もうできたの？　今、何時？」

「七時半です」

「わかった、すぐに行くわ。うまく歩けるかしら」リリーは言ったが、どうにも舌がもつれてうまく発音できなかった。「誰かついれ……ついてきて」

「わたしは無理」ソフィーが答えた。「気分が悪くなってきたわ。アリー、わたしを部屋まで連れていって」

「じゃあ、ローズ、一緒に来て」

ローズはもう自分のベッドに横たわっている。「今、行くわ」それだけ言うと、軽いいびきをかきはじめた。

「まいったわね」リリーはつぶやいた。しかたがなくひとりで部屋を出て、壁を支えに裁縫師が待つ部屋に向かう。

「どうぞお入りください」マダム・ルルーが手にした赤いドレスを掲げた。「きっとご満足いただけますわ。試着していただいて最後の調整をしたあと、一〇時までに部屋へお持ちします。それでよろしいですか？」

リリーはしゃっくりをしてから答えた。「ええ」

マダム・ルルーにうしろを向かされる。そのあまりの勢いに目の前がぐらぐらと揺れ、リリーは危うく転びそうになった。マダム・ルルーが手早くドレスを脱がせて新しいドレスを着せ、寸法をはかって生地にピンを刺していく。そのあいだ、リリーは黙って立ったまま、ワインのせいで脈が速まっていくのを感じていた。

「いいでしょう《ビアン》」マダム・ルルーが言った。「もう部屋に戻っていただいて結構ですよ。あとはわたくしにおまかせを」

マダム・ルルーの手を借りてもとのドレスに着替えたリリーは部屋を出て、まぶたが閉じそうになるのをまばたきでこらえながら、ゆっくりと自室に戻った。ローズはベッドでぐっすり眠りこんでいて、この分では晩餐にも出られそうにない。自分はというと、着ているドレスは持っているものの中でも魅力的な部類に入るものだし、着こなしもきちんとしている。念のために深呼吸をして姿見で確認したところ、映った姿はぼやけていたとはいえ、見たところ問題はないようだ。リリーは廊下に出て、最初に見かけたメイドにローズが起きるまで子犬の世話をするよう命じた。それから階段に向かい、転ばないよう手すりにつかまって階下へ向かった。


ダニエルは顔をあげ、リリーが大食堂に入ってくるのを見た。何か様子がおかしい。彼は立ちあがり、急いでリリーのもとに向かって腕を取った。

「リリー、大丈夫かい？」

「もちろんよ」リリーがゆっくりと答えた。「なぜそんなことをきくの？」

「ドレスは乱れているし、髪も……」ダニエルの鼻がかなり強いにおいをとらえた。「なんてことだ。いったい何を飲んだ？」

「あなたにもらったワインよ。いいえ、あなたじゃなくて閣下ね。なんて呼んだらいいか、わからなくなってしまったわ」リリーがくすくす笑う。

「一緒に来るんだ」ダニエルは急いで酔った彼女をその場から連れだした。

「こんなふうに部屋を出たら、みんなにどう思われるかしら?」言ったそばから、リリーの口からしゃっくりが飛びだす。「あら、失礼」

「他人にどう思われるかなんてことをいつから気にするようになったんだ?」ダニエルは使用人用の階段をのぼり、リリーを二階上の彼の部屋まで連れていった。

「だめよ、あなたとベッドをともにするつもりはないわ」リリーがふたたびしゃっくりをする。

「ぼくをよほどひどい人間だと思っているんだな」ダニエルは首を振った。「ぼくが酔った女性をベッドに連れこむような男だと本気で考えているのか?」

「なんですって?」どうやら聞いていなかったらしい。続けてリリーが言う。「ダニエル、ブランデーはどこ? そうよ、メイドと一緒にして部屋に置いてきたんだったわ。あの子に会いたい」

「さあ、横になって」ダニエルはやさしくリリーをベッドにいざなった。

「ブランデーに会いたいの」

「すぐ連れてくるよ」

ダニエルが呼び鈴を鳴らすと、パトニーが即座に現れた。ダニエルは小声で数分、従者と話をし、続けて浴室に向かった。戻ってきたダニエルは鏡台にあった水差しからグラスに水を注ぎ、リリーのもとへと向かった。

「これを……」手にした小さな紙の包みを破って言う。「のむと頭痛が楽になる」

「頭は痛くないわ」

「だったら、予防のためだと思えばいい。舌を出して」

リリーが言われたとおりに舌を出し、ダニエルはその上に包みの中の粉末を落とした。

「苦い！」

「ああ、知っている」ダニエルは彼女の口に水の入ったグラスをあてがった。「飲んで」

たった二、三口で、リリーは水を飲み干した。

「さて、なぜ昼間からこんなふうになるまでワインを飲んだのか、説明してもらえるかな？」

「気が進まないわ」

「いいから、話してくれ」

またしてもリリーがしゃっくりをした。「気分が悪いわ、ダニエル」

「洗面器を持ってこようか？」

またしゃっくりだ。どうにも止まらないらしい。「いいえ、たぶん大丈夫」

「どうしてワインを？」

「ああ、その話ね。ローズとアリーとソフィー、それからわたしの四人で婚約のお祝いをしたの。みんなひどくうらやましがってたわ。あなたはあの三人のうちの誰かと結婚すべきよ」


「ぼくが結婚したいのは彼女たちじゃない。きみだ」

「やっぱり、洗面器が欲しいかもしれない」

ダニエルはいったんその場を離れ、洗面器を持ってリリーのところに戻った。

「やっぱり大丈夫そう。吐き気が消えたわ」

「念のため、洗面器はここに置いておくよ」ノックの音がして、ダニエルはドアへと向かった。パトニーから赤褐色の液体が入ったグラスを受け取り、リリーのもとへ持っていく。

「今度はこれをのんで。ぼくは額にあてる冷たい布を用意する」

少しばかり濃度のある液体を見て、リリーが首を振った。

「こんなものを口に入れるのはごめんだわ」

「いや、入れるんだ。さあ、のんで」

リリーがグラスに口をつけ、ひと口のむ。「なんなの、これ！　まずい」

「ああ、わかっている。だが、効き目は折り紙つきだ。さあ、全部のむんだ」

リリーは今度は鼻をつまみ、液体をのみ干してグラスを空にした。

「さっきまでのほうがずっと気分がよかったわ。本当に吐きそう」

「大丈夫だ。一時間もすれば気分もずっとよくなる。洗面器はそこにあるから、必要なら使ってくれ」

またしてもノックの音がした。今度はブランデーの到着だ。

「きみの犬だよ、リリー」ダニエルは子犬をリリーの腕に抱かせてやった。

「来たわね、おちびさん。寂しかった」リリーがあくびをする。「眠いわ、ダニエル」

「横になるんだ。少しやすむといい」

「ブランデーはどうなるの？」リリーは眠そうに答え、ダニエルの枕に頭を預けた。

「パトニーが犬舎に連れていく。明日まではそこで面倒を見る」

「わかったわ」リリーが目を閉じる。

ダニエルは彼女の額に濡れた布を置いた。

「これは気持ちいいわ」リリーがささやく。「一緒に横になって、ダニエル」

「いや、きみが酔っているあいだはやめておくよ、リリー」

リリーがはじかれたように目を見開いた。「酔ってなんかいないわ！」

ダニエルは小さな笑い声をあげた。

「もちろんだとも。いいから眠るんだ。すぐまた起こしに来るから」

「舞踏会のドレスに着替えないと」

「間に合うよう起こすよ。目を閉じて。ぼくはここできみを見ている」

「やさしいのね」リリーがダニエルに向かって腕を伸ばす。「わたしの体を抱いていて。あなたの腕を感じていたいの」

それくらいなら問題ないだろう。ダニエルは彼女の隣に横たわり、そっと体を抱いた。

「すこぶるいい感じだわ」リリーは小声で言うと、じきに寝息をたてはじめた。

ダニエルは眠っているリリーの額にそっと唇で触れた。彼女に必要とされていると思うと、それだけで顔がほころぶ。リリーもまた、彼のことを気にかけているのかもしれない。

真実はワインの中にある《イン・ウィーノ・ウェーリタース》。ダニエルはラテン語の格言を内心でつぶやいた。

13

目を開けると、リリーは一糸まとわぬ姿で公爵のベッドの中にいた。ダニエルが彼女とひとつになりながらやさしく体を抱き、名前をささやきつづけている。「リリー、リリー、リリー」リリーは甘い吐息をもらし、肌に触れるダニエルの両手の感触を味わった。「リリー、リリー……」

何か冷たいものがまぶたの上に落ちてきて、リリーは今度こそ本当に目を開けた。ダニエルがすぐそばに座り、彼女の腕を揺すっている。

「リリー、リリー」

ドレスを着たまま、ダニエルのベッドで横になっているようだ。さっきの睦み合いは夢だったのだろう。それにしても、まぶたに落ちてきたのはいったい……これは……薄く切ったキュウリらしい。

「ダニエル？」

「ぼくはここだ。気分はどうだい？」

「どうしてキュウリがわたしの顔の上にのっているの？」

「母が昔からそうしているんだ。目が疲れたり腫れたりしたとき、薄く切ったキュウリが効くと言っていたからね。厨房に言って持ってこさせた」

「口の中でひどい味がするわ。これは何？」

「それはまあ……ワインを飲みすぎたせいだ」

「というより、あなたが無理やりのませたあのひどい液体のせいよ。あれはいったいなんなの？」

ダニエルが声をあげて笑う。「知ったらきっと後悔する。それより、頭は痛いかい？」

リリーは首を振った。「頭は痛くないけど、きっとひどい顔になっているでしょうね」

「ぼくにとってきみはいつだって美しいよ、リリー。実際、きみの顔はとてもきれいだ。母に昔からのやり方には効果があると伝えなければならないな。ただ、髪は少し直したほうがいいだろう。それに風呂と歯磨きも必要だ」

リリーはしかめっ面をした。

「最悪のところを見られてしまったわね。まだわたしと結婚したい？」

「きみは残念がるかもしれないが、したいと思っているよ」

「なんてこと」リリーは立ちあがってみると、頭が少しくらくらとしたが、足元は信じられないくらい揺るぎなかった。

「リリー、今夜の舞踏会に出られそうもないなら、婚約発表は明日に延ばしてもいい」

「いいえ、気分は……よくなったわ。驚くほどね。パトニーはあの液体を売りに出すべきよ」

「ぼくもよく同じことを考える」

リリーはダニエルに向き直った。「ダニエル……」

「なんだい、リリー？」

「そばにいてくれて、ありがとう」

「きみのためならぼくはなんでもする。きみにもそれが伝わっていることを期待していたんだが……」

「わたしは……」

「いや、いいんだ」

「違うの……あなたからの贈り物はとてもすてきだったわ、ダニエル。心を打つものばかりだった。本当よ。でも、受け取れないわ。特にフェルメールの作品は受け取れない。やりすぎよ」

「ぼくが持っていてほしいと望んでいるんだ。どのみち結婚したら、半分はきみのものになる」

「それは違うわ。結婚したら、わたしはこれまでのわたしでなくなってしまうのよ。なんの所有権も持てないから、わたしのものはすべてあなたのものになるわ。それにすべてにおいてあなたに従い、あなたに譲らなければならなくなる」

「リリー……」

「それが真実よ。あなただってわかっているはずだわ」

「ぼくは絶対にきみの個性を奪ったりしない」

「でも、夫としての権利は行使するでしょう？」

「たしかに、いくつかは行使せざるを得ないだろう。きみを守り、きみにとっての最善の利益を追求するのがぼくの義務になるからね。きみについては、ぼくが責任を負うことになる」

「わたしは誰の義務にも責任にもなりたくない。そんなのは気に入らないの！」

「リリー、落ち着いてくれ」

「部屋に戻って着替えないと。時間がないわ」

ダニエルが歩み寄ってくる。

「結構よ」リリーは両手をあげた。「エスコートはいらないわ。今さら分別を気にしても意味がないもの。そうでしょう？」廊下へ出て、乱暴にドアを閉める。

リリーが部屋に戻ると、ローズが病人のような青白い顔をして湯に浸かっていた。

「戻ってきたのね、お姉様。頭ががんがんするわ」

「今、治してあげるわ」リリーは呼び鈴を鳴らし、やってきたメイドに伝えた。「わたしもお風呂に入るから準備をお願い。髪も整えてほしいの。でもその前に、妹のために頭痛薬を持ってきてあげて。それとミスター・パトニーに、さっきわたしに作ってくれたものがもう一杯必要になったと伝えて」

「どういうことでしょう?」

「言えばわかるわ。そうだ、一杯じゃなくて三杯お願いしたいと伝えて。二杯は隣の部屋のソフィーとアリーに届けてちょうだい。さあ、急いで」

「死にたい気分よ」ローズがこぼした。「お母様の命に懸けて誓うわ。二度とお酒なんて飲まない!」

「そんなことは言わないで、ローズ。今夜のシャンパンも飲めなくなるわよ」

「シャンパンは別よ」

「さあ」リリーはタオルを差しだした。「浴槽から出て」

ローズが体を拭いてドレスを着るのを手伝い、髪をとかしてやる。そうこうするうち、メイドが頭痛薬を届けてきた。薬を口に入れたローズがあまりの苦さに顔をしかめる。リリーは妹に声をかけた。

「よく効く薬だから我慢して。お風呂の用意ができたから、わたしも急いで入ってくるわね。もしメイドが奇妙な液体の入ったグラスを持ってきたら、ちゃんと全部のむのよ。わかった?」

妹がうなずいたのを見て、リリーは風呂に入った。大急ぎで風呂から出たあと、歯磨きをした。パトニーの薬のせいで見えない膜が張りついたように感じられる口を、いつもの倍量の歯磨き粉を使って懸命に磨く。磨き終わって慌ただしく髪をとかしていると、ドアをノックする音がした。ローズは動けないのか、ベッドに横になってじっとしている。リリーがドアを開けるとふたりのメイドが立っていて、ひとりはローズの薬が入ったグラスを、もうひとりはリリーが舞踏会で着るドレスを手にしていた。

「ドレスが遅れて申し訳ないと、マダム・ルルーが謝っていました」

「いいわ、舞踏会には間に合いそうだから」リリーはドレスを受け取って丁寧にベッドに置き、メイドに告げた。「三〇分後にまた来て。わたしと妹の髪を整えるのをお願いしたいの」

「わかりました」

リリーはグラスを持ってローズのもとへ行った。「さあ、これをのんで」

グラスの中のねっとりとした液体を見るなり、ローズが言った。「悪い冗談でしょう?」

リリーは首を振った。「最後の一滴まで残さずにのむのよ。いやだというなら力ずくでものませるわ。あなたに嘘はつけないから正直に言うけれど、味は最悪よ。でも、三〇分もしたら気分がずっと楽になるわ。さあ、のんで」

ローズが鼻をつまみ、液体をのむ。

「少し気分が悪くなるかもしれないから、念のために洗面器を持ってくるわね。横になって目を閉じているといいわ。三〇分したら声をかけるから」

ローズがうなずいたのを見て、リリーは洗面器を取りに行った。キュウリがあればなおいいが、残念ながら時間がない。しかたがないので、冷たい水で濡らした布を妹の額と目の上に置いてやった。それから髪をとかしに戻り、つやが出てきたところでメイドを呼び入れて着替えをはじめた。

新調した真っ赤なドレスはリリーの狙いどおりに露出が多く過激だったが、同時に着ている彼女を引きたたせる美しいものでもあった。ドレスの鮮烈な赤はもともと赤みがかった肌と黒髪を際立たせる効果を生んでいる。深く切れこんだV字のネックラインは一見したところ胸がこぼれてしまいそうで、それでいて実際にはボディスがきちんと守ってくれていた。ひだを増やしてふくらみを持たせたバッスルのおかげで細い腰も実際以上に丸みを帯びて見え、なんともなまめかしい。肩をむきだしにした袖は真珠をあしらった留め金から魅惑的にさがり、リリーの肩と腕の魅力を存分に引きだしていた。

「とてもお美しいですわ」メイドが感嘆もあらわに言う。

「向こうの引き出しにある真珠を持ってきてもらえないかしら」リリーは指示した。

残念ながら、ルビーではこのドレスの鮮やかな赤を台なしにしてしまう。だが、真珠なら文句なしにぴったりだ。戻ってきたメイドの手を借り、真珠のチョーカーと耳飾りをつけていった。

「次は髪ね。どうしようかしら？　なんというか、見た人が驚く感じにしたいんだけど」

「おまかせください」メイドが自信ありげに答えた。「さあ、こちらでお座りになってください」

「先にローズを起こさないと」リリーは妹のベッドに急いで行き、やさしく体を揺すった。

「ローズ、起きて。そろそろ時間よ」

ローズがあくびをして目を開ける。「もう舞踏会の時間？」

「ええ、もうすぐよ。起きて。気分はどう？」

「ずっとよくなったわ。どうしてかしら？」

「ミスター・パトニーの秘薬のおかげよ」リリーは呼び鈴でローズの身支度をするもうひとりのメイドを呼んだ。妹がドレスに興味を持つ前に髪を仕上げてしまおうと、鏡台の前に戻る。

リリーの髪がまとまった頃、着替えを終えたローズが隣に腰をおろした。

「お姉様、そのドレス……」

「きれいでしょう？」

「ええ、もちろんよ。お姉様は何を着ても似合うもの。でも、お父様がなんて言うかしら」

「お父様がどう言おうと、わたしは気にしないわ。お父様はわたしを結婚させて家から追いだすつもりなのよ。お父様にしてみたら、わたしはもうどうでもいい存在なの」

「お姉様、そんな……」

「大丈夫よ、ローズ。そんなことより、あなたこそとてもすてきだわ」

「ありがとう。でも、お姉様とは比べものにならないわ。わたしは絶対にそんな大胆なドレスを着る勇気は持てないでしょうね。とても華やかできれいよ」

「ありがとう」

メイドがまとめた髪に真珠を編みこんでから、こてを使ってやわらかな巻き毛を作り、首のうしろに垂らしていく。

「最高にいい感じだわ」リリーはメイドを褒めた。

「ご満足いただけてうれしいです。ほかに何かございますか？」

「いいえ、今はいいわ。ありがとう」

手首と耳のうしろ、それから胸の谷間に少しずつクローヴのオイルをつける。肘までの長さの白い手袋をはめてからため息をつき、思い直して手袋を外した。

「口紅をつけるわ」

「お姉様、今までそんなものをつけたことなんてないのに」ローズが言う。

「今夜はつけるの」

ローズが勢いこんで立ちあがり、髪の支度を終えたばかりのメイドとぶつかりそうになった。「お姉様の肌は磨きあげたムーンストーンみたいにきれいだし、頬だって自然に赤みがさしていてとてもすてきだわ。それを口紅なんかで台なしにしてはだめよ」

「わかったわよ。やめておくからそんなに怒らないで」リリーはゆっくりと手袋をはめ直した。

「まったく、むちゃばかり言うんだから」ローズが安堵の息をつく。

「聞こえたわよ」リリーはぴしゃりと返した。「準備はいい？　そろそろ行かないと」

「ええ、できたわ。こんなに気分がよくなるなんて信じられない」

「すばらしいでしょう？　商品にして売れば、パトニーは大金持ちになれるわ」

リリーとローズは落ちあった兄の腕を取り――トーマスはリリーのドレスをじっと見つめ

はしたが、何も言わなかった——最後のほうの客として壮麗な舞踏室へと入っていった。ソフィーとアレクサンドラを見つけ、四人で椅子に腰をおろす。

「リリー、なんてすてきなの」アレクサンドラが言った。「そんなドレスを着こなせるのはあなたくらいだわ」

「そんなことはないわよ」リリーは答えた。「あなただってきっと似合うわ。それより気分はどう？　ふたりとも大丈夫？」

「ええ、メイドが持ってきてくれたあの液体のおかげね。あれはいったいなんだったの？　ヤギの血？　それともイモリの目？」アレクサンドラが笑顔で尋ねる。

「そうかもしれないわ。わたしにもわからない。公爵の従者の手作りみたいだけれど、本当に奇跡みたいな薬よね」

「一時は……」ソフィーが割って入った。「舞踏会に出られないんじゃないかと思ったわ。でもあなたの婚約発表の場には絶対にいたかったから、本当によかった」

「あなたたちがここにいてくれて、わたしもうれしいわ」リリーはふと階段の上のほうに目をやり、そのまま固まった。「なんてこと」息を詰まらせながら、どうにかひと言だけ絞りだす。

ダニエルが大きな階段をおりて舞踏室に入ってきた。白いシャツに黒のシルクのクラヴァット、濃灰色の上着、そして目が痛くなるほど鮮やかな白い手袋という正装姿だ。黒い細身のズボンの裾はまっすぐ黒い革のブーツにたくしこまれている。長い髪をうしろになでつけて縛っているのだけが、リリーにしてみれば少し残念だった。豊かな金髪がたくましい肩に触れ、光を放つ様子が大好きだったからだ。だが、今の髪型も気高い……いや、崇高で威厳のある雰囲気を与えていて、ダニエルをまるで王子のように見せていた。

「リリー、これでも胸がときめかない？」アレクサンドラがダニエルを見つめながら、くすくす笑う。

「驚いた。本当に只者《ただもの》ではないわね」ふだんは控えめなソフィーまで、扇で自分の顔をあおぎながら言った。「外見は重要じゃないわ。重要じゃないけれど……それにしたって……ああもう！　なんてことかしら！」

公爵未亡人が優雅に舞踏室の中央に進みでて、息子である第七代ライブルック公爵ダニエル・ファーンズワースとアシュフォード伯爵夫妻の娘レディ・リリー・ジェムソンの婚約を宣言する。だがダニエルに目を奪われていたリリーには、ほとんど何も聞こえていなかった。万雷の拍手の音も耳に入ってこない。ダニエルが近づいてきてそんなリリーの手を取り、ダンスフロアへといざなった。そのあいだも、リリーはただ落ちつかなげに息を詰めているだけだった。オーケストラによるワルツの演奏がはじまっても、リリーはまだダニエルの堂々とした態度と華麗さに見とれていた。ダニエルがたくましい腕でリリーを抱き、彼女の力の抜けた腕と脚を慎重にあるべき位置に持っていく。彼のリードで体がフロアの上をくるくると回転しはじめると、リリーの口から自然と大きなため息が出た。

「今夜のきみはとても美しい、リリー」ダニエルがこれ以上ないほど張りつめた表情で彼女の目を見つめる。

そのひと言で、リリーはようやく現実に引き戻された。

「何を言っているの。別に美しく見せようとしたわけじゃないわ。わたしは――」

「卑しく見せようとしたんだろう？　わかっている。でも、きみはいくつか忘れていることがある」

リリーはダニエルの顔を見あげたが、口は開かなかった。

「まず、きみには生まれついての優雅さと気品がある。だからどうしたって卑しくは見えない。たとえ服を着ずにフェザーボアを巻いただけの姿で登場したとしてもだ」

「そうすればよかった」リリーはむきになって言った。

ダニエルはかすかに眉根を寄せただけで、口調を変えずに話しつづけた。「そんなまねをしていたら、きみは明日、この場にいるすべての既婚女性から大変な感謝を捧《ささ》げられることになっていただろうね」

リリーはその言葉に戸惑い、ただダニエルを見つめた。

「次に、きみは近い将来、ライブルック公爵夫人になる身だからね。何を着るかは他人の目を気にせず、きみ自身が決めていい。あと二週間もしたら、今ここにいるすべての女性が臆面もなくきみをまねているだろう」

「そんな……」

「つまり、ぼくときみ自身に恥をかかせようというきみの試みは失敗に終わったわけだ。だがすべての男に、ぼくが世界一幸運な男だと認めさせることには成功した」

「ダニエル……」

「今夜のきみの美しさに太刀打ちできる女性などひとりもいない。きみの母上や妹さんもかなわない。きみは鮮やかな色がよく似合うし、何より人々を驚かせるために生まれてきた女性だ。そんなドレスだって着こなすことができてしまうんだよ、リリー。見事にきみの美しさが引きだされている」ダニエルが穏やかに笑うと、息がリリーの頬にかかった。「きみのおかげでぼくの人生は驚きに満ちたものになる。毎朝、きみが次は何をするのだろうと考えつづけるんだ。きみの夫になるのが楽しみでしかたがないよ。ぼくを追い払おうとしても無駄だ」

「わたしにはあなたを追い払えないというの？」

「無理だ」

ダニエルがリリーの知らないダンスのステップを踏みはじめたが、巧みなリードのおかげで彼女はやすやすとついていくことができた。体が密着して相手の体温を感じるたび、リリーの肌がちくちくする。

「みなを驚かせたいんだろう？」ダニエルがウインクをした。「こんなやり方もある」頭の位置をさげ、リリーの唇にキスをする。

「ダニエル！」リリーは息をのんだ。

彼がもう一度、ウインクをした。

「きみはぼくの中に眠る獣性を引きだしてしまうらしい」

「そんな」

ワルツが終わると、ダニエルはリリーを食べ物と飲み物が置かれたテーブルへと連れていった。「シャンパンはいらないだろうね」

「パンチでいいわ。ありがとう」

ふたりの周囲にたちどころに人が集まり、男性たちがリリーにダンスの相手をしてくれるよう懇願した。

「ひと晩じゅう彼女を独占したいところだろうが、そいつは無理な相談だ、ライブルック」

ヴィクター卿がリリーを誘ってダンスフロアに向かう途中、ダニエルに語りかけた。

リリーはヴィクター卿を皮切りに、トーマス、アレクサンドラと親しいミスター・ランドン、エヴァン卿、父、ダニエルの顧問弁護士のひとりと主治医、さらに一〇〇人はいたであろう見ず知らずの若い男性たちとひたすら踊りつづけた。その中にはダニエルとの三回も入っている。さすがに足が限界を迎えたので、リリーは新鮮な空気を求めてテラスに出て、体を休め、気を取り直すのにちょうどいい暗がりを見つけた。

「なかなかいい見世物だったわ」暗がりにいたリリーに何者かが声をかけてきた。

リリーが振り向いた先に立っていたのは、レディ・アメリア・グレゴリーだった。

「それに、そのドレスは……あなたにぴったりね」

「あら、アマンダ」リリーは答えた。「あなたに会えるなんてうれしいわ」

「ばかね、アメリアよ。それともわざとなの？　わたしもあなたをライラとでも呼べばいいのかしら」

「今は好きに呼べばいいわ。でも、このハウスパーティーが終わるまでには公爵夫人と呼ぶことになるのよ」リリーは顔に得意げな笑みが浮かぶのを抑えられなかった。

「そうね。ほんの数日前には公爵に見向きもされなかった女がクーデターを起こしたというところかしら」

「たしかに、数日前はそうだったわね」

「ええ、見向きもされていなかった。わたしがあなたのお兄さんに見向きもしなかったのと同じようにね。ところで、なかなかすてきなお兄さんじゃない」

「わたしを脅そうとしても無駄よ。兄はあなたなんかと関わって身を落とし《ロウアー》たりしない」

「あら、そうかしら？　公爵は実際、何度も身を沈め《ロウアー》たわ」

アメリアにダニエルとの体の関係をほのめかされ、リリーは眉をひそめた。

「失礼するわ。わたしと踊る名誉を授かりたいという男性が大勢待っているの」

「いいえ、そうはいかないわ」アメリアがリリーを制止する。「あなたに話があるの」

「わたしにはないわ。何ひとつとしてね」

「身を引きなさい」アメリアがリリーをにらみつけた。「公爵との結婚をあきらめるのよ」

「まあ！　いいことを教えてあげるわ。わたしは身を引こうとしているのに、ダニエルが許してくれないの」

「よくもまあそんな嘘がつけるわね。真実が話せない病気なの？」

「わたしは本当のことしか言っていないわ。残念ながら、ダニエルはもう心を決めているのよ。負け犬になるのはさぞ胸が苦しいでしょうね。お察しするわ。じゃあこれで」リリーはアメリアを押しのけ、舞踏室に戻ろうと歩きはじめた。

アメリアがリリーの腕をつかむ。「身を引きなさい。わかったわね？」

「ずいぶん太い神経をしているのね。わたしがいやだと言ったらどうなるの？」

「後悔するはめになるわよ」

「後悔ならもうしているわ。こんな会話に二秒以上も時間を無駄にしたことをね。ごきげんよう」

舞踏室に戻っても、リリーは怒りがおさまらなかった。

ダニエルがリリーのもとに歩み寄ってくる。「気分はよくなったかい？」

「ええ、大丈夫よ。まだわたしと踊りたい？」

「こういう場できみを独占するのはまずい」

「よかった。足が痛くて死にそうなの。少し散歩しない？」

「足が痛くて死にそうなのに、歩きたいのか？」ダニエルがものうげな笑みを浮かべた。

「図書室か応接室に連れていって。そうすれば座れるわ」

「わかった、行こう」

ふたりは暗い図書室に向かった。ダニエルがテーブルの小さなランプに火を入れ、リリーはソファに倒れこむように腰をおろした。

「エプソムソルトを入れたお湯があればもう何もいらない。ひと晩でこんなに踊ったのは初めてよ。この半分も踊ったことはないわ」

ダニエルがリリーの隣に座って彼女の足を膝の上にのせ、靴を脱がせてやさしくマッサージをしはじめた。

リリーは目を閉じ、やわらかなクッションに身を預けた。「明日は何があるの?」

「ぼくはロンドンに用事がある。母とおばが客のために何を用意しているかは知らないな」

「一日じゅう?」

「たぶんそうなる。夜明け前に出て、戻るのは晩餐が終わったあとだ。でも、その次の日にまた会える」

「丸一日もかかるなんて、そんなに重要な用事なの?」

「仕事だ。きみが興味を持つようなことじゃない」

「興味があるに決まっているじゃないの」リリーは間を置かずに言い返した。「わたしはあなたの腕にぶらさがるだけの頭が空っぽな女じゃないのよ。わたしも一緒に行ってはだめなの?」

「今回は遠慮してくれ。結婚したあとなら、きみが望むときはいつでも連れていく」

「なぜ……」不愉快な考えがリリーの頭をよぎった。「まさかロンドンにいる……いいえ、なんでもないわ」リリーは足をダニエルの膝からおろして靴を履いた。「疲れたわ。もうべ

ッドで眠りたい

「まだそんな時間じゃないだろう。舞踏会を抜けるのはまずい」

「大変な一日だったの。あなたも知っているでしょう、ダニエル？　もうベッドでやすみたいわ。わたしの部屋まで送ってくれてもいいし、そうでなければひとりで戻るわ」

「そういうことなら、ぼくの部屋に連れていきたいね」

リリーはとっさに言葉が出なかった。たしかに疲れてはいるが、ダニエルを求める気持ちはあった。体も彼に触れられるのを望んでほてっている。何より今夜ベッドをともにすれば、ダニエルも愛人に会いにロンドンへ行く気が失《う》せるかもしれない。リリーには彼がわざわざロンドンに出向く理由をほかに考えられなかった。地所に関係する仕事ならこのローレル・リッジでできるはずだ。だが、ほかの女性のもとへ向かわせないためだけにダニエルとベッドをともにするというのは……新しい習慣にはしたくない行動だった。そもそも、そんな扱いをされるいわれがない。

「自分の部屋に戻るわ」

「わかった。では送るよ」

ダニエルはリリーが立つのに手を貸し、東の翼棟の二階にある彼女の部屋まで送り届けた。身をかがめて唇に節度あるキスをし、リリーのためにドアを開ける。

リリーはすばやく部屋をのぞきこみ、ローズがいないことを確かめた。ダニエルの腕をつかんで室内に引きこみ、首に腕をまわす。唇を重ね、まるでこれが初めてのキスのように舌で彼の口を探り、味わって堪能した。本音ではダニエルが欲しくてたまらなかった。そこまで素直になるわけにはいかないが、キスくらいならなんの害にもならないだろう。それにもしかしたらこのキスのせいで、ダニエルも明日、ロンドンへ向かう途中にでも彼女のことを思いだしてくれるかもしれない。

ダニエルの反応は情熱的だった。リリーは自分の胸をダニエルのたくましい体に強く押しつけ、指を走らせられるように彼の結ばれた髪をほどいた。ダニエルが激しく口づけながら、リリーの背中が壁にぶつかるまで前に進みでる。力強い腿にゆっくりと脚を開かれたリリーは、そこに脚の付け根を押しつけていった。そのあいだにダニエルの唇が彼女の口から耳、首、そして今にもドレスからこぼれそうな豊かな胸の谷間へと移っていく。うっすらと赤く染まった胸を片方だけあらわにされ、先端にキスを浴びせられると、リリーの体の芯を稲妻のような衝撃が貫いた。心臓が爆発しそうなほど胸が高鳴るのと同時に、下着の中に蜜があふれだす。

ダニエルの唇が口へ戻ってくると、リリーは両手で彼の髪をつかんで頭を強く引き寄せた。夢中になって、これ以上は不可能なほどきつく唇を押しつける。やがて唇が離れたとき、ふたりの呼吸はすっかり乱れていた。はたしてダニエルはこのキスで明日、愛人のところへ行くのを考え直してくれるだろうか。

「本当にぼくの部屋に来なくていいのか?」

いいわけがない。「ええ」リリーはかすれた声で答えた。「ただ……すてきなおやすみのキスがしたかっただけよ」

「リリー、お願いだ。きみが欲しくてたまらない」彼女の顔のすぐ横で額を壁に押しつけているダニエルの声音は、情熱と欲望に満ちていた。リリーの腹部に押しつけられた欲望の証がうずきつづけているのが伝わってくる。

リリーの目が涙でかすんでいった。どうやらひどい間違いを犯してしまったらしい。今、彼女を強烈に求めているダニエルは、明日になったら別のどこかでその飢えを満たすのだろう。

「無理よ。ごめんなさい」

「泣かないでくれ。きみの涙の原因がなんであろうと、必ずぼくがどうにかしてみせる」ダニエルが親指でリリーの目の端の涙をぬぐう。

「疲れているだけよ。おやすみなさい。またあさってに会いましょう」最後にダニエルの手を強く握り、がっしりした体をドアのほうへと押しやる。ダニエルが出ていくと、リリーは静かにドアを閉めてベッドに飛びこみ、枕に顔を押しあててむせび泣いた。

エマを部屋まで送ったあと、独身紳士たちが泊まる別館に向かって歩いていたトーマスは、数メートル前方からアメリア・グレゴリーが近づいてくるのに気づいた。

「こんばんは」ちょうどすれ違おうかというところで、アメリアが声をかけてきた。

「こんな時間にひとりで何をなさっているんですか？」

「迷ってしまったの。どうもここの広い敷地には慣れないわ。道を間違えてしまったみたい。あなたのおっしゃるとおりね。こんな時間にひとりで出歩くなんてどうかしていたわ。よかったら、部屋まで送っていただけないかしら？」

「もちろんです。喜んでお送りいたしますとも」トーマスは腕を差しだした。

アメリアは黒髪を編みこんでまとめ、背中に巻き毛を垂らしている。引きしまった体を引きたたせる淡い茶色のドレスは、彼女にとてもよく似合っていた。トーマスはアメリアを部屋の前まで送り届け、おやすみの挨拶をした。

「少し寄っていきません？」アメリアが誘ってきた。「送っていただいたお礼をしたいわ。とてもおいしいアルマニャックがあるのよ。フレデリックが好きだったの」

寝る前に少し飲むのも悪くない。ブランデーが好きなトーマスはそう考えた。少しだけなら害はないはずだ。「ありがとう、レディ・グレゴリー。いただきましょう」

アメリアはトーマスを窓際の小さなテーブルへといざない、座るようすすめた。ブランデーのボトルとグラスをふたつテーブルに置いて準備する。

「ぼくが入れましょう」トーマスは濃い金色の液体をグラスに注ぎ、手であたためてからアメリアに渡した。

グラスを受け取ったアメリアが優美な仕草でグラスをまわし、口元へと持っていく。

「あなたの妹さんの結婚に乾杯しましょうか？」

「まったく、リリーはうまくやってくれました」

「本当にそう思うわ。イングランドで一番の独身貴族にたった三日で結婚を決意させたんですもの。世間はもしかしたら……いいえ、なんでもないわ」

「世間がどうしたんです？」

「なんでもありません。それより、あなたの話を聞きたいわ」アメリアがアルマニャックをもうひと口飲んで続ける。「なぜあなたみたいなハンサムですてきな男性が独身でいるのかしら？」

「ぼくはまだライブルックよりも若いですから」

「たしかにそうね。でもあなたのお父様は、アシュフォード家の跡継ぎをもうけてほしいと考えているのではないかしら？」

トーマスはため息をついた。「考えていますね。ですが、父が母と結婚したときは今のぼくより二歳年上でした。なので、まだそれほどうるさくありません」もうひと口、ブランデーを口に含む。「本当にすばらしい味だ」

「ええ。フレデリックが生前、とても気に入っていましたの。それより地位にふさわしい相手に心あたりがあるのかどうか、聞かせてもらっていいかしら？」

「地位にふさわしい相手というと？」

「あなたの跡を継ぐ子どもの母親の地位につく女性よ」

トーマスは危うくブランデーを噴きだしそうになった。

「いや……正直なところ、まだそれほど真剣に考えたことはありません」

「もちろんそうでしょうね。あなたみたいな魅力的な男性が自由を満喫するのは当然ですもの」

トーマスは笑みを浮かべた。「まあ、否定はしません」

「あなたの言葉は理解できますわ。かくいうわたしもフレデリックを愛してはいたけれど、彼が亡くなってからは自由な境遇に慣れてしまっていますから。他人を気にせず自分の喜びを気がねなく追求できるというのは解放的な気分ですものね」アメリアがふたつのグラスに二杯目のブランデーを注いだ。「正直に話してもかまわないかしら？」

「どうぞ」

「わたしは孤独な未亡人よ。わたしについて、いろいろと下世話な噂があるのはわかっている。でも、ほとんどはでたらめなの。もちろん全部とは言わないわ。あなたも知ってのとおり、女にだって欲求はあるもの。それでもほとんどは事実無根なの。最後に男性と……親密な関係になったのはかなり前の話よ」

トーマスは咳払いをした。彼も愚か者ではない。アメリアが自分とベッドをともにしたがっていることくらいすぐに察しがついた。

アメリアが低くかすれた声で言う。「あなたはとても魅力的で、興味深い人だわ」

「光栄に思います、レディ・グレゴリー。ですがぼくの心は今、別の方角を向いていることをわかっていただきたい」

「わたしが興味を抱いているのは、あなたの心ではないの」アメリアがブランデーを飲み干して立ちあがり、トーマスの背後にまわって肩をさすりはじめた。「緊張しているのがわかるわ。あなたのような立場の男性が背中に負った多くの責務のバランスを取るのは、さぞ難しいことなのだろうとずっと思ってきたの。フレデリックを見ていたから理解できるわ」腕をトーマスの肩から腕に移して筋肉をもみほぐし、耳に唇を寄せて続ける。「わたしならあなたの緊張をほぐしてあげられる」

トーマスは椅子に座ったまま、そわそわと身じろぎした。首にかかる吐息が欲望を刺激し、下腹部が高ぶっていく。これが誘惑でなければ、なんだというのだろう？　トーマスは背後にいるアメリアの手をつかんで引っ張り、正面から向きあった。

「いったい何を狙っているんですか、レディ・グレゴリー？」

アメリアがトーマスの腿に座り、腕を彼の首にまわす。「情熱的な一夜をあなたと過ごしたいの」なまめかしくささやいてトーマスに顔を寄せ、唇を近づけてきた。

14

翌日、リリーは遅くまで眠りつづけ、ローズにやさしく体を揺すられて起きたとき、時刻はすでに一一時半になっていた。リリーは目を開けると、自分が昨夜の舞踏会に着ていたドレス姿のまま、しかも片方の胸があらわになった状態で何もかけずにベッドに横たわっていることに気づいた。眠気が一瞬で吹き飛び、慌ててドレスの胸元を整えた。

「お姉様、ひどい顔をしているわよ」ローズが声をかけてきた。「目は腫れているし、涙の跡も残っているわ。起こさなかったけれど、ゆうべわたしが戻ったときだってとても寝苦しそうにしていたのよ。何かわたしにできることはある?」

「いいえ、大丈夫よ。それより、ドレスがだめになっていないといいんだけれど」

「わたしが洗濯とアイロンがけを頼んでおいてあげるわ。まずは着替えましょう」

ローズがドレスを脱ぐのを手伝い、それからメイドに命じて風呂を用意させた。やがて準備が整うと、リリーは浴槽の中に座ってぐったりとしたまま、湯に浸した布を顔にのせた。

「ねえ、ローズ、厨房に頼んで、薄く切ったキュウリを持ってこさせてくれる?」

「そんなものをどうするの?」

「目にあてるのよ。公爵未亡人がしていたんですって。届いたらやり方を見せるわ」

「わかったわ」ローズは呼び鈴の紐を引いて使用人に指示を出し、すぐに持ってこさせた。

「さて」改めてリリーをせかす。「何があったのか話して」

リリーはため息をもらした。

「公爵がロンドンに行ってしまったのよ。戻ってくるのは晩餐のあとになるらしいわ」

「それだけ？　まさか、寂しいなんて言うんじゃないでしょうね」

「違うに決まっているじゃない」実際には違わない。「そうじゃなくて、あの人がロンドンに行く理由がひとつしか考えられないからよ」

「なんなの？」

「愛人に会いに行ったの」リリーの目に涙が浮かんだ。

「なぜそんなふうに思うの？　仕事かもしれないじゃない」

「仕事ならここでできるもの。銀行家も株の相談役も弁護士も、あの人が仕事で必要とする人はみんなここに来ているの。主治医だっているのよ」

「だからといって、愛人と会うとは――」

「会うのよ。しかも、わたしのせいでね。ダニエルに結婚するまでベッドをともにしないと言ったの。彼を罰するつもりだったんだけれど、結局は自分を罰するはめになってしまったわ。わたしがあんなことを言ったから、ダニエルはほかの女の人と……ああ、こんなのは耐えられない！」

「やっぱり公爵を愛しているのね。思ったとおりだわ」ローズがにっこりした。

「いいえ、愛してなんかいないわ」

「お姉様が認めるかどうかは関係ないの。わたしにはわかっているんだもの。わたしはこの世で一番お姉様に近い存在なのよ。お姉様自身が気づく前に、本心に気づくことだってあるわ。お姉様がわたしの本心に気づくのと同じようにね」

「ローズ……」

「公爵もお姉様を慕っているわよ。もしかしたら、愛しているのかもしれない。たかが一時の肉体的な快楽のために、ふたりが分かちあっているものを危険にさらすとは思えないわ」

「あの人にとってはなんの危険もないわ。結婚だってわたしに強要すればいいだけの話だもの。一緒に連れていってと頼んだのに断られたのよ？　それに、あの人はそういう人なの。あなただってダニエルの評判はよく知っているでしょう？」

「噂でしか知らないじゃない。愛人を囲っている証拠も、娼館に通っている証拠もないわ」

「証拠ならあるわよ。わたしは彼の愛人のひとりに会ったの」

「なんてこと。いったい誰なの？」

「レディ・アメリア・グレゴリーよ。このローレル・リッジにいるわ」

「晩餐のとき、お兄様の隣に座っていた人？」

「そう、それよ」リリーは布を湯に浸し、背筋を伸ばした。「それで思いだしたわ。お兄様と話さなければならないの。公爵とわたしが婚約したからには、アメリアはお兄様を誘惑しにかかるはずよ」

「本人がそう言っていたからよ。アメリアはひどい人なの。お兄様は特別に洞察力が鋭いわけでもないから、教えてあげる必要があるわ」リリーはタオルに手を伸ばし、浴槽から出た。

「少し元気が戻ったようね」ローズが言う。

「そうでもないけれど、わたしたちの大事なお兄様があの性悪女に狙われているのよ。いつまでも自分のことを嘆いているわけにはいかないもの」

「そのとおりだわ。そういうわけなら、お姉様も早くドレスを着ないとね。わたしたちと一緒に昼食をとるようお兄様を説得して、男性たちがいる別館から連れだしましょう」

「わかったわ。でも、その前に三〇分ばかりキュウリを目の上にのせておかなければ。あなたもしてみたらいいわ。そのあとでお兄様を捜せば、昼食の時間にちょうどいいはずよ。昼食が終わったら、わたしは犬舎に行ってブランデーを散歩させるわ。そのあとは絵を描くつもり」

「なんだか、別の人やほかの何かで気を紛らわせようとしているみたい」

「そうかもしれないわ」

「そうよ。わたしと一緒に乗馬でもする？」

「わたしは馬に乗るのが下手なのよ、ローズ」

「あら、それは真剣に取り組もうとしないからよ。そうだ！　それよりもいい考えがあるわ。

これならお姉様の笑顔も戻るわね。あの温泉に行きましょう！」

リリーは笑わずにいられなかった。「いいかもしれないわ……ダニエルに彼と一緒じゃなければ行かないと約束したんだけれど、いないものはしかたがないわよね。ダニエルはロンドンで愛人と一緒なんだもの。行かない理由はないわ。行きましょう」

「水着を持ってきて大正解ね。お姉様も持ってきたでしょう？」

「ええ。たしかに今日は出歩く人も多そうだから、水着を着るのが分別というものね」リリーはメイドがナイトテーブルの上に置いていったキュウリの皿を手にし、ふた切れをローズに手渡した。「横になって、目の上にのせるのよ」

「お姉様がそう言うなら」

リリーとローズは独身紳士が滞在する別館の正面のテラスで六人ほどの若い貴族と一緒にいるトーマスを見つけた。

「ジェムソン、きみの妹たちの美しさは、今この屋敷にいる女性たちの中でも群を抜いているな」ヴィクター・ポーク卿が言った。

「痛い目に遭いたくなければ、妹たちをおかしな目で見るのを今すぐやめるんだな」トーマスが応じた。「こちらの妹は……」リリーの頬にキスをして続ける。「きみたちも知ってのとおり、公爵の婚約者だ。色目を使ったらぼくだけでなく、ライブルックも黙ってはいないぞ。それにもうひとりも……」同じようにローズの頬にもキスをする。「ぼくの完全な庇護下にに一緒にしている。ある。それで？　どんな用事があって来たんだ？」

「昼食を一緒にどうかと思って」リリーは答えた。

「ライブルックはどうした？」

「今日は一日ずっとロンドンなの。ローズと話して、わたしたちのすてきなお兄様と一緒に食事を楽しもうということになったのよ」

「昼食はここでのんびりとろうと思っていたんだが」

「頭がどうかしたのか、ジェムソン？」ヴィクターがなおも軽口を叩いた。「こんなに魅力的な妹たちの誘いを断って、ひとり者だらけの辛気くさい建物に閉じこもっているつもりだなんて」リリーたちに向き直って続ける。「ぼくでよければ、喜んでご一緒させていただきます」

「ぼくもだ」もうひとりの若い男性が同調する。

「いや、だめだ」トーマスが割って入った。「誘われたのはぼくだぞ。いいだろう、妹たちよ。このすてきな兄が昼食につきあおう。もっともおまえたちのことだから、ほかにも何か内緒の理由があるんだろうがね」

「あら、どうしてそんなふうに思うの？」リリーはとぼけた。

「おまえたちのすることぐらいお見通しだからだよ」

トーマスの答えを聞いたヴィクターが押し殺した声で笑う。

「お兄様ったら失礼ね」リリーは兄の腕を取った。「では、みなさん、またのちほど」

「あなたが戻るまで、息ひとつしないで待っていますよ」ヴィクターが微笑み、深々とお辞儀をした。

「では、ぼくが戻ってくるまでに息絶えていてくれ」トーマスは冗談めかして言い、歩きだしてからリリーたちに顔を向けた。「まったく、あれでいっぱしの放蕩者のつもりらしい」

「あら、なかなか魅力的な男性だと思うわ」リリーはトーマスに言った。「ここに来て最初の晩に少し話したわ。アリーも夢中になっていたし」

「アリーはミスター・ランドンにご執心のようだが」

「彼の財産にご執心なのよ」ローズが冷めた口調で指摘する。

「アリーを責めるわけにはいかないわ、ローズ」リリーは妹を諭した。「伯爵が亡くなったとき、彼女の家はひどく困窮していたんだもの。アリーはわたしたちのお父様とお母様のお荷物になりたくないと思っているのよ」

「お荷物なんかじゃないわ」

「もちろん違うわ。でも、もしあなたがアリーの立場だったらどう思うかしら？　やっぱり他人の善意に頼りきりにはなりたくないと思うはずよ」

「そうね、お姉様の言うとおりかもしれない」

三人のおしゃべりは屋敷の横のテラスに行くまで続いた。トーマスが使用人を呼び止め、テラスに昼食を用意するよう指示する。

「それで、評判の美人姉妹がぼくになんの用かな？」妹たちの椅子を引きながら、トーマスが尋ねた。「話があるんだろう？」

「本当に何もないのよ、お兄様」リリーは答え、逆に問い返した。「それより、エマはどう？」

「いい子だよ」

「真剣な交際になりそうなの？」

「リリー、彼女とは知りあってまだ一週間も経っていないんだ」

「わたしと公爵だってそうよ」

「もっともな指摘だな。ローズ、おまえとゼイヴィアはどうなんだ？　何かあるのか？」

「今はローズじゃなくて、お兄様の話をしているの」リリーは指摘した。

「お父様にわたしとの交際を申しでると言っていたわ」リリーの言葉を無視し、ローズが答えた。「わたしの知る限りではまだらしいけれど」

「話を戻すわよ。いい？」リリーはきっぱりと告げた。「エマのことをどう思っているの？」

「気に入っているよ。魅力的で明るいし、一緒にいて楽しい。だが、それだけだ。ぼくは妻を探しにここへ来たわけではないからね。それよりも、そろそろおまえたちが本当に知りたがっていることを話してくれないか？」

リリーは観念してため息をつき、目をぐるりとまわした。「わかった、話すわ。まったくお兄様ときたら、本でも読むみたいにわたしの気持ちも読めると思っているんだから。そうでしょう？」

「そうだとも。さあ、話してくれ」

「レディ・アメリア・グレゴリーの話よ。あの人には近づかないでほしいの」

「どういうことだ？」

「聞こえたでしょう。アメリアはお兄様を……」リリーは声を小さくした。「誘惑しようとしているの」

トーマスが肩をすくめる。「なぜそう思う？」

「本人がそう言ったからよ。本当は公爵を狙っているけど、もし無理なら公爵ではなくお兄様を手に入れるつもりだとわたしに脅しをかけてきたわ」

「つまりレディ・グレゴリーにとって、ぼくは今日のごちそうを食べ損ねたときに食べる、昨日の残り物のようなものか」トーマスは苦笑した。

「変な意味に取らないで。わたしはただ、アメリアがおかしな動機でお兄様をベッドに連れこもうとするかもしれないと言っているだけよ」

「もう誘われた」

「なんてこと」リリーはうなった。「遅かったわ、ローズ」

「見損なったわ、お兄様」ローズが色をなしてトーマスを責める。「もっと分別のある人だと思っていたのに」

「冗談じゃない」トーマスが言い返した。「おまえたちはぼくを発情した雄鹿《おじか》か何かだとでも思っているのか？」

「結局のところ、お兄様もただの男だもの」リリーは言った。

「いいかげんにしろ。ぼくはライブルックとは違う。レディ・グレゴリーにはなんの関心もない」

リリーは目を見開いた。「あのふたりの関係を知っているの？」

「そんなもの、秘密でもなんでもないからね」

「じゃあ、お兄様はアメリアとは何もなかったのね？」

「おまえたちには関わりのない話だが、答えてやろう。そうだ、何もなかった。かなりしつこく迫られはしたが」

「よかった」リリーの口から安堵のため息がもれる。「アメリアは悪い人よ、お兄様」

「ああ」トーマスが同意した。「夫の死についても悪い噂がささやかれている。彼女の夫は結婚して一年も経たないうちに亡くなったんだ」

「なぜ亡くなったの？」ローズがきく。

「今、泊まっている建物で少しきいてまわった。六、七年前に階段から落ちて死んだそうだ」

「まあ、恐ろしい！」ローズが息をのんだ。

「夫は四五歳で、レディ・グレゴリーは二〇歳だった。彼女は庶民の出なんだ。財産目当てにグレゴリーと結婚して殺したという噂があるんだよ。もっとも、証拠はないがね」

「そんな……」リリーは絶句した。

「どうしたの、リリー？」ローズがきく。

「自分の婚約者がそんな強欲な性悪女に近づかない程度の分別も持ちあわせていないことがわかって戸惑ってるだけよ。娘をそんな男と結婚させようとするなんて、お父様は何を考えているのかしら？」

「ライブルックは悪い男じゃない、リリー」トーマスが反論した。「むしろ善良な男だ。女の巧みな誘惑に目がくらんだ男なら、彼のほかにも大勢いる。正直な話、世の中にはそういう男のほうが多い」

「男はみんな豚ね」リリーはそっけなく言い放った。

「男は男だ。それだけのことだよ」トーマスが答える。「そろそろ話題を変えてもらえないかな？　こんな話をしていても居心地が悪いだけだ。まったく、どうしてわが家の妹たちは男といるときに下世話な話題を避ける女性に育たなかったのか、不思議でならないよ」

「お兄様は男じゃないわ。わたしたちにとっては兄だもの」

「お姉様の言うとおりね。でも、わたしはお兄様に賛成するわ」ローズが言った。「話題を変えましょう。レディ・グレゴリーの話はもうたくさんよ」

「別にわたしを説得する必要はないわよ」リリーは応じた。「あの尻軽女には我慢ならないもの。わたしだって好きでアメリアの話をしているわけじゃないわ」

アメリアは、ジェムソンの小娘ふたりが恐ろしいほどハンサムな兄と昼食をとっているのを遠くからにらみつけた。まさか、アメリアが誘惑に失敗した話を妹たちに言いふらすほど、あの男は愚かではないだろう。それでもトーマスに体を求められなかったことは、アメリアの新たないらだちの種になっていた。トーマスはダニエルとはまったく異なる意味で、同じくらい魅力的な男だ。黒髪に正統派の二枚目の容貌は、金髪で異国風の雰囲気を漂わせている父親のアシュフォード伯爵とは似ていない。

そういえばアシュフォード伯爵もいまだ魅力的な男で、財産もたっぷり持っている。もちろん彼は妻に対しては忠実なのだろうが、アメリアは幸福な結婚生活を送っている男ほど裏で愛人を抱えているものだということを知っていた。伯爵を誘惑しても、アメリアは家名を手に入れることはできないものの、彼はベッドではなかなか激しそうだ。何より父親と寝ているという事実でもってリリーの鼻を明かすことができる！

とはいえ、その手は失敗する確率がかなり高いことも事実だ。息子と同様に父親にまで恥をかかされては目もあてられない。それより、ここは改めてダニエルに狙いを定めるべきだろう。彼を捜して誘惑し、あのリリーと結婚すれば何を失うはめになるのかをはっきりと思い知らせてやるのだ。

結局、リリーとローズは温泉には行けなかった。トーマスが独身紳士の滞在している別館へ戻ったあと、公爵のおばであるルーシーことミス・ルシンダ・ランドンに声をかけられたからだ。

ルーシーが切りだした。「今日は公爵未亡人と領民の様子を見に行く予定だったのだけれど、公爵未亡人の体調がすぐれないの。あなたにつきあってもらえないかと思って」

「もちろんですわ。喜んでお手伝いします」リリーは答えた。「ですが、メイドを何人か連れていったほうが役に立つのではありませんか？」

「それは違うわ。あなたは未来の公爵夫人よ。つまり、これもあなたの責務になるの。どんなことが必要とされているのか見ておく、ちょうどいい機会だわ」

〝未来の公爵夫人〟に〝責務〟――まったく、神様に助けを求めたい心境だ。「わかりました、ミス・ランドン」リリーはローズに顔を向けた。「ごめんなさい、ローズ。午後はあなたと一緒に過ごせないわ」

「そんなことはないわよ」ローズが答える。「わたしも行くわ。人手は多いほうが何かと助かるでしょうし」

リリーとローズはルーシーと一緒に公爵未亡人の馬車に乗りこんだ。うしろには食料や衣服、そのほかにライブルックの領民が必要とするものを満載した荷馬車が何台も続いた。

「月に二回、使用人たちに余った食料や服や薬をまとめてもらうの。領民が必要とするかもしれないもので、余分にあるものならなんでもね」ルーシーが説明した。「それを姉とわたしとで領民のところに運んで、戻ってから地所の様子や領民が何を必要としているかを公爵に報告するの。これからわかると思うけれど、彼らはみんないい人たちだから安心してちょうだい」

「結婚したあとは、わたしがすることになるんですね？」リリーは不安に思いながら言った。

「そうよ。でも、姉とわたしも手伝うから大丈夫よ」ルーシーがリリーの手を握る。「あなたと妹さんも、お母様がアシュフォードの領民の世話をするのを手伝ってきたでしょう？」

「ええ、もちろんです」

「それなら、まったく未知のことではないはずよ。それにフローラは公爵の妻としての責任を果たしていけるよう、あなたを育ててきたに違いないわ。あなたならきっと立派な公爵夫人になれる。わたしの甥《おい》もあなたのことをとても大切に思っているしね。あなたがこのローレル・リッジに来てからのダニエルは、今まで見たこともないほど幸せそうだわ」

リリーは首のあたりが熱くほてった。ダニエルに大切に思われていると考えると、絶望に満ちた喜びが心に広がっていく。たとえ大切に思われているのが事実であったとしても、結局のところダニエルは今、ほかの女性のベッドをあたためているのだ。

領民はリリーたちを歓迎し、感謝とともに荷を受け取った。ルーシーの与え方にはやさしさと謙虚さがにじみでていて、あたかも領民が余った食料などを受け取ることでライブルック家のためになる行為をしているかに見える。ルーシーは出会った全員の名前を覚えていて、見かけない人々の様子も丁寧にきいてまわった。ルーシーがリリーとローズを紹介し、リリーと公爵との結婚が決まったのだと説明すると、女性たちと子どもたちはみな、大いに喜んでくれた。

「ふたりともすごくきれい！」濃い茶色の髪をしたかわいらしい女の子が元気のいい声で言

った。かごを手にした女の子は、一四歳か一五歳くらいの少女に連れられている。

リリーは女の子を抱きあげ、頬にキスをして言った。「あなたの名前は？」

「カトリーナ」女の子が答える。

「いくつなの、カトリーナ？」ローズも尋ねた。

「六歳よ。あなたたちは？」

「それはきいてはいけない質問よ、カトリーナ」リリーは笑いながら言った。「もう少し大きくなったらわかるわ。それにしても、なんてかわいらしいのかしら」

「また会いに来てくれる？」

「もちろんよ。ふたりともまた来るわ」

「こっちはわたしのお姉ちゃん。パトリシアっていうの」カトリーナが少女を紹介した。「家にお母さんとお兄ちゃんもいるのよ。遊びに来たい？」

「だめよ、キャット」年長の少女がたしなめる。「お嬢様たちはお忙しいの」

「ぜひ行きたいわ」リリーは姉妹に向かって言った。「かまいませんか、ミス・ランドン？」

「もちろんよ。わたしも行かせてもらうわ。ここ何度かプライス未亡人とは顔を合わせていなかったから、いい機会ね」

カトリーナとパトリシアが馬車に乗り、庭と畑に囲まれた小さな煉瓦造りの家へとリリーたちを案内した。家の正面のポーチに若い男性が座り、ギターを奏でている。黒髪を無造作に伸ばし、銀灰色の目に力強い顎をした男性が魅力的な容貌の持ち主であることは、遠目にも明らかだ。

「キャム！」カトリーナが叫び声をあげる。「お嬢様たちを連れてきたの。こっちがレディ・リリー」リリーを身ぶりで示す。「公爵と結婚するのよ。それから、こっちはレディ・ローズ。わたしのお兄ちゃんのキャメロンよ」

「お目にかかれて光栄です」キャメロンはローズを見つめたまま、小さくお辞儀をした。

「ミスター・プライス」ルーシーが尋ねる。「ごきげんよう。お母様はいらっしゃるかしら？」

「はい。どうぞ入ってください。母も喜びます」

「ありがとう」ルーシーはリリーとローズをキャメロンとその妹たちと一緒にポーチに残し、ひとりで小さな家に入っていった。

「キャット」キャメロンが小さなほうの妹に問いかける。「おまえはどうやってこのすてきなお嬢様たちを家まで連れてきたんだ？」

「どうしてパトリシアが連れてきたんじゃないってわかったの？」

キャメロンがウインクする。「おまえのことならなんでもわかっているからだよ」リリーとローズに向き直って続ける。「妹が無理を言って困らせたのなら謝ります」

「全然そんなことはないわ。とてもかわいい妹さんね」リリーは答えた。

「お姉様の言うとおりだわ」ローズが同意する。「この子に言われたら、どこへだってついていってしまいそう」

「たしかに、この子にはそういう力があるみたいです」キャメロンは答え、ふたたびギターを弾きはじめた。

「すてきな曲ね」ローズが言った。「初めて聴くわ。誰の曲なの？」

「ぼくです」

「キャムはロンドンで歌がふたつも売れたのよ！」カトリーナがうれしそうに自慢した。

「本当に？」ローズはきいた。「なんていう曲かしら？」

「お嬢様は知らないに決まってる」キャメロンが答えた。「どっちの曲もそれほど広まったわけじゃないから。庶民のあいだで少しばかり人気が出ただけで」

ローズが顔を赤らめるのを見て、リリーは穏やかでない心境だった。妹に対してなんと無礼な話し方をする男性だろう。ただ不思議なことに、ローズを見つめる彼の銀灰色の目には無礼な感じはいっさい認められず、それどころか……親密な印象すら受ける。

リリーは言った。「ローズも音楽が得意なのよ。ピアノの演奏がとても上手なの」

「でも、わたしは作曲をしているわけじゃないわ」ローズが恥ずかしそうに答える。「音符を組みあわせてメロディとハーモニーを作りだすなんて、尊敬に値すると思うわ。わたしには絶対に無理だもの」

「残念だけど、あなたのような上流階級の女の人がぼくの曲を聴いても、失望するだけだと思う」キャメロンがギターを置いて言った。「少し休憩が長くなってしまった。農作業に戻らなきゃならないので失礼します。キャット、おふたりを母さんのところに連れてってくれるかい？」

「わかった、キャム」

家の中では、ルーシーが白髪まじりの黒髪をした美しい女性と並んでソファに座っていた。

「ああ、来たわね」ルーシーがふたりに声をかける。「ふたりとも、こちらに来て。ミセス・クレメンティーン・プライスを紹介するわ。ミセス・プライス、レディ・リリー・ジェムソンよ。公爵の婚約者なの。それから、こちらが妹のレディ・ローズ」

「ご婚約おめでとうございます、お嬢様」ミセス・プライスが挨拶した。

「ありがとう、ミセス・プライス」

「キャムはもうひとりのお嬢様が好きみたいよ」カトリーナの愛らしい顔にいたずらっぽい笑みが浮かぶ。「ずっと見てたもの！」

ローズが顔を赤くしてハンカチをいじった。

「キャット、静かにしなさい」ミセス・プライスがたしなめる。

「会えてよかったわ」ルーシーが立ちあがった。「もっと話していたいけれど、これから訪ねなければならない家族がまだたくさんいるから、そろそろおいとましないと」

「ええ、もちろんです。いろいろなものをありがとうございました」

「いいえ、こちらこそ役に立ててうれしいわ。では、ごきげんよう」

馬車に戻る途中、リリーはローズをつついてささやいた。「さっきの男の人はぶしつけだったけれど、音楽家としてはたいしたものね。それに、あなたをやけに気にしていたみたい」

「どうでもいいことよ」ローズが頬を赤らめて答える。「エヴァン卿がわたしと交際したいと言ってくれているし、そもそもミスター・プライスは庶民なのよ」

「ええ、わかっているわ。でも庶民といってもなんというか……ただの庶民には見えなかった」

ローズは何も答えなかった。リリーもローズも、ミスター・プライスがローズに好意を持とうが、あるいはその逆だろうが、そんなのはなんの問題にもならないことをいやというほど承知していた。只者であろうとなかろうと、ミスター・プライスはローズとは別世界の住人だ。


その晩、リリーは自室でひとりきりの晩餐をとることにした。ダニエルのテーブルで、彼がいない席の隣に座るのが耐えられないと思ったからだ。食べ終えてからはブランデーを散歩に連れていき、あたりを一時間ほど歩いてから犬舎に戻して自室へ向かった。そのあとローズがやってきて、テラスで待っているソフィーとアレクサンドラに合流しないかと誘ってくれたが、リリーは断った。今は誰と顔を合わせても、相手に不快な思いをさせてしまう気がする。

ダニエルがリリーにしたようにほかの女性を抱きしめてキスをし、体に触れてひとつになる姿が絶え間なく頭に浮かび、リリーは苦悶した。いくらふしだらな想像を頭から追い払おうと努力しても、どうしても逃れることができない。みずからの腹部に触れ、ダニエルの子どもがそこにいるのかどうか――そして一〇年にもわたる放蕩生活で彼が誰かに産ませた非嫡出子がいるのかどうかに思いをめぐらす。

「ああ、ダニエル」リリーはささやいた。「どうしてわたしをこんなに苦しめるの?」

15

前の晩にあまりにも早くベッドに入ったせいで、リリーは明け方に目を覚ました。しばらくはもう一度眠ろうと試みたが、やはり無理なようだ。結局は眠るのをあきらめ、ローズを起こさないよう気をつけてメイドを呼び、風呂の準備をさせた。入浴を終えてドレスに着替え、大きなカンヴァスと油絵の道具を持って一階へおりていく。女性専用の居間でひとり軽い朝食をとり、荷物を図書室に運ぶのを手伝ってもらおうと、改めて使用人に声をかけた。

「それから、絵画陳列室《ギャラリー》の鍵を開けてもらっていいかしら？」

「申し訳ありません」使用人が答えた。「ギャラリーは閣下か、大奥様のご指示でしか開けられないことになっております」

「わたしはあと一週間ほどで公爵夫人になるのよ。少し絵を見て、ひらめきを得たいだけなの」

「申し訳ありません」使用人が改めて断る。

「公爵はどこ？」

「ゆうべ遅くにお帰りになって、今は寝室でやすんでいらっしゃいます」

「公爵は……ひとりなの？」


「呼んでもらえる？」

「承りかねます。おやすみの邪魔をしないようにとのことですので」

リリーは不安のあまり心臓が早鐘を打ち、頭がくらくらした。

おそるおそる尋ねた。

「わかりかねます」

「だったら、公爵未亡人は？ 公爵未亡人ならわたしをギャラリーに入れてくれるわ」

「申し訳ございませんが、大奥様は昨日から体調がすぐれず、今朝は起こさないようにと言われております」

「わかったわ。じゃあ、わたしの荷物を図書室に運んでおいてほしいの。油布を……そうね……少なくとも一二〇センチ四方の大きさの油布も用意して。わたしもすぐに行くわ」

「わかりました」

リリーは厨房を通り、使用人用の階段を使ってダニエルの部屋へと急いだ。ほかの女を連れこんでいるのなら、つかまえてやるまでだ。自分の家に愛人を引っ張りこまれて怒らない女がいるわけがない。もちろん、ここがまだ自分の家ではないことは百も承知だ。だがひとたびこのローレル・リッジの女主人となった暁には、ここに愛人を招き入れるなど絶対に認めないし、その点について妥協するつもりもいっさいない。リリーはノックもせずにダニエルの部屋のドアを開け、居間を通り抜けて寝室に入っていった。

「ダニエル！」

彼は裸でベッドに横たわっていた。裸といってもリリーに見える限りではという話で、腰から下は上掛けに隠れている。それでもたくましい胸と穏やかに眠る表情を見て、リリーは息をのんだ。どうやらひとりらしいとわかったとたん、胸に安堵が広がっていく。

「ダニエル！」改めて声をかけた。

ダニエルが体を動かし、目をこすってリリーを見あげる。「リリー？」

「ええ、わたしよ。ギャラリーに入りたいのだけれど、誰も入れてくれないの」

「今、何時だい？」

「七時半よ。それよりギャラリーの――」

「こんな早い時間に何をしているんだ？」ダニエルが上半身を起こすと、金色の髪がふわりと眉の上で揺れた。

「絵を描くのよ。ギャラリーの作品を見て、ひらめきを得たいの」

「やれやれ。きみは本当に手に負えない女性だ。自覚はあるのかい？」

ベッドからおりたダニエルはリリーの予想どおり、何も身につけていない、生まれたままの姿だった。リリーはローブを着る彼の姿を眺め、力強い脚と腰まわりに感嘆して吐息をもらした。

「きみでなかったら、絶対にこんなことはしない」

そう言って呼び鈴を鳴らすダニエルの笑顔を見て、リリーは心臓が口から飛びだしそうになった。

「レディ・リリーがギャラリーに用があるらしいから開けてやってくれ。それから今後、彼女のギャラリーへの出入りは自由とするから、屋敷で働く全員にそう伝えておくように。いや、ギャラリーだけではないな。レディ・リリーには地所での自由な行動を許可する。ぼくはもう少し眠るから」

「かしこまりました、閣下」指示を受けた使用人が頭をさげて答えた。

「これでいいだろう？　満足かい？」

「地所での自由な行動って、そこまでしてくれなくてもいいのに」

「あと一週間ほどで、どのみちそうなる」ダニエルがローブを脱いで椅子に投げ、ふたたびベッドに潜りこむ。

リリーは自分勝手な言動に対する申し訳なさが胸にこみあげてうつむいた。

「ごめんなさい。甘やかされた子どもみたいな女だと思われたわね」

「きみがどういう女性かはわかっているつもりだよ。きみは甘やかされてなどいないし、子どもでもない。いささか衝動的ではあるが」ダニエルが声をあげて笑い、首を振った。「この屋敷でぼくの部屋にノックもなしで飛びこんでくるのはきみくらいのものだ。母でさえそんなことはできない」

「わたしはただ……」リリーは言いかけた言葉をのみこんだ。「言い訳のしようもないわね。あなたの言うとおりよ。衝動的な行動だったわ。ごめんなさい」

「謝罪は受け入れた。では、ひとまずこれで失礼させてもらう。疲れているんだ。少し眠りたい」ダニエルがウインクをし、リリーの頭からつま先へと視線を走らせる。「きみがその気なら、一緒にやすんでもらってもかまわないが」

「それは……」

「少なくともこっちに来てキスくらいしてほしいね」ダニエルが腕をリリーのほうに伸ばす。

「昨日は会えなくて寂しかった」

リリーは磁石に引き寄せられるように、差しだされた手のほうへ近づいていった。ダニエルが彼女の手を引いて隣に寝かせ、腕枕の体勢でやさしくキスをする。そのまま上になって膝でリリーの脚を開かせ、彼女の両腕を頭の上で押さえながらもう一度キスをした。ゆっくりと味わうような、それでいて貪欲なキスだ。

ダニエルの口から甘く刺激的な味が伝わってくる。リリーはその味も、舌によるなめらかな愛撫も、唇が触れあう甘い感触も喜んで受け入れた。キスによって気持ちが高ぶっていき、ドレスを着たままでたくましい裸体と接していることが我慢ならないほどもどかしく感じられる。あとほんの少しで彼に屈してしまうところまで来ているのが、自分でもはっきりとわかった。

そうなる前にどうにか唇を引き離し、荒い息をついて言った。「もう行かないと」

「ここにいてくれ。頼む」

「それは……無理よ」

「だったら、ぼくが欲しくないと言ってくれ」ダニエルはかすれた声で言うと、リリーと強引に視線を合わせてからあとを続けた。「ぼくの目を見て、続きをしてほしくないとはっきり言ってくれ」

「わたしは……」リリーは視線をそらし、枕に顔をうずめた。

ダニエルは彼女の頬に手を添え、またもや強引に視線を合わせた。「言えないじゃないか。きみがぼくを求めているのはわかっている。ぼくのキスが欲しくて、ぼくとひとつになりたいと願っているんだ。どうしてこんな、どちらにとっても罰にしかならないまねをする？」

「ごめんなさい」リリーはダニエルの体を押して遠ざけた。「お願いだから怒らないで」

ダニエルはため息をついた。

「怒ってはいない。いささか情けない心境ではあるが、怒ってはいない」

「情けない？」

「興奮がおさまらないんだ。リリー、そんなふうに顔を紅潮させたきみは本当に美しい」ダニエルが手で目を覆う。「さあ、ここを出て絵を描いてくるといい。二、三時間したら迎えに行くから、馬車で出かけよう」

「シャペロンが必要だわ」

「手配しておく」彼は目を覆ったまま、短く息をついた。「昼食はとらなくていい。一緒に食べよう」

「シャペロンはどこ？」リリーはダニエルの手を借りて馬車に乗る途中できいた。「手配しておくと言ったわよね」

「言った」ダニエルがこともなげに答える。「でも、必要ないと判断した」

「判断した？」

「そうだ。ぼくたちは婚約しているし、覆いのない馬車だからね。大丈夫だ」

リリーの怒りはそう長くは続かなかった。ダニエルとふたりきりだと思っただけで、喜びで心が満たされてしまったからだ。だがそれも長続きせず、彼が前日にどこにいたかを思いだしたとたん、今度は喜びが悲しみに取って代わられた。

「あなたがそう言うなら、それでいいわ。今からどこへ行くの？」

ダニエルがリリーの手を握り、指を絡める。「ブドウ園に連れていく。とてもきれいな場所なんだ。それに、ちょうど花が咲きはじめた時期だ」

「楽しそうね」リリーは答えた。握った互いの手がまるでそうするために作られたかに感じられる。「ロンドンで何をしていたの？」

「きみが関心を抱きそうなことは何もしていない」

「何を言っているの？　関心があるからきいているのに」

「わかったよ、リリー。そうむきにならないでくれ。昼食が終わったら全部話そう。それより、昨日は何をしていたんだい？」

リリーがルーシーを手伝った話をすると、ダニエルは領民の様子や彼らが何を必要としているかに強い関心を示し、こと細かに質問を浴びせてきた。リリーは話すにつれて領民が領主を満足させるのにひと役買えたことがうれしくなり、自然と笑顔になった。

「きみのことだから、きっと領民にも気に入られたんだろうな」

「残念だけれど、全員にというわけにはいかなかったと思うわ。ミスター・キャメロン・プライスという人がいて、その人にはローズともども、お高くとまった上流階級のお嬢様に見えたみたい」

「ああ、彼のことは少しだけだが知っている。才能豊かな音楽家らしいね。まあプライスの見方を責めるわけにもいかない。どこでどの家に生まれるか、人生はくじ引きみたいなものだ。きみやぼくが王族のような暮らしをしている一方で、貧しい者たちは生活するために死ぬまで働きつづけなければならない」

リリーはうなずいた。「不平を口にできる立場じゃないのはわかっているけれど、公平だとは思えないわ」ふと思いだして話題を変える。「ミスター・プライスはローズに目を奪われていた気がしたの」

「無理もない。だがそのうちプライスも目を覚まして、自分と釣りあう女性を見つける」

「あの人の年齢はわかる？」

「ぼくより何歳か若い。たしか二七、八歳といったところだ。二〇歳くらいのときに父親を亡くしてね。母親のもとにとどまって農場を取り仕切っている」

「それじゃあ、音楽はどうしているの？」

「彼にも責任があるんだよ、リリー」

「そうね、あなたの言うとおりだわ」

馬車が揺れて停止した。

「到着だ」ダニエルが馬車を降りるリリーに手を貸しながら言う。「さあ、一緒に行こう」

ふたりはブドウの花の甘い芳香を吸いこみながら果樹園の中を歩いた。しばらく行ったところに小さな空き地があり、そこに敷かれた毛布の上に昼食が用意されていた。

「昼食の時間だ」ダニエルがリリーの皿に薄切りの肉やチーズ、パンと果物を取り分け、グラスにワインを注ぐ。

「昨日ロンドンで何をしていたか、そろそろ話してもらえるのかしら?」

ダニエルがゆっくりと笑みを浮かべる。「ぼくに会えなくて寂しかったのかい?」

そう、そのとおりだ。「そんなこと、誰も言っていないわ」

「ぼくは寂しかった」ダニエルはリリーを抱き寄せた。「きみも同じ気持ちだったのはわかっている。否定したければすればいい。だが、きみは寂しかった」言葉の合間に、リリーの頬と首に細かくキスを浴びせていった。「寂しかったと言ってくれ」

ダニエルの唇が彼女の肌を焦がしていく。リリーは嘘が口元まで出かかったが、結局唇から出たのは違う言葉だった。「寂しかったわ」

「いい子だ」ダニエルが唇を離して頭の位置をあげた。「そういうわけなら、きみが知りたがっていることを教えよう。ぼくはきみのためにロンドンに行ってきた」

「わたしのために?」

「これを探しに行ったんだよ」ダニエルが上着のポケットからヴェルヴェットの布張りの小箱を出し、リリーに手渡した。

リリーが箱を開けると、中には日の光を浴びて輝く大きな緑の宝石をあしらった金の指輪が入っていた。

「きれいだわ」リリーは目を輝かせた。

「婚約指輪だ」ダニエルがリリーの手から小箱を取り、指輪を出して彼女の左手の薬指にはめた。

リリーが手を掲げてわずかに動かすと、宝石の表面に太陽が反射してきらきらと光った。こんなに美しい宝石は見たことがない。

「指輪を探すのに丸一日かかったの？」リリーは宝石の美しさに目を奪われたまま尋ねた。

「思ったとおりの色を探すのが大変でね」

「信じられないくらい美しいわ。今まで見たどの石とも違う。こんなにきれいな緑色を見たのは……」リリーは顔をあげ、涙にかすむ目でダニエルを見つめた。「ダニエル、これはあなたの瞳の色よ！」

ダニエルがにっこりする。輝かんばかりの笑顔だ。「ぼくが色を指定したときに宝石商たちがどんな顔をしたか、きみには想像もできないだろうな。今頃ロンドンではライブルック公爵の自己陶酔ぶりが噂になっているかもしれない」

「完璧よ。それしか言葉がないわ。こんな……」リリーは涙がこぼれ落ちそうになるのを必死でこらえた。「エメラルドではないわよね？　色が違う気がするわ」

「サファイアだ」

「でも、サファイアは青じゃないの？」

「これは違う。サファイアにはいくつもの色があるんだ。気に入ってくれたかい？」

「もちろんよ、ダニエル。気に入ったなんてものじゃないわ。わたしったら余計な心配ばかりして……」

「心配？」

「いいえ、なんでもないの」

「いいから話してくれ」

「あなたがロンドンに行く理由を教えてくれなくて、わたしを連れてもいけないと言うから、てっきり……」

「てっきり？」

「あなたが愛人に会いに行ったものだと思いこんでしまったの」ダニエルと目を合わせられず、リリーはうつむいた。

ダニエルが彼女の顎に手をやり、やさしく上を向かせる。

「リリー、ぼくには愛人などいない」

「でも、レディ・グレゴリーが――」

「レディ・グレゴリーも愛人ではない。たしかにかつて関係を持ったし、あいだを空けて何年か関係が続いたが、彼女を囲ったことなどないし、ほかに囲った女性もいない。愛人を持ちたいと考えたこともない」

「でも、わたしはあなたの噂を……」

「いいんだ。自分の評判がひとり歩きしているのは知っている。ぼくはこれまでしてきたことを誇ってもいないし、きみのためにすべて消せるものなら喜んで消したいところだが、それは不可能だ。自分がきみにふさわしくないことは、ぼく自身が誰より承知している。それでも、こんなにも強く誰かを求めたのはきみが初めてだ。きみを幸せにするためなら、ぼくはなんだってする」ダニエルはリリーの唇に軽くキスをし、頬を両手でそっとさすった。

「リリー、ぼくの妻になるのはそんなに気に入らないかい？」

リリーは頬を涙で濡らしながらも笑おうとした。

「誰とも結婚なんてしたくなかったの。でも、あなたは……あなたは……」

ダニエルが親指で彼女の涙をぬぐう。「泣かないでくれ、リリー。きみのためならなんでもする。だから望みを教えてくれ。フランスの城でも地中海に浮かべる船でも、できるものならルーヴル美術館さえ手に入れてみせる」

「わたしが欲しいのは物じゃないの、ダニエル」リリーは洟《はな》をすすりながら答えた。「わたしがあなたに望むのはたったふたつのことだけ。どっちも一シリングもかからないわ」

「誓うよ。必ずきみの言うとおりにする」ダニエルの緑の目がリリーを見つめる。「教えてくれ」

リリーは全身が感動に打ち震えた。なんという圧倒的な感情だろう。だがその分だけ、自分が望むふたつのもの——ダニエルが愛してくれることと、ほかの女性とは関係を持たないこと——を拒まれたらという恐怖も大きくのしかかっていた。彼のことを必要としているのに、あまりにも怖くてそれを自分で認められない。「キスをして、お願い」

ダニエルがその言葉に従い、昼食の残りを脇に押しやってリリーの体を毛布の上に横たえた。やさしく唇を重ね、名前をささやきながら舌で口を愛撫する。リリーはダニエルをきつく抱きしめ、みずからの心にあるすべての問いの答えを探った。こうして抱かれてキスを受け入れ、祈りのようにささやかれる自分の名前を聞いているあいだは、彼に愛されているのだと思える。

その瞬間、前々から自覚していたかのようにすんなりと、自分がダニエルを愛しているのだと悟った。理由はよくわからないが、この先、彼以外の男性とベッドをともにすることは絶対にないとも確信できた。ダニエルの芸術や馬に対する情熱も、リリーを笑顔にしてくれるユーモアのセンスも、心と体を高らかに歌わせてくれるやり方もすべて愛している。ずっとそばにいて力になりたいし、彼の子どもを産み、ともに老い、すべてを分かちあいたい。ルーヴル美術館を歩くときも、パリで食事をするときも、そしてスイスの山をのぼるときも隣にいてほしいのはダニエルだけだ。

今思えば、どこかの時点で彼に完全に心を与えてしまい、そのときからすべては変わっていたのだ。

自分がこれまで愛してきた誰よりもダニエルを愛している。その認識は同時に、リリーの心にすさまじい痛みをもたらした。ダニエルは愛を返してくれるだろうか？　もし彼がひとりの女性で満足できないとなれば、自分はそれに耐えて生きていけるのだろうか？　そう自問すると、胸が張り裂けそうになる。

ダニエルはリリーの胸を打つ贈り物がなんであるかを完全に理解して、惜しみなく与えてくれた。リリーを親切に扱い、彼女が純潔を捧げたときも、やさしさと思いやりをもって導いてくれた。馬に乗ったときも、絵を見たときも、話したり笑ったりしたときも、ベッドをともにしたときも、ふたりのあいだには間違いなく親密な雰囲気があった。だがはたして、ダニエルも同じように思ってくれているのだろうか？

「きみとひとつにならせてくれ、リリー」ダニエルがささやく。「きみが欲しくてたまらない」

「だめよ」リリーは鋭く息をつきながら答えた。「こんなところじゃ、誰が見ているかわからないわ」そう答えるあいだも、ダニエルの口をみずからの口で探っていく。

「大丈夫だ。ここには誰も近づかない。約束する」

「どうしてそんなことが約束できるの？」

ダニエルが目を輝かせた。

「使用人をブドウ園の周囲に立たせている。人を入れるなと命じてね」

「わかったたわ。わたしをここへ連れてきて誘惑するつもりだったのね」リリーはいたずらっぼく言った。「思いどおりになりそうだという期待は大きくなってきた?」

「ぼくは何も期待してなどいない」ダニエルがリリーの首にキスをしながらボディスを探る。「望んでいるだけだ。今はきみとひとつになること以外の望みは何もない」

リリーも同じ気持ちだった。ダニエルの愛情を手に入れられないのであれば、彼が与えてくれるものを受け取るしかない。それにどのみち、じきにダニエルの妻となり、彼を拒絶できなくなってしまうのだ。

「わかったわ、ダニエル。ひとつになりましょう。あなたの体がこの体に触れるのを感じたいの。あなたがわたしの中にいるのもね。あなたの思うとおりにして」

「ああ、リリー。本当に恋しかった」ダニエルがリリーのボディスをはだけさせて胸をあらわにし、キスを浴びせて愛撫する。「きみは本当に美しい」

胸の先端を刺激され、リリーは身を震わせた。ダニエルのクラヴァットをつかんですばやくほどき、シャツのボタンを外していく。外すボタンがなくなると、上着の肩のあたりをつかんで脱がせようとした。

「裸になって、ダニエル。今朝みたいに一糸まとわぬ姿で、服を着たままのわたしの上になってほしいの」

ダニエルがにやりとする。「あれが気に入ったのかい?」

「ええ、とても。わたしのためならなんでもしてくれると言ったでしょう?」

「言ったとも」ダニエルがいったんリリーから離れ、服をすべて脱いで彼女のもとに戻った。

「これでいいかい？」

「ええ、いいわ」リリーは吐息をもらした。彼女がダニエルの筋肉の隆起する背中から、なだらかな曲線を描くヒップへと指を走らせると、彼は息をのんだ。「あなたの体は芸術そのものね。もっと触れていたいわ」さらに下に手をやり、硬く張りつめた下腹部を探って握りしめる。

ダニエルが苦しげに息を吸いこんだ。

「痛い？」

「いや。だが、もうきみが欲しくてたまらない。このままそうされていたら、うぶな少年みたいに果ててしまいそうだ」ダニエルはリリーの手をつかんで顔に引き寄せ、キスをした。「いつまで我慢していられるかわからないよ、リリー。きみもドレスを脱いでくれ。きみのすべてを感じたいんだ。何にも隔てられたくない。何にもだ」

ダニエルがリリーのドレスをやさしく脱がせ、自分の服の隣に放り投げた。

「脚を開いて」唇でリリーの脚の付け根に触れる。「とても甘くて、すっかり熱くなっている」ダニエルは潤った秘部に指を差し入れ、愛撫を加えた。「感じているのがわかるよ」

口と指で愛撫され、やがてリリーの全身は、もはやなじみとなった絶頂に襲いかかられた。彼女は渇望をさらにつのらせながら名前を呼び、顔を寄せてきたダニエルに情熱的なキスをした。

「ぼくに会いたかったかい、リリー？」

「ええ」彼女は息も絶え絶えに答えた。

「きみはぼくにとって最高の女性だ。体だけのことじゃない。それをわかっていると言ってくれ、リリー。さあ、言うんだ」

「ええ、ダニエル、わかっているわ」

ダニエルは寝転がって体勢を入れ替え、リリーを上にした。欲望の証をあてがい、彼女の腰をさげさせてひとつになる。

リリーは驚きのあまり、思わずあっと声をあげた。

「動いてくれ」ダニエルがリリーの腰をつかんでゆっくりと上下させる。じきに感覚をつかんだリリーがみずから動きはじめると、彼はさらに言った。「ああ、そうだ。きみは美しくて、ひどく締めつけてくる」リリーの手を取って彼女の一番敏感な部分へと持っていき、みずから快感を高める方法を示す。「ここに触れるんだ。そう、それでいい」

リリーは恥ずかしさで全身をほてらせながらも、ダニエルを喜ばせたい一心でみずからに触れた。指がその場所を探りあてた瞬間、すさまじい快感が走って体が震える。「なんてこと。こんな……こんな！」彼女はたちまち絶頂へとのぼりつめた。

ダニエルがリリーの背後に腕を伸ばし、最も恥ずかしい後方のつぼみを指で刺激しはじめる。リリーは目を見開いたものの、それまでと同じく彼にすべてをゆだねた。その部分の敏感さたるや彼女自身が仰天するほどで、体があっという間に燃えるような激しい興奮に包まれていく。

「この部分でひとつになることもできるんだ。知っていたかい?」ダニエルが愛撫を続けながら、腰を揺らすリリーにささやいた。

「そんなのは絶対に……」

「だが、それはまた別の機会にしよう」

ダニエルが手の位置を変え、リリーの胸をつかんでとがった先端をつねる。リリーがまたしても絶頂にのぼりつめようかという瞬間をとらえ、ダニエルは唐突に胸から手を離して腰を力強くつかんだ。リリーの腰を押さえつけるのと同時にみずからの腰を突きあげ、これまでにないほど奥深くまで押し入る。

「もう限界だ、リリー。きみしかいない。ぼくにはきみしかいないんだ」腰を浮かせたダニエルがきつく目を閉じる。たくましい体のあらゆる筋肉が引きしまり、彼も絶頂を迎えた。

ともに快感を爆発させたリリーは、ダニエルの上に突っ伏した。頭の中で〝愛している〟と連呼しながら、彼の顔や首や唇にキスを浴びせていく。

だが、その言葉が口から発せられることはついになかった。リリーはなおも自分の愛が拒まれるのを恐れていた。

ブドウ園から戻ったリリーは、ローズとソフィー、アレクサンドラがほかの女性たち数人とテラスにいるのを見つけた。すばらしい婚約指輪を披露したいという思いに抗《あらが》いきれず、妹たちに指輪を見せる。

「とても幸せそうね」ローズが微笑んだ。「まだあきらめて結婚する気にはならないの？」

「ほとんどなっているかもしれない」リリーは答えた。ダニエルがリリーを愛していて、彼女に誠実でいてくれると確信できさえすれば、すぐにでも決心がつくだろう。「少なくとも、争う気はなくなったわ」

「代われるものならわたしがすぐに代わってあげるのに」アレクサンドラが言った。「公爵があなたを見るあの目で男性に見つめられたいものだわ」

「いつかそういう人が現れるわよ」ソフィーが妹を慰める。「わたしたちに恋する男性がね」

四人が話を続けているところに、クローフォードがやってきた。「お嬢様」執事はリリーに言った。「お邪魔をして申し訳ございません。大奥様がお嬢様にお会いしたいと、自室でお待ちです」

「公爵未亡人が？　用件はわかる？」

「わかりかねます。ですが、どうかお急ぎください」

「わかったわ。じゃあみんな、またあとでね」

リリーはクローフォードのうしろを歩き、階段をのぼって公爵未亡人の部屋がある西の翼棟の三階へと向かった。

「リリー、来てくれたのね。さあ、入って」公爵未亡人がリリーを出迎える。

リリーは丁寧にお辞儀をした。「体調はいかがですか？」

「だいぶよくなったわ。ありがとう」公爵未亡人が身ぶりで座るよう示す。「紅茶には何を入れましょうか？」

「お心づかい感謝します。そのままで結構です」

「ダニエルと同じね」公爵未亡人がにっこりした。「どうぞ」

「ありがとうございます」

「昨日はルーシーにつきあってくれてありがとう。とても助かったわ」

「いいえ、光栄なことですから。それにとても楽しかったです」

「それはよかった」公爵未亡人がカップをトレーに置き、優雅な顔に真剣な表情を浮かべる。「では、本題に入りましょうか。なぜダニエルと結婚したくないのか、答えてもらえるかしら？」

「なんですって？」

「リリー、結婚を無理強いされている娘さんは見ればわかるわ。わたくしもそうだったもの。ダニエルのことが嫌いなの？」

「とんでもない。好きです。でも……彼がわたしの意見を聞かずに、すべてを父と決めてしまったものですから……」

「そうね、それは知っているわ。わたくしもあの子が自分の父親の轍《てつ》を踏まないことを願っていたのだけれど……」公爵未亡人の口からため息がもれる。「でも、わかってほしいの、リリー。先代の公爵とわたくしは幸せな結婚生活を送ったわ。その中で互いを深く愛するようになった。ほかの人と結婚していたらなんて想像もできないくらいよ」

「ですが、誰もがそうなれるとは限りません」

「ええ、そのとおりね。だけどダニエルはあなたを気にかけているし、あなたも同じ気持ちのはずだわ。あなたたちが一緒にいるところを見ればわかる。ルーシーとも、あんなに幸せそうなダニエルを見るのは初めてだと話していたのよ。その点では、わたくしの結婚よりも恵まれているわ」

「よかったら聞かせてください。先代の公爵を愛するようになるまで、どのくらいの時間がかかったんですか？」あるいはダニエルが愛してくれるようになるまで、それほど時間はかからないかもしれない。

「そんなに長くはかからなかったわね。夫はわたくしにやさしくしてくれたし、わたくしの意見に耳を貸してくれたわ。結婚してすぐに子どもを授かったときは、最初の子にはわたくしの名前を継がせようとも言ってくれた。結局、ふたりの名前を取って、モーガン・チャールズと名づけたの。ああ、夫とあの子が恋しいわ」

「心中お察しします」

「ありがとう、リリー。でも、わたくしよりもダニエルのほうがつらいと思うわ」

リリーはうなずいた。「ダニエルはわたしには、お父様ともお兄様とも特に仲がよくはなかったと言っていました」言葉を切り、少し間を空けて続ける。「正直に話してかまいませんか？」

「もちろんよ」

「ダニエルはお父様とお兄様の死を悲しむことを拒絶しているように見えます。感情を全部自分の中に抱えこんで隠しているみたいで……心配なんです」

「あなたはとても鋭いわね、リリー。そのとおりよ。ダニエルは悲しむことを自分に許していないのだと思うわ。どちらとも特に仲がよくはなかったというのも事実とは違う。きっとあなたにそう言うことで、自分にも言い聞かせているんだわ。ふたりの死で負った心の傷を隠すためにね。二番目の息子という立場もいろいろと大変なのよ」

「どういうことですか？」

「モーガンとダニエルの生まれは一年も違わないの。親友のような間柄だったわ。お互いに自分自身よりも相手のことを理解していたと思う」

リリーはうなずいた。「それはわかります。ローズとわたしも、生まれは一年も違わないですから。わたしたちも同じように仲がいいんです」

「では、ローズが七歳であなたと引き離されたところを想像してみて。それがダニエルの身に起きた出来事よ」

「なんですって？」あまりの驚きに、リリーは眉をあげてきき返した。

「モーガンは公爵家の跡継ぎだったのよ、リリー。子どもたちが幼い頃は、チャールズも一緒にボールで遊んだり、釣りや狩りに連れていったり、乗馬を教えたりして、平等に惜しみなく愛情を注いだわ。でも夫はモーガンが八歳になったとき、次期ライブルック公爵としての教育をはじめようと決意したの。それからはモーガンにダニエルと一緒に遊ぶのも禁じて、ずっと自分の手元に置いて仕事の会議に出席させたり、領地での仕事を手伝わせたりしたわ。ほかにもいろいろとね」

「ダニエルはどうしたんですか？」かわいそうな小さな男の子の気持ちを思うと、リリーは心が痛んだ。「結果としてこうなったことを考えれば、ダニエルにも地所について学ばせておけば役に立ったはずなのに」

「今にして思えばそうね。でも、あとからならなんとでも言えるものよ。そう思わない？チャールズはすべてを黒と白にはっきりと分ける人だったの。夫にとってはモーガンが跡継ぎで、ダニエルはそうでなかった。そのせいでダニエルはひとり、置き去りにされて苦しむことになったわ。父親の愛情と一緒に過ごす時間を奪われただけでなく、親友まで失ってしまったのだから当然ね。わたくしとチャールズはモーガンをここに残して家庭教師をつけ、ダニエルを寄宿学校へ入れることにしたわ。同じ年頃の子どもたちと一緒にいることでモーガンを失った孤独感を埋められるのではないかと期待したの」

リリーは息をのんだ。「七歳の子どもを寄宿学校に入れたんですか？」

「あまりわたくしたちを厳しく責めないでちょうだい、リリー。もう一度やり直せるものなら、わたくしだって絶対に認めたりしないわ。あなたもいずれ自分の子を持てば、ほかの何に対するのとも違う愛情が理解できるはずよ。ダニエルを手放したときは、心が張り裂けそうになるくらいつらかった。でもチャールズが言いだしたことだったし、わたくし自身も息子のために闘おうとする強さが足りなかったの。あのときの後悔を引きずって、今日まで生きてきたわ。ダニエルはまず爵位のために父と兄を失い、それから寄宿学校に入れられたときにわたくしとルーシーをも失ったのよ」

「すみません。責めるつもりはなかったんです」

「いいのよ。それにダニエルは事実、学校生活を楽しんでいたわ。生涯の友人もできたし、学業も優秀だった。特に気に入っていたのが芸術よ。それに科学も得意だったわ。とても頭のいい子なの」

「ええ、知っています。きっと立派な公爵になりますわ」

「わたくしもそう思うわ。あなたが隣にいてくれたら間違いないわね。ダニエルは懸命に学んでいるし、努力もしている。でもなんの準備もなくいきなり今の地位につかされたわけだから、苦労しているわ。チャールズはすべてをモーガンに注ぎこんでいたから」

公爵未亡人がいったん言葉を切り、紅茶に蜂蜜を入れた。

「あとになってダニエルはチャールズと和解したけれど、昔みたいに親しくはなれなかったわ。だけどわたくしは、あの子が父と兄を昔と変わらず愛していると信じているの。わたくしとルーシーのこともね。ただ、それ以外の人を愛することを自分に認めていないのだと思うわ。学校を出たあと、ダニエルはすることがなくなってしまった。父と兄が地所を切り盛りするのを手伝うだけの力はじゅうぶんあると、わたくしからチャールズに話したりもしたのよ。でも夫はモーガンが跡継ぎで、地所については長男の責任だと繰り返すばかりだったわ」公爵未亡人が咳払いをする。「チャールズはすばらしい人で、愛情深い夫だった。でもさっきも言ったとおり、すべてを黒と白にはっきりと分ける人だったの。その結果として、ダニエルは恐怖で誰を愛することもできず、優秀な頭脳を何に発揮するわけでもないまま、一〇年ばかりにも及ぶ放蕩生活を送るはめになってしまったのよ。そのあたりはたぶんあなたも聞いているでしょうね」

リリーはうなずいた。「ダニエルは有名人ですから」

「知っているわ。もちろん、母親としても胸を張れる時期ではなかったわね。それでもわたくしはダニエルを愛しているの。あの子は人に与えられるものをたくさん持っているわ。そして今、初めて人に対して心を開こうとしている」

「わたしに対してですか？」

「ええ、あなたに対してよ」公爵未亡人がにっこりする。「あなたたちが……ふたりで会っているのを知っているわ」

瞬時にリリーは顔を真っ赤に染めた。できるものならこのまま足元の敷物の中に消えてしまいたい。

「ダニエルがあなたを選んだことがうれしくてしかたがないのよ」公爵未亡人が続ける。

「わたくしはあなたのご両親をとても尊敬しているし、お母様のことは赤ん坊の頃から知っているんですもの」

「ええ、母から聞きました。妹さんとわたしのおばのアイリスが親友だったそうですね」

「四人ともとても仲がよかったのよ。フローラにはずっとわたくしを名前で呼ばせようとしているのだけれど、どうしても〝閣下夫人〟と言うのをやめてくれないの」

「母らしいです」

「本当にそうね。フローラはすばらしい女性だわ。何年も連絡を取っていなかったけれど、わたくしはそのあいだチャールズといい人生を送っていた。でも、ダニエルが意味のない女遊びに時間を費やしているのを見ているのはつらかったわ」

「わかります」

「そうこうするうちにチャールズとモーガンが亡くなって、ダニエルが第七代ライブルック公爵になったのよ」

公爵未亡人の目に涙が浮かび、リリーはハンカチを差しだした。

「ありがとう、リリー。少し想像してみて。突然父と兄を亡くしたばかりでなく、その直後からまったくなんの準備もしていない重責に苦しめられるのよ。いったいどんな心境になるかしら？　それでダニエルは逃げだしたの」

「ヨーロッパ大陸にですね」

「そうよ。わたくしは止めなかったわ。止められたとも思えない。ダニエルに逃げることが必要だったのは理解していたから、そのまま行かせたの。幸運にも、あの子が不在のあいだ、地所に関しては弁護士や銀行家がうまくやってくれたし、財政面も盤石だった。それが二、三カ月前、ダニエルから責務を果たしに戻るという手紙が届いたの。あの子はわたしが必要としていたときに逃げてしまったことを謝罪して、これからは息子として、公爵として、男として恥ずかしくない行動を取ると誓ってくれたわ。わたくしがルーシーと一緒に、悲しみから抜けだすためのこのハウスパーティーを計画しはじめたのはそれからよ。だけど実は、隠された目的がもうひとつあったの。あなたとダニエルを再会させることよ」

「わたしたちが以前に会ったことがあるのをご存じだったんですか？」

「ええ。わたくしの小さなあずまやであなたと会ったその日に、ダニエルが話してくれたわ。絵の才能があって、とてもかわいい子だと言っていた」

リリーは胸が高鳴り、顔がひとりでにほころんだ。

「クリスピンとフローラの娘たちのどちらかなら、わたくしの子どもの相手としてこれ以上ふさわしい女性はいないわ。もともとわたくしは、今回あなたたちを正式に紹介するつもりだったのよ。でも、どういうわけか紹介するまでもなく知り合いになってしまったから、そのままにしておいたの。ダニエルが晩餐であなたの席を自分の隣にしたときは、本当にうれしかったわ。どうやって親しくなったのかは知らないけれど、それについては神様に感謝しなければならないわね」公爵未亡人がリリーの腕に手を置き、やさしく力をこめる。「あなたはダニエルの救世主よ、リリー。お願いだからあの子を見捨てないであげて」

「わたしもダニエルと離れたいとは思っていません。でも……」

「でも？」

「彼がわたしと結婚する理由に心あたりがあるんです。それが……言いにくい理由で……」

「あなたはわたくしの娘になるのよ、リリー。なんでも話して」

リリーはスカートにある小さなしわを見つめて言った。「ダニエルは、わたしが子どもを身ごもっているかもしれないと思っているんです」

公爵未亡人が眉をあげる。「子どもですって？　だけどダニエルなら、子どもができるのを避ける方法はわかっているはずだわ」

「ええ、本人も子どもができないようにすると言っていました。でも、そうしなかったんです。それでわたしは腹を立てて……」

「なんてこと」

「すみません。わたしは……誓って言います。もしダニエルでなかったら、こんなことには……彼とわたしは……互いに溺れてしまったというか……」リリーはため息をついた。「だめです。全然うまく言えません」

「リリー、わたくしはこのことが原因であなたを見下したりはしないわ。そんなことより、それが何を意味しているか、あなたにはわからない？」

「ごめんなさい。わかりません」

「ダニエルはあなたのお腹に自分の子ができることを避けなかったのよ。リリー、あの子はあなたを愛しているんだわ」

リリーの頬に涙がこぼれ落ちた。「ダニエルはそう言ってくれません。ほかのことは言ってくれるのに。ふつうは雰囲気で察するものなのかもしれませんが……」彼女は首を振った。

「いいえ、やっぱり言葉にしてもらわないと、わたしにはわかりません」

「あなたの言うことは理解できるわ。でも、ダニエルは愛を恐れているの。子どもの頃、愛する者たちとことごとく引き離されたせいで」公爵未亡人の頬にも涙がこぼれ落ちる。「まずあなたから愛していると伝えなければならないわ」

「でも、それは……」リリーは肩を震わせた。「怖いんです」

公爵未亡人がリリーの両手を握りしめ、やさしい笑みを浮かべる。「リリー、わたくしたち女が勇気を出さなければならないときがあるのよ。あなたも結婚すればよくわかるわ。ダニエルのところに行ってやって。あの子に対するあなたの気持ちを認めるの。そしてあの子もまた人を愛することができるのだと、ダニエルに示してやって」

リリーは不安が胸に広がり、息が苦しくなった。だが、公爵未亡人の言うとおりだ。かわいそうなダニエルはこれまで、大切な人たちをみな失ってきたのだから。

「ひとつお願いしてもよろしいでしょうか？」

「いいわよ」

「今の話は内密にしておいていただけますか？」

「もちろん」

「ありがとうございます。お話しできて楽しかったです。とてもためになりました」リリーはありったけの勇気をかき集めて立ちあがった。「ダニエルのところに行ってきます」

16

ダニエルは大きな浴槽から出て体をぬぐった。リリーとのひとときを思い返すと、ひとりでに顔がほころんでいく。ヴェルヴェット地のローブを着て、身支度の手伝いをするパトニーを呼ぼうとしたところで、ドアをノックする音が聞こえた。この時間に部屋を訪ねてくるのはリリーくらいしかいない。彼女の顔を目にし、声を聞くのだと思うだけでダニエルは胸が高鳴った。寝室を抜けて居間へと歩いていく。

「入ってくれ」閉じたドア越しに聞こえるよう、大声で言った。「今さらノックなんてする必要もないだろう？」寝室に戻ってタオルを取り、まだ濡れたままの髪を拭く。

「ノックしなくてもいいだなんて、ずいぶん親切なことを言ってくれるのね」

ダニエルが振り向くと、寝室のドアのかたわらにアメリア・グレゴリーが立っていた。

「すまない、人違いだ」

「あなたのかわいいリリーと間違えた？」

「ご覧のとおり、今は忙しい。すぐに出ていってくれ」

「いやよ。あなたに話があるの」

「お互い、話すことなど何もないと思うが？」

「わたしはそうは思わないわ、ダニエル。あなたに話したいことがたくさんあるの」アメリアが近づいてくる。「会いたかったわ。あなたが欲しくて夜も眠れなかったのよ」

「すまない。前にも言ったとおり、きみとはもう終わったんだ」

「そんなことはあり得ないわ」

「いや、あり得るとも」

「どうして？　あんなにたくさんのものを分かちあってきたのに？」

「ぼくたちはベッドを分かちあった。それだけだ。ぼくは結婚する身で――」

「まさか、あんな売女《ばいた》を好きになったわけじゃないでしょうね？」

たちまちダニエルの頭に血がのぼった。「リリーのことをそんなふうに言うな。わかったな？　彼女は関係ない。これはきみとぼくの問題だ」

「あの小娘もわたしみたいにあなたを楽しませたのかしら？　わたしと楽しんだことを覚えているでしょう？　はめを外したことを？」

むろんダニエルも覚えている。今となっては忘れたい記憶だ。

「すぐに出ていってくれ、アメリア」

「あなたはわたしのものよ、ダニエル。あの女のものじゃないわ！」

「ぼくはもうリリーのものだよ。完全にね」

「わたしとあの女のどこが違うというの？」

ダニエルは笑みを浮かべた。「リリーはぼくの心をつかんでいる。ぼくは最初から心を奪われた。彼女を愛しているんだ」その言葉を口にしたとたん、肩にのしかかっていた重い何かが消えた気がした。「愛している」アメリアにというより、自分自身に対してもう一度言う。

「あなたにはその言葉の意味なんてわからないわ」アメリアがダニエルに飛びつき、床に押し倒した。彼の体に馬乗りになり、唇を口に押しつけて舌をねじこもうとする。ローブの胸ぐらをつかんだまま言った。「あの女と一緒になってもこんなことはしてくれないわよ、ダニエル。わたしが何をしてあげられるか、見せてあげるわ」

ヴィクターが正しかった。アメリアは災いの種以外の何ものでもない。ダニエルは彼女を脇に押しやり、乱れたローブの胸元をかきあわせた。「きみの滞在をこれ以上認めるわけにはいかない。明日までに荷物をまとめて出ていってくれ」

「そう簡単には追い払えないわよ」アメリアがドレスのしわを伸ばして立ちあがる。「わたしは招待されてここにいるの。いきなり追いだしたりしたら、公爵未亡人がどう思うかしら？」

「母がどう思うか、ぼくが気にする必要はない」

「だったら、公爵未亡人とわたしが少し話してもかまわないわよね。大事な息子がわたしの寝室で何をしたのか、知りたがるかもしれないわ」

「母に近づくな」ダニエルも立ちあがった。「夫と息子を亡くしてつらい思いをしているんだ。余計な話を吹きこむことは許さない。荷物をまとめて、晩餐がすんだら出ていってくれ」

アメリアがきびすを返し、ドアへと向かう。「そうだわ」肩越しに振り返った。「あなたの婚約者があなたに関心はないって言っていたわよ」

ダニエルは眉をひそめた。「いつリリーと話した?」

「何度かふたりで話したのよ。未来の公爵夫人とわたしとでね。最初に話したのはハウスパーティーの初日の晩だったわ。あなたが外で彼女にいたずらしたあと、女性用の居間で出くわしたの。あなたが襲いかかったのはわたしと間違えたからだと教えてあげたら、あの女はあなたには毛ほども興味がないと言っていた。あなたが婚約を発表した夜にも話したの。そのときは、自分は身を引こうとしているのに、あなたが許してくれないと嘆いていたわね」

ダニエルは胃が締めつけられ、唾をのみこんだ。

「リリーにも近づくな。ぼくは本気だぞ。この地所から出ていくんだ」

「なぜあなたを望んでもいない女と結婚したがるの? それに、あの女ではあなたを満足させられない。わたしはあなたの夜の好みを知り尽くしているわ。わたしをあなたのものにして、ダニエル。あなたが欲しいの。わたしにはあなたが必要なのよ。わたしを公爵夫人にして。絶対にあなたが誇れる妻になってみせるわ」

「これで最後だ、アメリア。この部屋から出ていけ。でないと力ずくでつまみだすぞ!」

アメリアがなまめかしく微笑む。「やってみたらいいわ。わたしに触れたが最後、あなたはわたしのものよ。わたしを拒むことはできないわ」

「できるとも。さあ、行くんだ」

「わかった。もう行くわ。でも、屋敷を出ていくつもりはありませんからね」

「いや、出ていってもらおう」

「ダニエル、わたしはここにとどまってハウスパーティーを楽しみたいの。正式に招待されたわたしを無理やり立ち去らせるというなら、イングランドじゅうにわたしたちの関係が知れ渡ることになるわよ。まず、あなたのかわいいリリーと大切なお母様にすべてぶちまけてやるわ」

「そんな脅しは無意味だ。リリーも母もぼくたちの関係を知っている」

「そうかもしれないわね。でも、何もかも詳しく知っているわけじゃないでしょう？　わたしの家の若いメイドと三人で楽しんだときのことも知っているのかしら？　あなたのみなぎる欲望をわたしたちが口で鎮めてあげたわよね？　ああ、でもわたしとメイドが楽しんでるのを見物していたときのほうが興奮していたかしら？　それから、あのハンサムな庭師とも楽しんだわよね？」アメリアがスカートの裾をあげ、手を中に入れてみせる。「あなたたちふたりといっぺんに……ああ、思いだしただけで体がほてってくるわ」

ダニエルは嫌悪感もあらわに顔をしかめた。若気の至りとはいえ、なんと愚かなふるまいをしたのだろう。アメリアがリリーの耳に毒を流しこむ危険を冒すわけにはいかない。「勝手にするといい」彼は歯を食いしばった。「だが、母とリリーには近づくな。ぼくの視界にも入ってくるな！」

ダニエルはアメリアの背中を押して部屋から出し、乱暴にドアを閉めた。

アメリアは燃え盛る怒りに身を焦がしながら、廊下を歩いて使用人用の階段に向かった。まだだ。長い目で見れば、まだ終わってはいない。「何よ、いまいましい」階段をのぼってくる生涯の仇敵《きゅうてき》、レディ・リリー・ジェムソンの姿に気づいてアメリアの口から悪態がもれた。「ライラじゃないの」リリーに近づきながら、アメリアは言った。「また会えてうれしいわ」

「ごきげんよう」

「婚約者に会いに行くのかしら？」

「わたしがどこに行こうと、あなたには関係ないでしょう。失礼するわ」

「わたしもつい今しがたまで、ダニエルの寝室にいたのよ。彼、少し……疲れていると思うわ」

「ダニエルの寝室で何をしていたの？」リリーが問いただす。

「あら、わかってるくせに」アメリアはこれみよがしにドレスのしわを直し、髪を整えた。

「あなたの言うことなんか信じないわ」

そう言いつつも、リリーは両手をもみあわせ、ハンカチをもてあそんでいる。本人がアメリアに信じこませようと望んでいるほど、自信ありげにはとても見えない。

「あらそう？　あのダニエルが結婚したからといって愛人とのつきあいをやめると思うほど、あなただってうぶじゃないでしょう？」

「なんですって？」

「あなたにお礼を言わないと」アメリアはたたみかけた。「あなたが彼にすばらしい影響を及ぼしてくれたのはたしかだもの。以前のダニエルは愛しあうときだってあんなに……なんと言えばいいかしら……そう、好色じゃなかったわ」

「ダニエルはそんな……」

「彼は言っていたわ。跡継ぎができるまでの辛抱だと。跡継ぎを産んで用済みになったあなたをスコットランドにやったあと、わたしを家に迎えてくれるそうよ」アメリアの目がリリーの指に輝く緑の婚約指輪をとらえた。「その指輪を今すぐよこしなさい！　ダニエルはわたしにくれるものだと言っていたわ」

　リリーの目に涙があふれた。「ダニエルがそんなことを言うはずないわ」

「あら、泣いてるの？　なんてみじめなのかしら」アメリアはリリーの手をつかんだ。「早く！　指輪を渡すのよ！」

「ダニエルがわたしのために選んでくれた指輪よ。あの人はロンドンまで行って……それで……あなたなんかに渡さないわ！」リリーが階段のほうへとあとずさりする。

「わたしの指輪よ！」アメリアは叫び、リリーの指輪を奪い取った。もみあったせいでバランスを失い、リリーがわずかによろめく。

「ダニエルだってわたしのものよ！　あなたなんかに渡さないわ！　絶対に！」

アメリアはリリーを力いっぱい突き飛ばし、両手で耳をふさいで仇敵が悲鳴をあげながら階段を転がり落ちていくのを目で追った。リリーの体が大きな音をたてて踊り場に落ちたのを見届け、急いで周囲を見まわす。今の出来事を目撃した使用人はいないらしい。アメリアは安堵の息をつき、別の階段へと向かった。何事もなかったかのように階段をおり、そのまま自室へと戻っていった。


ダニエルは、ひどくうろたえている使用人の言葉を三分の一ほどしか理解できなかった。だが、リリーの身に何かあったのは間違いない。急いでズボンのボタンを留め、使用人用の階段へと急ぐと、リリーが踊り場に倒れていて、クローフォードと数人の使用人に取り囲まれていた。ダニエルは三段飛ばしで階段を駆けおり、リリーのもとへ向かった。

「いったい何があった？」ダニエルはリリーのかたわらに膝をついた。彼女はぐったりとしていて、顔は涙で濡れている。意識を完全に失っているのか、閉じた目はぴくりとも動かない。ダニエルは心臓が激しく打ちだし、同時にすさまじい苦痛に襲われた。「リリー、なんてことだ。リリー、ぼくを置いてどこかへ行ってしまわないでくれ。頼むからひとりにしないでくれ」リリーの体を抱きしめて懇願した。

「あまり動かしてはなりません、閣下」クローフォードが言った。「内出血している可能性もありますし、骨も折れているかもしれません。今、医者を呼びに行かせております」

「リリーをこんなところに寝かせておけるか！　彼女はぼくのすべてなんだぞ」ダニエルはそっとリリーの体を抱きあげた。

「ですが、閣下、こういう場合は――」

「医者はぼくの部屋によこしてくれ、クローフォード。いいな、すぐにぼくの部屋へ連れてくるんだ」

　ダニエルは赤ん坊を扱うようにリリーを慎重に運び、自分のベッドに横たえた。彼女の額と頬、そして唇にキスをしていくあいだ、目から涙がとめどなく流れ落ちる。

「リリー、リリー、目を開けてくれ。ダニエルだ。きみを愛している。愛しているんだ。ああ、なぜ今まできみに言わなかった？」

　リリーのかたわらにひざまずき、彼女を返してくれるよう神に懇願する。ダニエルがベッドの端に座ってリリーの顔にそっと触れると、まぶたがわずかに開いた。

「ダニエル？」リリーがかすれた声で力なくささやく。

「リリー、ぼくだ。ここにいる。何があったか教えてくれ」

「アメリアよ」それだけ言うとリリーは目を閉じ、ふたたび意識を失った。

　アメリアだと？　アメリアがリリーを突き落としたのか？　もしそうなのだとしたら、あの女を地獄に落としてやる！　ダニエルが使用人を呼ぼうと立ちあがった瞬間、アシュフォード伯爵夫妻が部屋に飛びこんできた。

「閣下、何があったのです？」レディ・アシュフォードがベッドに横たわるリリーを見つけ、十字を切る。「クリスピン、リリーが……」

「何が起きたか説明してくれ、ライブルック」伯爵が妻の手を取ってきいた。

「く……詳しいことはわかりません」ダニエルは言葉を詰まらせながら答えた。「クローフォードが階段の踊り場で倒れているリリーを見つけたんです。おそらく……」いったん言葉を切り、唾をのみこんで言い直す。「おそらく突き落とされたんでしょう」

「誰に？」レディ・アシュフォードが尋ねた。「なぜこの子を傷つけようなんて恐ろしいことを？」

「リリーが言うには――」

背後で何者かが咳払いをしたので、ダニエルは振り返った。ダニエルの主治医のドクター・マイケル・ブレイクが入り口に立っていた。

「ブレイク、来てくれたか。階段から落ちたんだ。頼む、リリーを助けてくれ」

「さがってください。とにかく診せてもらいます」医師はベッドに腰をおろし、リリーの腕と脚の触診をはじめた。

トーマスが部屋に駆けこんでくる。「何事だ？　リリーが怪我《けが》をしたと聞いたぞ」

「意識がないんだ、トーマス」アシュフォード伯爵が言った。「今、医者が診ている」

「骨は折れていないようです。不幸中の幸いでした」ブレイクが説明しながら鞄を開けて道具を出し、リリーのドレスの前身頃を切っていく。袖から腕を抜いてコルセットをゆるめ、聴診器を使って心音を確かめた。「心音も力強いですし、呼吸も異常ありません。どうやら脳震盪《のうしんとう》を起こしているらしいですね」両手を動かしてそっと腹部を触診し、続けてペチコートを持ちあげて息をのんだ。

「どうしたんです？」レディ・アシュフォードが尋ねる。

「申しあげにくいのですが、子宮から出血している様子です」

「そんな」ダニエルの目の前がぐらりと揺れた。「なんてことだ」

「出血を止めなければなりません」医師は即座に断言した。

「もちろんだ。できることはなんでもしてくれ」伯爵が答える。

「クリスピン」レディ・アシュフォードが夫の肩に顔をうずめ、嗚咽《おえつ》に息を詰まらせた。

「申し訳ありませんが、医師として質問しなければなりません」ブレイクが尋ねた。「お嬢様がお子様を身ごもっていた可能性はありますか？」

「あるわけなかろう」伯爵が答えた。

ダニエルはうつむいて自分の足を見つめ、髪をかきあげた。「いや」聞き取るのがやっとのか細い声で言う。「ある」

トーマスが色をなして足を踏みだした。「ライブルック、絞め殺してやる！」

「わたしが先だ」伯爵が腕を伸ばして息子を制する。

「よしなさい、ふたりとも」レディ・アシュフォードがダニエルに目をやったまま言った。

「公爵が死ぬほど苦しんでいるのがわからないの？」

「フローラ、この男はわたしたちの娘をベッドに連れこんだのだぞ！」伯爵が両の拳を握りしめ、声を荒らげた。

「野蛮人みたいなまねはやめて」レディ・アシュフォードが大きくはないものの、きっぱりとした声で言った。「あなただってわかっているはずよ。リリーは自分の意思に反することは絶対にしない。それに、あなた自身の若い頃のことを忘れたの？　わたくしが覚えている限り、わたくしたちだって聖人とはほど遠かったわよ。だいいち、わたくしがこの子の年の頃には、もう結婚して子どもだっていたわ」続けて息子に顔を向ける。「あなたもよ、トーマス。あなたの品行方正とは言えない私生活について、わたくしはもう知りたくもないというくらい知っているの。だからしばらくその口を閉じておきなさい。ここで大騒ぎをしてもリリーはよくならないわ」

「答えづらいでしょうが、わたしは事実を知っておかねばなりません」ブレイクが割って入った。「身ごもっているとしたら、期間はどのくらいでしょうか？」

沈黙が流れる。

「閣下？」医師が答えをせかした。

「すまない」ダニエルはわれに返った。「数日だ。ほんの数日間」

「出血を止める。それ以外に打つ手はありません。お嬢様のお腹にお子様がいたとしても、これからわたしが行う処置によって流れることになるでしょう。もっとも、すでに流産している可能性が高いですが」

「いいから早くリリーを救ってくれ！」ダニエルは大声で言った。

「まだあります」

「なんだ？」もはやダニエルの声は叫び声に近かった。「言ってくれ」

「出血を止められなかった場合、子宮を除去しなければならなくなります」

レディ・アシュフォードが息をのんだ。「そんなことをしたら、リリーは……」

「ええ」ブレイクが答える。「残念ですが、お子様を産めない体になります」

「かまうものか」ダニエルは言った。「そんなことはどうでもいい。とにかく彼女を救ってくれ。ぼくはリリーがいないと生きていけないんだ」

「申し訳ございませんが、この決断を下すのは閣下ではありません。まだ彼女のご主人ではありませんので」ブレイクは伯爵に向き直った。「伯爵閣下、手術のお許しをいただけますか？」

「お願いです、手術を許可してください」ダニエルは伯爵に懇願した。「リリーが必要なんだ」

「むろんだ。必要な処置を頼む」伯爵がブレイクに告げた。

レディ・アシュフォードが控えていたメイドに指示を出す。「公爵未亡人を今すぐここへ。息子が必要としていると伝えて」続けてダニエルのもとへ行き、革張りの椅子へといざなった。「座って。きっと大丈夫ですわ」彼の手を強く握って励ます。「リリーは強いわ。とても強い子ですもの」

「ぼくは彼女なしでは生きていけない」

ダニエルは呆然《ぼうぜん》と椅子に腰をおろした。リリーの母親が彼の手を握って軽くさすりつづける。しばらくすると、公爵未亡人とおばのルーシーが部屋に入ってきた。

「なんてこと。フローラ、本当にごめんなさい」公爵未亡人が開口一番、謝罪した。

「大丈夫よ、閣下夫人」レディ・アシュフォードが答える。「リリーはわたくしが見るわ。閣下夫人はご自分の息子さんについていてあげて。公爵にはあなたが必要よ」

「ダニエル、大丈夫？　こんなことになって残念だわ」公爵未亡人がレディ・アシュフォードに代わってダニエルの手を取った。「わたくしと一緒に来なさい」

「リリーのそばを離れるわけにはいかない」答えるダニエルの声は震えていた。「離れたくない」

「来るのよ。お医者様に仕事をさせてあげないと」

「大奥様のおっしゃるとおりです」ブレイクが言った。「申し訳ありませんが手伝いをしてもらうメイドを除いて、いったん全員に部屋を出ていただきます」

「わたくしは残らせて」ルーシーが主張した。「ふだんから領民の怪我の手当てをしているから手伝えるわ」

「ルーシーならきっと役に立てるわ」公爵未亡人が請けあった。「前に看護の訓練も受けたことがあるの」

「ありがとうございます。では、お願いしましょう。ミス・ランドン、清潔なタオルとシーツ、それから厨房に指示して沸騰させた湯を用意させてください」ブレイクはルーシーに告げ、メイドに顔を向けた。「暖炉に火を入れてくれ。手術しているあいだ、湯を沸かしつづけておきたい」

「母上、ぼくはリリーのそばにいなくては」ダニエルは自分の手をやさしく引いて立たせようとする公爵未亡人に向かって言った。「彼女はぼくを必要としているし、ぼくも彼女を必要としているんです」

「わかっているわ。でも、今はわたくしと一緒に来て。ここはお医者様におまかせしないと」

ダニエルは結局折れ、母親にいざなわれて寝室をあとにした。

公爵未亡人はダニエルを伴って西の翼棟の三階にある自室の居間に入った。息子をソファに座らせ、呼び鈴を鳴らして紅茶を用意させる。

「ダニエル」彼女は切りだした。「何が起きたか話してくれるわね?」

ダニエルはせわしなく何度も髪をかきあげ、すでに乱れている髪をさらに乱した。

「階段の三階からを落ちたんです。たぶんぼくに会いに来る途中に」

公爵未亡人がうなずく。「あなたのせいではないわ、ダニエル」

「いや、ぼくのせいです。ぼくのせいで突き落とされたんだ」

「なんですって? なぜそう思うの?」

「さっき、ぼくの部屋で少しだけリリーの意識が戻ったんです。リリーは……ああ、なんてことだ。彼女はレディ・グレゴリーの名を口にしました」

「レディ・グレゴリーに突き落とされたとはっきり言ったの？」

「いいえ、そこまでは。ただ〝アメリアよ〟とだけ」

「いったいどうしてレディ・グレゴリーがリリーを階段から突き落とさなければならないの？」

「ですから、ぼくのせいなんです。くそっ！」ダニエルは立ちあがり、室内を歩きはじめた。心臓があいかわらず激しく打っている。

「お願いだから座って」公爵未亡人がソファの自分の隣をぽんぽんと叩いた。「とにかく、今回の件はあなたのせいではないわ」

「いいえ、悪いのはぼくです。レディ・グレゴリーはぼくを自分のものにしようと狙っていました。本人がそう言っていました」

「それにしたって、まさか……」

「あの女ならやりかねない。彼女の夫がなぜ死んだのかはご存じでしょう？」

「その件なら証拠はいっさいないわ」

「それこそどうでもいいことです。レディ・グレゴリーは夫を突き飛ばしたんだ。そして、今度はリリーのことも。もしリリーが死んだらぼくの責任です。こんなことには耐えられません。ぼくは耐えられない！　やっとすべてを手に入れたと思ったとたん、こんな……」ダニエルは乱暴にソファに腰をおろし、両手で顔を覆った。

公爵未亡人が息子の体に腕をまわす。

「ダニエル、それが本当なら、警察を呼ばなければならないわ」

「ええ、わかっています。あの女には一分たりともこの屋敷にいてほしくない。ニューゲート監獄で生きながら朽ち果てていくところを見届けてやる。絞首刑ですらあの女には贅沢だ!」

「少しこのまま座っていなさい」公爵未亡人は立ちあがって呼び鈴を鳴らし、やってきた使用人と数分ほど小声で話してから息子のもとに戻った。「クローフォードが警察を呼ぶわ。レディ・グレゴリーを連行してもらいましょう」

「ありがとうございます、母上」

「あなたの面倒はわたくしが見るわ、ダニエル。本当なら子どものときにすべきだったようにね。あなたには謝らなければならないことがたくさんあるの。たくさんありすぎて……」

「今さらどうでもいいことです」ダニエルは母の抱擁から逃れようとした。「今はリリーがすべてだ。彼女なしでは自分がどうなってしまうかわからない」

「あなたなら何があってもうまくやっていけるわ。でも、今は軽はずみなことを口にしないで。リリーは若くて強い。彼女ならきっとまた元気になるわ」

「リリーはぼくのすべてを変えてくれた。生きていることをふたたび実感させてくれたんです。ぼくがリリーを必要としているとき、やさしさと寛容を示してくれた。母上、ぼくは彼女を愛している。愛しているんです」

「わかっていますとも」公爵未亡人がもう一度、息子の体に腕をまわした。「リリーはきっと大丈夫よ、ダニエル。あなたたちはこれからずっと幸せに暮らすの」

メイドが紅茶のトレーを運んできた。公爵未亡人がカップに紅茶を注ぎ、ダニエルに差しだす。

「さあ、これをお飲みなさい」

ダニエルは母の手を押しのけた。

「ひと口だけでも飲むのよ」

彼はしぶしぶカップを受け取り、紅茶を口に含んだ。

「それでいいわ」公爵未亡人も自分のカップを口に持っていき、紅茶を飲んだ。「リリーは必ずあなたのところに帰ってくるわ。今は待ちましょう」

「ぼくのところになど帰ってこなくてもかまわない。生きていてくれさえすればそれでいいんです。リリーの人生は意欲と情熱に満ちている。母上、ぼくは自分がこんなにも誰かを愛せるとは思ってもいなかったんです。それほどリリーを愛している。なのに、それを彼女に伝えなかった」ダニエルは首を振った。「婚約は解消します」

「何を言いだすの？」

「リリーに結婚を無理強いしたくありません」

「ダニエル……」

「リリーに改めて懇願します。どれだけ愛しているかを伝えて、彼女の望みはなんでもかなえます。でも、絶対に無理強いはしない。リリーに黙ってアシュフォード伯爵と話を進めたのは間違いでした。彼女に拒絶されたらと思うと耐えられなかったんです。ぼくは自分勝手な愚か者でした。ぼく自身の幸福よりも、リリーの幸福のほうがはるかに大事です。もしリリーがぼくのもとを去りたいというなら、彼女を自由にします」

「リリーはあなたから去ったりしないわ、ダニエル。あなたを愛しているのよ」

「ぼくにはわからない」

「愛しているに決まっているじゃない。そうでないわけがないわ」

「ぼくはリリーの愛を期待するのもおこがましい男です。あまりにも多くの過ちを犯してきました。何年も無為に日々を過ごし、無意味な関係を結んできた」ダニエルは切羽詰まったまなざしで母を見つめた。胸が今にも張り裂けそうで、心は壊れる寸前だ。「ですがそれがあったからこそ、リリーに出会えた。そう思うのは間違いですか？」

「いいえ、間違っていないわ」

「リリーのためならなんでもする。彼女が跡継ぎを産めなくてもかまわない。ぼくが欲しいのはリリーだけです」

「リリーはあなたのもとにとどまるわ」

「それが本当ならどんなにいいか」ダニエルは首のうしろに手をやった。「もし彼女を失ったら、ぼくは生きていけそうもない。リリーはぼく自身よりもぼくのことをわかっているんです。どうやっているのか知らないが、ほかの誰よりもぼくの心の内を読み取ってしまう。リリーから、自分の中に感情を封じこめていると言われました。なぜそんなことがわかったんです？　彼女は救いの手を差し伸べ、話を聞いてくれようとした。それなのに、ぼくは拒絶したんです。かなうものなら、それをなかったことにしてリリーにすべて話したい。そうすれば……」

「おいで、ダニエル」公爵未亡人は息子をきつく抱きしめた。「大丈夫よ。すべてうまくいくわ」

ダニエルははじめこそ抗ったが、やがて母親の抱擁に身をまかせた。だが子どものように母の胸に抱かれても、気持ちが休まることはなかった。胃が締めつけられ、全身が震えつづけた。何本もの短剣で骨の髄まで切り刻まれたかのように呼吸は乱れ、はらわたをかきまわされる感覚まで襲いかかってくる。これは恐怖だ。身が引き裂かれそうなほどのすさまじい恐れと悲しみが、ダニエルの魂をも引き裂こうとしていた。

彼はゆっくりと呼吸をした。息を大きく吸い、大きく吐いた。もう一度大きく吸い、大きく吐く。それからダニエルは、もう二〇年以上も無縁だったことをした。

彼は母の腕の中でむせび泣いた。

トーマスはローズを捜してあたりを歩きまわった。心臓が胸の中で暴れつづけている。リリーをきちんと見守ってライブルックのベッドから遠ざけておけばこんなことにはならなかったのに、自分はしくじった。それにしてもリリーはなぜ、階段から落ちたのだろう？　そこまで考えたとき、厩舎でローズがエヴァンと一緒に歩いているのを見つけ、大急ぎでふたりのもとへと駆け寄った。

「ローズ！」トーマスは叫んだ。「ローズ、早く一緒に来い」肩で息をしながらどうにか言葉を続ける。「リリーが事故に遭ったんだ」

ローズが息をのんだ。「どうしたの？」

「階段から落ちた……子宮から出血していて、今、ライブルックの主治医が処置している」

危うくその場に倒れそうになったローズの体をエヴァンが支えた。

「落ち着いて、ローズ」エヴァンは言った。「きっと大丈夫だ」

「すぐお姉様のところに行かないと。ごめんなさい」

「謝る必要なんかない。ぼくも一緒に行こう。ジェムソン、彼女の様子は？」

「医者は出血を止めなくてはと言っている。止まらなかったら、子宮を除去するしかないそうだ」

「そんな！」ローズが叫んだ。「公爵家の跡継ぎはどうなってしまうの？」

「生まれない」トーマスは答えた。「少なくとも、リリーは産めなくなる」

ローズの目から涙があふれた。

「そんな、だめよ。ひどすぎるわ。ああ、お兄様。わたしたちはどうすればいいの？」

「祈るしかない。行こう、屋敷に行って待つんだ」

三人は屋敷へと急いだ。建物の正面には警察の馬車が止まっていて、ちょうどバースから来たふたりの警官がアメリアを玄関から連れだすところだった。

「いったい何事だ？」トーマスは警官に詰め寄った。

「こちらの女性の逮捕状が出ているんです」警官たちのうち、ひとりが答えた。「公爵閣下の婚約者を階段から突き落とした疑いがあります」

「おまえ！」トーマスはアメリアを怒鳴りつけた。「すぐにおまえを疑うべきだった。このこざかしい雌ギツネめ！」

「お兄様！」ローズがトーマスをいさめる。

「この女はリリーを突き落としたんだぞ、ローズ」トーマスは妹に言い、ふたたびアメリアをにらみつけた。「リリーはおまえのせいで死ぬかもしれないんだ。子どもが産めない体になるかもしれない！」

「結構じゃないの」アメリアが答える。「あのおばかさんは公爵夫人にふさわしくないもの。あんな女が次期公爵の母親になるなんてとんでもない」

「取り消しなさい」ローズが怒りに声を震わせた。

エヴァンが彼女を落ち着かせようとする。

「こんな女の言うことを気にしてはだめだ、ローズ」

「いいえ、そうはいかないわ」ローズが顎でアメリアの手を示した。「なぜあなたがお姉様の指輪をはめているのよ！」

「わたしのものよ」アメリアがふてぶてしく答えた。

「お兄様、これはお姉様の指輪よ」ローズは兄に告げた。「お姉様に見せてもらったから間違いないわ。公爵にいただいた婚約指輪なの」

「本当だな？」

「ええ、誓ってもいいわ。どこにあっても見間違えたりしない。あれはエメラルドじゃなくてサファイアなの。とても独特な緑色をしているからすぐにわかるのよ」

「きみたち」トーマスは警官たちに向かって言った。「訴状の内容に盗みも追加してくれ。レディ・グレゴリーはぼくの妹の指輪を盗んだらしい」

「今すぐ指輪を渡して」ローズが手を突きだす。

「お断りだわ！」アメリアが激怒して拒絶した。「これはわたしのものよ」

トーマスは怒り心頭に発し、大声をあげた。「その指輪をすぐ妹に渡せ！　さもないとぼくは、女性には手をあげないというみずからに課した掟《おきて》に初めてそむくことになる。できるわけがないなどと思うなよ」アメリアに向かって足を踏みだした彼を、警官たちは止めようともしない。

「この男はわたしを脅迫しているのよ。なのにあなたたちは黙って見ているつもり？」アメリアが警官たちに食ってかかった。

「指輪を返したほうがいいと思いますよ」警官のひとりがそっけなく答える。

「さあ、アメリア」ローズが改めて要求した。「姉の指輪を返しなさい」

アメリアが指輪を外し、ローズの手に落とす。

「こんなものくれてやるわ。どうせ安物よ」

ローズが足を踏みだし、アメリアの鼻に思いきり拳を叩きこんだ。

「何するのよ！」アメリアが涙と鼻血を流して叫ぶ。「鼻が折れたわ！」

「女性には手をあげないというお兄様の掟には賛成できないわ」ローズがトーマスに告げた。

「この女は殴られるだけのことをしたのよ」

「同感だ」トーマスは答えた。

「いい右フックだ」エヴァンがつけ加える。「いつ習ったんだい？」

「今日よ」ローズは顔をあげてきっぱりと言った。

ダニエルは礼拝堂の長椅子に座り、両手で頭を抱えて祈った。神よ、お願いです。どうかリリーを助けてください。

「閣下？」

声に反応して顔をあげる。「レディ・ローズ」ダニエルはかすれた声で言った。「何か変化があったのか？」

「いいえ、まだ何も。すみません」

「そうか」ダニエルは立ちあがった。「では、何か必要なものでも？」

「いいえ、これを渡しに来ました」ローズが緑色に輝く婚約指輪を差しだす。

「リリーの指輪じゃないか」ダニエルは指輪を受け取り、緑の宝石を指でなぞった。「どこでこれを？」

「レディ・グレゴリーがはめていました。警官に連れていかれるところを兄と一緒に見かけたんです」

「わたしがリリーのために見つけてきた指輪を？」ふたたび頭に手をやり、髪をつかむ。

「あの女はリリーに何を吹きこんだんだ？」

「申し訳ありません。閣下のお気をわずらわせるつもりはなかったんです。ただ……この指輪はお渡ししておくべきだと思って……」

「ああ、もちろんだとも」ダニエルはふたたび腰をおろした。アメリアに対する怒りの感情が恐怖と悲しみに取って代わられていく。「どうやって取り戻したんだい？」

「強引な手を使いました」ローズが答え、かすかに笑みを浮かべた。「鼻を殴ったんです」

「殴った？」

「ええ、自業自得です」ローズがダニエルの隣に座る。「姉は閣下をとても大切に思っています。それを知っておいていただきたいのです」

ダニエルは身を震わせて目を閉じた。その言葉が真実であればどんなにいいか。

ダニエルが黙ったままローズの隣で祈りつづけているところに、エヴァンがやってきた。

「レディ・リリーの手術が終わった」エヴァンが言った。「医者がみんなに話したいと言っている」

17

「みなさんお揃いですね。では、まず結論から申しあげます」ダニエルとローズが入っていくと、ブレイクが切りだした。「手術は成功しました。出血は止まり、子宮を除去する必要もありません」

「ああ、神様！」レディ・アシュフォードが安堵の声をあげる。

「彼女に会いたい」ダニエルは身を乗りだした。

「もちろんです。ただし……」ブレイクが答える。「その前に少し説明させてください。お嬢様は脳震盪を起こしています。あと一日か二日は、意識を取り戻してはまた失うという状態が続くでしょう。今は鎮静剤で落ち着かせていて、痛みの緩和のためにモルヒネも使っています。これから高熱が出るかもしれませんが、手術のあとでは珍しくない症状です」

「なんてこと」レディ・アシュフォードが嘆息した。

「お嬢様は若くて健康です。熱が出たら、できるだけ体を冷やしてください」

「今の段階でどんな危険がある？」ダニエルは尋ねた。

「外科的な手術のあとには危険がつきものです。ですが、わたしはこのまま無事に回復していく可能性が高いと見ています。少し閣下とふたりでお話ししたいのですが、かまいませんか？」

「ああ、もちろんだ」ダニエルは安堵の息をつき、ブレイクと一緒に部屋の隅へと移動した。

「話というのは？」

「少しのあいだ、お嬢様と距離を置いていただきたいのです。これから六週間ほどは……親密な接触ができないとご承知ください。体を完全に回復させる時間が必要ですから」

「子どもは産めるのか？」

「完全に回復すれば、産めると思います」

ダニエルは改めて安堵した。「リリーに会いたい」

「もちろん付き添っていただくことはできますが、反応はしないかと」

「それでもいい。とにかくそばにいたいんだ」

「わかりました。わたしはいったん別館で休憩して、またあとで様子を見に来ます。何かありましたら使用人をよこしてください。出かけないようにしておきますので」

「きみさえよければ、この建物にとどまってもらいたい。この階に部屋を用意して、私物も運ばせる」

「わかりました。では、どの部屋に入ればよいか教えてください。正直申しあげて、くたくたなんです」

ほかの人々が寝室を去ってすぐ、ダニエルはベッドのかたわらに座ってリリーの手を握った。眠りつづけているとはいえ、安定した状態ではないらしく、額には汗がにじんでいるし、呼吸も一定ではない。メイドや家政婦たちまでさがらせたのは、みずから世話をするためだ。立ちあがって布を洗面器の冷たい水に浸して絞り、リリーの額の上に置く。疲労しきった体を彼女の隣に横たえて手を握っているうちに、ダニエルもまた眠りに落ちていった。

「ダニエル、ダニエル」何者かに揺すられて目を覚ました。

ダニエルが目をこすって声のするほうに顔を向けると、おばのルーシーが立っていた。

「モルヒネをのませる時間よ」

「今、何時ですか？」ダニエルは慌てて上体を起こした。

「午前一時よ」

「眠るつもりはなかったんです。起きてリリーを見ていないと」

「あなたにとっても大変な一日だったことはみんながわかっているわ。誰もあなたに徹夜の看病なんて期待していないわよ。リリーは六時間ごとにモルヒネをのまなければならないの。ドクター・ブレイクが言うには、最初の一日はかなりの痛みがあるらしいわ」

ダニエルはリリーの手を握り、自分の胸へと持っていった。

「彼女が痛みに苦しんでいるなんて、耐えられない」

「リリーは強い女性よ。きっと乗り越えるわ。さあ、薬をのませるから見ていなさい。そうすれば、六時間後にはあなたがのませることができるから」ルーシーはリリーのそばに腰をおろし、額に手をあてた。「少し熱があるみたいね。高熱が出はじめるんだわ。モルヒネをのませたら、次は熱の冷まし方も教えるわね」

ルーシーが粉末状のモルヒネの包みを出し、リリーの頭を持ちあげた。片方の手で頭を支えたままもう一方の手で口を開けさせて粉末を舌の上に落とし、水の入ったグラスを唇にあてがう。

「さあ、リリー、のみなさい」リリーが目を閉じたままかすかに頭を動かしたが、ルーシーはどうにか水をリリーの喉に流しこんだ。「ダニエル、氷を持ってこさせて。リリーを冷やさないと」

「ブレイクを呼ばなくて大丈夫ですか？」

「わたくしたちで対処できると思うわ。でも、あなたがそうしたいというなら、わたくしが呼んできてもいいわよ」

「いや、彼も疲れているはずだ。氷を用意させます」ダニエルはすぐに呼び鈴を鳴らし、使用人に指示を伝えた。

じきに氷が到着すると、ルーシーが氷を細かく砕きはじめた。砕いた氷をグラスに入れ、ダニエルに手渡す。「頭を持ちあげて、氷をひとつずつ食べさせなさい。熱があるから、口の中ですぐに溶けるはずよ」

ダニエルが言われたとおりにしているあいだに、ルーシーが水の入った洗面器に氷を落とした。冷たくなった水に布を浸して絞り、リリーの額にのせる。

「ダニエル、リリーの服を脱がさなければならないわ」ルーシーがリリーのネグリジェのボタンを外しはじめた。「あなたは外に……」

「いや、ぼくは残ります。リリーの世話をしたい」

「伯爵がなんて言うかしら？」

「どうでもいいことです。リリーの世話をするのはぼくだ。そうしたいし、そうしなければならない」

「わかったわ、ダニエル。どのみちこんな時間だもの。誰に知られることもないでしょう」

ルーシーがネグリジェを脱がせると、リリーの裸体は汗でうっすらと輝いていた。美しい腕と脚に青紫色のあざができている。痛々しいあざを目のあたりにし、ダニエルは思わず顔をしかめた。

「階段から落ちたのだから、打撲傷くらいはできるわ」ルーシーが言う。「骨が折れなかっただけ幸運よ」

おばの言葉もダニエルの心配を紛らわすには至らなかった。ルーシーが別の布を水に浸して絞り、リリーの体を拭きはじめた。

「熱はあがったりさがったりするものなの、ダニエル。それがふつうだと思ってちょうだい。今みたいに熱があがったら、こうして全身を冷やしてあげること。熱がさがって悪寒に震えはじめたら、今度は体を覆ってあたためるのよ」

「わかりました。ぼくにさせてください」ダニエルは布をルーシーから受け取り、リリーの体を丹念に拭いていった。あがった体温ですぐに布があたたまってしまうので、頻繁に布を濡らしては絞り、また拭いていく。

ルーシーが唇をそっとリリーの額に触れさせた。「熱がさがってきたみたい。もう少し氷を食べさせて。あなたが眠るのなら、わたくしがこのまま交替するわ」

「いいえ、リリーのそばを離れるつもりはありません」

「わかったわ。あなたがそれでいいならそうしましょう」

「はい」

「では自分の部屋にいるから、必要があったらすぐに声をかけて。じきに悪寒を覚えはじめるだろうから、そうしたら毛布で体を包むのよ。あたたかくしてやって、少しでもリリーを楽にしてやること。いいわね？」

「わかりました」

「おやすみ、ダニエル」

「おやすみ、おば上。ありがとうございます」

それから寝ずの看病がはじまった。ルーシーの言ったとおり、数時間後にはリリーの体が悪寒に震えはじめたので、ダニエルはすぐに彼女の体を毛布でくるんでやった。その上から強く抱きしめ、届いていることを願いながらやさしい言葉をかけつづける。

「きみを愛している」小さな声で告白した。「愛しているよ、リリー」

リリーは目を閉じたまま、全身を震わせている。ダニエルはみずからの体温が伝わるようできるだけ強く彼女の体を抱き、こめかみにキスをして愛情を伝え、意識が戻ることを願いつづけた。ようやく震えがおさまってきたので、彼は水を飲ませようとしたが、ほとんどは顎へと流れ落ちてしまう。

「頼む、リリー、少しでいいんだ。ぼくのためにのんでくれ」ダニエルは声をかけつづけた。悪寒がおさまって一時間ほどすると、今度はふたたび熱があがってきた。ダニエルはリリーに氷を与え、ルーシーに教わったとおりに体を冷やした。やがて夜が明けて七時になり、モルヒネをのませてほどなくすると、ブレイクが寝室に入ってきた。

「様子はいかがですか？」ブレイクがきく。

「熱がある」ダニエルは答えた。「おばに対処法を教わった」

「ひと晩じゅう起きていらしたんですか？」

「少しは寝たよ」

ブレイクが首を振る。「診察させてください」毛布をめくり、ダニエルが着せたローブだけを身につけたリリーの全身に視線を走らせた。腕を伸ばし、額に触れる。「少し熱があるようですが、高熱というほどではないですね。閣下の看病が効いたのでしょう」続けてリリーの脚のあいだを確かめた。「出血もありません。いい兆候です。モルヒネを最後に与えたのは？」

「少し前だ。朝の七時」

「結構です。ではあと一日、六時間おきの服用を続けましょう。そのあとは回数を減らしていきます。今日はもしかすると何分か目を覚ますかもしれませんが、断言はできません。あるいは、あと二四時間ほどは意識を失ったままかもしれませんので、そのおつもりで。もし目を覚ましたら、スープを飲ませてください。スープはあとで厨房から運ばせます。いつ目を覚ますかわかりませんから、暖炉であたためておいてください。水分はとりましたか？」

「少しだけだ。ほとんどは口から流れでてしまう」

「氷は？」

「熱があがったときに口に入れた。溶けた水分はとっていると思う」

「では、しばらくは氷を与えてください。水よりは簡単に喉を通るでしょう。できるだけこまめにお願いします」

「わかった」

「それから、シーツを交換してください。毎日取り替えたほうが快適なはずです。もっと頻繁に交換できればそれに越したことはありません。汗で濡れたシーツは肌にもよくありませんから」

「手配しよう」

「結構です。彼女のご両親はまだいらしていないですか？」

「今、来たわ」ヤナギ細工のかごを持ったレディ・アシュフォードが部屋に入ってくる。

「娘の具合はどうかしら？」

「経過は順調です、奥様。熱があるようですが、公爵が看病してくださいました。閣下はほとんど眠っていらっしゃらないようです」

「少し眠ったほうがいいわ。わたくしが娘を見ますから」

「ベッドのシーツを交換しないと」ダニエルは言った。

「メイドに指示しておきます」

「いや、ぼくがしたいんです」

「そこまでする必要はありませんわ。こういうときのために使用人が――」

「リリーの世話は自分でしたい」

ブレイクが頭をさげて言った。「この件についてはおふたりで話しあっていただいたほうがいいと思いますので、わたしはこれで失礼します。二、三時間ほどしたらまた様子を見にうかがいます」ドアへ向かう途中、振り返ってダニエルを見る。「レディ・アシュフォードのおっしゃるとおりだと思います。閣下は少しおやすみになるべきです。シーツの交換は使用人にもできます。しばらくは看病もレディ・アシュフォードにおまかせになったほうがいいでしょう。お嬢様なら大丈夫ですよ」そう言い残し、ドアを閉めて立ち去った。

「本当にリリーを愛しているのね。そうでしょう？」レディ・アシュフォードが尋ねる。

ダニエルはベッドのかたわらに移した革張りの椅子に腰をおろした。

「ぼく自身の命よりもです」

レディ・アシュフォードはベッドの端のダニエルと向かいあう位置に座り、娘の手を取った。「この子を愛するのは簡単ではありませんわ。頑固で辛抱がきかなくて衝動的で、おまけにとても短気な子ですもの。権威や伝統を敬う気持ちだってほとんど持ちあわせていない。

昔からトーマスとローズを合わせたよりもたくさんの厄介事を引き起こしては、わたくしと父親の頭を悩ませてくれましたわ」

そこまで言うとレディ・アシュフォードはくすくす笑い、リリーの手を口に持っていって軽くキスをした。

「でも、悩むだけの価値のある子です。頭がよくて強くて、とても好奇心が旺盛で。見ていてうらやましくなるくらい、情熱的にいきいきと人生に向きあっていますわ。なんでもない素朴なことにだって、喜びと美しさを見いだせる子なんです」顔をあげ、ダニエルのほうを見る。「小さい頃は、よくわたくしに手帳を見せてくれました。なんでも文字にしたがる子でしたのよ。コオロギが鳴いているだとか、庭の雑草が育っているだとか、そういったありふれたことについてまで長々と書いてあるんです。でも娘の文章を読んでいると、こちらまで何かすばらしいことを初めて体験している気持ちにさせられました。きっと人の心をつかむ方法みたいなものを生まれ持っているんでしょうね」

レディ・アシュフォードがダニエルの手を取り、握っているリリーの手と重ねた。

「この子はとても広い心を持っていますわ。閣下のための場所もきっとある。辛抱強く接してやってください。きっとリリーも自分の気持ちに気づくはずですから」

ダニエルはうなずいた。

「でも、まずは……」レディ・アシュフォードが言葉を続ける。「閣下自身の体調を整えないと。お風呂に入って、きちんと食事をとって、眠ってください。お父様の寝室に行ってくださいな。パトニーをそちらに呼んでおきましたから」

ダニエルは首を振った。「リリーと離れるわけにはいきません」

「今の閣下の状態では、この子の役には立てませんわ」

リリーの母親が正しい。ダニエルは立ちあがった。「もし何かあったら……」

「必ず呼びます。さあ、行ってください」

「でも――」

「まったく。もう少しだけ、わたくしに母親の役割を果たさせてくださいとお願いしているのですよ。この先ずっと、娘の面倒は閣下が見ることになるのですから」

「そうなればいいんですが……」ダニエルは汗と脂でじっとりとした髪をかきあげた。「リリーの夫になりたいんです。それ以上の望みは、今のぼくにはない。だが、結婚を強制するつもりもありません。リリーに黙って伯爵と話をつけたのは間違いでした」

レディ・アシュフォードが立ちあがり、持ってきたかごを手に取った。「リリーの私物です。起きたとき、そばにあったほうが落ち着くかと思って持ってきました」かごからディケンズの本を取りだす。「これは閣下から?」

「そうです」

さらにレディ・アシュフォードがかごからもう一冊取りだした。

「こっちはこの子の手帳です。どうしても我慢できずに少しだけ目を通してしまいました。この子の文章を読んでとても幸せな気分になった昔を思いだしてしまったものですから。閣下にも見てもらいたいところがあるのです」手帳を開いてぱらぱらとめくり、目当ての箇所を探しあてた。「ここを読んでください」

「それはできない」ダニエルは断った。「個人的なものです」

「今の状況を考えれば、この子は気にしないと思いますよ」

彼は手帳を手に取り、読みはじめた。

ダニエルはわたしがこれまで見たこともない印象的な緑の目をしている。やはり鮮やかな目をしているお母様から受け継いだのは間違いないのだろうけれど、ダニエルの目は独特だ。表面の色は曇りなきエメラルド色。でもその奥にはさらに深い緑色が潜んでいて、そのまた奥には——これは特に虹彩の端を見れば明らかなのだが——淡い紫色が重なっている。さらにその下には、目の輝きに深みを与える濃紺が広がっているのだ。その独特な目を見つめているとき、わたしはダニエルの魂の一番奥にある深い部分をのぞきこんでいるのだと確信しそうになる。

もしわたしが音楽家なら、彼の瞳に捧げる交響曲を作るだろう。ヴァイオリンとヴィオラがエメラルドの緑色で、ほかの楽器すべての上を流れる演奏の核になる。表面のすぐ下にある深い緑を表すのはチェロとコントラバスだ。緑の下にあるほのかな紫色を表現するには、フルート三重奏にクラリネットとオーボエがちょうどいい。そしてダニエルの瞳の一番奥に広がる濃紺の海さながらに、金管楽器と打楽器が曲の根底で鳴り響いて演奏全体に深みと意味を与えるのだ。

芸術家としてのわたしは、あのダニエルの美しい目を正しく表現できる気がしない。どうしてわたしごときにできるだろう？　だってあの目はきっと、地上に舞いおりた天使たちが彼のお母様の子宮の中で描いたものに違いないからだ。神聖な輝きを発するダニエルの目を見つめていると、その奥に天国がのぞけそうな気分にさせられる。同時にその目はまるで姿見のようでもあり、わたしは彼の魂だけでなく、みずからの魂をもそこに見いだす。自分の隠している考えや感情、そういった心の奥底まで見透かされていると知りつつダニエルを見ていると、とても無防備な気分になる。それでも目をそらすことができないし、そらしたくないと思ってしまう。わたしの一番の願い、それは永遠に彼の目にとらわれて自分を見失いつづけること。そう願ってしまう自分がとてつもなく恐ろしい。

ダニエルは疲労しきった目にうっすらと涙を浮かべ、レディ・アシュフォードを見た。

「閣下は自分を誇りに思うべきです」レディ・アシュフォードが微笑んだ。「コオロギの描写はこの半分も詳しくなかったですわよ」

彼の顔にようやく笑みが浮かんだ。レディ・アシュフォードはリリーとはまったく異なる種類の女性だが、娘と強さを分かちあっている。リリーの強さが必要なときに炸裂《さくれつ》する稲妻のようだとすれば、彼女の母親のそれは静かな決意とともに霧の中でともりつづけるろうそくの炎だ。とても忍耐強く、そしてやわらかい。それにレディ・アシュフォードもまたリリーと同様に、ユーモアの感覚に富む女性だった。

「次のページには閣下の髪に捧げた抒情詩《じょじょう》もありますわ」レディ・アシュフォードがいたずらっぽく続けた。「でも、それはまた次の機会にしましょう」ダニエルの手から手帳を取ってかごに戻し、その手を軽く叩く。「愛してもいないのに、この子が閣下の目についてこんなふうに書くと思いますか？」

「何についてもこんなふうに書くのがリリーです」ダニエルはなおも言った。「コオロギや雑草についてもそうだったと、さっきあなたも言っていた。これが彼女ということなんでしょう」

「閣下の目は本当にすてきだから、水を差したくはありませんけれど……」レディ・アシュフォードが笑みを浮かべた。「色について言えば、緑色ですわ。ただの緑色。あなたに特別な感情を抱いているからこそ、リリーの目にはあんなふうに見えているんですよ」

「リリーに愛してもらえるのなら、ぼくはなんでもします」

「愛していますとも」レディ・アシュフォードはダニエルの手を握る手に軽く力をこめた。「リリーもじきに気づきます。さあ、行ってください。リリーはわたくしにまかせて」

「ぼくは――」

「さっきも同じやりとりをしましたよ。この子が目を覚ましたら、必ず人を呼びにやります。どうかリリーのためにも、自分の体も大事にしてください。この子は閣下を必要としているのですから」

まさに今の彼が必要としている言葉だ。ダニエルはうなずいた。「次にモルヒネを服用させるのは一時ですが、それまでにはぼくも戻るつもりです。それとブレイクが作らせたスープがじきに届くはずなので、リリーが目を覚ましたら飲ませること。むろん、もし意識が戻ったら、すぐ声をかけてください」

「ええ、約束しますわ」

「では、お願いします」

ダニエルはしぶしぶ部屋を出て、ふらつく足取りで西の翼棟にある父の寝室へと向かった。部屋で待っていたパトニーが話しかけようとするところを手で制する。

「二時間後に起こしてくれ、パトニー」ダニエルは簡潔に命じ、父のベッドに倒れこんだ。

二時間後に目を覚ましたダニエルは、風呂に入って髭を剃った。食事も持ってこさせたが、数口しか喉を通らなかった。食事を残して自室に戻ると、ローズとトーマスがリリーの看病をしていた。

「リリーの様子は?」

「変わりません」ローズが答える。「一時間くらい前に悪寒がしていましたけれど、今はおさまりました」

ダニエルはリリーのかたわらに立った。「レディ・アシュフォードは?」

「厨房で姉のための特製スープを作らせています。すぐに戻ると思います」

「ふたりとも行っていいぞ。ぼくが代わろう」

「ひどい有様だな、ライブルック」トーマスが言った。

「そいつはどうも。風呂なら入ったばかりだが」

「汚いと言っているわけじゃない。ひょっとして眠っていないのか？」

「二時間ほど眠った。リリーのところに戻りたかったんだ」

「いけませんわ、ちゃんとやすまないと」ローズが割って入る。「お食事はとったんですか？」

「少しだけ」

「だめですよ、そんなことでは。今、食事を運ばせます。そこに座って食べてください」ローズが立ちあがった。

「食欲が――」

「だめです。わたしの言うとおりにしてください」

ダニエルはトーマスに顔を向けた。

「まさかローズときみの母上もリリーと同じなのか？」

トーマスがにやりとして答える。「残念ながらそうだ。リリーのほうがいくらか口やかましいが、何がなんでも自分の意思を押し通す点にかけては三人ともそっくりだよ」

「黙っていて、お兄様」ローズがトーマスを叱りつけた。

「父もぼくも女性たちを好きにさせている」トーマスがかまわず続ける。「こっちが何を言ったところで、どうせ自分の思いどおりにするからな。きみもちゃんと食べたほうがいいぞ。でないと、食べるまでローズにがみがみ言われつづけるはめになる」

ダニエルは唇の端にかすかに笑みを浮かべ、首を振った。

「母は顔を見せたか？」

「ああ、一時間ほど前はぼくの母とローズと一緒にここにいた。ぼくが来たときに出ていかれたよ」

「ブレイクは？」

「三〇分ばかり前にリリーの様子を確認しに来た。経過は順調だと言っていたよ。あとはミス・ランドンと、おばといとこたちも来た」

ダニエルはベッドの端に座り、リリーの手を取った。「なぜ目を覚まさないんだ？」

「ブレイクによると、今日はもう目を覚まさないかもしれないそうだ。明日になれば意識も戻るだろうと言っていた」

ダニエルは唇をリリーの額に触れさせた。「少し冷えているようだ」

メイドが食事のトレーを持って入ってきた。ローズが立ちあがる。「ナイトテーブルに置いてちょうだい」メイドに命じ、ダニエルに視線を移した。「残さず食べてください、閣下」

「ぼくは少し、外の空気を吸ってくる」トーマスが言った。「またあとで来るよ」

「ジェムソン、ぼくとローズをふたりにしないでほしい」ダニエルは頼みこんだ。

トーマスが含み笑いをもらし、ドアの外に出た。

「リリーと結婚したときのためのいい予行演習になる」

「さあ、早く」ローズが促した。「召しあがらないと、公爵未亡人とわたしの母を呼びますよ」

「それは反則だ」ダニエルはしぶしぶスコーンをかじった。おがくずのような味が口の中に広がる。ダニエルがふとリリーに目をやると、彼女のまぶたが震えていた。「リリー？」

「どうかしましたか？」ローズがきく。

「少しだが、目が動いた」ダニエルはそっとリリーの体を揺すった。「リリー、聞こえるかい？」またしてもまぶたが震える。「反応しているようだ」

ローズが姉のもとに駆け寄った。「夢を見ているだけかもしれません」

「ああ、たしかにそうかもしれない」

「わたしは犬舎に行って、ブランデーを連れてきます。すぐに戻りますわ」

「わかった。リリーの世話をしてくれて感謝する」

「姉のためならなんだってします。わたしにとっては、世界で一番近しい人ですもの」ローズは足早に寝室を出ていった。

ダニエルは身を乗りだし、かすかに開いたリリーの唇にそっとキスをした。「頼むから目を覚ましてくれ、リリー。きみを愛していて、必要としている人たちがたくさんいるんだ。ぼくを筆頭にね」

リリーのまぶたがぴくぴく動く。「ダニエル？」

ダニエルは心臓が口から飛びだしそうになった。「リリー、リリー、ぼくはここだ」

「ここはどこ？」

「ぼくの寝室だ。階段から落ちたんだよ。覚えているかい？」

「え……ええ……たぶん……」

「話さなくていい。ぼくにまかせておけ。今、スープを取ってくる」

「いいえ……いらないわ……」

「しいっ」ダニエルはブレイクが作らせたスープを用意し、リリーの頭をそっと持ちあげた。

「さあ、リリー」スープをスプーンですくい、彼女の口へと運ぶ。「そう、そうだ」リリーはスープをふた口だけ飲んだあと、ふたたび意識を失った。「だめだ、リリー。またぼくを置いていかないでくれ！」ダニエルが頭をそっと枕の上に戻すと、彼女の体がまたしても悪寒に震えはじめた。ダニエルは毛布でリリーの体を包み、その上からきつく抱きしめた。

18

暗闇の中、リリーは汗まみれで目を覚ました。濡れたシュミーズが肌に張りつき、冷たく湿ったベッドのシーツも肌にまとわりついている。少しずつ目が暗さに慣れてきて体を動かしてみようとしたが、とたんに鈍い痛みが全身に広がって思うように動けなかった。小さくうめきながら身を起こそうと試みる。両手を体の横に置いた瞬間、隣に何者かの体の感触がして仰天した。よくよく目を凝らすと、シャツとズボンを身につけたダニエルが毛布の上に横たわっている。

「ダニエル？」ささやいたが、返事はない。リリーは体に残る力をすべてかき集め、彼の腕をつついた。「ダニエル？」

ダニエルがはじかれたように目を開く。「リリー？　よかった、リリー！」跳ね起きて言った。「気分はどうだい？」

「痛いわ」

「きくまでもなかったな。すまなかった。じっとしていたほうがいい」

「全身がびしょ濡れで気持ち悪いわ。シーツが水浸しになってる。なぜかしら？」

「熱がさがったんだろう」ダニエルがリリーの額に唇を触れさせて確かめる。「よかった！」ベッドからおりてランプを手探りし、明かりをともしてから窓の外に目をやった。「じきに夜が明けるな」ベッドに戻り、リリーに向かって水の入ったグラスを差しだす。「水分をとったほうがいい。さあ」

「ダニエル……」

「汗をたくさんかいたから、体が脱水状態にあるかもしれない。頼む、ぼくのために飲んでくれないか？」

リリーはうなずき、グラスの水をひと息に飲み干した。冷たい液体はなぜか神々しい味がした。

「わたしはここで何をしているの？」

「階段から落ちたんだよ。覚えていないのか？」

混乱する頭で、リリーは記憶を整理しはじめた。

「いいえ、覚えているわ。それで体じゅうが痛いのね」

「わかっている。モルヒネを取ってこよう」

「モルヒネですって？　いいえ、いらないわ」

「もう二日近く、のみつづけているんだよ」

「二日も？　本当に？」

「正確には一日半くらいか。大丈夫、体に害はない」

「いやよ、いらない。お願いだからのませないで、ダニエル。モルヒネをのむと意識がもうろうとするの」それでなくても頭がぼんやりとしている。薬でさらに鈍くなるなど、考えるだけで耐えられない。

「わかったよ、リリー。きみのしたいようにしよう。とにかく意識が戻ってよかった」

「脚のあいだと頭が痛いわ。腕と脚もみんな……そうだわ！」

「落ち着いてくれ、リリー。すべて話すよ。だが、まずはシーツの交換だ。汗はきみの美しい肌によくないらしいからね。そのあとできみがまだそのつもりがあるなら話をしよう」ダニエルがリリーの体をそっとベッドの端に寄せ、湿ったシーツを清潔なものと交換した。

「これでいい。今、ネグリジェも出すよ」交換を終えると、ヤナギ細工のかごを探ってネグリジェを取りだした。「あった。着替えを手伝おう」汗で濡れたシュミーズを脱いでネグリジェを着るリリーに手を貸した。「さて、やすみたいかい？　それとも話をするかい？」

「話したいわ」リリーはとげとげしい口調になってしまうのをこらえられなかった。「わたしはここで何をしているの？」

「階段から落ちたあと、ぼくがここに運んだ。頭痛は脳震盪のせいだろう。脚のあいだの痛みは手術からくるものだ。子宮から出血していてね。ドクター・ブレイクが出血を止める処置をした」

リリーの全身に寒けが走る。「そんな、まさか……」

「いや、きみの子宮はブレイクが守ってくれた」

「よかった」リリーは大きく安堵の息をついたが、次の瞬間、別の混乱に襲われた。「わたしたちの子どもは？」

ダニエルが彼女の頬をやさしくなでる。「今回はだめだった」

リリーの目から涙があふれ、心臓が破裂しそうになった。

「そんな！　ああ、ダニエル、ごめんなさい」

「落ち着いてくれ」ダニエルがリリーの頬を流れる涙を払う。「そもそも本当に子どもがいたかどうかもわからない。判断するには早すぎたから」

リリーはダニエルに向かって腕を伸ばした。「自分がどれだけ子どもを望んでいるか知らなかったわ。こんなのはひどすぎて言葉にできない。ひどく……空っぽな感じがする」

「リリー、興奮してはだめだ。体に障る。きみはまだ弱っているんだ」ダニエルが彼女の体をやさしく抱く。「少しやすむといい。ぼくはブレイクにきみの熱がさがって意識が戻ったことを伝えないと」

彼女はダニエルのあたたかい、がっしりとした体にすがりついた。「ひとりにしないで」

「しない。約束する。ブレイクの部屋はすぐそこだ。知らせたらすぐ戻る」

ダニエルの寝室にやってきたブレイクは、リリーの状態が改善したことを喜び、少量の食事を用意させて残さず食べるよう指示した。また、術後の不快感と打撲の痛みをやわらげるため、リリーさえその気ならあたたかい風呂に浸かったほうがよいとも提案した。

医師が部屋をあとにする頃、太陽が地平線から顔をのぞかせ、新しい一日のはじまりを告げた。リリーはダニエルの手を借りてトーストと小さく切った果物を食べ、紅茶を飲んだ。

「少しやすんだほうがいい」リリーがトレーに用意された食事をあらかた食べ終えると、ダニエルが言った。

「いやよ、もっとあなたと一緒にいたいの」

「ぼくはどこにも行かない」

「それでも眠りたくないわ」

ダニエルが微笑み、リリーの唇にそっとキスをする。「わかった。ぼくもきみに話がある」

「どんな話？」

「いろいろと。つらくないかい？」

「たぶん大丈夫よ。何か悪い話なの？」

「いや。きみの意識が戻ったから、すべてが正しい方向に流れだしたよ」

「なんの話か聞かせてくれる？」

ダニエルはリリーの両手を握り、手の甲に口づけた。「きみを愛しているよ、リリー。もっとずっと前に言うべきだった。ぼくはきみを愛している」

慈愛に満ちた言葉を聞き、リリーの胸にあたたかいものが広がっていった。

「ああ、ダニエル……」

「しいっ、まだ終わりじゃない」

リリーにしてみればそれ以上は何も聞く必要はなかったが、ダニエル自身に語る必要があるのだろう。「わかったわ」

「ぼくたちの結婚をきみに黙って父上と決めてしまったことを謝りたい。ぼくは必死だった。きみを失うのではないか、ほかの男がきみに触れることになるのではないかと考えると、耐えられなかった。きみが結婚をどう考えているかを知っていたから、そばにいつづけるにはこれしか方法がないと思いこんでしまったんだ。本当はきみに求婚したかったし、話しあいたい、ぼくのそばにいるよう説得したいとも思っていた。だが、心のどこかで拒絶されるかもしれないとおびえていた。だから父上に話すよりほかに道はないと信じこんでしまったんだ。ぼくが自分勝手だったよ」

リリーは感情がこみあげ、喉が詰まった。黙ったまま、ダニエルの腕を握りしめる。

「そしてそれ以前のぼくのふるまいは、決して許されない誠実さに欠けたものだった。約束したのに避妊する手を打たないなんて、われながら言語道断だ」

「あなたを許すわ」実のところ、それについてはすでにダニエルを許している。それどころか、リリーは愛しているというひと言で彼のすべてを許していた。

「ありがとう」ダニエルが悲しげに目を伏せ、首を振る。「ぼくには許される資格もないというのに」

「それを決めるのはわたしよ」

「お願いだから信じてほしい。ぼくは本当に忘れてしまっていたんだ。きみを思う気持ちがあまりにも強すぎて、何も考えられなくなっていた。きちんと考えるべきだったよ。やはりぼくは自分勝手な男なんだ。ずっと自分本位に生きてきた。ただ……いや、言い訳はできない。とにかくすまなかった」

「いいのよ」リリーはダニエルに触れ、慰めたかった。だが、今は体を動かすだけの力も残っていない。

「お願いだ」ダニエルが話そうとするリリーを制する。「最後まで言わせてくれ。きみはぼくのすべてを変えた。きみといると、今まで経験したことのない喜びを感じられるんだ。一緒にいるとても楽しかった。きみはぼくを笑わせてくれたし、ぼくには分不相応なほどのやさしさを示してくれた」指でリリーの髪に触れた。「フェルメールの作品を見るときのきみの目の輝きも、ワインの香りをかぐときに鼻にできるわずかなしわも、子犬に顔をなめられたときの笑顔も、絵を描こうか文章を書こうか悩んで、結局は両方とも取り組んでしまうところも、すべてぼくの記憶に焼きついている。それこそ永遠に言葉にしつづけられそうなくらいにね。それからきみと愛しあうのも、ぼくにとってはこれまでとまったく違う特別な経験だった。まるで魂の片割れを見つけた気分だったんだ」

「わたしもそう感じたわ」リリーはそう言うと、できる限り微笑んでみせた。「でも、ほかに比べられる経験がないから、これでふつうなんだと思っていたの」

ダニエルが含み笑いをもらし、リリーの手のひらにキスをした。「それは違う。ぼくたちだけの特別なものだ」彼女の手に頬ずりし、さらに言葉を続ける。「きみはほかの誰とも違うやり方でぼくに触れてくれた。約束するよ。ぼくと結婚してくれたら、きみの望みをすべてかなえてみせる。きみが頼めば、なんでもする。なんでもだ」

「ダニエル……」

「だが、無理強いはしない。そうしようとしたのは過ちだった。きみがぼくの妻では幸せになれないと思うなら、ぼくのもとを去ってもかまわない」

リリーはダニエルの手を口に持っていき、そっとキスをした。頭は痛いし、意識はまだぼんやりとしている。だが、今は彼の言葉に誠実に答えなければならない。

「どこへも行きたくない」

ダニエルが端整な顔を燭台《しょくだい》のように明るく輝かせる。

「では、ここに残ってぼくの妻になってくれるのかい？」

できるものなら腕を伸ばし、ダニエルの髪に指を走らせたい。そう強く願いながらリリーは言った。「わたしがあなたに望むのはふたつだけ。前にそう言ったのを覚えている？」

「ああ。でも、きみはそれ以上話してくれなかった」

リリーは大きく息をついた。「ひとつはもう与えてくれたわ。あなたの愛よ」

「この世が終わるまできみに愛を捧げるよ。もうひとつは？　ぼくの力でどうにかなるものなら、必ずきみの望むとおりにする」

「まず言わせて。わたしは衝動的だけれど、相手があなたじゃなかったらベッドをともにはしていなかったわ。それだけはわかってほしいの。ほかの人だったら絶対にこんな状況にはなっていない」

ダニエルがリリーの眉にかかった髪をそっと払う。「よかった」

「最初のとき、あなたの何がわたしに訴えかけてきたからそうなったのか、わたしにもよくわからないの。わたしはとても怖かったし、男性と関係を結びたいとも思っていなかった。もしかしたらあなたがフェルメールの絵を持っていて、寝室に飾るほど気に入っていたからかもしれないし、初めて出会った夜に、あなたが人違いだと気づいたあともわたしにキスをしてきたからかもしれない。大昔に出会ったわたしと、そのときに描いた絵を覚えていてくれたからかもしれない。理由がなんにせよ、それからのわたしはあなたが欲しいという気持ちを止められなくなってしまったの。だから、あなたとベッドをともにするのは経験のためだと自分に言い聞かせたわ。結婚するつもりはなかったから、純潔がどうとかは気にしてもいなかったしね。でも一緒にいるときはずっと、二週間のハウスパーティーが終わったらあなたのもとを去らなければならないことを必死で考えないようにしていたの。慎重になろう、自分を見失わないようにしようと誓ったわ。あなたに会いに行くときはいつも、これで最後だと決意していた。長く続ければ続けるほど、終わりにするのが難しくなることがわかっていたんだもの。でも、あなたのもとへ戻っていく自分をどうしても抑えられなかった。アメリアにあなたとの関係を続ければ兄を誘惑すると脅されてもね」

「アメリアがどうしたって？」

「それはまた別の話よ。でも、そう、アメリアと口論になったの。今となってはどうでもいいわ。まあ、ある意味ではそうとも言えないのかしら。わたしはあなたの評判を知っていたわ、ダニエル。あなたがわたしにかけてくれる言葉をすべて信じたいと思っていたのよ……必死になって信じようとした。でも、あなたの過去を知っていたから……正直に言うと、あなたは口がうまいだけだと思っていたの」

「ぼくは本心しか話していない」

「ええ、今はそうだとわかる。それに、あなたとの結婚とあなたの子どもを産むことについて、おかしな反応をしたのも謝るわ。あなたが結婚のことを最初にわたしに話してくれなかったから、腹を立ててしまったの。こんなことを言っても理解してもらえるかどうかわからない。だけど自分がずっと思ってきたとおりの人間じゃないことがわかって、そんな自分自身にも腹が立ってしかたがなかったのよ。大勢いる女性のうちのひとりになってしまうのは怖かったし、あなたがアシュフォード家の血筋と公爵家の跡継ぎのためだけにわたしを必要としているのだと思うと、恐ろしくてしかたがなかった」

「そんなふうに感じさせてしまったのはぼくの責任だ。本当にすまなかった。ぼくはきみを愛している。きみなしの人生なんて考えられない」

「わたしも……わたしもあなたを愛しているわ、ダニエル」ようやく言えたという思いで、リリーはこのうえなく幸せな気分だった。「たぶん、最初からずっとそうだったんだと思う」

ダニエルが息をつき、リリーの目をまっすぐに見つめた。

「ぼくはこんな自分がきみの愛にふさわしい男だとはとても思えない」

「それはわたしが決めることじゃないの？」リリーはかすかに笑みを浮かべ、言葉を続けた。

「自分の愛を誰に捧げるか、決められるのはわたしだけよ。そして、わたしはあなたを選んだ。あなたはじゅうぶんふさわしいと思うわ」

ダニエルがリリーの髪にキスをする。

「ぼくの愛はきみだけのものだ、リリー。それで、もうひとつの望みというのはなんだ？」

リリーの心臓が激しく打ちはじめた。ダニエルはもうひとつの望みをかなえてくれるだろうか？「あなたにほかの女性と関係を持ってほしくないの、ダニエル。わたしはあなたのただひとりの女性になりたい」

ダニエルは穏やかに笑った。「ぼくにはきみだけだ。きみと分かちあったことを体験したあとでほかの女性に走るなんて、本気で考えていたのかい？」

ダニエルの笑い声に、リリーはいらだちを覚えた。

「笑い事じゃないのよ。あなたの過去があるから、どうしても信じられなかったの」

彼がリリーのこめかみから眉、そして鼻へと唇で触れていく。

「約束するよ。二度とほかの女性には触れない。断じて触れたいとも思わないとね」

リリーの目の端から涙がひと粒、流れ落ちた。

「ああ、ダニエル。わたしはずっとそんなことを期待してはいけないと思っていたのよ」

「ぼくにとっては簡単にかなえられる望みだったのに」

「性悪女のアメリアが嘘をついていたのはわかってるわ。彼女に言われたの。あなたとベッドをともにして、跡継ぎを産んだあとでわたしをスコットランドに追いやる約束をしたって。

それから、アメリアはあなたがくれると言ったと怒鳴ってわたしの指輪を奪って……それで……わたしを突き落とした」リリーは声をあげずに泣いた。

ダニエルがリリーを抱きしめ、指で涙を払う。「泣かないでくれ。アメリアは逮捕された。彼女が二度ときみを傷つけることはないと誓う。ぼくはあの日アメリアとベッドをともにしていないし、そんな恐ろしいことはひと言も言っていない。頼むからぼくを信じてほしい」

リリーは洟をすすった。「信じるわ。ただ、あのきれいな指輪を取られてしまったのが悲しいの。とても気に入っていたから」

ダニエルがリリーの目を見つめたまま微笑み、床にひざまずいた。リリーの左手を取り、ポケットから指輪を出して薬指にはめる。「リリー・ジェムソン、きみを妻に迎える名誉をぼくに与えてもらえるかい？」

リリーは疲れた目を見開いた。喜びが心に満ち、全身に広がっていく。

「ダニエル、いったいどこでこの指輪を見つけたの？」

「アメリアが警察に連行されていくとき、はめていたのをローズが見つけたんだ。鼻を殴りつけて取り返したそうだよ」

「あのやさしいローズが？」

「そう、あのやさしいローズがだ。それで、ぼくの質問には答えてくれないのかい？　ぼくの妻になってもらえるだろうか？」

「ええ、ダニエル。もちろんよ！」リリーは体に残っていた力をかき集めて手を窓にかざし、朝の陽光を受けて輝く宝石を見つめた。「やっぱり美しいわ。この指輪を見るたび、あなたのすてきな目を思いだすの」

「きみを幸せにすると誓うよ、リリー」

「あなたはすばらしい人だわ。すぐにでも愛しあいたい気分よ」

ダニエルが喉の奥で低くうなる。

「ぼくがどれほどそうしたいか、きみには想像もつかないだろうな」

「もう少ししたらできるかもしれない。気分もだいぶよくなってきた気がするし」

「いや、そうもいかない。きみは見るからに疲れているし、まだ体も弱っている。まずは体を治すのが先決だ。ブレイクにも向こう六週間、きみには触れるなと言われている」

「六週間ですって？」

「その程度なら悪くない」ダニエルの顔に笑みが浮かぶ。「きみのためなら、六年待てと言われたってぼくは待つ」

「あなたが待てるなら、たぶんわたしも待てるわね」全身にあたたかいものが広がっていき、リリーは大きなあくびをした。「少し疲れたみたい。もう一度眠る前に、お湯に浸かりたいわ。体がべたべたしているし、髪も頭に張りついてる」

「メイドを呼んで手伝わせよう。それとも、きみの母上を呼んだほうがいいかな？」

「あなたが手伝って」

「それは無理だ。きみの父上がなんと言うか」

「父の意見を聞くつもりはないわ」リリーは力なく笑みを浮かべた。「ドアの鍵をかけて」

「リリー……」

「わたしのためなら、なんでもしてくれるんじゃなかったの？」

「まいったな。よし、わかった」ダニエルは立ちあがり、寝室の鍵をかけた。そのまま浴室に行き、風呂の準備をする。準備ができるとリリーの体をベッドから抱きあげ、ネグリジェを脱がせて浴槽に入れた。

「あなたも一緒に入って」リリーはダニエルを促した。

「いや、だめだ。きみはまだ弱っていると言っただろう？　あと何日かしたら、そうできるようになるかもしれないが」ダニエルが石鹸でリリーの体と髪をやさしく丁寧に洗っていく。

「とてもいい気分だわ」リリーは目をつぶって答えた。

「どこか痛いところがあったら言ってくれ」

「平気よ。あなたの手の感触が大好きなの。とても癒やされるわ」

「ぼくもだ。またきみを抱いて愛しあえるなんて、ぼくは幸せ者だ。リリー、きみは本当に美しい」ダニエルがリリーの髪の泡を落としながら言った。「しばらくここに座って湯に浸かるといい。痛みも楽になるはずだ」

「これでクローヴのオイルがあれば言うことなしなんだけれど」

「ちょっと待っていてくれ」ダニエルが浴室から出ていき、小さな琥珀色の瓶を持ってすぐに戻ってきた。「持ってきたよ」

「お湯に数滴、落とすだけでいいわ」

リリーの言うとおりにしたあと、ダニエルは椅子を持ってきて浴槽のかたわらに腰をおろし、やがてリリーがあくびをしはじめたのを見て浴槽から抱きあげた。やわらかなタオルで体を丹念に拭いて清潔なネグリジェを着せ、歯を磨くのを手伝い、それから髪をとかしてふたたびベッドへと連れていく。

「ダニエル……」

「どうした？」

「赤いドレスの件は……ごめんなさい」

ダニエルはリリーの頬にキスをした。「あの赤いドレスはぼくも好きだ。ただ、これからはぼくのためだけに着てほしい。約束してくれるかい？」

「約束するわ」

「よかった。愛しているよ、ぼくの美しいリリー」ダニエルが今度は唇を彼女の口に触れさせる。

「わたしも愛しているわ、ダニエル。永遠にね」

19

キャメロン・プライスは、ライブルック公爵から午後の明るい時間にローレル・リッジへ呼びだされたことを誇りに思うべきなのか、それとも腹を立てるべきなのか決めかねていた。遅くとも二週間後にははじまる種まきのために農地の準備をしなければならず、貴重な日中の時間を無駄にするわけにはいかない。それなのにこうしていかにもまじめそうな執事に案内され、公爵のいる書斎に向かっている。

「ミスター・キャメロン・プライスをお連れしました、閣下」執事が言った。

「ありがとう、クローフォード。プライス、よく来てくれた」マホガニー製の立派な机の向こう側に座っている公爵が、いかにも贅沢な革張りの椅子を手で示す。「そこに座ってくれ」

「ありがとうございます」キャメロンは上等な牛革のにおいを吸いこみながら、腰をおろした。これまで座ったどの椅子よりも快適な座り心地かもしれない。「なぜぼくをここに？呼ばれた理由がわからないので少々戸惑ってるんですが」

「そうだろうな。まず、家族は元気か？」

「おかげさまで元気です」

「数日前に、ぼくの婚約者に会ったそうだな」

「はい。みな、怪我の話を聞いて心配してました。順調に回復なさっているそうで、領民一同喜んでおります」

「ぼくもだ、プライス。そこできみを呼ぶことにしたわけだ。きみを雇いたいと思ってね」

キャメロンは驚きのあまり、椅子に座ったままびくりとした。

「雇うとはどういうことでしょう？」

「リリーのためにワルツを作曲してもらいたいんだ。夫婦として初めて踊る曲になる」

「とても光栄な話です。ですが、ぼくにその資格があるとは思えませんが」

「きみはもう作品を世に出している作曲家なんだろう？」

「ええ、そうですが……ぼくの曲はもっと……なんと説明すればいいか……」

「評価はこちらでするよ。きみの曲の楽譜を手に入れてね。一曲はワルツだったな？」

「はい」

「印象に残る曲だ。気に入っている」

「ですが結婚式のワルツとなると、もっと明るい曲調のほうがよろしいのでは？」

「そういうことだ。リリーのための曲に仕上げてもらいたい」公爵が大きく息をつく。「ぼくもきみも互いをよく知らないので、なかなか言いづらいことではある。だが、ふさわしい曲を作ってもらうために状況を少し説明しておこう。リリーはぼくに人を愛する気持ちを思いださせてくれた。美しさとやさしさを示し、人生に笑いをもたらしてくれた女性だ。そうしたぼくの思いを表現した曲にしてくれ。ぼくから彼女に捧げる結婚祝いにしたいと考えている」

「それはなかなか難しい注文ですね」

「だが、きみならできるだろう？　作曲の料金というのは、一曲あたりでどのくらいなんだろう？　一〇〇ポンドでは？」

「まだ引き受けるとは――」

「では二〇〇ポンド出そう」

「それでは多すぎます」

「そうでもない。先にこの場で一〇〇ポンド、残りは完成したときでどうだ？」

キャメロンは考えた。二〇〇ポンドは大金だ。はっきり言ってしまえば、自分の曲にそれほどの価値があるとはとうてい思えない。だがそれだけあれば農作業のために人を雇い入れることができ、自分は音楽に専念できる。それどころか、農場を手放して家族と一緒にバースへ、いや、ロンドンへだって移れる可能性が出てくる。移った先で作曲の仕事を探すか、あるいは少なくとも厳しい農作業以外の仕事をすればやっていける。もしかしたら、パトリシアとカトリーナを学校にやって、家族のために家を買うことだってできるかもしれない。

「期間はどのくらいでしょうか？」キャメロンは尋ねた。

「結婚式は五、六週間後だ。決まり次第、正式な日取りを知らせる。ただし、事前に曲を確認したい。四週間でどうだい？」

「残念ですが、オーケストラによる演奏ですと、それではとても足りません。数カ月はかかるでしょうし、それこそぼくの能力を超えた仕事になってしまいます」

「すまない、先に説明しておくべきだったな。演奏はオーケストラではなく、ピアノを考えている。リリーの妹に弾いてもらおうと思ってね。演奏者としての才能は申し分ないし、何よりリリーが喜ぶ」

「妹君ですか？」

「ああ、レディ・ローズ・ジェムソンだ。リリーと会ったとき、一緒にいただろう？」

「はい」キャメロンは咳払いをした。実のところ、初めて会ったときから、レディ・ローズの美貌が頭から離れずにいる。「全力を尽くします。信頼してくださって感謝します」

「感謝には及ばないよ、プライス。こちらこそ、来てくれてありがとう」

キャメロンが書斎をあとにしようと立ちあがったところでドアをノックする音がして、彼はどきりとした。

「どうぞ」公爵が言う。

入ってきたのはローズだった。「お呼びでしょうか？」

「やあ、レディ・ローズ。ミスター・プライスは知っているね？」

「ええ」ローズが答える。「ごきげんよう、ミスター・プライス」

「ごきげんよう、お嬢様」キャメロンは礼儀正しくお辞儀をした。ローズは蜂蜜色の髪を編んで頭の周囲に巻きあげ、金色の巻き毛を少しばかり顔の輪郭に沿って垂らしている。まったく、絶世の美女とはこういった女性を指す言葉なのだろう。瞳はサファイアのごとく青く、唇は母が庭で育てているバラとそっくりのピンク色をしている。なめらかな肌はさながら淡い桃色のヴェルヴェット生地のようだ。

「ちょうどミスター・プライスにリリーのためのワルツを作曲してくれるよう依頼して、了解してもらったところだ。夫婦としての最初のダンスで使う曲だよ」公爵が説明する。「ピアノ用の曲になるから、きみに演奏を頼みたい。きみに弾いてもらえれば、リリーとぼくも鼻が高いと思ってね」

「光栄ですわ」ローズが答えた。「でも、オーケストラのほうが場にふさわしい演奏になるのではないですか？」

「そんなことはない」公爵がきっぱりと否定する。「きみが弾いてくれたほうがリリーは喜ぶ。もちろんぼくもね」

ローズが頬を赤らめた。「人前で演奏するとなると、練習する時間をいただかないと」

「ミスター・プライスが四週間で曲を完成させる。つまり、一週間ほどは練習の時間にあてられるわけだ。それで足りるかな？」

「わ……わたしは……習得は早いほうですけれど……」ローズがしどろもどろになって答えた。「それでももう少し時間をいただかないと……もちろん曲の難易度にもよりますし……」

「では、ミスター・プライスと密に連絡を取りあう必要があるな」公爵がキャメロンに顔を向ける。「できた分から練習できるよう、作業の進み具合をローズに知らせてくれ」

キャメロンは咳払いをした。「それはぼくの通常のやり方とは異なります」

「余計な負担になるというなら、その負担に対しても喜んで対価を支払おう。いくら必要だ？」

「いえ、そういうことでは……料金はすでにじゅうぶんすぎる額を約束してもらってます」

「それなら近々ぼくの義理の妹になるこの美しい女性と一緒に作業をすることも、それほどの負担にならないんじゃないか？」公爵がにこやかに問う。

「ええ、もちろんです」キャメロンは公爵にお辞儀をし、ローズに向き直った。「連絡させていただきます」それだけ言うと、きびきびと書斎をあとにした。


リリーはローズの手を借りて風呂をすませ、持っている中で一番上等なドレスを身につけた。それからはダニエルが来るのを辛抱強く待った。怪我をしてから一週間少々が経過し、彼がふたりきりでの食事の機会を作ってくれたのだ。数分後、暗紅色のヴェルヴェット地の上着と、濃灰色のクラヴァット、そしてぴったりとした黒いズボンという正装に身を固めたダニエルがやってきた。髪は洗ったばかりで、つややかな巻き毛が肩にかかっている。彼の姿を目にしただけでリリーの呼吸が浅く、そして速くなった。息をするのも忘れるとはよく言ったものだ。

独特の緑の目をしたダニエルが歩み寄ってくる。彼はリリーの手を取ると、手のひらを上に向けてキスをした。そのまま手を引いて彼女を立たせ、唇を重ねてくる。ふたりがキス

――本物のキス――をするのは、怪我をしてからはじめてだ。実際にキスをしてみて、リリーは自分がどれだけこのキスを望んでいたかを実感した。舌をダニエルの口の中でさまよわせ、男らしい甘美な味を堪能する。

「ずっとこうしたかったのよ」リリーの声は切なげでかすれていた。

「ぼくもだ。きみを愛している」ダニエルは答え、舌をリリーの喉元に這わせ、そのまま胸の谷間まで走らせた。「本当に愛しているよ」彼女の頰に手をあて、ふたたび口にキスをする。ふたりの情熱的なキスは、晩餐の給仕をする使用人たちが現れるまで続いた。

晩餐はジャガイモのスープと、オリーヴとカキのカナッペにはじまり、エビを詰めたカボチャ、フランス風のウズラの煮込み、アルザス風のホウレンソウと続いた。リリーはいっぱいになったお腹にチーズと果物を少しずつ詰めこみ、レモンクリームのケーキはあとにしてもかまわないかとダニエルにきいた。

「もうひと口も入らない。本当よ。こんなに食べたのはここへ来て以来、初めてだわ」

「それはよかった。もう少しワインを飲むかい？」

リリーはくすくす笑った。「ほんの少しだけね。ダニエル、こんなにたくさん食べたあとでこんなことを言うのもなんだけれど、今夜はとても気持ちが軽いわ。あなたとここでこうしていられて、とても幸せよ」

「いつもどおり、ぼくの頭の中を見透かしたような発言だ」ダニエルがリリーの分のワインを注ぐ。「聞かせてくれ。公爵夫人の部屋をどうしたい？　母がいつも依頼している室内装飾家が何人かバースにいるから、きみが会いたいというなら呼ぶこともできるが」

「あなたのお母様を部屋から追いだすみたいで、申し訳ないわ」

「きみは公爵夫人になるんだ。母も理解している」

「それでもよ。あなたもわたしもここでじゅうぶん快適に暮らせるのに」リリーは居間を見まわした。「この部屋はわたしにとって、とても大切な場所なの」

「いてくれと言っても母が聞かないよ。本当は父が亡くなってすぐ部屋を空けようとしていたのを、ぼくが無理を言って残ってもらっていたんだ。その頃はぼくも父が使っていた公爵の部屋に入りたくなかったが、今は違う。ぼくはちゃんと公爵になりたいんだ、リリー。そしてきみには公爵夫人になってほしい」

「そう言ってもらえるとうれしいわ」

「本当のことだ。結婚するまで、きみにはこの部屋を使ってもらいたい。ぼくは公爵の部屋に移るが、きみさえよければ夜はここで過ごしたいと思っている」

「もちろんそれでいいわ。でもわたしは結婚式の前に一度、家族と一緒にハンプシャーに帰ったほうがいいんじゃないかしら?」

「いや、きみときみの母上、それにローズには、ハウスパーティーが終わってもここに残ってもらいたい。きみの母上とローズには、結婚式の計画を立てる手伝いをしてもらいたいんだ。おばやいとこたちも一緒にね。そのための手はずはもう整えている」

「本当に?　それはうれしいわ。でも……」

「でも？」

リリーはもじもじしながら言った。「あの……何週間か結婚式を先に延ばせない？　わたし……ちゃんとした結婚初夜を迎えたいの。怪我の影響もあるし、このままだと……」

ダニエルがにっこりする。「結婚式は延期するよう、すでに手配済みだよ」

リリーはその言葉に胸が高鳴り、ダニエルの手を握りしめた。

「とてもうれしいわ。本当にありがとう」

「そのほうがきみが喜ぶと思ったからね。それと結婚式をあげる場所だが、ここで納得してもらえると助かる。社会的にはぼくの爵位のほうがきみの父上よりも上だから、父上とぼくで話しあってそれが一番いいということになったんだ」

「いやだわ、考えたこともなかった」

「何を？」

「社会的な地位とやらが両親より上になってしまうことよ。なんだか落ち着かないわ。慣れる自信もない」

「爵位は快適とは言いがたい決まり事だとぼくも思う。だがぼくが持つのは強力な爵位で、ぼくも自分が継ぐことになるとは夢にも思わなかった。まさか、落ち着かないから結婚はしないと言いだすつもりじゃないだろうね？」ダニエルがリリーに向かってウインクする。

「言うはずがないわ」リリーは答えた。「でも、教えてもらってもいい？　爵位はどういうふうに受け継ぐの？　わたしたちに子どもができたら、その子にも爵位が与えられるの？」

「最初の息子はゴードンシャー侯爵の位につく。兄のモーガンもそうだった。個人的には息子がひとりと娘がたくさんというのが理想だと思っているよ。二番目の息子というのは本人にとって難しい立場なんだ」

「あなたのお母様から、あなたとお兄様の話を少しだけ聞いたわ。つらい思いをしたのね。残念だわ」

「母も口が軽いな」ダニエルがものうげに笑う。

「そうかもしれないわね。お母様はわたしが怪我をする前、あなたがわたしを愛していると も言ってくれたのよ」

「それについては母が正しい」ダニエルは声をあげて笑い、すぐに真剣な表情になった。

「もし息子がふたり以上できたとしたら、ぼくは両親とはまったく違うやり方で育てたいと思っている」

「そうね。わたしたちは七歳の子を寄宿学校に入れたりしないわ。それは間違いないわね」

リリーは断言した。

「そんなことまで聞いているのか。まいったな。母の話にはうんざりさせられただろう?」

ダニエルが親指でリリーの手のひらをなでる。「ぼくもきみの意見に全面的に賛成だ。息子には全員、地所についてきちんと学んでもらう。きみもだよ、リリー。ぼくは公爵夫人にさまざまな面において協力してもらうつもりだ。きみの知性をふさわしい方向で発揮してほしいと考えている」

「今まで聞いた中で一番うれしい言葉だわ。わたしもこの結婚であなたの本当のパートナーになりたいと思っているの」

「それもぼくがきみと結婚する理由のひとつだよ」ダニエルが目を輝かせた。「きみはやさしくて愛情深くて、並ぶ者がないほど美しく……」いったん言葉を切り、ささやき声で続ける。「そしてベッドでは信じられないほど大胆だ。だが、それだけの女性ではない」

リリーの首のあたりが熱くほてった。「わたしがベッドで大胆なのだとしたら、あなたに導かれているせいよ」椅子から立ちあがり、ダニエルの膝の上に座る。「だって、全部あなたに教わったんだもの」彼の首に腕をまわし、口に軽くキスをした。

「ああ、ぼくのリリー」ダニエルがリリーの胸に顔をうずめた。「あと五週間も待たなければならないとは」

「一緒に待ちましょう。あなたがわたしを求めているのと同じくらい、わたしもあなたを求めているのよ」

「愛しているよ、リリー」ダニエルがまたしても彼女の手のひらにキスをする。「きみに知っておいてほしいことがあるんだ」

「何？」リリーはダニエルの首にキスをした。

「あの夜、ぼくがなぜアメリアを待っていたのか、その理由をきみに話しておきたい」

リリーはため息をついた。「ダニエル、今となってはどうでもいいわ。それどころか、あの性悪女のことはすっかり忘れてしまいたいの」

「聞いてくれ、リリー。きみとのあいだに隠し事はしたくない」

ダニエルの緑の目に浮かぶ後悔を見て、リリーの心がほどけていった。彼女はダニエルの官能的な金色の髪に指を走らせた。「わかったわ。話して」

ダニエルは鋭く息を吸い、ゆっくりと吐きだした。「ぼくとアメリアは六年前、彼女の夫が亡くなってからまだそれほど時間が経っていなかった頃に開かれたパーティーで出会った。きみも想像できるだろうが、アメリアは押しが強くてね。ぼくもアメリアを拒まなかった。それからはつかず離れずで体だけの関係が五年ほど、父と兄が亡くなるまで続いた。関係が続いたのは、彼女もぼくも特定の相手と誠意を持ってつきあうつもりがなかったからだと思う。ぼくたちは意味のある会話を交わしたこともないし、ぼくはアメリアの趣味が何かも知らなかった。ずっとどうでもいいことだと割りきっていたからね。今はそんな過去を恥じている」

「いいのよ。わたしは今のあなたを愛しているわ」

「そう言ってもらえることがぼくにとってどれほどの意味を持つか、きみにはきっとわからないと思う」ダニエルがため息をついて目を閉じ、ふたたび開いてリリーを見た。「この一〇年ほど、さまざまな女性と関係を持ってきた。その中でもアメリアとの関係が一番長い。だが、それはほかの女性よりも彼女を気にかけていたからとか、そういうことじゃない。ぼくは誰のことも気にかけていなかった。少なくとも、きみと同じように気にかけたことはない。ただ、アメリアとは顔を合わせる機会が多かっただけの話なんだ。今思えば、それも彼女の計算だったのかもしれない」

「そうに決まっているわ」リリーは突き放すように言った。「あなたは経験豊富なのに、女性のことがまるでわかっていなかったのね。違う？」

「少しはわかっているけれどね」ダニエルがいたずらっぽく微笑む。

「ベッドをともにすることに関してではないわ。アメリアみたいな女性は用意周到で狡猾《こうかつ》なの。望むものを手に入れるためなら、なんだってするし、なんだって言うわ。わたしは知っているの。そういう女性たちが何人も兄に取り入ろうとするのを見てきたもの。気分が悪かったわ」

「きみはそういう女性たちとは違う」

「もちろんよ。でも、この世の中にはそういう女性たちがたくさんいる。あなたの外見と家柄があれば、その全員を引きつけるでしょうね」

「否定はしないよ。とにかく、ぼくとアメリアとの関係は父と兄が亡くなるまで続いた。そして、ぼくはなんの準備もなくいきなり公爵になってしまったんだ。正直に言おう、リリー。ぼくは死ぬほど怖かった。だからヨーロッパ大陸に逃げた」

「それを責められる人はいないわ」

「ぼくがいる。自分が許せないよ。臆病で愚かだった。だが、起きてしまったことは消せない。あとは失敗を埋めあわせられるよう、努力するしかないんだ」

「きっと埋めあわせられるわ。わたしも手伝う」

「わかっている。きみがいてくれれば、ぼくはなんだってできるからね」ダニエルがリリーの顎にキスをした。「しかし、まずはぼくがヨーロッパ大陸で何をしていたかを話したい」

「そんなことは言わなくても……」ダニエルの顔に浮かぶ苦悶の表情を見て、リリーは考えを変えた。「わかったわ」

「最初の二カ月のことはよく覚えていない。ずっと酔っていて、夜はパリの高級娼館に入り浸っていたと思う。いいときではなかった」ダニエルが深く息をつく。「ある日、目が覚めてふと、ルーヴル美術館に行こうと思いたったんだ。そして、偉大な巨匠たちの作品を見て歩いているうちに、自分の人生を充実させたいと強く願うようになった。その次の日に東洋に旅立って、それから三カ月、仏教の寺にこもって祈りと学びに明け暮れたよ。自分が犯してきたひどい過ちを父と兄が見たらどう思うか、そんなことも考えた。でも、きみの言うとおりだ、リリー。ぼくはふたりの死を悼まなかった。いや、そうできなかったんだ。子どもの頃にローレル・リッジを追いだされ、父と兄を慕うことを禁じられていたせいで、ずっと感情を殺して生きてきたからね。あとになってどれだけ努力しても、感情を取り戻せなかった」

リリーはダニエルの頰にキスをし、たくましい肩をさすった。

「まだお父様とお兄様の死を悼むことができないの、ダニエル？」

「いや、悼んでいると思うよ、リリー。ふたりはぼくにとって大切な人だった。特に兄はね。子どもの頃はとても仲がよかったんだ」

「あなたがわたしを必要としてくれるなら、わたしはいつだってあなたを手伝うわ」

「ぼくはいつだってきみを必要としている。こうして話をしているだけでも、ぼくにとっては大きな助けになっている」ダニエルが咳払いをし、話を続ける。「東洋の寺を出たあと、ぼくはもっと芸術に触れたくてフィレンツェを旅した。そのあとは数カ月間ニースの海岸沿いに滞在して、哲学書を読んだりスケッチをしたり、思索にふけったりした。母に手紙を書いたのはその頃だ。ぼくは手紙で母に逃げだしたことを謝罪し、もっとましな人間になりたい、もっといい公爵になりたいと伝え、故郷に戻ることにした」

リリーはダニエルの唇に軽くキスをし、話の続きを促した。

「ところが家に帰ってきて母とおばがここでのハウスパーティーを計画していると知ったとき、ぼくはまたしても圧倒されてしまった。急にライブルック公爵でいることに耐えられなくなってしまったんだ。ハウスパーティーを主催するというのは、すべての責任を負わなければならないということだ。世間話に花を咲かせ、招待客全員に歓迎されているという印象を抱かせなければならない。父や兄はその手のことが得意だったが、ぼくは違う。得意だと思ったことは一度としてなかったし、地所の問題についても無知なままだ。もう少しだけすべてから目をそむけていたくなって、それでついアメリアに招待状を送ってしまった」

リリーの口からため息がもれた。今となってはどうでもいいことのはずなのに、少しばかり嫉妬してしまう自分を抑えられなかった。

「大丈夫かい、リリー？」

「ええ、平気よ。どうも彼女の名前が出てくると拒絶反応が出るみたい。でも大丈夫だから、続きを話して」

「すまない。ぼくだってアメリアとのつきあいを誇りに思っているわけじゃない。ただ、きみには隠し事をしたくないんだ。それだけだよ」

「わかっているわ。続けて」

「アメリアがここにやってきたとき、ぼくは舞踏会の夜に屋敷の脇で逢い引きをする手はずを整えた。アメリアの代わりにきみと出会えたことをぼくがどれだけうれしく思っているか、きみには想像もつかないだろう。きみはぼくのすべてを変えてくれた。きみのおかげでぼくは本気で公爵に、最高の公爵になりたいと思うようになったんだ。父と兄が誇れる人間にね」

「なれるわよ、ダニエル。あなたならきっとなれるわ」

「その夜、アメリアが寝室までやってきたが、もう彼女と愛しあうことはできなかった。だから出ていってもらったんだ。ぼくの頭はきみでいっぱいになっていたからね。きみの純粋な鋭さや、きみとのキス、それに踊ったときにきみを抱いた感触が頭から離れなかったし、この腕はきみを抱くために作られたのではないかと真剣に考えもした。結局あの夜は一睡もできず、次の日の朝食も喉を通らなかったよ。それくらい、きみのことばかり考えていたんだ。ぼくをこんなふうにしてしまった女性はきみが初めてだった」

「じゃあ、アメリアとは……」

「父と兄が亡くなってからは関係を持っていない。それどころか、パリで二カ月ばかり派手に遊んだあとは、完全な禁欲生活を送ってきた。きみに出会うまでね」

リリーはこみあげてくる涙をこらえた。

「きみはぼくが初めて会った大切だと思える人だ。ぼくたちの出会いは恋愛のはじまりとしては完璧なものではなかったし、ぼくは次の日にきみをベッドに誘ったりするべきではなかった。でも結局こうしてうまくいって、本当によかったと思う」ダニエルがリリーの頬をそっとなでる。「きみがアメリアと対決しなければならなかったことを謝るよ。本当にすまなかった。アメリアが何を言ったかは知らないが、ひとつ残らず消せるものならそうしたい」

「いいのよ」リリーはダニエルの髪を指ですき、軽く頭をなでた。「アメリアはさんざん嘘を並べたてて、それでもわたしが身を引かないとわかると兄を誘惑すると脅してきたわ。兄に聞いた話だと、実際に誘われたけれど断ったんですって。本当によかったわ」

「ジェムソンはぼくよりも立派な男だな」ダニエルがため息をつく。

「違うわ、将来が見えているというだけの話よ。あなたは自分に将来があると思えなかった。そうでしょう？　あなたのお父様に敬意を払わないわけではないけれど、あなたにしたことだけは責めずにいられないわ」

「父は善良で、偉大な公爵だったよ、リリー。子育てでいくつかの間違いを犯しただけだ」

「いくつかの間違いですって？　あなたは心が広いのね。わたしたちは絶対にもっとうまくやれるわ。約束する」リリーはみずからの腹部に手をやった。喪失感に心が悲鳴をあげる。

「子どものことは本当にごめんなさい。今もここで育っていてくれたらどんなによかったか」

「子どもがいたかどうかもわからないんだ、リリー」ダニエルが大きな手でリリーの手を包みこんだ。「だからどうか気に病まないでくれ。多くても少なくてもいい。これからきみが望むだけ子どもを作ろう」

「父親譲りのすてきな緑の目をした金髪の男の子がいいわ。わたしの望みはそれだけよ」

ダニエルが手をあげ、親指でリリーの頬をなでる。「では、やはりふたりは必要だ。ぼくは人の心を癒やす琥珀色の目をした黒髪の女の子が欲しいからね」彼は小さくうなり、リリーの胸元のなめらかな肌にキスをした。「今すぐ子作りをはじめたいよ」

「わたしもよ」リリーは答える。「でも、今のところは……」ダニエルのズボンのボタンに手をかけ、膝からおりて彼の前に膝をついた。

「リリー、きみはまだ療養中だ。こんなことをしなくても――」

「いいの」それだけ言うと、リリーはダニエルに特別なキスをした。

20

六週間後

　新しい緑の薄いネグリジェに着替え、つやが出るまで黒髪をとかしたあと、リリーは自室でダニエルが来るのを待っていた。シルクのローブを着た彼が部屋に入ってくる。肩にかかった金色の髪が輝き、緑の目はどこかくすんでいた。

「こんばんは、公爵夫人」ダニエルがわずかにかすれた声で言う。

「遅かったわね、公爵閣下」リリーは平静を装って答えた。

「それはきみが急いでいるということかな？」

「そうでもないわ」リリーはいたずらっぽく笑った。「時間なら一生分あるんだもの」

　ダニエルがローブを脱ぎ、ベッドに入って彼女の隣に横たわった。「結婚したせいかな。今のきみはこれまで以上に美しく見える」薄いネグリジェに触れながら言う。「まさかそんなことがあり得るなんて思ってもいなかったよ」

「あなたにお願いがあるの」ダニエルが胸を愛撫し、指で先端をもてあそぶあいだに、リリーは言った。

「なんでも言ってくれ」

「今夜、わたしを身ごもらせて。あなたの子どもが欲しいの」

ダニエルが顔をあげ、燃えるような情熱的な瞳で彼女を見つめながら口を開く。リリーは指をダニエルのやわらかな唇にあてて言葉を制した。

「そのあとは、もうひとつの入り口を試したいわ」

「リリー、本気かい？」

「本気よ。あなたとすべてを体験したいの」

ダニエルは軽くうなってリリーの唇にキスをし、ネグリジェを脱がせて彼女を一糸まとわぬ姿にした。顔と首に軽いキスを浴びせていき、耳たぶをかんでから舌で耳の中を愛撫する。リリーは身を震わせ、あえぐようにダニエルの名を呼びながら指を彼の金色の髪に走らせた。ダニエルが顔を豊かな胸に移していき、口で先端に愛撫を加える。リリーは身をのけぞらせ、爪をたくましい肩に食いこませた。

「どれだけこの日を待ったことか」ダニエルがリリーの腿の内側にキスをしながら、かすれた声で言った。

彼が舌でリリーの秘部を愛撫し、口を押しつけて強く吸う。リリーは指を金色の髪にうずめて夫の頭をつかみ、腰を彼の顔に強く押しつけた。

「ダニエル、お願い！　あなたが欲しいの！」

ダニエルがリリーの腹部に、胸に、そして唇にキスをする。リリーが腕を伸ばしてダニエルの下腹部を手で包みこむと、彼はリリーの首に顔を押しつけて短く鋭い息をついた。そのままリリーは夫の欲望の証をみずからの潤った入り口へと導いていった。

ベッドの正面の壁で、穏やかな顔をした聖プラクセディスが愛しあうふたりを見守っていた。

著者注記

ヨハネス・フェルメール（ヤン・フェルメール・ファン・デルフト）は、一六三二年にオランダで生まれた風俗画家で、代表作に《真珠の耳飾りの少女》などがある。

一六五三年、フェルメールはカタリーナ・ボルネスと結婚し、カトリックに改宗したとされる。このことが《聖プラクセディス》という題材に対する関心につながったとする説明も可能だろう。《聖プラクセディス》は現存するフェルメールの最初期の作品とされているが、フェルメールの作とされるようになったのは最近であり、異説もある。

ライブルック公爵は架空の存在であるため、当然ながら公爵が《聖プラクセディス》を所有していたという事実はない。ただし、この作品は一九四三年にニューヨークの小さなオークションマーケットで発見され、最近ではバーバラ・ピエセッカ・ジョンソン・コレクション財団から二〇一四年にロンドンのクリスティーズで競売にかけられたという経緯をたどっている。一八五三年にどこに存在していたか、誰にわかるというのだろう？　バース近郊にあった公爵邸の壁にかかっていたとしても不思議はないのだ！

フェルメールは一六七五年に亡くなったあと、一八六六年にフランス人批評家によって再発見されるまでの二〇〇年近く、ほとんどの美術品の収集家たちにとって忘れられた存在となっていた。しかし著者としては、一八五〇年頃に青年貴族がフェルメールの作品に魅せられてこれを購入し、美術に夢中なうら若きレディがこの画家の才能を見いだし、彼の人生と画業に魅了されたと考えている。

著者メッセージ

親愛なる読者のみなさまへ

『誘惑の言葉はフェルメール』をお読みいただき、ありがとうございます。わたしのこれまでの著作、今後の刊行予定に関心を持たれた方は、フェイスブックのページをご参照ください（facebook.com/helenhardt）。読者へのプレゼントなども随時実施しております。

本作をお楽しみいただけたのであれば、アマゾン《Amazon》やグッドリーズ《Goodreads》といったサイトでレビューを投稿していただければ幸いです。あらゆるフィードバックを歓迎します。

みなさまのご多幸をお祈りしています。

ヘレン

読書会のための論題

1　物語の主題とは、その中心となる思想や考えのこと（ひとつとは限らない）である。単純に言ってしまえば、その物語が意味するところこそ、すなわち主題なのだ。『誘惑の言葉はフェルメール』の主題をどう表現するか、検討してみよう。

2　リリーとローズの関係について議論し、ダニエルとモーガンの関係と比較対照してみよう。

3　父親とモーガンが生きていたら、ダニエルの人生はどうなっていただろう。それでも彼とリリーは結婚していただろうか？

4　リリーの性格について議論してみよう。なぜ彼女が日常の中で魔法を見いだせるのかを考え、コオロギの鳴く声や庭の雑草のどこに魅せられていたのかを検討してみよう。ダニエルの髪や目は？　本当にリリーが言うようにすばらしいものなのだろうか、それとも彼女は愛情というフィルターを通して見ているにすぎないのだろうか？

5　ヘレン・ハートは本作を含むシリーズをヴィクトリア朝版の『セックス・アンド・ザ・シティ』と位置づけ、〈セックス・アンド・ザ・シーズン〉と名づけている。本シリーズのリリー、ローズ、アレクサンドラ、ソフィーと、『セックス・アンド・ザ・シティ』のキャリー、サマンサ、シャーロット、ミランダを関連づけてみよう。どのキャラクターが似ているか、どういった点が似ているかなど。

6　フェルメールの《聖プラクセディス》の画像をインターネットで検索してみよう。リリーはこの絵画に何を見ていたのだろうか？　なぜ彼女はフェルメールの作品が好きなのだろう？　ダニエルがこの作品を買った理由も含めて検討してみよう。

7　リリーとアレクサンドラ、伝統と権威に対してより反抗的なのはどっち？

8　リリーがダニエルとベッドをともにした決断をどう思う？　どの段階でリリーがダニエルに、ダニエルがリリーに対して特別な感情を抱いていると気づいた？

9　アシュフォード伯爵がリリーに公爵との結婚を告げたときの感想は？　大半の貴族の

令嬢が喜んで受け入れたであろう縁談に対するリリーの反応をどう感じたか、話しあってみよう。現在でも当人同士の合意によらない結婚を実施している国は存在する。もし自分が結婚を強要されたらどうする？

10　ダニエルと母親の関係について議論してみよう。モルガナは愛すべき人物だが、夫の言葉に従って七歳の息子を手放した。時代を考慮したうえで、そのときの彼女の心境を想像してみよう。ダニエルはそのとき何を思ったのだろうか？　また、彼は母を許したのか、あるいは許さなかったのか、その理由と併せて議論してみよう。

11　リリーは、自分とローズがかつてラドリー卿からいやがらせを受けたが、誰にも話していないと言っている。ふたりはなぜ黙っていたのだろう？　ふたりはそのいやがらせによって傷を負ったのだろうか？　理由も含めて検討してみよう。

12　リリーとダニエルの結婚は成功するか、あるいは失敗するか？　そう考える理由を含めて議論してみよう。

13　リリーと母親の似ている点、似ていない点は？　リリーが成長するに際し、母親とどんな関係を築いていたのだろうか？

14　本作にはエヴァン・ゼイヴィア、トーマス・ジェムソン、キャメロン・プライス、レディ・アシュフォード、レディ・アメリア・グレゴリーなど、多彩な脇役が登場する。この物語におけるそれぞれの目的や役割について話しあってみよう。

15　シリーズ次作ではローズとキャメロンが主役となる。ふたりの将来はどうなるか、エヴァンの身に何が起こるのかを議論してみよう。

謝辞

『誘惑の言葉はフェルメール』は二〇〇七年に書かれた作品です。この作品を最初に書きあげた頃、わたしはインターネットで幸運にも〈コロラド・ロマンス・ライターズ（ＣＲＷ）〉を知りました。同年五月の集会に参加し、それ以来、うしろを振り返ることなく作家活動を続けています。

リリーとダニエルはわたしの最初のロマンス小説のヒロインとヒーローであり、いわばモルモットのような存在でした。ふたりの物語をいくつかのコンテストに出して価値のあるフィードバックをいただくとともに、ＣＲＷを通じて出会った当時の協力者たちからもすばらしいアドヴァイスを得て、わたしは一度ならず二度、三度とこの作品を書き直していきました。そのあいだも腕を磨き、気がつけば二〇以上の作品を世に出してきましたが、リリーとダニエルの物語は片時もわたしの頭から離れず、日のあたる場所に出るときをずっと待ちつづけていたのです。

そして〈ウォーターハウス・プレス〉の人々にわたしと作品を紹介してくれたよき友人、メレディス・ワイルドのおかげで最終的な改訂作業を終え、ようやくそのときがやってきました。デヴィッド・グリシャム、ジョナサン・マキナニー、シェイラ・フェレシェシャン、カート・ヴァション、そして唯一無二の存在であるメレディス・ワイルドに感謝を捧げます。わたしを信じてくれて本当にありがとう！

すばらしい編集者であるミシェル・ハムナー・ムーアの勤勉な仕事ぶりとリサーチにも感謝を。

物語をよりよくするための指摘してくださったコンテストの審査員のみなさんにも感謝を。

本作とそのほかの作品の完成に惜しみなく協力してくれた、かつての評論仲間たち——モニカ・ケイ、トリシア・リー・ウッド、ヴィオラ・エストレヤ、カリ・クイン——にも感謝を。

何年にもわたってわたしを鼓舞しつづけてくれた〈コロラド・ロマンス・ライターズ〉と〈ハート・オブ・デンヴァー・ロマンス・ライターズ〉のすばらしいメンバーたちにも感謝を。

わたしをずっと信じてくれる家族と友人たちにも感謝を。

そして、ここまでわたしを支えてくれた読者のみなさん、本当にありがとう。わたし同様にみなさんがリリーとダニエルを愛してくれることを切に願います。

訳者あとがき

舞台はロンドン万国博覧会開催から数年後のイングランド、公爵邸で二週間にわたって開催されるハウスパーティーに伯爵家の娘リリーは家族とともに招待されます。絵を描くことが好きで、美術館めぐりや旅行など、したいことがたくさんある彼女は、妹とともに社交界デビューを間近に控えているものの、結婚にはまだなんの興味もありません。このハウスパーティーには主催者の公爵自身をはじめ、魅力的な独身男性が多数いるのに、リリーが関心を持っているのは、公爵家が所有していると噂されるフェルメールの絵画だけ。公爵から個人的に招待された者しか見せてもらえないと知って、リリーはこっそり見ることはできないかと考えます。初日に開かれた舞踏会を抜けだし、屋敷の中を探検しようとしていると、物陰に引っ張りこまれ、いきなり唇を奪われてしまいました。それまで〝湿っぽくてべとべと〟したキスしか知らなかった彼女は、初めて知る甘美な口づけにうっとりとしますが、われに返って相手を確かめると、なんとこの屋敷の主人、ライブルック公爵その人ではありませんか！

ライブルック公爵ことダニエル・ファーンズワースは、未亡人のレディ・アメリア・グレゴリーとその場所で密会の約束をしていましたが、たまたま通りかかったリリーを、背丈も髪の色もアメリアと同じだったために取り違えてしまいます。遊び慣れた女たちとは違うリリーの新鮮な反応にダニエルはすっかり魅了され、舞踏会の会場へ戻ると、友人を使って彼女とダンスをする機会を作ります。実はリリーとダニエルは八年前にすでに一度会っており、まだ一三歳の幼い少女だったリリーは彼の心に忘れがたい印象を残していました。けれども逢い引きをすっぽかされたうえに、リリーに公爵の関心を奪われたアメリアはおもしろくありません。アメリアはダニエルの心を取り戻そうと画策し……。

ヘレン・ハートの人気シリーズの第一作をお届けします。コンテンポラリーからヒストリカル、エロティカ、パラノーマルと、ロマンスのさまざまなジャンルで次々とヒット作を放ち、精力的に作家活動を展開している著者は、コロラド在住、テコンドーでは黒帯所持者。本作で公爵がワインの味わい方についてリリーに手ほどきをするシーンがあり、著者も上質の赤ワインをこよなく愛しているそうです。

本作が発表されたのは二〇一五年ですが、実は最初に草稿を書きあげたのはそれよりずっと前の二〇〇七年。著者が手がけた最初のロマンス小説でした。それから何度か書き直しているあいだに、ほかに二〇を超える作品を世に送りだし、その後ようやく本作が日の目を見ることとなりました。リリーと公爵のダニエルは、作者にとって思い入れが深いヒロインとヒーローのようです。

強い意志と包容力を併せ持つリリーのほかにも、本作では印象的なレディたちが登場します。まずはリリーのひとつ違いの妹、ローズ。好奇心旺盛な姉と違ってとても慎重なローズは、金色の髪に青い目と、まさに〝イングリッシュ・ローズ〟と呼ばれるたぐいの正統派美人で、両親からも伯爵家の娘にふさわしい相手と結ばれるものと期待されています。けれども、はたしてまわりの思惑どおりにいくのでしょうか？　リリーとローズのいとこ、ソフィーとアレクサンドラ姉妹は、同じく伯爵家の娘という身分ではあるものの、亡き父親が全財産を食いつぶしてしまったために、母親とともにリリーたちの屋敷に身を寄せる立場で、特に妹のアレクサンドラは早く裕福な結婚相手を見つけたいと願っています。その一方で何やら怪しげな出版物にも関わっているようで……。ヘレン・ハートのほかの作品も日本のみなさまにご紹介できるよう心から願っています。

ライムブックス

誘惑《ゆうわく》の言葉《ことば》はフェルメール

著　者　　ヘレン・ハート
訳　者　　岸川由美《きしかわゆみ》

2018年11月20日　初版第一刷発行

発行人　　成瀬雅人
発行所　　株式会社原書房
〒160-0022東京都新宿区新宿1-25-13
電話・代表03-3354-0685　http://www.harashobo.co.jp
振替・00150-6-151594
カバーデザイン　松山はるみ
印刷所　　図書印刷株式会社

落丁・乱丁本はお取替えいたします。
定価は、カバーに表示してあります。
 ISBN978-4-562-06517-2　Printed in Japan